LA FLOTTE PERDUE
COURAGEUX

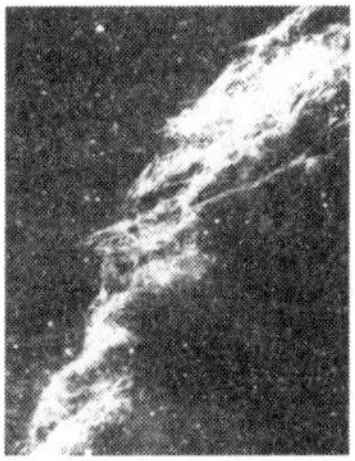

LA DENTELLE DU CYGNE
COLLECTION CODIRIGÉE PAR ALAIN KATTNIG

DU MÊME AUTEUR
DANS LA MÊME COLLECTION

La flotte perdue

Indomptable

Téméraire

à paraître

Vaillant

Acharné

Victorieux

JACK CAMPBELL

LA FLOTTE PERDUE
COURAGEUX

TRADUIT DE L'ANGLAIS PAR FRANK REICHERT

L'ATALANTE
Nantes

Illustration de couverture : Didier Florentz

THE LOST FLEET – COURAGEOUS

ISBN 978-2-84172-465-9

Librairie L'Atalante, 11 & 15, rue des Vieilles-Douves, 44000 Nantes
www.l-atalante.com

À David Sherman,
Qui a gardé la foi.
Semper Fi.

Pour S., comme toujours.

LA FLOTTE DE L'ALLIANCE

CAPITAINE JOHN GEARY
Commandant (intérimaire)

Les noms des vaisseaux écrits en caractères gras sont ceux des bâtiments perdus au combat, suivis de celui du système stellaire où ils ont été abattus.

DEUXIÈME DIVISION
DE CUIRASSÉS
Galant
Intraitable
Glorieux
Magnifique

TROISIÈME DIVISION
DE CUIRASSÉS
Paladin
Orion
Majestic
Conquérant

QUATRIÈME DIVISION
DE CUIRASSÉS
Guerrier
Triomphe (perdu à Vidha)
Vengeance
Revanche

CINQUIÈME DIVISION
DE CUIRASSÉS
Téméraire
Résolution
Redoutable
Écume de Guerre

SEPTIÈME DIVISION
DE CUIRASSÉS
Infatigable
Audacieux
Rebelle

HUITIÈME DIVISION
DE CUIRASSÉS
Acharné
Représailles
Superbe
Splendide

DIXIÈME DIVISION
DE CUIRASSÉS
Colosse
Amazone
Spartiate
Gardien

PREMIÈRE DIVISION
DE CUIRASSÉS
DE RECONNAISSANCE
Arrogant (perdu à Caliban)
Exemplaire
Cœur de Lion

PREMIÈRE DIVISION
DE CROISEURS DE COMBAT
Courageux
Formidable
Aventureux
Renommé

DEUXIÈME DIVISION
DE CROISEURS DE COMBAT
Léviathan
Dragon
Inébranlable
Vaillant

QUATRIÈME DIVISION
DE CROISEURS DE COMBAT
Indomptable (vaisseau amiral)
Audacieux
Terrible (perdu à Ilion)
Victorieux

CINQUIÈME DIVISION
DE CROISEURS DE COMBAT
Invulnérable (perdu à Ilion)
Riposte (perdu dans le système mère des Syndics)
Furieux
Implacable

SIXIÈME DIVISION
DE CROISEURS DE COMBAT
Polaris (perdu à Vidha)
Avant-garde (perdu à Vidha)
Illustre
Incroyable

SEPTIÈME DIVISION
DE CROISEURS DE COMBAT
Opportun
Éclatant
Inspiré

PREMIÈRE DIVISION D'AUXILIAIRES RAPIDES DE LA FLOTTE
Titan
Sorcière
Djinn
Gobelin

TRENTE-SEPT CROISEURS
LOURDS SURVIVANTS
DANS SEPT DIVISIONS
Les première, troisième, quatrième, cinquième, septième, huitième et dixième divisions de croiseurs lourds

moins
Envieux (perdu à Caliban)
Cuirasse (perdu à Sutrah)
Heaume, Armure, Bélier et
Citadelle (perdus à Vidha)

SOIXANTE-DEUX CROISEURS
LÉGERS SURVIVANTS
DANS DIX ESCADRONS
Les premier, deuxième, troisième,
quatrième, cinquième, sixième,
huitième, neuvième, onzième et
quatorzième escadrons de
croiseurs légers
moins
Rapide (perdu à Caliban)
Pommeau, Fronde, Bolo et
Hampe (perdus à Vidha)

CENT QUATRE-VINGT-TROIS
DESTROYERS SURVIVANTS
DANS VINGT ESCADRONS
Les premier, deuxième, troisième,
quatrième, sixième, septième,
neuvième, dixième, douzième,
quatorzième, seizième,
dix-septième, vingtième,
vingt et unième, vingt-troisième,
vingt-cinquième, vingt-septième,
vingt-huitième, trentième et
trente-deuxième escadrons
de destroyers
moins
Dague et ***Venin***
(perdus à Caliban)
Anelace, Baselard et ***Masse***
(perdus à Sutrah)
Celte, Akhou, Feuille, Trait,
Sabot, Silex, Aiguille, Dard,
Aiguillon, Crampon et
Trique (perdus à Vidha)
Falcata (perdu à Ilion)

DEUXIÈME FORCE DE FUSILIERS
MARINS DE LA FLOTTE
Colonel Carabali,
commandant (intérimaire)
1560 fusiliers répartis en détachements sur les croiseurs de combat et les cuirassés.

UN

Le capitaine du vaisseau marchand des Mondes syndiqués qui approchait du point de saut de Baldur avait peut-être passé une bonne journée, au moins jusqu'à ce que plusieurs escadrons de destroyers de l'Alliance en jaillissent. Sans doute avait-il disposé de quelques minutes pour se demander s'il pouvait les esquiver à haute vélocité et sauter hors du système avant que d'autres n'apparaissent et que des escadrons de croiseurs légers ne se matérialisent derrière les destroyers. Quand des divisions de croiseurs lourds, de croiseurs de combat et de cuirassés émergèrent à leur tour du point de saut, son équipage et lui-même avaient indubitablement fui par la seule capsule de survie de son bâtiment.

Les autorités des Mondes syndiqués de l'unique planète habitable orbitant autour de Baldur n'assisteraient à l'annihilation du vaisseau marchand et n'entendraient ses appels au secours que six heures plus tard environ, le temps que son image et celle de l'irruption de la flotte de l'Alliance dans leur système stellaire reculé ne leur parvinssent du point du saut.

Eux non plus ne vivraient pas une bonne journée.

« *Rapière* et *Bulawa* rendent compte de la destruction du vaisseau marchand syndic. Un module de survie a été repéré en train de le quitter. Le *Singhauta* rapporte la destruction de la balise automatisée chargée de gérer le trafic du point de saut. » La voix de la vigie résonnait aussi calmement que distinctement sur la passerelle du croiseur de combat de l'Alliance *Indomptable*. « On n'a détecté ni champs de mines ni anomalies suspectes. »

Le capitaine John « Black Jack » Geary hocha la tête pour accuser réception de ces informations, sans cesser de concentrer toute son attention sur le visuel qui flottait devant son siège de commandant. Il aurait pu prendre connaissance lui-même de tous ces renseignements sur son écran, mais il savait d'expérience que, s'agissant de mettre en relief les données les plus cruciales, les humains restaient les meilleurs filtres. Tant qu'un autre homme s'en chargerait, lui pourrait se focaliser sur le tableau général. « Quel est notre vaisseau le mieux placé pour intercepter le module de survie du marchand ?

— Un instant, capitaine. Le *Hache d'armes*, capitaine. »

Geary appuya sur la touche de contrôle des communications idoine sans avoir à la chercher des yeux, tout en constatant avec soulagement qu'il s'était enfin assez familiarisé avec l'équipement du futur pour qu'il lui soit désormais presque machinalement accessible. « *Hache d'armes,* ici le capitaine Geary. Ordre vous est donné d'intercepter le module de survie du vaisseau marchand. Je veux interroger ces Syndics. »

Bien entendu, la réponse ne lui parvint qu'au bout d'une minute : le destroyer *Hache d'armes* se trouvait à vingt secondes-lumière de l'*Indomptable.* L'ordre avait mis vingt secondes à l'atteindre et elle avait pris le même délai. « Oui, capitaine. À qui devrons-nous les remettre ?

— À l'*Indomptable.* »

Il attendait encore que le *Hache d'armes* accusât réception quand une voix glacée se fit entendre dans son dos. « Qu'espérez-vous apprendre de l'équipage d'un vaisseau marchand, capitaine Geary ? La direction du Syndic ne lui aura certainement pas confié des informations secret-défense. »

Geary jeta un coup d'œil derrière lui et constata que Victoria Rione, coprésidente de la République de Callas et sénateur de l'Alliance, l'examinait d'un œil intrigué. « Ce vaisseau allait sauter hors du système. Ce qui signifie qu'il n'est pas destiné au seul cabotage intrasystème et qu'il a dû s'y introduire au cours des dernières semaines. Il aura donc des nouvelles des autres systèmes stellaires syndics. Je tiens à savoir ce qu'on leur a raconté sur cette flotte et la guerre en général. Et, aussi, si nous ne pourrions pas leur extorquer des bruits qu'ils auraient entendus au cours de leurs périples.

— Vous croyez vraiment que ces informations seront intéressantes ? insista-t-elle.

— Je n'en sais rien, mais je ne le saurai jamais si je ne les obtiens pas, n'est-ce pas ? »

Elle hocha la tête sans laisser transparaître son opinion. Geary n'y trouva certes rien d'inhabituel. Rione et lui étaient amants depuis quelques semaines, au sens purement physique du terme, mais, depuis qu'ils avaient quitté le système stellaire d'Ilion, elle se montrait aussi distante qu'avant leur liaison sans qu'il en eût encore compris la raison. « Alors peut-être auriez-vous dû ordonner qu'on remît les prisonniers au *Vengeance*, suggéra-t-elle. À ce que j'ai cru comprendre, ce croiseur de combat dispose des meilleures salles d'interrogatoire de la flotte. »

Assise à côté de Geary, le capitaine Tanya Desjani releva brusquement la tête. « L'*Indomptable* offre d'excellentes salles d'interrogatoire et pourra apporter au capitaine Geary toute l'assistance dont il a besoin », déclara-t-elle froidement. Elle n'allait certainement pas laisser insinuer qu'un autre vaisseau de la flotte fût supérieur au sien.

Pendant quelques secondes, Rione soutint impassiblement le regard du commandant de l'*Indomptable* puis inclina légèrement la tête. « Je ne sous-entendais pas que l'*Indomptable* fût incapable de remplir cette mission efficacement.

— Merci », rétorqua Desjani d'une voix guère plus chaleureuse.

Geary s'efforça de ne pas faire grise mine. Depuis Ilion, Desjani et Rione étaient sans cesse à deux doigts de s'étriper mutuellement, et l'origine de ce différend lui restait elle aussi inconnue. S'inquiéter de la flotte syndic était déjà assez prenant en soi sans qu'il eût besoin, par-dessus le marché, de s'efforcer sans arrêt de comprendre pourquoi ses deux meilleures conseillères s'en voulaient. Il se concentra de nouveau sur l'écran, où les senseurs de la flotte s'employaient à ajouter les dernières données collectées, puis un juron lui échappa.

« Que se passe-t-il, capitaine ? s'enquit Desjani, immédiatement sur le qui-vive, tout en scrutant son propre écran des yeux. Oh ! Malédiction !

— Ouais », convint Geary. Il était conscient que Rione prêtait l'oreille et s'interrogeait. « Un second vaisseau marchand du Syndic arrive pratiquement sur le point de saut par l'autre côté du système. Il aura le temps de nous voir avant de sauter et il rapportera la nouvelle aux autorités syndics là où il se rend.

— Une chance que nous ne comptions pas nous attarder ici, ajouta Desjani. Baldur n'a rien à nous offrir. Ce n'est qu'un système stellaire de seconde zone. »

Geary hocha la tête, non sans ruminer à nouveau de vieilles pensées. Remontant à plus d'un siècle, avant le début de la guerre, avant qu'il ne livre un combat désespéré à la première vague d'assaut de l'attaque surprise des Syndics, n'en réchappe que d'un cheveu en s'enfuyant dans une capsule endommagée, à bord de laquelle il avait dérivé cent ans dans le vide, plongé dans un sommeil artificiel, et ne se retrouve brusquement bombardé à la tête d'une flotte dont la survie ne dépendait que de lui. Alors qu'il n'était que John Geary, banal officier de la flotte, et pas encore le légendaire héros Black Jack Geary, que les descendants de ses propres contemporains croyaient capable de tous les prodiges. « Avant cette guerre, les gens venaient souvent à Baldur, fit-il remarquer distraitement. En touristes. Et même de l'Alliance. »

Desjani le fixa, éberluée. « En touristes ? » Au terme de cent années d'une guerre cruelle, l'idée d'un voyage d'agrément dans ce qu'elle avait regardé toute sa vie durant comme un territoire ennemi lui restait incompréhensible.

« Ouais. » Geary reporta son regard sur l'image holographique de la planète habitée. « Ce monde offre des panoramas spectaculaires. Il a quelque chose d'unique, même au regard des innombrables planètes colonisées par l'humanité. Une spécificité qu'on ne peut apprécier que sur place. C'est du moins ce que tout le monde en disait.

— D'unique ? » Desjani semblait plus que dubitative.

« Ouais, répéta Geary. J'ai assisté à l'interview d'un homme qui l'avait visité. Selon lui, ce monde avait un côté un peu effroyable. Comme si tous vos ancêtres venaient se planter à vos côtés pendant que vous regardiez autour de vous. Mais peut-être Baldur a-t-elle beaucoup changé depuis, puisqu'elle n'a pas bénéficié d'un portail de l'hypernet. »

Il jeta un regard à Desjani, qui semblait un tantinet circonspecte mais, en même temps et comme à son habitude, toute prête à croire sur parole un homme dont elle était persuadée qu'il avait été envoyé par les vivantes étoiles pour sauver l'Alliance.

Elle montra son écran holographique. « Souhaitez-vous qu'on épargne cette planète, en ce cas ? »

Geary faillit s'étrangler. Après un siècle d'atrocités réciproques, les officiers de l'Alliance eux-mêmes pouvaient se montrer d'un sang-froid terrifiant. « Oui, réussit-il malgré tout à répondre. Dans la mesure du possible.

— Très bien, acquiesça Desjani. Les installations militaires semblent surtout être orbitales, si bien que, si nous devions les anéantir, nous n'aurions pas à bombarder la surface.

— Bien commode », convint sèchement Geary. Il se rejeta en arrière en s'efforçant de se détendre ; ses nerfs étaient soumis à rude épreuve depuis que la flotte était entrée dans le système de Baldur.

« Des unités combattantes du Syndic ont été signalées en orbite autour de la troisième planète, annonça comme à point nommé la vigie de combat de l'*Indomptable*. Un autre vaisseau de guerre a été repéré à quai dans une station orbitale de la quatrième. »

Espérant que cette annonce ne l'avait pas trop visiblement ramené à se concentrer, Geary grossit l'image des bâtiments ennemis sur son écran. Ceux qu'on n'avait pas repérés jusque-là ne pouvaient être que de taille réduite. C'était le cas. « Trois corvettes de cinq sous obsolètes et un croiseur léger encore plus vétuste. » *Ce croiseur est plus vieux que moi. Et nous livrons tous les deux une guerre dans un avenir bien plus lointain que nous ne l'avions prévu. Au moins suis-je probablement en meilleure forme physique que cet antique bâtiment.*

« Distance : cinq heures-lumière et demie, confirma Desjani. Gravitant entre la troisième et la quatrième planète. Ils nous verront approximativement dans cinq heures. » Elle sourit. « Ils ne nous attendaient pas, de toute évidence. »

Geary lui rendit son sourire avec soulagement. Chaque fois que la flotte émergeait d'un saut, il s'attendait à tomber sur une embuscade des Syndics. Le seul moyen de l'éviter était de contraindre leurs chefs à tenter de deviner le système où elle émergerait la prochaine fois. La seule absence de vaisseaux de guerre postés en sentinelles près du point de saut laissait entendre qu'ils ne se doutaient pas qu'elle viserait ce système stellaire, ou pas assez tôt, tout du moins, pour y dépêcher un vaisseau estafette. « Il y a de grandes chances qu'ils filent en vitesse. Sinon, je veux une analyse de tout ce qui mériterait à leurs yeux d'être protégé.

— Oui, capitaine, convint Desjani en faisant signe à l'une de ses vigies. Autre chose, capitaine ?

— Hein ? » Geary se rendit compte qu'il fixait intensément son écran et il relâcha délibérément l'air qu'il avait retenu dans ses poumons. « Non. »

Mais Desjani avait deviné ce qui le tracassait. « La flotte donne l'impression de maintenir la formation.

— Oui. » *Elle en donne l'impression.* Si un seul de ses combattants les plus extérieurs se mettait en tête d'attaquer les vaisseaux syndics, l'*Indomptable* ne s'en apercevrait que près de trente secondes plus tard. Mais tous, en effet, semblaient garder la formation. *Ce que je m'efforce sans cesse d'expliquer aux officiers de cette flotte sur l'utilité de la discipline au combat a peut-être réussi, finalement, à leur entrer dans la tête.* Pensée pleine d'allégresse.

Rione ne tarda pas à la doucher. « Sauf s'ils ne la maintiennent que parce que les vaisseaux ennemis ne sont qu'au nombre de cinq et à une demi-heure-lumière de nous. Leur interception exigerait un bon bout de temps, même à accélération maximale. »

Desjani lui jeta un autre regard noir, tout en procédant sur son écran à la simulation de cette interception. « Si les Syndics conservaient ce cap sans prendre de vitesse, elle demanderait vingt-cinq heures à accélération et décélération maximales, confirma-t-elle à contrecœur. Mais je peux vous garantir, madame la coprésidente, qu'avant que le capitaine Geary n'assume le commandement certains de nos vaisseaux se seraient déjà lancés à leur poursuite. »

Rione eut un mince sourire et hocha la tête. « Je n'ai aucune raison de douter de cette affirmation, capitaine Desjani.

— Merci, madame la coprésidente.

— Non, capitaine. Merci à vous. »

L'espace d'un instant, Geary se réjouit que ses officiers ne portassent point une épée de cérémonie. À voir le regard que lui lançait Desjani, Rione devrait également s'en féliciter. « Très bien, annonça-t-il assez fort pour retenir l'attention des deux femmes. Selon toute apparence, ce système stellaire ne se préparait pas à notre arrivée. Nous avons donc une bonne chance de les intimider, assez pour leur éviter une bêtise. » Desjani opina immédiatement, imitée quelques secondes plus tard – délai suffisamment long pour être remarquable – par Rione. « Capitaine Desjani, veuillez diffuser une annonce à l'intention de toutes les installations syndics : toute tentative pour entraver la progression de cette flotte ou l'attaquer déclenchera des représailles massives.

— Oui, capitaine. Signée de votre nom ?

— Ouais. » Geary n'avait jamais aspiré à un sobriquet inspirant la terreur, mais, manifestement, de nombreux Syndics croyaient eux aussi au légendaire héros de l'Alliance Black Jack Geary.

« Vos messages sont généralement plus longs », déclara Victoria Rione.

Geary haussa les épaules. « J'essaie une tactique différente. Ils ne connaissent pas nos intentions, si bien qu'ils s'inquiètent et se posent des questions. Assez, peut-être, pour qu'ils se tiennent tranquilles et ne tentent pas de nous contrecarrer. » *Quoiqu'elles se résument à gagner le prochain point de saut.* Il étudia son écran et constata que la trajectoire conduisant à celui de Wendaya décrivait une longue parabole au-dessus du plan du système de Baldur. La flotte n'aurait pas à s'approcher des installations syndics, et, d'ailleurs, rien de ce qu'y possédait l'ennemi n'aurait pu s'opposer à elle.

C'était d'une perfection si inespérée qu'il se surprit à vérifier à deux reprises, peu enclin à admettre une situation n'offrant aucun danger apparent.

Mais rien n'avait l'air de clocher. Il se détendit de nouveau et entreprit de réfléchir à sa formation, puis afficha les données du statut individuel de chacun de ses vaisseaux. On ne pouvait échanger que des informations très limitées dans l'espace du saut, mais, depuis l'arrivée de la flotte à Baldur, les rapports concernant l'état des bâtiments affluaient automatiquement sur les écrans de l'*Indomptable.* S'il en avait eu le désir, Geary aurait pu s'informer du nombre de ses spatiaux affligés d'un rhume de cerveau à bord de chaque vaisseau. Il avait connu des commandants qui concentraient leur attention sur ces détails triviaux et s'attendaient plus ou moins à ce que le véritable travail de la gestion de la flotte se fît de lui-même.

Mais ce qu'il voyait là n'avait rien de trivial. Il ne put s'interdire un soupir exaspéré en consultant les premiers relevés, ce qui lui valut des regards intrigués. « Logistique », expliqua-t-il succinctement à Desjani.

Elle hocha la tête. « Les cellules d'énergie de l'*Indomptable* commencent à passer dans le rouge.

— Cela, je le savais. Mais je ne m'étais pas rendu compte que celles du reste de la flotte étaient elles aussi en dessous du niveau recommandé. » Geary vérifia un autre relevé et secoua de nouveau la tête. « Idem pour les munitions. Nous avons utilisé de nombreuses mines à Sancerre et Ilion, et nos réserves de missiles spectres sont au plus bas sur tous les vaisseaux. » Il se rejeta de nouveau en arrière, en inspirant une longue goulée d'air pour se calmer. « Grâce soit rendue aux vivantes étoiles pour nos auxiliaires. Sans eux pour fabriquer de nouvelles cellules d'énergie et de l'armement, la flotte se serait déjà retrouvée piégée, impuissante, il y a plusieurs systèmes stellaires. »

Cette nouvelle donne simplifiait considérablement ses projets relatifs à la traversée de Baldur : maintenir la flotte en formation serrée, réduire la consommation d'énergie au strict minimum, éviter l'emploi des armes et laisser amplement le temps aux auxiliaires de reconstituer les réserves d'énergie et de munitions des vaisseaux.

Son sentiment de satisfaction s'évanouit dès qu'il consulta les relevés de situation des quatre auxiliaires rapides de la flotte, lesquels ne l'étaient que dans l'imagination de ceux qui leur avaient trouvé cette appellation. En dépit de leur lenteur et de leur vulnérabilité, ces usines autopropulsées joueraient un rôle vital dans le retour de la flotte à bon port. Du moins tant qu'elles pourraient l'approvisionner en armes et en équipement. « Pourquoi les relevés indiquent-ils une pénurie si critique chez les auxiliaires ? se demanda-t-il à haute voix. Nous avons pillé tout le minerai brut dont nous avions besoin à Sancerre. Leurs réserves étaient censément pleines à ras bord. »

Desjani fronça les sourcils et vérifia les chiffres. « Selon ces relevés, tous les auxiliaires devraient bientôt cesser de fabriquer cellules d'énergie et munitions en raison de la carence en matériaux essentiels. Ça n'a pas de sens. Ils ont forcément embarqué à Sancerre un gros tas de *quelque chose.* »

Sur le moment, ça leur avait paru trop beau pour être vrai. Et, bien entendu, ç'avait été le cas. Geary lança un appel au vaisseau de tête de la division des auxiliaires en marmonnant des jurons dans sa barbe. Le *Sorcière* se trouvait à une distance salutaire de quinze secondes-lumière, ce qui ne manquait pas, à mesure que le message rampait vers l'autre vaisseau à la vitesse de la lumière, d'engendrer un retard exaspérant dans les communications. La lumière ne donne l'impression de voyager lentement que dans les profondeurs du vide interstellaire.

L'hologramme du capitaine Tyrosian finit par s'afficher, image annonciatrice d'une mauvaise nouvelle. Mais elle se contenta de dire : « Oui, capitaine ? »

Le délai aurait au moins permis à Geary de formuler sa question avec tact : « Capitaine Tyrosian, je suis en train d'examiner les relevés de situation de vos vaisseaux. Tous semblent indiquer que vous manquez cruellement de minerais bruts. »

Nouvelle attente, puis l'image du capitaine Tyrosian hocha la tête avec contrition. « Oui, capitaine. C'est exact. »

Geary réprima une grimace en constatant que la réponse de Tyrosian n'était guère plus explicite. « Comment est-ce possible ? Je croyais que les auxiliaires avaient rempli leurs soutes à Sancerre. Comment pouvons-nous être si vite confrontés à une pénurie ? »

Les secondes passaient poussivement, trop lentement pour qu'on les ignorât mais trop rapidement pour faire autre chose que patienter. « Ces relevés sont exacts, capitaine Geary, répondit Tyrosian en opinant derechef, l'air encore plus attristée. J'ai tenté d'identifier l'origine du problème. Je reste persuadée que les listes d'acquisition fournies par les systèmes logistiques automatisés en sont la cause. »

Nouvelle pause. Geary eut le plus grand mal à s'interdire de marteler du poing, d'exaspération, le bras de son fauteuil. « Comment des systèmes automatiques pourraient-ils à ce point sous-estimer les quantités de fournitures nécessaires aux auxiliaires pour fabriquer des articles aussi critiques pour la survie de la flotte ? Vos vaisseaux n'auraient-ils pas suivi leurs recommandations ? »

Il consacra les secondes suivantes à se demander quelle punition il pourrait bien infliger au capitaine Tyrosian pour avoir saboté une mission si essentielle dans les grandes largeurs. Qu'elle ne cessât pas de confirmer le vieil adage selon lequel les ingénieurs ne sont pas les champions du monde en matière de communication verbale n'améliorait pas son humeur. Tyrosian n'arrêtait pas d'omettre les informations les plus cruciales comme si elle s'attendait à ce qu'il les connût déjà.

Quand sa réponse lui parvint enfin, elle s'exprimait sur ce ton pontifiant dont usent toujours les ingénieurs quand ils débitent leur credo professionnel. « Nous avons bel et bien suivi les instructions du système. C'est précisément la cause de ce fiasco, capitaine Geary. Il nous a fourni des recommandations erronées. »

Pris de court par cette assertion, Geary hésita avant de répondre. « Veuillez m'expliquer pourquoi le système vous fournirait des recommandations erronées. Seriez-vous en train de me dire qu'il a été saboté à cet effet ? » Les implications d'un tel acte seraient extrêmement graves. Si les systèmes automatisés de la flotte n'étaient plus fiables ou s'ils étaient piratés, elle se retrouverait tout aussi handicapée que par une pénurie d'énergie ou d'armement.

Mais, quand sa réponse lui parvint enfin, Tyrosian secouait la tête. « Non, capitaine. Les systèmes logistiques n'ont jamais été victimes de dysfonctionnement et ne le sont toujours pas. Ils fonctionnent parfaitement. Le problème réside dans les prémisses implicites dont ils se sont servis pour extrapoler les besoins de la flotte. » Elle déglutit, visiblement mal à l'aise, mais poursuivit son compte rendu bille en tête : « Les systèmes logistiques basent leurs estimations de ces besoins futurs sur des projections de l'emploi des munitions et des pertes en vaisseaux qui, à leur tour, reposent sur des modèles antérieurs. »

Elle fit la grimace. « Sous votre commandement, la flotte n'a connu ni emploi de munitions ni pertes en vaisseaux correspondant aux schémas historiques. En conséquence, les systèmes logistiques ont présumé que les vaisseaux exigeant un réapprovisionnement seraient en moins grand nombre et que nous aurions besoin d'une quantité moindre de cellules d'énergie et de munitions. »

Il fallut à Geary un moment pour comprendre. « J'aurais dû perdre davantage de vaisseaux à chacun de nos combats ? Je n'aurais pas dû dépenser autant de munitions ni procéder à autant de manœuvres ? C'est ça ? »

Les secondes s'écoulèrent lentement avant un nouveau hochement de tête de Tyrosian. « Pour l'essentiel, oui. Nous avons combattu plus fréquemment et perdu beaucoup moins de vaisseaux que ne le prévoyaient les projections implicites des systèmes logistiques. Les combats ont été plus complexes et ont requis davantage de cellules d'énergie. On a utilisé plus d'armes à longue portée qu'à l'ordinaire. Nul, parmi nous, n'a entrevu les répercussions sur nos besoins en fournitures. De sorte que les systèmes logistiques ont conclu à des besoins plus élevés en pièces détachées pour les réparations des vaisseaux endommagés au combat, et moindres concernant le réapprovisionnement des rescapés. Nous avons largement de quoi panser les plaies du *Guerrier*, de l'*Orion* et du *Majestic*, mais nous manquerons de ces minerais bruts essentiels, à doses infimes, à la fabrication de cellules d'énergie et de missiles spectres. »

Fabuleux. Absolument fabuleux. Si habitué qu'il fût à la perversité de l'univers, comprendre qu'il n'affrontait ce problème que parce qu'il s'était trop bien comporté pendant les combats restait une révélation sidérante. Il coula un regard vers Desjani. « Nous avons des problèmes parce que la flotte n'a pas perdu suffisamment de vaisseaux dans les batailles. »

À sa grande surprise, Desjani ne mit que quelques secondes à comprendre. « On va devoir adapter les systèmes à vos tactiques, capitaine. J'aurais dû en prendre conscience, moi aussi. »

Geary lui décocha un sourire lugubre. Ça ressemblait bien à Desjani d'endosser une part de la responsabilité alors qu'elle n'y était pour rien. Contrairement, par exemple, au capitaine Tyrosian qui, dans l'expectative, semblait ne plus savoir que faire et attendait les ordres de Geary sans rien proposer. « Tanya, que recommandez-vous ? demanda-t-il en se servant du prénom de Desjani pour mieux la mettre en confiance.

— Tous les auxiliaires sont-ils victimes de cette pénurie en minerais bruts ? » Elle vérifia à nouveau les relevés et leva les yeux au ciel. Quant au fait qu'on laissait à des ingénieurs le soin de gérer des vaisseaux, sa religion était faite. D'un autre côté, il fallait dire aussi que presque tous les commandants de vaisseau de Geary étaient du même avis. « Les réserves du *Djinn* sont légèrement moins atteintes que celles du *Sorcière*, fit-elle remarquer à haute voix. Celles du *Gobelin* légèrement plus basses et celles du Titan à peu près dans le même état que celles du *Sorcière*. » Geary s'efforçait de ne pas songer à tout ce qu'ils avaient pillé à Sancerre et à la facilité avec laquelle ils auraient pu embarquer des quantités beaucoup plus importantes de ces minerais essentiels. « Il nous en faut davantage, conclut-elle.

— C'est ce qu'il m'a semblé, répondit Geary en se contraignant à ne pas exploser en l'entendant proférer ce truisme. Mais où le trouver ? »

Desjani indiqua d'un geste l'hologramme du système stellaire. « Les Syndics possèdent des mines dans ce système, bien sûr. Nous y trouverons ce qu'il nous faut. »

Geary sourit, brusquement soulagé. *J'étais encore à Sancerre en esprit. Loués en soient nos ancêtres, Desjani, elle, est à Baldur.* « Madame la coprésidente… » commença-t-il.

Rione interrompit sa question d'un froncement de sourcils. « Nous avons déjà été victimes d'un sabotage de la part des Syndics, capitaine Geary. Leur demander ce dont nous avons besoin, voire le leur faire seulement savoir, pourrait être une grave erreur. Je vois mal comment nous pourrions compter sur la diplomatie dans cette affaire. »

Desjani acquiesça d'un hochement de tête, à contrecœur. « C'est pratiquement une certitude, capitaine. »

Geary y réfléchit puis se tourna vers l'écran où patientait toujours l'image de Tyrosian. Le capitaine du génie était manifestement fébrile, mais elle se ceignait déjà les reins en prévision de la volée de bois vert, verbale ou pire encore, à laquelle elle s'attendait probablement. Peut-être n'était-elle pas l'officier le plus intelligent ou compétent de la flotte, mais elle connaissait son boulot d'ingénieur et l'avait toujours impeccablement exécuté. Certes, elle n'avait pas su prévoir le problème, mais les systèmes automatisés engendrent une dépendance chez leurs utilisateurs. Tout le monde le sait. Geary pouvait déjà s'estimer heureux qu'elle eût identifié le problème au lieu d'aveuglément se cramponner à une erreur de calcul des systèmes.

Il se força donc à afficher une mine confiante, comme s'il n'avait jamais douté de sa capacité à régler ce problème. « Très bien. En résumé, nos quatre auxiliaires doivent affronter une grave pénurie en matières premières. Si nous n'en embarquons pas le plus vite possible, la production de composants vitaux devra s'interrompre. Ces matières premières sont-elles disponibles dans ce système ? » Se souvenant brusquement du délai, de plus en plus irritant, qui affectait les communications il ajouta une dernière question : « Et le sont-elles sur un site précis, entre toutes les installations minières que nous avons repérées ? »

Trente secondes plus tard, il voyait s'illuminer le visage de Tyrosian. « Oui, capitaine. L'activité minière sur les astéroïdes et à proximité des géantes gazeuses a d'ores et déjà été détectée et analysée par les senseurs de la flotte. Le site le plus vraisemblable correspondant à nos besoins se trouve… hum… là, sur la quatrième lune de la seconde géante gazeuse. » Une deuxième fenêtre s'ouvrit, montrant le site indiqué.

« Pensez-vous que nous devrions exiger des Syndics qu'ils nous fournissent ces minerais ? »

Tyrosian afficha une mine visiblement alarmée. « Ce ne serait guère avisé, capitaine. Ils sauraient alors que nous manquons de ces matériaux spécifiques. Ce sont tous des éléments trace, qu'on ne trouve et emploie qu'en quantités infimes. Les Syndics pourraient aisément contaminer ou détruire leurs réserves existantes, qui ne sont certainement pas très importantes. »

De mieux en mieux. Le regard de Geary se posa de nouveau sur l'écran. Il allait devoir surprendre les Syndics par un raid sur leurs installations minières, sans doute beaucoup plus aisé s'ils ne voyaient pas arriver tous ses vaisseaux plusieurs jours avant qu'ils n'atteignissent leur objectif. « Y a-t-il autre chose dont je devrais être informé, capitaine Tyrosian ? D'un autre besoin des auxiliaires ? D'une autre lacune qui risquerait d'amoindrir leur capacité à fournir à cette flotte des cellules d'énergie et des munitions ? » Non qu'il tînt, d'ailleurs, à apprendre d'autres mauvaises nouvelles, mais celles-ci ne s'améliorent pas parce qu'on refuse de les entendre. Elles empirent, bien au contraire.

Tyrosian secoua de nouveau la tête. « Non, capitaine. Rien à ma connaissance. Je demanderai à tous les services de chacun des auxiliaires de procéder à une évaluation du pire scénario envisageable, juste pour m'en assurer.

— Parfait. » Que décider, à présent, pour Tyrosian ? Elle avait foiré dans les grandes largeurs et, au lieu de le lui dire, elle l'avait laissé s'en rendre compte par lui-même. Cette bévue avait fait courir à la flotte un danger encore plus grave, et accroître ce danger alors qu'elle traversait déjà l'espace du Syndic, menacée d'anéantissement, exigeait de gros efforts.

Mais, jusque-là, elle avait bien travaillé, ou, tout du moins, convenablement. Et par qui d'autre la remplacer s'il la relevait de ses fonctions ? Le commandant du *Titan* était certes plein de fougue, mais jeune et inexpérimenté. Dans une flotte puissamment entichée d'honneur et d'ancienneté, le bombarder commandant de la division des auxiliaires risquait d'engendrer un grave ressentiment, et rien ne prouvait qu'il pût assumer cette responsabilité si jeune. Les états de service du commandant du *Gobelin* restaient remarquables, compte tenu de sa médiocrité flagrante. Celui du *Djinn* n'avait remplacé que très récemment son prédécesseur relevé par Geary. Et le capitaine Gundel (ledit prédécesseur) se désintéressait de manière si patente des besoins des vaisseaux de guerre qu'il aurait aussi bien pu servir la soupe à l'ennemi. Pour l'heure, Gundel était claquemuré dans un petit bureau, quelque part à bord du *Titan*, où il avait reçu l'ordre de pondre une étude exhaustive (la flotte dût-elle mettre plusieurs années à rentrer) sur ses besoins, occupation dont le seul but était de l'empêcher de se fourrer dans les pattes de Geary.

Ce rappel de Gundel facilita sa décision. Tyrosian n'était sans doute pas parfaite, mais les autres branches de l'alternative étaient encore pires. *Et, bon sang de bois, autant que je le sache, elle a fait de son mieux !* « Capitaine Tyrosian, vous me voyez fort mécontent de devoir affronter cette situation, et j'aurais aimé que vous m'en avisiez plus tôt. Mais vous avez identifié l'origine du problème et je me fie à vous pour prendre des mesures interdisant qu'il se reproduise. » Au moins avait-il la certitude qu'elle le ferait à présent. « Il faudrait que vous évaluiez de votre mieux la liste des besoins que nous devrons combler, et qu'on prépare aussi une équipe d'ingénieurs à débarquer physiquement sur toutes les installations minières des Syndics pour dresser l'inventaire de leurs réserves. Acquittez-vous de ces deux tâches. »

Tyrosian cligna des yeux, comme stupéfaite. « Oui, capitaine. » Se rendait-elle compte qu'elle avait frisé la relève ? Probablement. Sans doute ne faisait-elle pas partie de ses meilleurs officiers mais au moins de ceux qui restaient assez doués pour comprendre le sens du mot responsabilité. Contrairement aux pires. Si seulement les plus stupides de ses commandants avaient l'intelligence de remettre spontanément leur démission après avoir commis une grosse bourde... Hélas, même conscients d'avoir à ce point merdé, ils s'en abstenaient, bien entendu. C'était d'ailleurs l'un des traits de caractère qui en faisaient des idiots.

Geary gratifia Tyrosian d'un autre regard empreint de confiance. « Il me faudrait aussi un plan pour réapprovisionner les vaisseaux de la flotte en énergie et en équipement avec ce que les auxiliaires ont fabriqué en route, en accordant la priorité à ceux dont les réserves sont les plus basses.

— Oui, capitaine. Aucun problème. Peut-on ajuster la formation en conséquence ?

— Ouais. Je tiens à voir cette opération effectuée le plus tôt possible.

— Ce sera fait », promit Tyrosian. Elle hésita une seconde. « Je suis désolée, capitaine. »

Geary marqua lui aussi une pause. Cette fois, il veilla à afficher la plus sincère des expressions en lui adressant un signe de tête. « Merci, capitaine. Je le savais déjà. C'est bien pour cette raison que vous demeurez aux commandes du *Sorcière* et de la division des auxiliaires, et pourquoi je reste persuadé que vous exercerez correctement ces deux fonctions. »

Il ferma un instant les yeux après que l'image de Tyrosian se fut effacée ; il espérait s'en être bien tiré, tout en se demandant s'il avait parlé franchement ou s'il n'avait pas tout bonnement joué à un petit jeu politique. Présenter un masque à l'adversaire peut tenir un aussi grand rôle dans la victoire que plusieurs divisions de cuirassés. Ça ne le dérangeait pas, mais il lui fallait parfois agir de la sorte avec ses propres officiers et jamais il n'avait réussi à s'y faire. Croyait-il sincèrement en Tyrosian ou la regardait-il comme le moins exécrable des choix qui s'offraient à lui ? *Mais même si c'est le cas, à quoi bon le lui dire ?*

Il y a du pain sur la planche. Cesse de ressasser. Geary rouvrit les yeux et se replongea dans l'examen de l'hologramme du système de Baldur. Il n'était absolument pas certain qu'ils obtiennent ces minerais des Syndics, mais au moins savait-il qui il devait prier de s'acquitter de cette tâche. Il tapota sur ses touches pour afficher une nouvelle fenêtre. L'image du commandant de ses fusiliers spatiaux apparut au bout de quelques instants. « J'ai une mission à confier à vos hommes, colonel Carabali. »

C'est reparti. Geary se composa une contenance puis pénétra dans le compartiment où il tenait des réunions stratégiques avec les officiers de la flotte. La salle n'était pas très large et la table qu'elle abritait n'aurait permis qu'à une douzaine de personnes tout au plus de s'y installer ; mais les logiciels de conférence virtuelle donnaient l'impression d'agrandir assez ses dimensions pour héberger tous les commandants de vaisseau. Bien qu'il y eût déjà organisé d'innombrables réunions, Geary se demandait encore si c'était un bien ou un mal.

Il s'installa en tête de table et balaya ses deux flancs du regard. Ses officiers supérieurs semblaient assis près de lui, tandis que la file des autres s'étirait à l'infini, par ordre d'ancienneté, jusqu'aux plus jeunes commandants de vaisseau installés tout au fond. Seule une autre personne était physiquement présente : le capitaine Desjani, que cette réunion semblait enthousiasmer à peu près autant que Geary lui-même, encore qu'il espérât mieux le dissimuler.

L'absence des capitaines Numos et Faresa, deux sérieuses épines dans son flanc, d'ordinaire « assis » non loin, ne le réconforta guère. Les ex-commandants de l'*Orion* et du *Majestic* étaient sans doute aux arrêts mais n'en représentaient pas moins, même dans ces conditions, une source constante de sédition. Il suffisait à Geary de suivre des yeux les deux rangées d'officiers pour repérer des regards méfiants ou des visages cherchant soigneusement à cacher leurs sentiments réels. Heureusement, l'expression de certains officiers reflétait aussi une quasi-vénération de Black Jack Geary (bien décourageante malgré tout) et une immense foi en lui; d'autres se fiaient moins en la légende de Black Jack et davantage à l'homme qui avait su conduire la flotte jusque-là. Il ne pouvait s'interdire de se demander combien il se passerait de temps avant qu'il ne commît une bévue assez épouvantable pour que la réalité de son humaine faillibilité ne pulvérise cette foi croissante.

« Bienvenue à Baldur », commença-t-il non sans se remémorer, en même temps qu'il prononçait ces paroles, qu'elles avaient constitué un siècle plus tôt le titre d'un documentaire populaire. Mais nul ne réagit; sans doute était-il le seul de la flotte à se le rappeler. Ça n'avait rien d'extraordinaire, évidemment. « J'avais l'intention de faire passer la flotte au-dessus du plan du système, mais, comme d'habitude, nos plans ont été chamboulés. »

Une onde d'intérêt courut tout du long de la table virtuelle, tandis que Geary allumait un écran devant lui. Une représentation de l'étoile jaune de Baldur flottait au centre, scintillant dans le vide; ses plus importantes planètes gravitaient autour et des symboles éparpillés par tout le système indiquaient les sites d'installations ou d'activités du Syndic. « Nous allons devoir rendre une petite visite à l'installation minière de la quatrième lune de la seconde géante gazeuse. » Le symbole qui la désignait brilla plus vivement. « Les auxiliaires ont besoin de se réapprovisionner en minerais bruts essentiels, et c'est là que nous les obtiendrons. Ou, plutôt, que nos fusiliers les obtiendront. » D'un signe de tête, il passa la parole au colonel Carabali.

À l'instar de Geary, Carabali avait grimpé au sommet de la hiérarchie à la suite de l'assassinat de son supérieur par les Syndics durant des négociations. Dans la mesure où elle était un fusilier spatial, traiter avec ces officiers de la flotte qui l'entouraient ne l'intimidait guère. Elle s'exprimait à présent avec toute la sécheresse cadencée et la précision d'un officier instructeur : « Nous craignons que les Syndics ne contaminent ou ne détruisent les réserves de minerais dont nous avons besoin…

— Pourquoi ? » l'interrompit une voix.

Le regard de Geary se braqua sur la femme qui venait de parler : capitaine Yin, commandant intérimaire de l'*Orion*; sans nul doute une protégée de Numos. Elle semblait légèrement nerveuse mais hostile malgré tout, et peut-être copiait-elle inconsciemment son attitude sur celle de Numos. « Si vous voulez bien permettre au colonel Carabali de poursuivre son exposé, vous aurez la réponse à votre question », déclara-t-il d'une voix plus âpre qu'il ne l'avait escompté.

Carabali regarda autour d'elle puis reprit la parole : « Les minerais en question sont des éléments trace. La flotte a pu avoir la confirmation de la présence dans cette installation minière des stocks dont elle a besoin en analysant les transmissions à l'intérieur de ce système, ainsi qu'en procédant à son inventaire depuis notre position actuelle. Dans la mesure où la dimension relativement réduite de ces stocks rend leur sabotage ou leur contamination assez aisée, le capitaine

Geary m'a demandé de planifier un raid destiné à prendre par surprise les gens qui occupent cette installation et, peut-être, la défendent. »

Carabali s'interrompit et le capitaine Tulev, du croiseur de combat *Léviathan,* lui décocha un regard intrigué mais dénué de toute hostilité. « Par surprise ? Comment diable pourrions-nous procéder ?

— Il nous faut leurrer les Syndics, les abuser sur nos intentions réelles, répondit Geary. Ils nous verront arriver, mais nous devons les persuader que nous allons nous contenter de survoler leur installation pour la détruire au passage, et non pour la piller. » Il pressa quelques touches et un faisceau de trajectoires incurvées s'afficha au sein de l'hologramme du système de Baldur, entre planètes et astéroïdes. « Nous partirons des limites extérieures du système pour progresser vers l'intérieur en frôlant les installations syndics sur notre route, et en les détruisant au fur et à mesure avec nos lances de l'enfer à courte portée… »

Cette fois, ce fut le capitaine Casia du cuirassé *Conquérant* qui le coupa en fronçant les sourcils : « C'est absurde ! Les Syndics eux-mêmes ne nous croiront jamais capables de perdre notre temps à engager le combat à bout portant contre des cibles fixes alors qu'il nous suffirait de larguer des projectiles cinétiques de loin. »

Geary vérifia et obtint la confirmation de ses soupçons : comme le *Majestic* et l'*Orion,* le *Conquérant* appartenait bel et bien à la troisième division de cuirassés. Sans doute éclipsé par Numos et Faresa, le capitaine Casia ne s'était pas distingué au cours des réunions précédentes. Rien, dans les souvenirs de Geary, ne lui permettait d'affirmer que Casia était de leur bord, aussi répondit-il sans animosité déclarée : « On pourrait raisonnablement présumer que notre flotte a épuisé tous ses projectiles cinétiques. De fait, après tous ceux que nous avons employés à Sancerre, c'est effectivement le cas. En outre, ce système stellaire ne représente pas pour nous une menace significative. Dans ces conditions, il resterait parfaitement sensé d'épargner nos projectiles cinétiques pour recourir aux lances de l'enfer. Les Syndics croiront nos réserves de projectiles cinétiques encore plus basses qu'elles ne le sont en réalité, ce qui pourrait aussi nous servir à l'avenir. »

Casia se mordit les lèvres en fronçant imperceptiblement les sourcils. L'image du capitaine Duellos, commandant du croiseur de combat *Courageux*, attira le regard de Geary : il venait de décocher à Casia un coup d'œil péremptoire, tout en dévisageant son collègue sans mot dire. Au terme d'un assez long laps de temps, sans doute attribuable à la distance séparant l'*Indomptable* du *Conquérant*, Casia secoua la tête. « Nous manquons tous de projectiles cinétiques. Que fabriquent donc les auxiliaires ?

— Des cellules d'énergie, capitaine Casia, répliqua Duellos, sur un ton gouailleur qui fit monter le rouge aux joues de son interlocuteur. Vous voulez certainement être en mesure de manœuvrer votre vaisseau, j'imagine, ou bien préférez-vous dériver dans le vide avec une pleine dotation en projectiles cinétiques sous la main ? »

Au vu de la réaction des autres officiers, Geary n'eut aucun mal à se faire une idée du statut dont jouissait Casia au sein de la flotte. Nombre d'entre eux accueillirent par un sourire la réflexion narquoise de Duellos, mais d'autres parurent plutôt s'indigner contre lui. Bizarre, dans la mesure où Geary ne se rappelait pas que cet homme lui eût causé des ennuis au préalable. Pourquoi les mécontents avaient-ils brusquement décidé de se rallier à lui ?

Il abattit le poing sur la table pour prévenir d'autres commentaires. « Merci, capitaine Duellos. D'autres questions, capitaine Casia ?

— Oui. Oui, en effet. » Casia s'était levé pour mieux souligner ses paroles. « J'ai cru comprendre que nous avions besoin de ces minerais parce que les auxiliaires ne s'étaient pas convenablement réapprovisionnés à Sancerre. La flotte tout entière a été mise en péril, mais les responsables restent impunis. »

Il s'interrompit, tandis que Geary jetait un coup d'œil vers le capitaine Tyrosian et la voyait se raidir. « Est-ce une simple constatation ou une question ? s'enquit-il.

— Les… Les deux.

— En ce cas, répondit Geary sur un ton égal, je peux vous assurer que le capitaine et moi avons débattu de ce problème et qu'elle garde toute ma confiance, ainsi que le commandement de la division des auxiliaires.

— Que lui avez-vous dit ? » demanda Casia.

Geary ne put s'empêcher de froncer les sourcils. De fait, il fixa l'homme sans changer d'expression. Il prit soudain conscience de ce qui se passait : une discussion de cette espèce, qui ne se contentait pas d'examiner le pour et le contre d'une ligne d'action mais défiait ouvertement le commandant de la flotte et s'efforçait de manipuler ceux qui lui apportaient leur soutien, aurait été impensable dans la spatiale qu'il avait lui-même connue. À tout instant, dorénavant, Casia risquait d'exiger qu'on procédât à un vote pour l'obliger à retirer son commandement à Tyrosian.

Mais ça n'arriverait pas tant qu'il serait aux commandes. « Capitaine Casia, déclara-t-il de sa voix la plus glaciale, je n'ai pas l'habitude de débattre en public de mes conversations privées avec mes officiers. Ce que j'ai pu dire au capitaine Tyrosian reste entre elle et moi, tout comme ce que je pourrais vous confier en tête à tête resterait entre nous.

— Nous méritons bien de savoir si vous prendrez des décisions efficaces… commença Casia.

— Seriez-vous en train de mettre en cause mon autorité et ma légitimité à commander cette flotte, capitaine Casia ? » demanda Geary d'une voix qui résonna dans toute la salle.

Le silence régna un instant puis le capitaine Tulev donna l'impression de se parler à lui-même, encore que sa voix portât : « Les Syndics ont appris à leurs dépens, à Caliban, Sancerre et Ilion, que le capitaine Geary était un commandant très efficace. »

La voix du capitaine Yin hésitait légèrement quand elle reprit la parole : « Les traditions de la flotte exigent un débat ouvert et un consensus parmi les commandants. Quel mal y a-t-il à vouloir les respecter ? Pourquoi le capitaine Geary ne serait-il pas favorable au maintien de traditions qui ont permis à la flotte de poursuivre la guerre ? »

Le capitaine Desjani avait gardé le silence jusque-là, mais cette attaque directe contre Geary la fit bondir. « Le capitaine Geary croit en nos traditions ! Il nous en a même rappelé d'oubliées !

— Le capitaine Geary les avait lui-même établies voilà un siècle ! » insista une autre voix. Celle, à la grande surprise de Geary, du capitaine de frégate Gaes du *Lorica*. « Il se bat ! Et, plus capital encore, il sait s'y prendre ! Il n'a jamais envoyé cette flotte dans un piège des Syndics, lui ! »

Cette allusion transparente au désastre de Vidha mit momentanément un terme au débat. Casia et Yin jetaient des regards noirs à Gaes, mais celle-ci les dédaignait ouvertement. Après avoir choisi de suivre le capitaine Falco et sa force rebelle, et l'avoir vue taillée en pièces à Vidha, elle ne témoignait probablement plus aucune tolérance envers ceux qui prônaient ces mêmes défis au commandement de Geary, défis qui se soldaient par une pareille débâcle.

Casia finit par secouer la tête. « La flotte est dans une situation délicate. Elle ne peut pas se permettre de rester à la merci d'officiers qui sont dans les petits papiers de son commandant, qu'ils soient ou non compétents.

— Ça suffit ! » Geary constata que tous s'étaient tournés vers lui et il prit brusquement conscience que c'était lui qui avait parlé sur ce ton. Il en changea, non sans un gros effort sur lui-même, et s'efforça d'adopter celui d'un commandant plutôt que d'un dieu courroucé. Ou d'un Black Jack. « Capitaine Casia, la flotte a déjà connu trop d'officiers incapables d'assumer leurs responsabilités. Je ne tolérerai plus aucun homme de cette espèce à un poste de commandement. Est-ce bien clair ? » Casia rougit mais garda le silence. « Maintenant, comptez-vous accuser d'incompétence un autre des commandants de vaisseau ici présents ? » Il le rudoyait délibérément pour le contraindre à rengracier publiquement. Il en était conscient et savait qu'il n'aurait pas dû abuser ainsi de son autorité. Il devait guider ces hommes et non les pousser à plier devant lui. Mais, pour l'heure, il était écœuré jusqu'à la nausée de la politique et des officiers supérieurs qui semblaient s'y adonner même quand cela compromettait la survie de la flotte. « Eh bien ?

— Non, répondit Casia d'une voix étranglée.

— Je suis le commandant de cette flotte et votre supérieur, capitaine Casia.

— Non… capitaine Geary.

— Merci. » *Relève-le immédiatement de ses fonctions pour insubordination. Boucle-le avec Numos, Faresa, Kerestes et ce cinglé de Falco. Ajoute le capitaine Yin pour faire bonne mesure.*

Pourquoi devrais-je supporter ces imbéciles ? Cette flotte sera davantage en sécurité quand ils ne seront plus dans mes jambes. S'ils avaient cessé de me défier…

Geary inspira une longue bouffée d'air. *Malédiction ! Je perds la tête. Où cette route me mènerait-elle si je l'empruntais ? Combien d'officiers me verrais-je contraint de saquer pour m'assurer que seuls ceux qui me sont fidèles resteront aux commandes ? Et quand j'en aurai viré un assez grand nombre, aucun n'osera plus me parler franchement, me dire si je me trompe ou si j'ai raison. Et cette flotte périra, car mes ancêtres savent que je me suis bien souvent trompé et que j'ai fréquemment fait des erreurs.* « Colonel Carabali. Poursuivez, je vous prie. »

Le colonel des fusiliers hocha la tête comme s'il ne s'était rien passé et reprit son exposé. Rien de fantaisiste ni de compliqué : sur sa route vers l'intérieur du système, la flotte croiserait devant plusieurs installations syndics et les pulvériserait tour à tour avec les lances de l'enfer des canons à particules. Mais, à l'approche de la quatrième lune de la seconde géante gazeuse, elle commencerait à décélérer et larguerait ses navettes chargées d'un commando de fusiliers. Si la manœuvre était bien synchronisée, les navettes n'auraient à parcourir qu'un trajet d'une demi-heure avant de débarquer leurs fusiliers. « Même si les Syndics réussissent à deviner pourquoi la flotte de l'Alliance cherche à occuper cette installation, il ne leur restera pas, espérons-le, le temps d'organiser une défense efficace ni d'endommager leurs réserves, déclara Carabali en guise de conclusion.

— En cas de besoin, la première division de cuirassés de reconnaissance les soutiendra à peu de distance, ajouta Geary. L'*Exemplaire* et le *Cœur de Lion* ont donné la preuve de leur efficacité à cette tâche. » C'étaient aussi les seuls cuirassés rescapés de cette division, mais nul ne releva.

Geary montra les trajectoires que suivraient les vaisseaux de la flotte : chacune des paraboles s'incurvait au travers du système de Baldur comme autant de cimeterres braqués sur les installations syndics. « Sans doute ce dispositif exigera-t-il davantage de temps qu'un trajet en ligne droite vers notre objectif. Mais nous décélérerons aussi à 0, 05 *c* pour simplifier le réapprovisionnement de la flotte. Vous recevrez tous le plan de vol et de réapprovisionnement dans l'heure.

— Nous pourrions faire davantage de dégâts si elle était répartie en plusieurs petites formations », suggéra le capitaine Cresida, du croiseur de combat *Furieux*. Elle avait plus ou moins gardé le silence pendant le débat mais ne pouvait désormais résister à la tentation d'argumenter le plus possible sur le plan de bataille.

Geary reconnut la pertinence de son objection d'un hochement de tête. Cresida faisait partie, avec Tulev et Duellos, de ses meilleurs commandants. « C'est exact. Mais je tiens à restreindre au maximum l'emploi des cellules d'énergie jusqu'à ce que nous ayons fait main basse sur ces stocks d'éléments trace, et je me refuse à scinder escadrons et divisions tant que je n'aurai pas la certitude que tous sont bien approvisionnés.

— Et les vaisseaux de guerre syndics ? » demanda le capitaine de frégate Neeson, du croiseur de combat *Implacable*, sans tout à fait réussir à dissimuler sa déception à la perspective de ne pas participer cette fois à la force d'intervention rapide.

Le capitaine Desjani montra l'hologramme. « Ils se sont dispersés. Deux des corvettes piquent vers un des points de saut permettant de quitter Baldur et que nous utiliserons peut-être nous-mêmes, et la troisième et le croiseur léger vers l'autre. »

Le capitaine Duellos opina. « Des sentinelles. Une corvette sautera probablement de chaque point dès qu'elle l'aura atteint, pour rendre compte de notre présence à Baldur, tandis que les deux autres vaisseaux attendront que nous ayons quitté le système pour informer les autorités de celui que nous aurons emprunté. »

Difficile de ne pas lire la déception sur tous les visages, mais il était tout bonnement impossible de permettre à la flotte d'engager le combat avec ces vaisseaux syndics. Même si elles étaient plus lentes que tous les vaisseaux de la flotte hormis les quatre auxiliaires, les corvettes avaient beaucoup trop d'avance. « Nous allons causer de très importants dommages aux installations syndics de ce système, fit remarquer Geary. Et, encore une fois, c'est l'ennemi qui fournira à nos auxiliaires les matériaux bruts dont nous avons besoin. »

Le manque d'enthousiasme était palpable. Ses plus proches alliés eux-mêmes ne semblaient guère excités, mais il n'y avait pas non plus matière à s'affoler. Baldur n'était qu'une brève escale dans un long voyage de retour. Ils devraient ensuite traverser Wendaya en combattant, puis un autre système solaire et un autre encore…

Sans doute avaient-ils dérouté l'ennemi en replongeant au cœur de l'espace syndic pour frapper Sancerre, mais combien de temps pourraient-ils encore interdire aux Syndics de deviner correctement leur prochaine destination et d'y rassembler une force supérieure en nombre ?

DEUX

Les batteries de lances de l'enfer projetaient leurs javelots chargés de particules sur la base militaire syndic et le petit chantier naval qui orbitaient depuis des siècles autour de la géante gazeuse extérieure de Baldur. La plupart des installations semblaient désaffectées, probablement depuis des décennies, et le personnel qui y subsistait, peu nombreux, se composait surtout de gardiens chargés de la maintenance et de la gestion des rares systèmes encore opérationnels. Pour l'heure, ce personnel fuyait vers l'intérieur du système à bord de capsules de survie, tandis que, derrière les fuyards, les sections tant actives qu'inactives de la base et du chantier étaient déchiquetées à bout portant par les lances de l'enfer.

Geary avait décidé d'octroyer à toute la flotte le plaisir d'anéantir les installations ennemies sur sa route vers le site minier. En l'occurrence, il avait laissé les honneurs à la huitième division de cuirassés. *Acharné, Représailles, Superbe* et *Splendide* frôlaient tour à tour la base syndic en démantelant de leur massive puissance de feu équipement, réserves et pièces détachées, en même temps que les chantiers navals qui auraient pu offrir à ces corvettes obsolètes un appui occasionnel.

La cible suivante serait l'installation minière, qu'il leur faudrait investir intacte. Compte tenu du penchant inlassable de l'humanité à construire et préserver, Geary ne pouvait s'empêcher d'apprécier l'ironie des guerres humaines : détruire quelque chose semblait toujours beaucoup plus simple que de s'efforcer de lui conserver son intégrité.

« Tu t'amuses bien ? »

Geary jeta un regard par-dessus l'écran sur lequel ses vaisseaux de guerre continuaient de réduire en miettes les installations syndics, et constata que Victoria Rione s'était introduite sans s'annoncer dans sa cabine. Ça lui était possible, puisqu'il avait réglé les paramètres de sécurité de façon à lui en autoriser l'accès, conséquence de l'époque où elle partageait encore sa couche. Il avait bien songé à modifier les réglages, puisque Rione se montrait désormais si distante, mais il n'avait pas franchi le pas.

Il haussa les épaules en réponse à sa question. « C'est une nécessité. »

Rione lui jeta un regard énigmatique et s'assit en face de lui en gardant ses distances, comme elle s'y entêtait depuis Ilion. « La "nécessité" est une affaire de choix, John Geary. Il n'existe aucune frontière évidente séparant ce qu'il nous faut faire de ce que nous décidons. »

Il se persuada qu'elle faisait allusion à quelque non-dit, mais il voulait bien être pendu s'il savait de quoi il retournait ! « J'en suis conscient.

— J'en suis sûre. En temps ordinaire », déclara-t-elle, remarquable concession de sa part. Puis elle le scruta un instant avant de répéter : « En temps ordinaire. Les commandants des vaisseaux de la République de Callas et de la Fédération du Rift m'ont rapporté ta dernière réunion stratégique. »

Geary réprima une poussée d'exaspération. « Inutile de me rappeler sans cesse que ces bâtiments se plieront à tes recommandations, puisque tu es la coprésidente de la République de Callas.

— Non, répliqua-t-elle sèchement. Black Jack Geary ne doit pas beaucoup apprécier qu'on défie son autorité, j'imagine. J'ai cru comprendre que tu avais été confronté à une nouvelle insubordination et que tu l'avais réprimée sévèrement.

— Je dois conserver le contrôle de cette flotte, madame la coprésidente ! J'aurais pu réagir beaucoup plus violemment, et vous le savez. »

Au lieu de répondre à la colère par la colère, Rione se contenta de faire la grimace et de se rejeter en arrière. « Tu aurais pu, en effet. L'important, ce n'est pas que je le sache, mais que tu en sois conscient. Tu songes à tout ce que tu pourrais faire, à tout ce dont tu t'affranchirais si tu te comportais comme Black Jack, n'est-ce pas ? »

Geary hésita. Il refusait de l'admettre, mais Rione était la seule personne à qui il pouvait s'en ouvrir. « Oui. Ça m'a traversé l'esprit.

— Ce n'était pas le cas avant, pas vrai ?

— Non.

— Combien de temps pourras-tu le refréner, John Geary ? Black Jack peut faire ce qu'il veut parce que c'est un héros de légende. Parce qu'il a remporté des victoires spectaculaires à la tête de cette flotte. »

Geary la fusilla du regard. « Si je ne les remportais pas, cette flotte mourrait. »

Elle hocha la tête. « Et plus tu en remportes, plus ta légende grandit. Chaque nouveau succès comporte un risque, car ce serait tellement plus facile pour Black Jack. Il n'aurait pas à persuader ses subordonnés de lui obéir ; il lui suffirait d'ordonner et de punir les indociles. Il n'aurait pas à se soucier du règlement ni de l'honneur. Il pourrait créer ses propres règles et son propre code de l'honneur. »

Geary s'adossa à son tour à son fauteuil et ferma les yeux. « Que me suggérez-vous, madame la coprésidente ?

— Je n'en sais rien. J'aimerais le savoir. J'ai peur pour toi. Aucun de nous n'est aussi maître de soi qu'il se l'imagine. » Les yeux de Geary se rouvrirent brusquement et il la fixa, sidéré par cet aveu de faiblesse. Rione avait détourné les siens ; elle afficha l'espace d'un instant une mine défaite, puis elle reprit contenance, pareille à un vaisseau de guerre renforçant ses boucliers, et le considéra d'un œil froid. « Que feras-tu si cette installation minière ne détient pas les matériaux que convoite cette flotte ? »

Geary eut un geste agacé. « J'en frapperai une autre. Nous avons besoin de ces minerais. La perspective de m'attarder dans ce système me répugne, mais nous ne pouvons pas entrer dans l'espace du saut sans avoir reconstitué les stocks des auxiliaires. Même quand nous aurons distribué toutes les cellules d'énergie fabriquées à ce jour, la flotte ne disposera que de soixante-dix pour cent de ses réserves normales, et c'est un niveau beaucoup trop bas pour des vaisseaux qui devront affronter un aussi long voyage de retour.

— Est-ce là ton seul souci ?

— À part toi, tu veux dire ? » demanda-t-il abruptement.

Elle soutint son regard sans ciller. « Oui. »

Sans doute aurait-il de meilleures chances de tirer les vers du nez aux prisonniers syndics que d'extorquer des informations à une Victoria Rione qui refuserait de les lui divulguer. Geary sentit ses lèvres s'incurver pour dessiner un sourire ironique. « Ouais. Il y a autre chose. » Il reporta le regard sur l'écran qu'il étudiait à son arrivée.

« Quoi ? »

Elle se leva, alla s'asseoir près de lui et se pencha légèrement pour mieux examiner l'hologramme ; le doux parfum qui émanait de sa personne ne laissait pas d'éveiller les souvenirs de leurs étreintes. Quand elle s'était refusée à lui pendant plusieurs semaines, sans autre explication, il n'avait pas très bien accueilli ce revirement. Non que Rione lui dût l'usage de son corps, mais à tout le moins une justification. Bien sûr, ils ne s'étaient jamais rien promis, de sorte qu'elle n'avait brisé aucun serment. Mais il en avait l'impression malgré tout.

Il se renfrogna, furieux contre elle et contre lui-même. « Je m'inquiète de l'état de mes vaisseaux. »

Elle lui jeta un long regard. « Ce sont surtout tes pertes qui te tarabustent », fit-elle remarquer sur un ton prosaïque. Comme Desjani et quelques autres, elle savait que Geary n'était guère habitué à la perte de vaisseaux et de leurs équipages. Un siècle plus tôt, celle d'un seul bâtiment était regardée comme une tragédie. Depuis, les batailles avaient dégénéré en bains de sang : on y perdait aisément un vaisseau ; ce n'était plus qu'un nom qu'on ressusciterait en le donnant à un bâtiment de remplacement hâtivement armé. Mais Geary vivait encore sur les sentiments qu'on éprouvait de son temps, et qui n'étaient pour lui vieux que de quelques mois puisque le sommeil de l'hibernation l'avait conservé tel qu'il était cent ans plus tôt.

« Bien sûr que nos pertes me tarabustent, déclara-t-il laconiquement en s'efforçant de dompter sa colère.

— C'est tout à ton honneur. » Le visage de Rione était tourné vers la liste des vaisseaux. « Je redoute toujours le jour où Black Jack Geary s'en souciera comme d'une guigne.

— Black Jack Geary ne commande pas cette flotte. » Il lui jeta un regard noir, irrité de voir ce sujet revenir sur le tapis. « Il ne me commande pas non plus. Je ne nie pas qu'il m'induise parfois en tentation. Il serait bien plus facile pour moi de me prendre pour un demi-dieu dont toutes les actions sont justifiées, puisque les vivantes étoiles les inspirent et que nos ancêtres les bénissent. Mais ce serait une absurdité et j'en suis conscient.

— Parfait. Mais tu dois aussi savoir que nos pertes auraient été bien plus sévères sous un autre commandant. Tiens-tu vraiment à me l'entendre dire ? Je n'ai jamais nié, depuis Sancerre, ton aptitude au commandement. »

Il ne s'en était pas aperçu, mais c'était pourtant vrai. « Merci. J'aimerais que ça y change quelque chose.

— Ça devrait, John Geary. »

Il secoua la tête. « Parce que ç'aurait pu être pire. D'accord. Je l'admets, au moins intellectuellement sinon affectivement. Mais là n'est pas le problème. Nous ne pouvons pas nous permettre ces pertes. » Geary montra le relevé de ses vaisseaux et de leur statut. « Regarde. Nos croiseurs de combat rescapés de l'embuscade des Syndics dans leur système mère ont été redistribués en six divisions. Normalement, une division se compose de six bâtiments. Celles-ci n'étaient déjà fortes au départ que de quatre croiseurs de combat, et la septième de trois seulement. Vingt-trois ont survécu à cette embuscade. Nous en avons encore perdu un, le *Riposte*, en sortant de ce système. »

Il s'interrompit. *Perdu*. Un simple petit mot. Unique épitaphe pour un vaisseau, son équipage et son commandant, un homme plus âgé que Geary et pourtant son arrière-petit-neveu. Il déglutit, conscient que Rione le regardait, puis poursuivit. « Le *Polaris* et l'*Avant-garde* ont été détruits à Vihda puis l'*Invulnérable* et le *Terrible* à Ilion. Cinq sur vingt-trois et nous sommes encore très loin de chez nous. Sans compter les dommages importants infligés à Sancerre aux vaisseaux de la deuxième division de croiseurs de combat de Tulev, dont certains n'ont toujours pas été réparés. »

Rione hocha la tête. « Je comprends ton inquiétude. Surtout quand l'*Indomptable* est impliqué. Rapporter dans l'espace de l'Alliance la clef de l'hypernet du Syndic qu'il transporte est crucial pour l'effort de guerre. » Elle s'interrompit. « Combien sommes-nous dans cette flotte à savoir que cette clef se trouve à bord de l'*Indomptable* ?

— Je n'en sais rien. Sans doute beaucoup trop. » Un soi-disant traître aux Syndics avait fourni cette clef à la flotte pour lui permettre de lancer son attaque surprise sur leur système mère, et de gagner ainsi la guerre en frappant un unique grand coup. Mais c'était également, pour les dirigeants de l'Alliance à la témérité agressive, un appât auquel ils n'avaient pas su résister. Les Syndics s'étaient doutés qu'ils goberaient l'hameçon et ils avaient tendu un traquenard à la flotte : *désastre* restait un euphémisme pour qualifier la défaite qui avait suivi, mais au moins une partie de la flotte en avait-elle réchappé et avait-elle survécu jusque-là ; quant aux Syndics, l'éventualité que la clef de leur hypernet se trouvait désormais à bord d'un des vaisseaux survivants devait les terrifier. « Je me suis demandé pourquoi les Syndics avaient assassiné les plus haut gradés de la flotte quand ils sont allés négocier. Il eût été plus avisé de les garder en vie pour les interroger.

— Peut-être l'ont-ils fait, fit remarquer Rione. On peut truquer une vidéo. Je reste persuadée que la plupart de ces officiers supérieurs, au massacre desquels nous avons assisté, ont bel et bien trouvé la mort, faisant ainsi de toi l'officier le plus ancien dans le grade le plus élevé, mais je ne serais pas autrement surprise d'apprendre que deux ou trois au moins de ces hommes prétendument décédés ont été précisément épargnés dans ce but. »

Ce qui voudrait dire que les Syndics savaient peut-être, maintenant, que la clef se trouvait à bord de l'*Indomptable* et qu'il leur fallait à tout prix détruire ce vaisseau. « De mieux en mieux, marmonna Geary, sarcastique.

— Je te demande pardon ?

— Rien. Je parlais tout seul. »

Rione lui jeta un regard agacé. « Nous sommes censés parler ensemble. La perte de ces croiseurs de combat reste aussi tragique qu'inquiétante. Mais, en revanche, nous n'avons presque pas perdu de cuirassés.

— Ouais. » Geary consulta la liste des noms. « Le *Triomphe* à Vihda et l'*Arrogant* à Caliban. » Techniquement parlant, ce dernier bâtiment était un des trois cuirassés de reconnaissance de la flotte, une sorte d'intermédiaire entre un croiseur lourd et un cuirassé ; cesser de regarder ces vaisseaux comme des croiseurs avait exigé quelques efforts. Geary se demandait quelle étrange lubie bureaucratique avait présidé à leur conception, dans la mesure où ils étaient trop petits pour se comporter en cuirassés et trop grands pour opérer comme des croiseurs lourds. « Mais le *Guerrier*, l'*Orion* et le *Majestic* sont dans un triste état. Il faudra du temps pour les rendre de nouveau opérationnels et prêts à combattre. Si du moins nous y parvenons. Peut-être même devront-ils subir de lourdes réparations dans un chantier naval. » Inutile d'ajouter que les plus proches chantiers navals susceptibles de s'acquitter de ces remises en état se trouvaient dans l'espace de l'Alliance. Pour le regagner en toute sécurité, la flotte aurait besoin de tous ses cuirassés, mais elle ne réussirait probablement pas, avant d'arriver à bon port, à restituer leur pleine condition opérationnelle aux plus endommagés.

Nouveau hochement de tête de Rione. « Je crois comprendre que le *Guerrier* a essuyé à Vidha des dommages presque aussi importants que l'*Invulnérable*. Ne serait-il pas plus sage de l'abandonner et de le détruire, comme tu l'as fait pour l'*Invulnérable* ? »

Manifestement, les espions que Rione entretenait dans la flotte l'avaient tenue informée. Geary fit de nouveau la grimace. « Le système de propulsion du *Guerrier* n'a pas souffert de dommages, à la différence de celui de l'*Invulnérable*, et il peut donc poursuivre la route avec la flotte. Je ne l'abandonnerai pas le cœur léger. Je suis incapable d'expliquer pourquoi, mais saborder un de nos vaisseaux m'est plus pénible moralement que de le voir détruit au combat. En outre, j'ai suivi d'assez près les progrès de ses réparations. L'équipage du *Guerrier* se crève réellement la paillasse pour retaper son bâtiment. Pour le moment, si ça devait s'aggraver, j'envisagerais plutôt de phagocyter le *Majestic* afin de remettre en état le *Guerrier* et l'*Orion*. Les réparations avancent sur l'*Orion*, mais le *Majestic* traîne les pieds. Aucun de ces trois vaisseaux ne pourra participer avant un bon moment aux combats en première ligne. Je vais devoir les laisser avec les auxiliaires, et leur orgueil risque d'en souffrir.

— Ils n'ont pas vraiment de quoi être fiers, lâcha Rione d'une voix sourde et âpre. Fuir cette flotte puis l'ennemi, et abandonner leurs camarades à Vihda…

— Je sais tout cela, la coupa Geary sur un ton où grondait la colère. Pour autant, je ne peux pas rayer des cadres ces vaisseaux et leur équipage ! Je dois reconstruire ces bâtiments, certes, mais aussi le moral de leurs spatiaux ; il faut qu'ils retrouvent confiance en eux, et la fierté joue donc un rôle de premier plan. »

Rione garda le silence, le visage empourpré.

« Excuse-moi.

— Je l'ai bien cherché, répliqua-t-elle, donnant surtout l'impression d'être furieuse contre elle-même. Je suis une politicienne et je devrais donc mesurer l'importance de ce à quoi croient les gens. » Elle prit une profonde inspiration pour se calmer. « Je ne suis pas insensible à la souffrance que représente la perte de bâtiments aussi importants qu'un croiseur de combat – ou de tout autre vaisseau, d'ailleurs –, mais que tu ne perdes pas de cuirassés en aussi grand nombre devrait te réconforter. »

Geary secoua la tête. « Non. Si je continue à perdre des croiseurs de combat, les divisions de cuirassés commenceront elles aussi à essuyer des pertes. »

Cette fois, Rione afficha une mine mystifiée. « Pourquoi ?

— Parce que les croiseurs de combat remplissent des tâches bien précises, expliqua-t-il. Ils sont dotés de la puissance de feu de cuirassés mais peuvent accélérer, manœuvrer et décélérer comme des croiseurs lourds. Certes, ils ne disposent ni des boucliers ni du blindage des cuirassés, puisqu'ils les ont troqués contre une plus grande vélocité. Ce qui les rend très utiles pour accomplir certaines missions exigeant vitesse et puissance de feu. Si j'en perdais un trop grand nombre, il me faudrait confier ces tâches aux cuirassés, qui sont par trop lambins. Les croiseurs de combat des Syndics les coinceraient et, bien qu'un cuirassé puisse aisément défaire un croiseur de combat, il ne saurait affronter quatre unités plus légères, voire davantage, en même temps. Ou bien il me faudrait recourir aux croiseurs et leur permettre d'essuyer des pertes encore plus lourdes, jusqu'à ce qu'il ne m'en reste plus aucun et que je me retrouve, de toute manière, contraint de faire appel aux cuirassés. »

Rione plissa le front en signe de compréhension. « Les pertes s'accéléreraient donc si nous étions forcés d'employer des vaisseaux à des tâches pour lesquelles ils n'ont pas été conçus.

— Ouais. » Geary montra l'écran. « Et, si les combattants les plus importants, cuirassés et croiseurs de combat, restaient à l'arrière, alors les croiseurs légers et les destroyers seraient réduits en lambeaux. Tout est lié. Je ne peux pas remplacer les unités que j'ai perdues et je me retrouve donc obligé de faire flèche de tout bois. » Il fixait les noms des vaisseaux, hanté par l'image des débris du *Terrible* après sa collision avec un croiseur de combat syndic à Ilion. Ou, plutôt, par celle d'un éclair éblouissant, seul témoignage de l'existence de ces deux bâtiments après qu'ils se furent télescopés à une fraction relativement élevée de la vitesse de la lumière. Pas seulement un bâtiment, mais tout son équipage pulvérisé en un clin d'œil. « Que mes ancêtres veuillent bien me venir en aide », chuchota-t-il.

Il sentit la main de Rione peser longuement sur son épaule et le réconforter d'une poigne ferme avant de se retirer. « Pardonne-moi.

— Victoria…

— Non. » Elle se leva brusquement en détournant la tête. « Victoria n'est pas là. La coprésidente Rione vous présente ses condoléances et vous offre son soutien, capitaine Geary. » Elle sortit en trombe avant qu'il eût pu répondre.

« Qu'avez-vous obtenu ? » demanda Geary. Il observait, à travers un miroir sans tain, la salle d'interrogatoire où le commandant du vaisseau marchand syndic qu'ils avaient détruit en émergeant à Baldur était assis, ruisselant de sueur en dépit de la relative fraîcheur qui régnait dans ce compartiment. Autour de la vitre, relevés et écrans donnaient toutes les informations disponibles sur la condition physique et l'EEG du Syndic. S'il mentait, les scans de son cerveau le montreraient de façon flagrante, et pouvoir confronter un individu à ses mensonges donnait souvent d'excellents résultats.

Le lieutenant Iger, officier du renseignement, fit la grimace. « Pas grand-chose. Les Syndics ne confient à leurs civils aucun détail sur leurs opérations militaires ou leurs pertes.

— Un peu comme l'Alliance, non ? rétorqua sèchement Geary.

— En fait… oui, capitaine, admit le lieutenant. Mais en pire. Et les Syndics ne tolèrent ni presse libre ni discussions publiques, de sorte que leurs citoyens ont beaucoup plus de mal à comprendre ce qui se passe réellement. Tout ce que les spatiaux de ce vaisseau marchand ont pu nous dire relevait de la propagande du Syndic : la victoire est assurée, nos pertes sont légères et cette flotte a été totalement anéantie.

— Il sait au moins que cette dernière affirmation est fausse, fit observer Geary. D'où venait ce vaisseau ?

— De Tikana. Encore un système négligé par l'hypernet. Le bâtiment effectuait des voyages commerciaux aux marges de l'espace syndic et travaillait pour une compagnie qui survit grâce aux miettes dont se désintéressent les plus grosses sociétés.

— Pas beaucoup de nouvelles récentes ni d'informations intéressantes, donc ?

— Non, capitaine. » Le lieutenant Iger indiqua de la main la silhouette du commandant du vaisseau marchand. « Il crève de trouille mais ne semble pas pour autant en mesure de nous en donner.

— Il n'a entendu aucune rumeur sur cette flotte, j'imagine ?

— Non, capitaine, répéta l'officier du renseignement. Et, quand il le nie, il donne l'impression de l'ignorer sincèrement. Quand nous lui avons fourni les noms de systèmes que nous avons traversés, comme Corvus ou Sancerre, il a paru les identifier, mais sans plus. »

L'espace d'un instant, Geary se demanda si oui ou non il devait s'entretenir en personne avec le Syndic puis opta pour l'affirmative. « Je vais entrer. Comment s'appelle-t-il ?

— Reynad Ybarra, capitaine. Il vient de la planète Meddak.

— Merci. » Geary franchit les trois écoutilles menant à la salle d'interrogatoire. Une fois à l'intérieur, il vit l'homme le scruter. Le Syndic semblait trop terrifié pour remuer, mais, même s'il avait été enclin à une attaque suicide, elle eût été futile. La salle d'interrogatoire était équipée d'armes braquées sur le prisonnier, assez nombreuses pour l'abattre avant même qu'il eût fait le premier pas. « Salutations au nom de l'Alliance, capitaine Ybarra », déclara Geary sur un ton officiel.

Le Syndic ne remua pas un cil ni ne lui répondit. Il se contentait de le fixer fébrilement.

« Où en est la guerre ? » s'enquit Geary.

Cette fois, le Syndic observa une pause puis se mit à débiter des phrases assez souvent entendues pour qu'elles fussent restées gravées dans sa mémoire : « Les forces des Mondes syndiqués vont de victoire en victoire. Notre triomphe sur les agresseurs de l'Alliance est assuré. »

Geary s'assit face à lui. « Vous ne vous êtes jamais demandé pourquoi vous n'aviez toujours pas gagné cette guerre quand vos forces vont depuis un siècle de victoire en victoire ? » Le Syndic déglutit mais resta coi. « Celles de l'Alliance n'étaient pas l'agresseur, voyez-vous. Je le sais parce que j'y étais. » Les yeux de l'autre s'écarquillèrent, trahissant une incrédulité mêlée d'effroi. « On vous a sûrement dit que je suis le capitaine John Geary. » La peur de l'homme s'accrut encore. « Aimeriez-vous voir la fin de cette guerre ? » Terreur. Le sujet le mettait manifestement mal à l'aise. Sans doute le seul fait de l'aborder pouvait-il valoir une inculpation de haute trahison à un citoyen syndic.

Comment l'amener à parler ? Geary recourut à un vieux subterfuge : « Vous reste-t-il des parents à Meddak ? »

L'homme hésita un instant, comme s'il se demandait s'il ne risquait rien à répondre, puis il hocha la tête.

« Vont-ils bien ? »

Geary obtint enfin quelque chose : « Seulement mon père et ma mère, lâcha le Syndic d'une voix étouffée. Ma sœur est morte pendant le bombardement d'Ikoni. Et mon frère il y a cinq ans, quand son vaisseau a été détruit au cours d'un combat. »

Geary fit la grimace. Un frère et une sœur morts à la guerre. Circonstance bien trop fréquente dans un conflit caractérisé par des batailles sanglantes et des bombardements de populations civiles. « Je suis désolé. Puissent-ils reposer dans les bras de leurs ancêtres. » Le Syndic ne réagit à ce courtois témoignage de commisération que par un regard empreint de confusion. « Je vais vous dire quelques mots puis nous vous relâcherons probablement, vous et votre équipage. Je ne me donnerai même pas la peine de vous expliquer que vos dirigeants vous mentent, puisque votre présence sur un vaisseau prétendument détruit devrait suffire à vous le faire comprendre. Non, je voudrais simplement vous mettre en tête que nous aimerions, nous aussi, mettre fin à cette guerre. Il y a déjà eu trop de morts qui n'ont servi à rien. La flotte que je commande ne s'attaquera pas à votre patrie. Passez par tous les systèmes qu'elle a traversés depuis qu'elle a quitté votre système mère, et vous constaterez qu'elle ne s'en est prise qu'à des objectifs militaires ou affiliés. L'Alliance combattra aussi longtemps et aussi férocement qu'il le faudra pour assurer la sécurité de ses planètes, mais avec honneur. Répétez-le à qui vous voudrez. »

Quand Geary se leva, le Syndic continuait de le fixer. De retour dans la salle d'observation, il trouva le lieutenant en train d'étudier les relevés.

« Alors ? demanda-t-il.

— Il ne vous croit pas, répondit l'officier.

— Non. Je m'y attendais. Pensez-vous qu'on puisse tirer des informations utiles de ces hommes ?

— Non, capitaine.

— Alors faites-leur réintégrer leur module de survie et larguez-le vers une destination sûre.

— Oui, capitaine. » Iger hésita. « Le personnel qui a inspecté ce module a constaté deux graves dysfonctionnements de ses systèmes, dus à l'emploi de matériaux bon marché et à des contrôles de médiocre qualité, capitaine.

— Vous vous en êtes inquiété ? » demanda Geary, impressionné.

Iger sourit. « Oui, capitaine. Leur vaisseau n'était qu'un habitacle de bas de gamme, mais sa condition matérielle suffit à nous donner des indications sur l'état général de l'économie des Syndics. »

Geary hocha la tête. « Je ne me souviens pas d'avoir constaté des problèmes de cette espèce sur aucune des capsules de survie militaires syndics que nous avons capturées.

— Non, convint le lieutenant. Ils donnent le premier choix et la priorité dans tous les domaines à l'armée. Seuls leurs dirigeants ont la préséance.

— Ça ne devrait pas m'étonner, j'imagine. Peut-on réparer les systèmes endommagés du module de survie de ce vaisseau marchand ?

— Oui, capitaine. Il me semble.

— Alors faites procéder à ces réparations avant le largage du module, ordonna Geary. Ils sauront qu'ils ne devront leur survie qu'à notre assistance. »

L'officier du renseignement salua, faisant étalage de sa capacité à témoigner cette marque de respect que Geary avait réintroduite dans la flotte. « À vos ordres, capitaine. Mais cet équipage n'est qu'une goutte d'eau dans l'océan syndic, et, même s'il nous en était reconnaissant, ça ne nous avancerait guère.

— Peut-être. » Geary fit volte-face, s'apprêtant à partir, puis s'arrêta et se retourna. « Mais rappelez-vous qu'en s'additionnant les gouttes finissent par faire des vagues. Avec le temps, nous parviendrons peut-être à faire tanguer le bateau des dirigeants syndics. En outre, nos ancêtres ne répugnent pas à nous voir faire de temps en temps des gestes qui ne nous rapportent rien, n'est-ce pas ? »

Assis sur la passerelle de l'*Indomptable*, Geary regardait les images de l'installation minière syndic sur laquelle piquait sa flotte à 0,02 *c*. Elle allait devoir réduire encore sa vélocité pour permettre aux navettes de ralentir jusqu'à la vitesse d'atterrissage avant de dépasser son objectif. Une fenêtre virtuelle s'ouvrit près de celle qui montrait l'installation, révélant le visage impassible du colonel Carabali. « Nos troupes sont embarquées et parées, capitaine.

— Merci, colonel. » Geary l'observa soigneusement. « Voulez-vous les accompagner ? »

Carabali hésita, manifestement déchirée. « Je ferais mieux de coordonner l'assaut depuis le centre de contrôle d'un vaisseau, capitaine Geary. »

Bizarre, songea Geary. Monter en grade ne diminuait nullement le danger pour les officiers de la flotte. Lors d'une bataille, l'amiral le plus galonné prenait les mêmes risques que le spatial de deuxième classe, puisqu'ils se trouvaient à bord du même vaisseau. Mais il en allait tout autrement des fusiliers. Quand des troupes de débarquement intervenaient, leurs officiers supérieurs devaient montrer suffisamment de discipline pour ne pas participer physiquement aux engagements, afin de mieux prendre la mesure du tableau général de la bataille. On se rendait compte, non sans étonnement, que s'abstenir de se jeter dans la mêlée exigeait de ces officiers davantage de force de volonté et, d'une certaine façon, de courage que d'accompagner leurs hommes. Affronter la mort pouvait être moins pénible que les regarder mourir d'en haut.

« Très bien, colonel, se contenta-t-il néanmoins de répondre. Dois-je parler à vos hommes avant qu'ils n'entrent en action ? »

Carabali hésita à nouveau, mais pour une raison différente cette fois. « Ils sont prêts à partir, capitaine. Toute distraction maintenant serait mal avisée. »

Geary faillit éclater de rire. Une « distraction ». Si seulement ç'avait été le pire des problèmes qu'il risquait de susciter… « D'accord, colonel. Si vous avez besoin de quelque chose, faites-le-moi savoir tout de suite. Sinon, je vous laisse à vos responsabilités stratégiques.

— Merci, capitaine », répondit en souriant Carabali, tout en lui retournant un salut parfait. À la différence du reste de la flotte, les fusiliers spatiaux n'avaient jamais renoncé au salut, de sorte qu'ils n'avaient pas été contraints, naturellement, de le réapprendre. « Je vous informerai dès que nous aurons investi l'installation, capitaine Geary. »

L'image de Carabali disparut et Geary s'adossa à son fauteuil de commandement en soupirant. Il ressentait une certaine impuissance en ces moments-là. La trajectoire et la vélocité des vaisseaux étaient fixées, les fusiliers prêts à donner l'assaut, et il ne lui restait plus qu'à assister aux opérations en espérant que tout se passerait bien. *Je commande à une flotte, mais je n'en reste pas moins soumis aux lois spatiotemporelles. De mon temps, j'ai connu quelques officiers qui s'imaginaient que leur grade les autorisait à mépriser ces impératifs, mais sans doute ont-ils trouvé la mort prématurément durant cette guerre. Pendant que je dérivais dans le vide en hibernation, et que l'Alliance faisait de moi un héros de légende. Savoir qui, de nous tous, a eu le plus de chance ?*

« Personne ne quitte l'installation minière », fit remarquer Desjani.

Geary reporta son attention sur l'écran et opina. « Aucun module de survie, et même ce vieux baquet reste en position. Ceux qui se trouvent dedans préfèrent s'y incruster que de l'évacuer.

— Ils craignent sans doute que nous ne détruisions tout ce qui tenterait de s'en échapper », avança Desjani sur un ton suggérant que c'était l'habitude dans la flotte avant qu'il n'en prît le commandement.

Quel honneur y a-t-il à canarder des modules de survie sans défense ? Il s'interdit de poser la question. Ces pratiques, qu'il trouvait abjectes, étaient devenues quotidiennes au bout d'un siècle de guerre, à mesure que les Syndics se livraient à des atrocités de plus en plus abominables et que l'Alliance répliquait en proportion. Au fil du temps, les descendants des officiers et des spatiaux qu'il avait connus avaient beaucoup oublié. Jusqu'à ce qu'un Black Jack Geary adulé se réveille et leur remette en mémoire les vieilles notions auxquelles il avait lui-même cru. Desjani avait été parmi les premiers à prendre conscience de ce que leur avait fait perdre cette obstination à s'efforcer d'égaler l'inhumanité des Syndics, tant et si bien qu'il eût été stupide de ramener le sujet sur le tapis. « À moins qu'ils n'aient cru, en nous voyant décélérer, que nous venions investir l'installation au lieu de la détruire. Mais ils ne peuvent pas espérer repousser notre assaut.

— Non, confirma-t-elle. Mais ils pourraient nous infliger des pertes et nous ralentir. Leurs dirigeants consentiraient sans doute à les sacrifier dans ce seul but.

— Ouais. » Ils en avaient déjà eu la preuve dans presque tous les systèmes qu'ils avaient traversés. Les Syndics étaient prêts à risquer des planètes entières pour frapper la flotte de l'Alliance qu'ils pourchassaient. Geary étudia de nouveau l'image de l'installation. « Ils disposent de trains à sustentation magnétique pour déplacer le minerai brut. »

Desjani hocha la tête. « En cherchant à les détruire de loin, on risquerait de toucher les réserves.

— Dans quelle mesure pourraient-ils s'en servir comme d'une arme ? »

Elle haussa les épaules. « Ils pourraient tenter le coup. Mais nous les verrions surélever les rails pour essayer de frapper nos vaisseaux ou les navettes. »

Geary opina puis vérifia que ses deux cuirassés de reconnaissance survivants, l'*Exemplaire* et le *Cœur de Lion*, freinaient bien pour aller se mettre en position juste au-dessus de l'installation minière, en ajustant leurs manœuvres respectives avec exactitude afin de pouvoir la cribler à courte portée de leurs lances de l'enfer. Théoriquement, on aurait pu larguer un petit missile cinétique depuis une longue distance, avec assez de précision pour détruire une cible réduite sur orbite fixe, mais Geary tenait à préserver son stock de ces projectiles que les fusiliers surnommaient les « cailloux ». De surcroît, il adhérait dans la pratique aux vieilles théories selon lesquelles plus on se trouve près de sa cible, plus on a de chances de la toucher de plein fouet, et qu'il est stupide de gaspiller trop de munitions sur elle. De sorte que les lances de l'enfer feraient parfaitement l'affaire.

Il savait qu'une théorie plus récente, engendrée par un siècle de guerre, affirmait qu'il valait mieux utiliser un gros projectile cinétique pour détruire, non seulement la cible prévue, mais une assez vaste zone alentour, puisqu'elle appartenait après tout à l'ennemi, abritât-elle des écoles, des hôpitaux et des maisons. Mais il n'avait pas l'intention de se conformer jamais à cette logique.

Aucun des deux cuirassés de reconnaissance n'avait encore ouvert le feu puisqu'on ne leur avait pas assigné de cible. Mais quand les navettes des fusiliers atterriraient, ils seraient postés en surplomb à proximité.

« Lancement de la force de débarquement », annonça une vigie.

Une douzaine de navettes se séparèrent de leur vaisseau ; leur trajectoire s'incurvait vers l'installation minière.

« Pourquoi douze seulement ? s'enquit la coprésidente Rione, assise derrière Geary. Ça ne ressemble pas au colonel Carabali. D'ordinaire elle met le paquet. »

Rione sous-entendait-elle qu'il avait ordonné à Carabali de restreindre les effectifs ? Il se retourna vers elle. « Ce n'est pas une très grande installation, madame la coprésidente. Une troupe d'assaut plus importante n'aurait pas la place de débarquer. »

En revenant à son écran, il constata que le capitaine Desjani plissait le front, visiblement agacée par la question de Rione. Mais elle s'exprima d'une voix égale : « Activité autour des trains à sustentation magnétique. »

Geary se tortilla pour concentrer son attention sur les rails de sustentation servant à transporter le minerai, les conteneurs et d'autres pièces d'équipement autour de l'installation. Les senseurs optiques et à large spectre des vaisseaux de l'Alliance étaient assez précis pour localiser de petites cibles à l'autre bout d'un système solaire. À si faible distance, ils pouvaient aisément distinguer et compter, si besoin, des grains de poussière. Les cibles de taille humaine étaient très facilement repérables.

Effectivement, un petit groupe d'hommes s'agglutinait autour d'un des rails terminaux, dont ils braquaient l'extrémité sur les silhouettes du *Cœur de Lion* et de l'*Exemplaire*. « Les imbéciles », ne put-il s'empêcher de murmurer.

Desjani acquiesça d'un hochement de tête. « L'*Exemplaire* active ses lances de l'enfer. »

Cinq systèmes de contrôle conçus pour frapper des objectifs se déplaçant à des milliers de kilomètres par seconde pendant les quelques fractions de seconde d'une fenêtre de tir n'auraient aucun mal à faire mouche sur un objet rapproché, pratiquement fixe par rapport à leur vaisseau. Geary ne pouvait pas distinguer sur l'écran visuel le rayon chargé de particules qui déchiqueta le segment de rail de sustentation, mais les conséquences lui apparurent très nettement : cette portion du rail fut réduite en miettes et tous les ouvriers alentour soufflés par la violence des débris projetés dans leur direction ; un trou net et lisse s'ouvrit dans la surface de la lune là où la lance de l'enfer, à peine ralentie par les menus obstacles qu'elle rencontrait sur son passage, avait continué de la forer.

Un autre segment puis un troisième explosèrent. Geary poussa un juron et pressa sa touche des communications. « *Exemplaire, Cœur de Lion !* Ne frappez que les cibles identifiées.

— Ils se servent de ces rails comme d'une arme, capitaine », protesta l'*Exemplaire.*

Avant de répondre, Geary s'assura que le bombardement avait cessé. C'était le cas, à son plus grand soulagement. « Ils ont essayé, mais vous avez réussi à les éliminer. Cela dit, mes ingénieurs auront besoin du reste de cette ligne. » Il observa un bref silence puis : « Beau travail. D'une excellente précision.

— Merci, capitaine. Compris. L'*Exemplaire* ne tirera que sur les menaces actives. »

Correct. Geary consulta la banque de données de la flotte pour se renseigner sur les états de service du commandant de l'*Exemplaire.* Capitaine de frégate Vendig. Très bien noté. Recommandé pour le commandement d'un croiseur de combat. *Pourquoi pas un cuirassé ?* Geary se renfrogna en constatant, pour la toute première fois, que ses meilleurs officiers commandaient tous à un croiseur de combat. Inversement, nombre de ceux qui lui créaient des problèmes, dont les plus rétifs, tels les capitaines Faresa, Numos et Casia, ce nouvel emmerdeur, étaient à la tête d'un cuirassé. *Je ne m'en étais pas rendu compte jusque-là, je n'avais pas su le voir et, quelle qu'en soit la raison, elle doit sauter aux yeux de tous les officiers de cette flotte. Il y avait beaucoup moins de cuirassés de mon temps, et l'on voyait en leur commandement ce qu'un bon officier pouvait briguer de mieux. Quelque chose a dû se produire au cours du dernier siècle et modifier cet état de fait. Je ferais bien de découvrir quoi.*

Les navettes approchaient à présent de l'installation minière et fondaient sur elle comme des oiseaux de proie piquant sur leur gibier ; leurs moteurs s'activaient âprement pour épouser le plus vite possible la même vélocité que cette cible mouvante. Le regard de Geary ne cessait d'osciller de l'hologramme en surplomb de la flotte, qui montrait son déploiement sur plusieurs secondes-lumière, à l'écran qui affichait sous ses yeux une vue de l'installation, puis aux images des fusiliers, sur l'écran tactique qu'ils utiliseraient. Des symboles représentant les forces ennemies commençaient de surgir et de disparaître sur ce dernier, à mesure qu'étaient repérés des défenseurs isolés se déplaçant au milieu des équipements et installations minières.

Geary cocha un de ces symboles menaçants et une image figée apparut sur l'écran avec une précieuse légende explicative. *À l'épreuve de toute bévue, dis donc !* songea-t-il en admirant la simplicité du système ; puis il fronça les sourcils : d'autres fenêtres continuaient de s'ouvrir et de se multiplier, trop vite pour qu'on suivît les informations qu'elles fournissaient, avec d'amples détails sur l'armement ennemi, son endurance, l'énergie qu'il utilisait, ses sources, ses cuirasses défensives et mille autres menus renseignements dont le commandant d'une flotte n'avait que faire. Quelqu'un avait pourtant formaté son écran pour l'encombrer de toutes ces fadaises. *Il faut dire aussi qu'il y a toujours des idiots susceptibles de tout faire foirer !*

Geary jurait dans sa barbe en refermant laborieusement, l'une après l'autre, toutes ces fenêtres méticuleusement bourrées de données, jusqu'à ce qu'il accédât enfin à l'image voulue assortie de quelques bribes d'information essentielles. Il l'étudia, entraperçut une silhouette vêtue de ce qui ressemblait à une combinaison de survie plutôt qu'à une cuirasse de combat. La légende le confirmait, faisant de surcroît remarquer que l'aspect du défenseur syndic évoquait le port d'une de leurs combinaisons de survie standard obsolètes. Il portait une sorte de fusil à impulsion, au niveau d'énergie trop faible pour inquiéter des fusiliers en cuirasse de combat, qui servait certainement à assurer la sécurité intérieure, expliquait encore la légende. *La sécurité intérieure ? Dans une installation aussi réduite ? Oh ! Il leur faut des gens pour mettre au pas les citoyens syndics qui y travaillent. Compte tenu de la présence de cette ligne de sustentation magnétique, il serait mal avisé de laisser des rebelles faire main basse sur une installation permettant de balancer des cailloux vers les planètes habitées du système.*

Il vérifia les autres symboles représentant une menace et en eut la confirmation : tous identiques. « Pas de soldats. On a remis des armes aux gens de la sécurité intérieure et autres occupants de l'installation minière et on les a envoyés au casse-pipe. Du diable si je comprends ce que cela signifie ! »

Desjani se rembrunit en étudiant à son tour la même image, projetée devant son propre fauteuil. « Ils ne peuvent qu'espérer nous ralentir. C'est probablement leur seule mission, à moins que les commandants syndics de ce système ne délirent complètement. »

Nous ralentir. Geary contrôla de nouveau son écran tactique en se demandant ce qu'il aurait dû y voir qui n'y figurait pas. Puis il se rendit compte de quelque chose. « Ils ne sabotent strictement rien. Pourquoi n'ont-ils pas fait exploser tout ça ? Nous n'assistons même pas à l'extinction de leurs équipements, qui aurait dû accompagner le sabotage de leurs systèmes opérationnels.

— Un piège ? s'inquiéta Desjani.

— Ce ne serait pas une première. » Geary tapota son écran pour appeler le colonel Carabali. « Ça ressemble à un traquenard, colonel. »

Elle hocha la tête, l'air harassée. « Oui, capitaine. Ça en présente effectivement tous les signes. Mes troupes d'assaut ont reçu l'ordre de rechercher tout ce qui pourrait nous exploser à la figure. On devrait être témoins de multiples tentatives de démolition à petite échelle, mais mes experts me disent qu'une installation minière comme celle-là ne devrait pas disposer des moyens de créer une énorme explosion, compte tenu surtout du bref délai qui lui a été imparti pour se préparer.

— Ça n'a pas l'air de vous rassurer, colonel. »

Carabali lui adressa un sourire aussi fugace que dépourvu de gaieté. « Non, capitaine. Avec votre permission, j'aimerais me remettre à superviser l'assaut, capitaine Geary.

— Certainement, colonel. Avec toutes mes excuses. » Mécontent d'avoir enfreint une de ses propres règles en tenant la jambe d'un officier qui s'efforçait d'exécuter les ordres qu'il lui avait lui-même donnés, Geary chercha à se détendre.

« L'amiral Bloch gardait toujours à l'écran le commandant des fusiliers, fit remarquer Desjani à voix basse. Il aimait présenter des commentaires et des suggestions et, bien sûr, s'attendait à ce qu'on répondît sur-le-champ à toutes ses questions.

— Vous voulez plaisanter ? »

Elle secoua la tête.

Geary eut un rire bref. « Au moins suis-je un peu moins nul.

— Vous devriez le savoir, me semble-t-il : votre manière d'exercer le commandement ne dérange sans doute aucunement le colonel Carabali. »

Bon, évidemment, pour ce qui concernait le capitaine Desjani, Geary ne pouvait mal faire en aucun cas. Mais la seule idée de travailler avec un commandant qui aurait tenu à ce qu'il restât en ligne durant toute l'intervention, et exigé qu'il lui consacrât une partie de l'attention qu'il aurait dû porter au combat le faisait frissonner.

À ce propos, les navettes commençaient à se glisser dans les créneaux d'atterrissage ; les sas des soutes s'ouvraient et les fusiliers s'en déversaient déjà en cuirasse de combat, tandis que les petits appareils poursuivaient leur route pour déployer les troupes au sol plutôt que toutes les amasser en une seule cible compacte. Les douze navettes déposèrent donc douze files de fusiliers puis décollèrent en vitesse. « Belle exécution, ce débarquement, fit observer Geary. Les plans de vol étaient-ils automatisés ? »

Desjani fronça les sourcils, fit signe à une vigie puis attendit sa réponse. « Non, capitaine. Les pilotes des navettes ont préféré recourir aux commandes manuelles. Les fusiliers ont conclu un pacte avec eux. Tant que les pilotes font du bon boulot, ils les laissent conduire eux-mêmes leurs coucous.

— Un arrangement raisonnable. Et, si jamais l'un d'eux se plantait, les fusiliers exigeraient qu'ils passent en pilote automatique au prochain largage ?

— Euh… oui, capitaine, confirma la vigie. Après un largage raté, les fusiliers survivants chopent le pilote fautif, qu'il soit homme ou femme, et le laissent sur le carreau. Mais on ne les a jamais pris en flagrant délit, capitaine.

— Bien sûr que non », fit Geary en réprimant un sourire. Les files de fusiliers entraient dans l'installation minière en se déplaçant par sections, d'un couvert à l'autre, afin de se protéger mutuellement.

La précaution semblait néanmoins superflue. Geary scrutait l'écran, de plus en plus mal à l'aise à mesure que les groupes de symboles ennemis se repliaient plus vite que n'avançaient ses fusiliers. Les éléments de tête ennemis disparaissaient déjà dans certains des puits qui parsemaient la surface du satellite. « Que diable se passe-t-il ? »

Un instant plus tard, le colonel Carabali l'appelait : « Les défenseurs n'ont pas l'air d'opposer de résistance, capitaine Geary. Ils s'enfoncent très vite dans les galeries.

— Je viens de le constater. Pourquoi ne combattent-ils pas ? Vous en avez une idée ?

— Ils veulent évacuer l'installation avant qu'il n'arrive quelque chose, j'imagine, capitaine. Nous avons déjà émis l'hypothèse qu'il pourrait s'agir d'un piège. »

Les défenseurs évacueraient-ils une zone d'explosion ? « Que recommandez-vous, colonel ?

— Capitaine, autant ça me déplaît, autant je préférerais battre en retraite jusqu'à ce que nous ayons scanné chaque atome de ce caillou et découvert ce qu'y ont planqué les Syndics. »

Geary hésita. L'entreprise exigerait un temps fou. Pouvaient-ils attendre si longtemps ? D'autant qu'il faudrait encore ralentir la flotte et épuiser ses réserves de carburant. Mais il ne pouvait pas non plus ordonner aux fusiliers de s'aventurer plus avant dans ce qui ressemblait chaque seconde un peu plus à un piège mortel. « Colonel… »

Une voix acérée résonna derrière lui. « C'est un bluff. » Il se retourna et vit la coprésidente Rione, l'air péremptoire, se pencher dans le siège de l'observateur. « Aucun de vous ne joue-t-il jamais aux cartes ? Les Syndics ont créé une situation qui ressemble à un piège. Pourtant, ils n'ont pas vraiment démontré qu'ils étaient en mesure de faire sauter toute l'installation et, d'ailleurs, ils l'ont laissée intacte. Si nous fuyions, ils auraient sauvé leur mine et nous n'aurions pas obtenu ce que nous y sommes venus chercher. Si nous ralentissions et prenions notre temps, nous nous attarderions dans ce système stellaire. Ils en sortent gagnants dans les deux cas. »

Le colonel Carabali semblait perplexe. « L'argument de la coprésidente Rione me paraît logique, mais…

— Colonel, la coupa Rione, les Syndics font-ils d'ordinaire très grand cas de la santé de leur petit personnel ? Comme ces mineurs, par exemple.

— Non, madame la coprésidente. Jamais.

— Alors pourquoi ne leur ont-ils pas ordonné de retarder encore plus votre occupation effective de l'installation en attirant davantage de fusiliers dans ce prétendu piège ? Pourquoi se sont-ils retirés dans des galeries de mines d'où ils ne peuvent pas riposter et où ils feraient désormais, si nous décidions de tirer dans ces puits, des cibles faciles ?

— Avec tout le respect qui vous est dû, madame la coprésidente, vous n'êtes pas là-bas avec mes fusiliers », déclara le colonel Carabali en contrôlant soigneusement sa voix.

Rione la dévisagea en plissant les yeux. « Si vous vous imaginez que je fais ce choix à la légère, je vous rappelle que certains des fusiliers qui participent à cet assaut viennent de la République de Callas. Si je croyais à un plus grand danger, je me garderais bien de les mettre dans cette situation. »

Carabali se rembrunit, imitée par Desjani. Toutes deux fixèrent Geary. *Ouais, d'accord. Rione croit à ce qu'elle dit, mais puis-je la suivre sur ce terrain ? Après tout, ce n'est pas une militaire. Elle n'est pas non plus aux commandes, et c'est d'ailleurs pour ça que tout le monde me regarde. La responsabilité m'en incombe donc. J'ai envie de prendre Rione au mot, car, si elle ne s'abuse pas, tout se passera comme je l'ai souhaité. Ne serais-je pas trop pressé de me ranger à son avis précisément pour cette raison ? Et si elle se trompait ? S'il ne s'agissait pas d'un bluff ?*

Nous perdrions un tas de fusiliers et tout ce que nous sommes venus chercher dans cette installation.

Mais pourquoi les Syndics auraient-ils soudain fait montre d'une telle sollicitude pour la santé de leur petit personnel, avant de lui ordonner de se fourrer dans une aussi mauvaise passe ?

Il faut que je me décide. Si je me trompe, nombre de fusiliers vont mourir. D'un autre côté, si je prends l'autre décision, cette flotte risque de s'attarder ici encore plus longtemps et inutilement, tandis que les Syndics en profiteront pour amasser des forces dans les systèmes stellaires environnants.

Veuillez me montrer un signe, ô mes ancêtres.

S'ils le firent, Geary n'en vit ni n'en sentit rien. Il regarda Desjani et lut en elle la confiance la plus absolue : il prendrait nécessairement la bonne décision. Quelle qu'elle fût. Rione le scrutait, le visage sévère, comme si elle le mettait au défi de la croire. Le colonel Carabali se bornait à patienter ; impossible de deviner ce qu'elle ressentait derrière son masque d'impassible professionnalisme. Plus Geary tergiversait, plus la décision risquait de lui échapper en raison d'un développement imprévu de la situation. Il avait une responsabilité envers ces fusiliers, celle de faire un choix, de clairement déterminer qui devrait rendre des comptes si le pire se produisait. Étrange ! D'ordinaire, c'était Rione qui jouait les Cassandre…

C'était le plus souvent le cas. Rione, la femme politique, préférait toujours ne prendre aucune part dans les décisions qui pouvaient compromettre la sécurité de la flotte. Aujourd'hui, pourtant, elle prônait la témérité alors que le commandant des fusiliers de Geary et l'un de ses plus fougueux officiers recommandaient la prudence. Soit elle avait perdu les pédales, soit les ancêtres de Geary lui envoyaient effectivement un signe. Par son truchement.

Il marmotta une brève prière. « Il me semble que la coprésidente Rione a raison. Maintenez vos fusiliers à l'intérieur et ordonnez-leur d'occuper toute l'installation. »

Carabali salua, le visage rigide. « Oui, capitaine. » Son écran s'éteignit alors qu'elle transmettait les ordres.

Geary fixa le sol en espérant qu'il n'avait pas permis à son sentiment d'urgence de prendre le pas sur le sens commun. Lorsqu'il releva les yeux, l'écran tactique montrait les fusiliers en train de s'enfoncer en masse dans l'installation, tandis que la représentation de cette dernière passait graduellement au vert, une section après l'autre, pour indiquer qu'elle était nettoyée et sécurisée.

Rien n'avait encore explosé.

Il céda à la tentation d'afficher la vue qui s'offrait à l'un de ses sous-officiers. Une fenêtre s'ouvrit devant lui, montrant ce que filmait l'objectif fixé sur son casque. Cette section de l'installation drejoignait la surface, de sorte que les fusiliers s'y déplaçaient dans une zone privée d'atmosphère. De loin en loin, une lampe illuminait le matériel devant lequel ils passaient, et ses rayons à la nette définition n'éclairaient que ce qui devait l'être impérativement, puisque l'absence d'air interdisait la diffusion de la lumière. Les ombres étaient aussi noires et tranchées que brillantes les zones éclairées.

Il émane toujours d'un lieu abandonné une impression sinistre, la sensation que ses occupants précédents ne l'ont pas réellement quitté et sont toujours là, cachés quelque part, à guetter les intrus qui envahissent leur espace. Dans la mesure où les installations désaffectées des mondes privés d'atmosphère ne changent guère, un bâtiment déserté à peine quelques instants plus tôt donne autant l'impression d'être hanté que s'il était resté inoccupé pendant des siècles. Quelqu'un avait-il arpenté ce sol il y avait une heure, la veille, un siècle auparavant ? Bien que Geary eût vu de ses yeux les défenseurs traverser cette zone précise un peu plus tôt, et que les équipements enfouis fussent encore en activité à l'intérieur, cette mine n'en semblait pas moins déserte et silencieuse de l'extérieur.

Un sas hermétique se dressa devant le sous-officier des fusiliers. Geary vit deux engagés brancher des câbles au système de verrouillage et décrypter son code d'accès. Les armes se braquèrent sur l'écoutille dès qu'elle commença de s'entrouvrir et un fusilier planté près d'elle balança un petit objet par l'orifice avant de reculer de quelques pas, tandis que la charge à impulsion magnétique explosait dans le sas et grillait les circuits des armes, des combinaisons de survie et d'éventuels détonateurs des plus proches pièges ennemis.

Puis les fusiliers s'y engouffrèrent, longèrent des tunnels déserts en enfonçant les portes à coups de pied ou en les faisant sauter, en quête de tout ce qui pouvait leur paraître anormal ou ressembler à une bombe.

Geary se frappa le front d'exaspération en se rendant compte qu'il avait oublié un détail qui pouvait se révéler très utile ; il gifla sa touche des communications. « Capitaine Tyrosian, vos vaisseaux ont désormais libre accès aux images transmises par la force de débarquement qui investit l'installation minière. J'imagine que les ingénieurs des auxiliaires connaissent l'équipement auquel nous avons affaire et seront capables d'identifier tout ce qui n'a rien à y faire. Demandez à quelques-uns d'observer les fusiliers le plus tôt possible. »

La réponse de Tyrosian mit plus longtemps qu'elle ne l'aurait dû à lui parvenir, car les auxiliaires occupaient désormais le centre de la formation de l'Alliance. « Habituellement, mon personnel ne prend pas directement part aux opérations, capitaine, déclara-t-elle, légèrement hésitante.

— Ce sera le cas cette fois-ci, répondit fermement Geary en s'interdisant de vociférer. Je tiens à ce que des gens qualifiés examinent ces données le plus vite possible, et qu'on m'informe sur-le-champ de tout ce qui pourrait éveiller leurs soupçons. »

Avant qu'elle eût pu répondre, Geary vit s'ouvrir une autre fenêtre encadrant le colonel Carabali. « Quelqu'un transmet les données de ma troupe d'assaut aux ingénieurs des auxiliaires, affirma-t-elle, les sourcils froncés.

— C'est moi, colonel.

— Je me vois contrainte de protester, capitaine. Il s'agit là d'un personnel d'appui non combattant, qui n'a nullement besoin d'accéder en temps réel aux informations de mes hommes. »

Geary s'efforça de ne pas trahir son irritation croissante. « Ils ne vous nuiront en rien.

— Avec tout le respect qui vous est dû, capitaine Geary, les ingénieurs sont parfaitement capables de déclencher le pire des foutoirs dans le monde réel s'ils ne sont pas surveillés de près, déclara Carabali avec raideur. Et je ne peux pas me permettre le luxe de m'en charger. »

La réponse du capitaine Tyrosian lui parvint juste après ces derniers mots. « Nous n'avons pas la liste des spécifications de ce que nous sommes censés chercher, capitaine Geary. »

Une migraine croissante se substitua à sa tension nerveuse. « Une minute, colonel, répondit-il, les dents serrées. Vos ingénieurs doivent rechercher tout ce qui n'aurait pas sa place dans une installation minière, capitaine. » Tyrosian hocha la tête mais ne se départit pas de son expression intriguée. « Bombes. Objets piégés. Tout ce qui pourrait exploser. »

L'ahurissement de Tyrosian ne fit que croître. « Quantité de pièces d'équipement pourraient être victimes de pannes catastrophiques si elles étaient mal…

— Capitaine Geary, la coupa le colonel Carabali, dont le visage crispé et la voix tendue trahissaient la plus totale désapprobation, je vous déconseille fortement de…

— Mes gens doivent pouvoir parler directement aux officiers des fusiliers de ce qu'ils voient dans l'installation, suggéra timidement Tyrosian. Sans des indications précises…

— Très bien ! » les coupa Geary. *Mauvaise idée. Soit je leur ordonne de s'exécuter, soit j'annule tout. Je suis assez cinglé pour leur dire : « Obéissez ! », et ça signifie sans doute que je ferais mieux de m'en abstenir. Ça m'apprendra à improviser face à deux tempéraments aussi opposés.* « Annulez ma directive précédente. Les données transmises par les forces d'assaut resteront disponibles pour les ingénieurs mais uniquement à réception. S'ils repèrent quoi que ce soit de suspect, contactez-moi sans tarder, capitaine Tyrosian. Poursuivez votre assaut, colonel Carabali, et toutes mes excuses pour cette diversion. »

Les ordres de Geary parurent stupéfier les deux femmes, comme si elles s'étaient attendues à une issue différente ; puis Carabali salua précipitamment, juste avant que sa fenêtre ne se refermât de nouveau. Tyrosian hocha la tête. « Oui, capitaine. Les… euh… navettes de l'équipe de l'ingénierie ont été larguées avec leur matériel.

— Parfait. Assurez-vous que tous, à bord de ces navettes, comprennent bien qu'ils restent sous le contrôle du commandant de la force d'assaut des fusiliers. »

Il s'adossa à son fauteuil dès que la seconde fenêtre de com se fut refermée et se massa le front pour apaiser une migraine désormais monstrueuse. Desjani, qui n'avait pu surprendre ses communications privées avec les deux autres officiers, lui jeta un regard empreint de commisération. « Les ingénieurs ?

— Et les fusiliers, répliqua-t-il aigrement. Pourquoi ai-je parfois l'impression de passer plus de temps à combattre mes propres officiers que l'ennemi ? » Son regard se reporta sur l'écran tactique. L'infanterie continuait d'investir l'objectif. Elle occupait à présent la quasi-totalité de l'installation minière et entreprenait de poster des gardes à l'entrée des puits donnant accès aux galeries où s'étaient réfugiés ses défenseurs. Les navettes transbordant les équipes d'ingénieurs fondaient déjà sur le satellite, prêtes à larguer directement leur personnel qualifié sur le principal terrain d'atterrissage de l'installation.

S'il fallait absolument que quelque chose explosât, ça risquait de se produire d'une seconde à l'autre.

TROIS

Les fusiliers de l'Alliance s'introduisirent dans la salle de commande principale de l'installation minière et s'y déployèrent pour rechercher d'éventuels objets piégés à l'aide de leur matériel portable individuel. Des voyants verts scintillaient sur les nombreux panneaux de la salle, signalant que l'équipement de la mine était pleinement opérationnel. Le sous-officier qu'observait Geary se rapprocha d'un panneau où clignotaient plusieurs voyants rouges. « Rails de sustentation magnétique, rendit-il compte à ses supérieurs en même temps qu'à Geary. C'est le seul matériel qui présente un dysfonctionnement. Tout le reste est en bon état. » Le fusilier semblait plus inquiet que rassuré par ce constat.

Une fenêtre s'ouvrit devant Geary : le capitaine Tyrosian y fronçait les sourcils. « Ils n'ont pas coupé leur équipement.

— Non, convint Geary.

— Ça va beaucoup nous retarder, se plaignit Tyrosian.

— J'aurais cru que l'alimenter de nouveau en énergie exigerait davantage de temps. »

La question parut surprendre Tyrosian. « Eh bien… oui, en effet. S'ils avaient coupé l'alimentation, nous aurions dû réactiver lentement l'équipement pour nous assurer qu'il n'était pas saboté mécaniquement ou informatiquement.

Vous savez... par des vers et des virus infiltrés dans les programmes. Mais il est déjà en activité, capitaine. »

Autrement dit, les virus ou autres sous-programmes de piratage étaient d'ores et déjà en train d'opérer. Ne jamais se fier aux cadeaux des Syndics. « Je vois. »

Le visage du colonel Carabali réapparut, non moins renfrogné que celui de Tyrosian. « Nous allons devoir procéder à une fermeture contrôlée de tous les systèmes, capitaine, les nettoyer et les rallumer l'un après l'autre. »

Geary lâcha une longue bouffée d'air en se demandant pourquoi ses fusiliers et ses ingénieurs devaient précisément tomber d'accord sur ce point. « Quel serait le pire scénario si nous les faisions fonctionner maintenant ?

— Panne désastreuse de tous les systèmes, fermeture et destruction des équipements, dommages fatals à l'environnement, personnel blessé, mort d'hommes et perte de toutes les capacités de l'installation minière, répondit Tyrosian.

— Tout sauterait », renchérit laconiquement Carabali.

Geary hocha la tête. D'accord. La cata. « Quel délai exigera la méthode la plus prudente ?

— Son estimation dépendra largement du nombre plus ou moins important des facteurs impliqués... commença Tyrosian.

— La flotte ne peut pas se permettre de s'attarder très longtemps aux abords de cette installation, capitaine Tyrosian, aboya Geary.

— De quelle quantité de ce matériel avons-nous besoin ? s'enquit Carabali. Pour accéder aux réserves de minerais exigées, faire analyser la roche et la charger ? »

Tyrosian eut un geste courroucé. « Il vous faut disposer des sous-systèmes de minage. Demander aux principaux systèmes fonctionnels de leur envoyer des instructions. Si les programmes de sécurité ne sont pas activés et ne surveillent pas les opérations des systèmes fonctionnels principaux et des sous-systèmes de minage, les blocages de sécurité leur interdiront tout fonctionnement.

— Presque tout, en tout cas », fit observer Geary.

Tyrosian hocha la tête.

« Nous ne pouvons pas… » Geary s'interrompit ; une diode venait de clignoter, signalant un message à haute priorité lui apprenant qu'on tentait de le contacter pendant sa conférence avec Carabali et l'ingénieur. Il jeta un coup d'œil au voyant et constata que la communication provenait du *Titan*. Les transmissions de ce bâtiment tendaient à annoncer de mauvaises nouvelles. Exaspéré par les délais, Geary faillit frapper la touche de refus. *Vraiment pas besoin qu'on me complique encore l'existence. Bon sang, jusqu'à quel point peut-elle l'être ? Il me faudrait plutôt une embellie, et celui qui m'appelle aura peut-être une idée.* Il s'accorda une pause, compta jusqu'à cinq et accepta le contact.

Le visage du capitaine de frégate Lommand, commandant du *Titan*, lui apparut. Il était encore jeune, mais Geary avait déjà eu l'occasion d'apprendre qu'il compensait le manque d'expérience par le zèle et l'initiative. Pour l'instant, Lommand semblait légèrement contrit. « Pardonnez-moi cette interruption, capitaine Geary, mais on m'a dit que le capitaine Tyrosian était en contact direct avec vous et j'ai pensé qu'elle tiendrait à savoir sans délai que les deux mobiles d'extraction unitaires du *Titan* sont chargés sur des navettes à grues de levage parées au lancement. »

Geary coula un regard vers Tyrosian, qui s'efforçait vainement de donner l'impression que cette annonce ne la surprenait pas. « Des mobiles d'extraction unitaires ? s'enquit Geary. Ça pourrait nous avancer ?

— Oui, si l'équipement de l'installation est inutilisable, répondit ingénument Lommand. Ça m'avait paru une bonne idée de les tenir prêts à intervenir si ça se produisait.

— En effet, renchérit Tyrosian comme si elle en avait elle-même donné l'ordre. Certes, les déployer comporte un risque, dans la mesure où il ne reste plus à la flotte que les deux du *Titan*, mais les MEU peuvent localiser, analyser et charger les réserves d'éléments trace dont nous avons besoin.

— Quelle sera la durée de leur trajet ? s'enquit Geary en cherchant dans ses commandes celle qui pouvait lui fournir cette information.

— Trente et une minutes si nous les larguons tout de suite », répondit aussitôt Lommand.

Le colonel Carabali vérifiait un autre détail de son côté. « On ne peut pas prendre le risque d'utiliser sur site un équipement crucial tant que les systèmes des Syndics restent en activité et en mesure de lancer une opération style cheval de Troie. Les éteindre complètement exigerait environ… vingt minutes. »

Geary hocha la tête. « Mais songez à tout ce que nous devrons encore faire avant d'y recourir. Ne devrions-nous pas plutôt nous servir de ces… euh… MEU ?

— Inspecter et nettoyer tous les systèmes syndics exigera au moins deux heures, et il faudra encore une demi-journée pour les réactiver sous notre contrôle…

— Quand les MEU pourront-ils commencer à fonctionner une fois débarqués ? demanda Geary aux ingénieurs.

— Dans l'immédiat, capitaine, répondit Lommand. Leur démarrage sera effectué à bord des navettes. Dès qu'elles auront atterri, les meuh-meuh pourront descendre la rampe et se mettre à paître. »

Génial. Encore un autre menu détail que Geary devait apprendre de la bouche de ses subordonnés. Fort heureusement, l'un d'eux était le capitaine Lommand. Il s'apprêtait à lui ordonner de larguer les navettes du *Titan* quand il se reprit et se tourna vers Tyrosian, son supérieur. Lommand avait encore négligé la voie hiérarchique, mais au moins l'avait-il fait cette fois de manière apparemment légitime en feignant d'informer Tyrosian. « Capitaine Tyrosian, ordonnez au *Titan* de larguer ces navettes et de les faire atterrir près de l'installation. Qu'elles se mettent au travail dès leur débarquement. Merci pour l'information, capitaine Lommand. Colonel Carabali, priez vos informaticiens de mettre en berne tout ce que les Syndics ont laissé en activité. Que tout soit coupé quand les navettes du *Titan* se poseront.

— Oui, capitaine, répondit Carabali avec un mince sourire. Voulez-vous que nous les épluchions en quête d'éventuels sabotages ?

— Uniquement si cela s'avère nécessaire pour la sécurité de vos gars. Je n'ai pas l'intention de les rallumer avant notre départ et nous laminerons tout le matériel de cette installation en la quittant. »

Le sourire de Carabali s'élargit. « À vos ordres, capitaine. »

Alors que s'effaçait l'image du colonel des fusiliers, le capitaine Tyrosian lança à Geary un regard assuré, comme si elle avait conçu ce plan elle-même. « J'ai ordonné au *Titan* de larguer les navettes, capitaine.

— Merci. » Au moins Tyrosian avait-elle su recouvrer ses esprits et réagir correctement quand Lommand s'était immiscé dans la conversation. « Beau travail. Amassons ces cailloux et dégageons. »

Les fenêtres disparurent, ne laissant plus flotter devant Geary que le seul hologramme du système stellaire. Il regarda les symboles représentant les vaisseaux de sa flotte dépasser à grande vitesse la lune qui hébergeait l'installation minière syndic, avant de décrire une boucle autour de la géante gazeuse pour revenir vers le satellite, puis il se livra à quelques calculs rapides pour vérifier s'il ne devrait pas les ralentir davantage en fonction des retards prévus à la surface.

Jusque-là, ça allait. Pas génial et avec une marge d'erreur encore beaucoup trop grande, mais, si les unités mobiles bouclaient rapidement leur tâche, il n'aurait pas à gaspiller un surcroît de cellules d'énergie en freinant davantage la vélocité de la flotte.

Il se rejeta en arrière et constata que le capitaine Desjani s'efforçait de dissimuler sa curiosité. « Les Syndics ont laissé leur matériel en activité dans l'installation minière, lui expliqua-t-il.

— Les salauds ! répondit-elle en fronçant les sourcils. Ils savaient que nous les supposerions piégés.

— Ouais. Mais le *Titan* dispose de deux machins mobiles d'extraction qu'il envoie récupérer les réserves. » Geary se tourna vers Rione pour la faire participer à la discussion. « Les fusiliers sont en train de couper l'équipement syndic. »

Rione secoua la tête. « Il y a de fortes chances pour qu'ils n'aient pas eu le temps de concevoir des pièges très élaborés, mais nous devons agir comme si c'était effectivement le cas.

— Ils nous ont tendu des chausse-trappes partout où nous les avons croisés. » Geary regarda la trajectoire des navettes du *Titan* s'incurver vers la lune, en regrettant que l'ennemi ne fût pas un peu moins tortueux et sa propre flotte dans une situation un peu moins périlleuse.

La voix du sous-officier qui supervisait les MEU du *Titan* se fit empreinte de respect obséquieux quand il eut la surprise d'entendre Geary s'adresser directement à lui. « C'est un honneur de vous parler, capitaine. »

Geary tenta de masquer le mécontentement que lui inspiraient l'adulation et la vénération du héros qu'elle trahissait. Les spatiaux de la flotte étaient encore plus enclins que leurs officiers à se persuader qu'il avait été envoyé par les vivantes étoiles pour sauver l'Alliance, et cette flotte en particulier ; et qu'il était bel et bien le légendaire « Black Jack » Geary du passé. Mais, bien que lui-même s'efforçât de son mieux de ne pas s'en persuader, il devait respecter leur conviction. « Vous avez une minute, chef ? Pour discuter de votre matériel ? » Un calme plat régnait par ailleurs, mais Geary se sentait obligé de rester sur la passerelle jusqu'à la fin de ce bazar, et, de toute façon, les MEU piquaient sa curiosité.

La vue retransmise par le casque du chef montrait un des flancs de l'installation minière. Les grandes portes donnant accès aux réserves de minerai extrait et raffiné avaient été arrachées de leurs gonds par les fusiliers, ravis de prendre une tête d'avance sur la destruction de l'installation syndic. Les silhouettes massives des deux MEU avaient labouré de leurs chenilles la surface de la lune, broyant ou bousculant au passage quelques barrières de sécurité des Syndics, et elles attendaient à présent devant ces accès.

« Oui, capitaine, répondit le chef. Les équipes des meuh-meuh sont en train de manœuvrer leurs vaches, et je ne suis là qu'en cas de besoin. »

Leurs vaches. Le sobriquet n'était pas plus absurde qu'un autre pour désigner un engin dont l'acronyme officiel était MEU. « Je ne suis pas très informé de votre matériel, chef. Que pouvez-vous m'en dire ? » Il avait déjà tenté de chercher des informations dans la bibliothèque en ligne de l'*Indomptable* mais s'était retrouvé noyé dans une masse énorme de documents dont aucun ne semblait contenir un seul schéma limpide ou explication claire sur les capacités de ces MEU. Après avoir vainement pataugé dans un fatras de données complexes, il avait décidé de s'en remettre à son entraînement de jeune aspirant : quand vous avez besoin d'un renseignement, demandez à un sous-off.

Celui-là ne semblait pas croire qu'on pût enseigner quelque chose au grand Black Jack Geary. « La technologie n'a pas beaucoup évolué depuis… euh… depuis…

— … le siècle dernier ? suggéra sèchement Geary. Je n'en étais guère informé à l'époque, chef. Je n'en voyais pas la nécessité.

— Oh… oui, capitaine. Eh bien, comme je l'ai dit, la technologie n'a pas beaucoup changé. Ce sont des engins simples et robustes. Tout ce qu'on a essayé à la place était plus compliqué, plus cher, plus fragile et… vous voyez, quoi ?

— Certainement, chef », convint Geary en se remémorant nombre « d'améliorations » qui, apportées aux systèmes des vaisseaux, l'exaspéraient déjà un siècle plus tôt parce qu'elles créaient de nouveaux problèmes à un matériel fonctionnant à la perfection avant d'être amendé et transformé en un tas de ferraille aussi capricieux que sujet à la panne. « Content qu'on vous ait au moins laissé un matos qui marche bien. Que font vos "vaches" pour l'instant ? Elles attendent l'autorisation d'entrer dans l'installation ?

— Non, capitaine ! Elles n'auront pas besoin de s'y enfoncer plus profondément. Elles envoient des vers, capitaine. Une fois qu'ils sont…

— Des vers ?

— Oui, capitaine. »

La vue transmise par le casque du chef changea, pour se focaliser sur l'avant d'une des meuh-meuh et zoomer ensuite dessus. S'en éloignait ce qui ressemblait à un faisceau de câbles extrêmement ténus qui s'enfonçaient dans les bâtiments de stockage. « Vous voyez ces fils, capitaine ? Chacun est connecté à un ver. On les appelle comme ça parce qu'ils ont à peu près la même taille et opèrent de la même façon. Ils mangent la terre. Ou la roche.

— Comment font-ils pour traverser la roche ? s'enquit Geary.

— Leur orifice frontal... leur bouche... est armé de petits canons générateurs d'ondes de choc. Les vers identifient la structure de la roche et envoient des vibrations pulsées qui la pulvérisent devant eux. En l'occurrence, bien sûr, le minerai est déjà extrait, de sorte qu'ils traversent des amas de métal solide. Les vers mangent la poussière et continuent de progresser en opérant de la même manière. À l'intérieur des vers, cette poussière est analysée au niveau moléculaire par des senseurs, puis ressort à l'autre bout. Exactement comme un lombric, comme je l'ai dit, capitaine.

— À quoi servent les câbles ?

— À les manœuvrer, les contrôler et les alimenter en énergie, capitaine. Un ver extracteur doit pouvoir se déplacer beaucoup plus vite qu'un lombric et sans discontinuer, si bien qu'il a besoin de beaucoup plus d'énergie qu'il ne pourrait en contenir, compte tenu de sa taille. Et nous ne tenons pas à répandre dans cet environnement des radiations incontrôlées... à cause des gaz explosifs, des détonateurs et ainsi de suite, vous voyez... ni à ce que notre connexion aux vers soit bloquée par des métaux ou d'autres obstacles, aussi toutes les communications avec eux passent-elles par ces câbles. » La vue transmise par le chef pivota encore pour se fixer sur les fils qui s'introduisaient dans les bâtiments. « Lors d'une opération d'extraction ordinaire, les vers sortent, creusent sous la surface et trouvent les veines ou les filons de minerai requis. Ici, nous savons déjà où se trouvent les stocks, de sorte que les vers forent des tunnels dans ces réserves, identifient le contenu de chacune et décèlent une éventuelle contamination ou des morgellons. »

Des morgellons. Ou des nanobugs. Geary savait au moins cela : il s'agissait de minuscules insectes technologiques implantés dans le matériel pour créer des pannes quand la chaleur ou la pression les activaient. « Je croyais les morgellons interdits parce que trop difficiles à contrôler ? »

Le haussement d'épaules du chef ne lui échappa pas. « En effet, capitaine. Mais un tas de choses sont interdites, si vous voyez ce que je veux dire.

— Oui, chef. Parfaitement. » Interdites mais pas inemployées. Ni par les Syndics ni par l'Alliance, ainsi que Geary l'avait appris avec stupéfaction. Une guerre longue d'un siècle n'engendre que trop aisément un mépris de la loi et de la vie humaine. « A-t-on repéré des problèmes jusque-là ?

— Non, capitaine. Nous laissons aux vers le temps de contrôler convenablement les échantillons avant d'envoyer les taupes.

— Les taupes ?

— Oui, capitaine. De fait, elles sortent, creusent le minerai, le chargent à leur bord et le rapportent à la vache. Les vaches sont dotées de taupes grosses et petites, selon les quantités qu'on cherche à récupérer. Nous pourrions même en atteler une de taille monstrueuse à la vache, mais le *Titan* n'en a qu'une seule. Celle-là se contente de creuser un énorme trou dans le minerai pour le lui rapporter par un tube convoyeur fixé à son cul. » Le chef garda un instant le silence puis reprit la parole d'une voix légèrement étouffée. « Excusez-moi, capitaine… le minerai est ensuite expédié par son portail d'expulsion arrière.

— J'avais compris, chef. » Geary prit le temps de réfléchir à l'information, tout en regardant des formes sombres s'éloigner en trottinant des vaches pour pénétrer dans la zone de stockage syndic, entraînant chacune derrière elle son câble respectif. « Tout a donc l'air de bien se passer ?

— Oui, capitaine. Nous avons mélangé grosses et petites taupes parce qu'on nous a ordonné de charger le minerai et de ramener le plus vite possible les vaches à bord des navettes.

— Exact. Merci, chef. Je vous suis reconnaissant de cette mise au point. » Geary coupa la communication et cligna des yeux pour accommoder sur l'écran qui montrait sa flotte. Tout allait bien jusque-là, et c'était la première fois qu'il s'en persuadait depuis un bon moment.

Desjani bâilla. « Pardon, capitaine.

— Je suis dans le même état. Au moins ai-je pu m'informer de ces vaches dont se servent les ingénieurs.

— Des vaches ?

— Ouais. Équipées de vers et de taupes. »

Elle sourit. « Vous êtes bien sûr que vous n'étiez pas en train de parler avec les cuistots de ce qu'on nous fait bâfrer ? »

Manger. Depuis quand s'attardait-il sur la passerelle, au fait ? Son estomac grondait.

Desjani sourit de nouveau, chercha dans sa poche et lui tendit une barre énergétique. « J'en porte toujours quelques-unes sur moi.

— Merci. Rappelez-moi de mentionner votre prévoyance quand je procéderai à votre prochaine évaluation. » Il prit la ration, se demanda s'il devait d'abord lire l'étiquette ou se contenter de deviner ce qu'elle contenait, puis décida qu'il préférait ne pas le savoir. Encore autre chose qui n'avait pas changé en un siècle. Dans un effort mal avisé pour satisfaire les goûts de chacun et refléter la grande diversité des cuisines des nombreuses planètes de l'Alliance, les barres énergétiques avaient été prétendument conçues pour respecter le plus large spectre des saveurs. Si bien que celles qu'offraient les réfectoires de la flotte étaient révoltantes pour tout le monde, quel que fût votre monde natal.

Il ôta l'emballage, mordit une bouchée puis se résigna à lire l'étiquette : « Forshukyen Solos ? Qu'est-ce que ça peut bien être, foutredieu ? » Il déchiffra les petits caractères d'imprimerie. « "Le plat favori des planètes du système d'Hokaïden." Tu parles !

— Efforcez-vous d'éviter les barres Danaka Yoru, lui conseilla Desjani.

— On les fabrique encore ? À leur sortie, on voulait les vendre aux Syndics, mais… » *On craignait qu'ils ne nous déclarent la guerre par mesure de représailles. Cette blague était bien plus drôle avant qu'ils ne la déclarent effectivement.*

Desjani eut le bon sens de ne pas lui demander pourquoi il ne terminait pas sa phrase. « Il me semble qu'on a cessé de les produire il y a très longtemps, mais qu'on cherche encore à se débarrasser des surplus. » Elle s'esclaffa, et les rides dont ces années avaient strié son visage s'adoucirent, le faisant paraître plus jeune.

Geary lui retourna son sourire, ravi de pouvoir se plaindre de la cuisine de la flotte même devant une femme qui le prenait pour un héros de légende. Ce badinage familier, établissant des passerelles avec des gens et des lieux qu'il avait connus, lui donnait l'impression d'être un peu moins déplacé dans ce monde.

Les éléments trace dont avaient besoin ses auxiliaires s'engouffraient rapidement dans les vaches du *Titan.* Geary étudia de nouveau les mouvements de sa flotte et sentit poindre une migraine en constatant qu'on se rapprochait très vite de l'heure butoir. Tout retard le contraindrait à perdre du temps et gaspiller des cellules d'énergie en manœuvres de décélération.

Comme à point nommé, un signal d'alarme se mit à clignoter sur celui de ses écrans qui affichait la situation à la surface de la lune. Alors même qu'il concentrait son attention dessus, le visage de Carabali réapparut. « Les Syndics réfugiés dans les galeries tentent une sortie. Ils échangent des coups de feu avec les fusiliers qui gardent les issues. »

Un accrochage au sol était bien la dernière chose dont il avait besoin. Les Syndics l'avaient sans doute pressenti, et ils consentaient à sacrifier quelques-uns des leurs dans le seul but de ralentir un peu plus la flotte de l'Alliance. Il inspira profondément, se rejeta en arrière pour réfléchir, puis son regard se posa sur l'écran où s'affichait la flotte. *Oh, bon sang ! Pour une fois, c'est tout simple.* « Colonel Carabali, préparez-vous à replier vos fusiliers vers les navettes. Veillez à ce que les vaches du *Titan* restent protégées du feu ennemi jusqu'à ce qu'elles soient chargées et que leurs navettes aient décollé. »

Le colonel fronça légèrement les sourcils. « Les vaches, capitaine ?

— Les meuh-meuh. » C'était grotesque. « Les mobiles d'extraction unitaires.

— Oh ! Oui, capitaine. Dès que mes fusiliers se replieront, les Syndics sortiront de leur trou.

— Je ne pense pas, colonel. Du moins pas tant que l'*Exemplaire* et le *Cœur de Lion* braqueront leurs lances de l'enfer sur eux. De quelle marge de sécurité avez-vous besoin pour soustraire vos hommes au tir de ces vaisseaux ? »

Le front de Carabali se plissa davantage. « Avec tout le respect que je vous dois, nous aimerions autant nous trouver le plus loin possible quand la flotte commencera à bombarder ce secteur. »

Sans doute bien compréhensible mais guère utile. Geary jeta un regard à Desjani. « Quelle précision de tir pourrions-nous obtenir des lances de l'enfer de l'*Exemplaire* et du *Cœur de Lion* s'ils recommençaient à tirer sur les Syndics ? Les fusiliers sont inquiets. »

Desjani grogna. « Quand ces deux vaisseaux sont si près de leurs cibles et en position relative pratiquement fixe ? Dans de telles conditions, il serait pratiquement impossible à une lance de l'enfer de les rater avec une marge d'erreur appréciable. De l'ordre de moins d'un centimètre, je veux dire. Ces fusiliers seraient en sécurité même à dix mètres du point visé. »

Pour sa part, Geary n'aurait pas aimé se trouver à dix mètres de la cible d'une lance de l'enfer, mais il se garda bien de le dire à haute voix. « Colonel, une zone de sécurité de deux cents mètres entre vos fusiliers et le bombardement vous semble-t-elle convenable ?

— Pourrait-on l'élargir à trois cents, capitaine ? »

Oh, pour… Malgré tout, j'ai ordonné aux fusiliers d'entrer dans l'installation alors qu'il aurait pu s'agir d'un guet-apens. Je leur dois bien ça. « Très bien. Trois cents. Dès que votre fusilier le plus proche des galeries s'en sera éloigné de cette distance, l'*Exemplaire* et le *Cœur de Lion* ouvriront le feu sur les Syndics qui tenteraient de s'en échapper. »

Le visage du colonel s'illumina. « Pourriez-vous ordonner un tir de barrage nourri, capitaine ? À mesure que mes gars se retireront, les vaisseaux pourront bombarder l'installation derrière eux, en prenant de l'avance sur sa démolition et en décourageant toute poursuite.

— Excellente suggestion, colonel. Je vais transmettre aux vaisseaux. » Un nouveau message s'afficha : « Les vaches ont ramassé tout ce dont nous avions besoin et se dirigent vers les navettes.

— Je vais préparer les fusiliers à se replier sur elles. » L'image de Carabali salua et disparut.

Geary appela les deux cuirassés de reconnaissance, s'assura qu'ils avaient bien compris ses ordres et ajouta une exigence : l'installation minière devrait être entièrement détruite à l'exception de quelques salles et de leurs supports vitaux. Sans doute la vie ne serait-elle pas facile pour les Syndics qui resteraient, du moins tant que la planète habitée n'aurait pas envoyé des bâtiments pour les récupérer, mais, dans la mesure où ils auraient pu être massacrés jusqu'au dernier par les vaisseaux de l'Alliance, Geary se persuadait qu'ils n'avaient pas trop à se plaindre.

L'activité reprenait donc mais à une allure d'escargot, apparemment, si l'on en jugeait par la lenteur avec laquelle les symboles représentant les vaches et les fusiliers regagnaient leurs navettes respectives. Habitué à des vélocités mesurées en dixièmes de celle de la lumière, Geary s'étonna du temps qu'exigeait le franchissement de quelques centaines de pas à la surface d'une planète.

Les Syndics ne mirent pas longtemps à comprendre que les fusiliers se retiraient : des silhouettes éparses se déversèrent bientôt par les puits d'accès aux galeries de la mine. Or les plus proches fusiliers de l'Alliance se trouvaient encore à trois cents mètres. Geary croisa les doigts, mais les deux cuirassés de reconnaissance retinrent leur tir quand les Syndics se lancèrent à la poursuite des derniers, qui battaient lentement en retraite.

À ce train, jamais ils ne mettraient trois cents mètres entre eux et l'ennemi.

Mais peu importait peut-être. L'*Exemplaire* puis le *Cœur de Lion* ouvrirent le feu ; leurs lances de l'enfer labourèrent en dansant la zone proche des puits d'accès, leurs javelots chargés de particules lacérant métal, roche et corps humains. Geary fixait l'écran et voyait disparaître en rapide succession les symboles représentant les Syndics à mesure que les lances de l'enfer touchaient chaque individu de plein fouet et le vaporisait avec tout ce qui se trouvait dans le voisinage.

Trois cents mètres séparaient encore les Syndics des fusiliers les plus proches, mais leur progression s'interrompit quand ils prirent conscience de l'enfer qui se déchaînait derrière eux. Réaction sans doute parfaitement naturelle mais aussi la pire de toutes. Les fusiliers continuèrent de se replier et leurs poursuivants se retrouvèrent hors de la zone de sécurité de trois cents mètres : les lances de l'enfer les atomisèrent.

Les senseurs de la flotte ne repéraient plus aucune présence syndic à la surface. Quelques-uns de ceux qui s'étaient lancés à la poursuite des fusiliers avaient peut-être survécu, planqués sous les décombres de l'installation pendant que l'*Exemplaire* et le *Cœur de Lion* s'acharnaient frénétiquement à la réduire en miettes. Mais peu importait, puisque rien ne bougeait plus dans la zone de tir, sinon des édifices qui s'effondraient ou les débris expulsés des points d'impact.

Douillettement éloignées de ce champ de dévastation, les navettes qui emportaient les vaches commencèrent de décoller. Tout autour, les fusiliers continuaient de se replier vers leurs véhicules en sections bien ordonnées. Pendant que Geary observait le spectacle sur son écran, ils bondirent dans l'espace derrière les gros appareils à charge lourde rapportant au *Titan*, qui les répartirait ensuite entre les autres auxiliaires, les éléments trace requis.

Deux minutes de plus et Geary aurait dû ordonner à la flotte de ralentir pour leur permettre de la rattraper. Mais la jonction était encore jouable.

Il expira longuement. Encore une crise de surmontée.

Je me demande quel visage prendra la prochaine.

« Félicitations à tous ceux qui ont contribué au succès de la dernière opération. » Geary indiqua d'un signe de tête le colonel Carabali, les capitaines Tyrosian et Lommand, et les commandants de l'*Exemplaire* et du *Cœur de Lion.* « Le capitaine Tyrosian m'informe que les éléments trace exigés sont d'ores et déjà redistribués, pendant que nous nous entretenons, sur les quatre auxiliaires. Les munitions et cellules d'énergie déjà manufacturées ont été livrées aux vaisseaux. Dès les dernières livraisons effectuées et les navettes récupérées, nous piquerons vers le point de saut pour quitter le système de Baldur. »

Tous ne semblaient pas partager l'opinion de Geary sur Tyrosian et Lommand. Les commandants Casia du *Conquérant* et Yin de l'*Orion* avaient adressé un sourire approbateur à ceux des cuirassés de reconnaissance mais montré un visage de marbre aux officiers du génie. Geary prit le temps de balayer les deux flancs de la très longue table virtuelle du regard, en s'efforçant d'estimer le nombre de ses officiers qui prenaient modèle sur Casia et Yin. Peu d'entre eux, apparemment, mais on pouvait difficilement en juger, et Geary soupçonnait ses plus dangereux adversaires de ne pas manifester leur hostilité aussi ouvertement que ces deux-là.

Néanmoins, savoir que les individus qui refusaient de reconnaître son autorité sur la flotte tentaient de se servir des deux ingénieurs comme d'un moyen de le brouiller avec ses autres commandants n'en restait pas moins aussi exaspérant que critique.

« Capitaine Geary », l'interpella une voix qu'il ne connaissait pas encore. Il mit un bon moment à identifier son propriétaire malgré l'assistance du logiciel qui présidait à la réunion et avait obligeamment surligné le nom d'un officier installé non loin à la table : Badaya, commandant de l'*Illustre* ainsi que du reliquat de la sixième division de croiseurs de combat, laquelle ne se composait plus que de ce vaisseau et de l'*Incroyabl*e. « Capitaine Geary, répéta lentement Bayada, comme s'il réfléchissait en même temps. Avant que nous n'abordions d'autres sujets, j'aimerais personnellement en soulever un. Nous devons affronter d'énormes difficultés pour regagner l'espace de l'Alliance et nous ne pouvons guère nous permettre de perdre notre temps à réfléchir à des moyens de frapper le plus durement possible les Syndics. Comme à Sancerre. J'ai réfléchi à ce qui s'était passé là-bas. »

Ça pouvait signifier nombre de choses et Badaya n'avait pas l'air de remettre en question son autorité, de sorte que Geary se contenta d'acquiescer d'un coup de tête et d'attendre la suite.

« Le portail de l'hypernet de Sancerre… reprit Badaya. Quand il s'est effondré, la décharge d'énergie a mis les boucliers de nos vaisseaux à rude épreuve. Je crois comprendre que les opérations entreprises par l'*Indomptable*, le *Diamant* et l'*Audacieux* en ont restreint la violence. » Il marqua une pause.

Ses paroles prenaient un chemin que Geary aurait préféré éviter, mais il voyait mal comment imposer le silence à cet officier sans attirer davantage l'attention sur ce sujet. Pour une fois, Geary s'estimait heureux que la coprésidente Rione n'assistât point aux réunions stratégiques. Si elle avait été présente, il n'aurait pas pu s'empêcher de couler un regard dans sa direction, ce qui aurait sans doute persuadé certains que Rione et lui détenaient des informations qu'ils ne partageaient pas avec autrui. « C'est exact, répondit-il calmement.

— Ne pourrions-nous pas nous en servir ? interrogea Badaya. Cette méthode nous permettrait d'infliger de graves dommages aux systèmes stellaires ennemis sur notre trajet de retour, et ce en une infime fraction du laps de temps requis pour les investir par les moyens conventionnels. »

C'était la stricte vérité. Mais elle pouvait également déclencher le génocide universel que redoutait Geary. Il cherchait encore une réponse, conscient que tout ce qu'il pourrait dire risquait d'avoir de très lourdes répercussions, quand le capitaine Cresida le devança, la voix empreinte de regret. « Le capitaine m'a déjà posé cette question, déclara-t-elle. Et je lui ai répondu que la violence de cette décharge d'énergie était tout simplement imprévisible. Elle pourrait se révéler très inférieure à ce que nous avons nous-mêmes connu, voire nulle. »

Le capitaine Tulev hocha judicieusement la tête. « Et nous espérons nous servir d'un tel portail pour rentrer chez nous. » Nul n'en disconvint. Au lieu de devoir bondir d'une étoile à l'autre par la méthode traditionnelle des sauts successifs, ils pourraient effectivement emprunter l'hypernet, non seulement pour gagner directement un système stellaire syndic proche de la frontière de l'Alliance, mais aussi beaucoup plus vite. « Si nous le détruisons, nous n'en aurons plus l'emploi.

— Nous y perdrions un atout sans pour autant avoir la certitude de nuire à son système stellaire syndic, fit observer le capitaine Duellos. Suggestion intéressante, capitaine Badaya, mais qui pourrait se révéler malcommode pour nous. »

Badaya se rembrunit mais hocha malgré tout la tête. « C'est vrai. Ce n'est pas une option viable pour l'instant, j'imagine. Mais nous devrions la garder à l'esprit. »

Geary s'efforça de prendre un air pensif. « Merci, capitaine. Ça reste une éventualité intéressante. Je vous remercie de l'avoir évoquée. » *Mon œil ! J'aurais de loin préféré que vous n'en disiez pas le premier mot. Pardonnez-moi ce mensonge, ô mes ancêtres. Il ne me vaudra aucun avantage mais permettra peut-être de sauver d'innombrables vies.* Il garda un instant la tête baissée, réfléchissant et s'étonnant tout à la fois de la rapidité avec laquelle Tulev et Cresida s'étaient interposés pour tuer dans l'œuf tout désir de se servir comme d'une arme des portails de l'hypernet. Cresida savait, bien entendu, puisqu'elle avait pondu elle-même les algorithmes qui avaient permis d'interdire au portail de Sancerre une explosion de l'amplitude d'une nova. Mais pas Tulev. Ou bien était-il au courant ? Un petit groupe d'officiers décidés à aider Geary à empêcher le plus longtemps possible la divulgation de ce savoir seraient-ils conscients qu'on pouvait, en un gigantesque génocide, balayer toute l'espèce humaine de l'univers grâce aux portails de l'hypernet ?

Qu'en feraient-ils à long terme, s'ils décidaient qu'il ne l'employait pas à bon escient ?

Il lui fallait continuer, ôter ce sujet de l'esprit des officiers présents. Fort heureusement, il disposait d'une diversion idéale. « J'ai réfléchi à notre prochaine ligne d'action. Comme vous le savez, je comptais tout d'abord conduire cette flotte à Wendaya. Je suis revenu sur cette décision. »

Une onde de surprise parcourut les deux bords de la table virtuelle. Geary scruta le visage de ses commandants et ce qu'il y lut ne lui plut pas. L'enthousiasme brillait par son absence, même parmi ses plus fermes soutiens. Mais seul le capitaine Casia s'exprima : « Nous sommes à peine plus proches de l'espace de l'Alliance que quand nous avons quitté le système mère syndic, se plaignit-il.

— Ce n'est pas moi qui y ai conduit cette flotte, lui rappela Geary. Nous sommes très loin de chez nous. Je n'y peux rien. » Il s'interrompit de nouveau pour observer les réactions. Trop d'officiers fixaient l'hologramme des étoiles en affichant une expression soucieuse ou résignée. « Mais nous devons adopter une autre méthode. Nous avons évité jusque-là les sauts en ligne directe vers l'espace de l'Alliance pour esquiver les pièges des Syndics, mais ils commencent à s'en rendre compte. »

Il les tenait de nouveau en haleine ; tous écoutaient attentivement mais Casia désigna d'un geste l'écran holographique. « Nous n'allons tout de même pas battre encore en retraite, au moins ? »

La formulation était parfaite, tant et si bien que Geary se demanda si la question venait de Casia en personne ou si un autre de ses adversaires, plus compétent, ne la lui aurait pas soufflée : exactement celle qu'il fallait poser pour saper son autorité ou saboter tous les plans qu'il pourrait avancer.

Mais, apparemment, il avait réussi cette fois-ci à déjouer les manœuvres de ses opposants. « Non, lui répondit-il, le regard dur. Je compte conduire cette flotte d'un trait vers l'espace de l'Alliance afin de voir jusqu'où nous pouvons aller avant que les Syndics ne devinent nos intentions et ne tentent de nouveau de resserrer sur nous les mâchoires de leur étau. Nous devrions couvrir une assez grande distance vers chez nous et déstabiliser les projets des Syndic fondés sur la conviction que nous nous en abstiendrions. »

Quelques visages s'illuminèrent autour de la table, mais Geary remarqua que les commandants Duellos, Tulev et Cresida restaient sur leur quant-à-soi, comme s'ils craignaient de le voir céder aux arguments de Casia. Il ne pouvait pas contenter tout le monde, semblait-il.

Cela dit, cette responsabilité ne lui incombait pas.

Il montra le visuel. « Au lieu de sauter vers Wendaya, nous allons nous rendre à Sendaï puis piquer droit sur Daïquon et, si la route est dégagée, poursuivre jusqu'à Ixion. » Des lignes brillantes apparurent sur l'écran, dessinant une flèche légèrement incurvée pointée vers l'espace de l'Alliance.

« Ce qui nous aura fait parcourir un tiers de la distance qui nous sépare de chez nous ! fit remarquer le commandant Neeson avec un grand sourire.

— Les Syndics le pressentiront avant que nous n'atteignions Ixion, rétorqua le capitaine Mosko du *Défiant*, l'air inquiet.

— C'est aussi mon avis, renchérit Tulev. Ai-je bien compris, capitaine Geary ? Nous devrons évaluer la situation dans chaque système stellaire avant de sauter vers le suivant ?

— Effectivement, confirma Geary. Je m'attends à ce que les Syndics s'aperçoivent de ce changement de méthodc. Dès qu'ils en auront pris conscience, ils pourront se servir de leur réseau de l'hypernet pour rassembler des forces plus vite que nous ne pourrons nous déplacer et tenter de nous intercepter. Mais nous avons de bonnes chances de gagner Daïquon sans rencontrer de sérieuse opposition, me semble-t-il, et celles d'atteindre Ixion restent correctes. »

Il les tenait, apparemment. Il ressentit une petite pointe d'exaspération, furieux de se retrouver contraint de les convaincre au lieu de s'en faire carrément obéir. Si encore il avait commis d'innombrables erreurs depuis qu'il avait assumé, bien à contrecœur, le commandement de cette flotte…! Mais il lui fallait donner tous les jours aux incrédules la preuve de ses compétences. « Nous profiterons du temps que nous passerons dans l'espace du saut pour faire fabriquer des cellules d'énergie et des munitions par les auxiliaires et les répartir ensuite entre les vaisseaux durant le trajet jusqu'à Sendaï et Daïquon. Je tiens à ce que nous soyons prêts à tout si nous poursuivons jusqu'à Ixion. »

Le capitaine Casia faisait toujours grise mine. « Et après Ixion ? On file tout droit vers chez nous ? »

Geary réprima une furieuse envie de l'étrangler. Fort heureusement, la seule vision de son visage en train de virer au violet pendant qu'il lui serrait le kiki suffit à le réjouir et à l'apaiser. « La destination finale de cette flotte restera toujours l'espace de l'Alliance, répondit-il d'une voix égale. Mais je n'ai fait de projets circonstanciés que pour les quatre prochains systèmes stellaires. Nous devrons tenir compte des réactions des Syndics à notre arrivée à Ixion.

— Si nous poursuivons dans ce sens…

— Les Syndics se déplacent plus vite que nous, capitaine Casia. Ils disposent de l'avantage de l'hypernet, dont eux seuls peuvent se servir. » Pourquoi devait-il toujours expliquer ce qui tombait sous le sens ?

Le commandant Yin reprit la parole comme si un signe qui avait échappé à Geary l'y encourageait. « Ramener cette flotte le plus tôt possible dans l'espace de l'Alliance est crucial pour son effort de guerre, fit-elle observer, l'air pénétrée.

— Si elle est détruite avant de l'avoir atteint, elle ne pourra plus grand-chose pour l'effort de guerre, railla Duellos.

— Nous nous frayons un chemin en combattant, ajouta Desjani en fusillant Yin du regard. Nous infligeons des dommages aux Syndics à chacune de nos étapes. »

Au lieu de répondre, Yin fixa Desjani, un coin de la bouche retroussé comme si ses dernières paroles l'amusaient. La mimique n'avait pas échappé à Desjani, de toute évidence, car ses traits se durcirent. Mais Tulev lui brûla la politesse. « Sans compter que nous paralysons une bonne partie de leur flotte en la forçant à nous pourchasser pour nous intercepter, lança-t-il, impassible. Ils ne peuvent pas tirer profit de notre absence dans l'espace de l'Alliance pour l'attaquer, parce qu'ils doivent mettre presque toutes leurs forces dans la balance pour nous traquer. »

Yin regarda autour d'elle et, ne rencontrant pas l'approbation à laquelle elle s'attendait, s'assombrit visiblement.

Il était plus que temps de rappeler à tous qu'ils faisaient partie de la même flotte. « L'Alliance a besoin que nous rentrions, déclara Geary d'une voix sereine, exigeant de tous ses officiers qu'ils prêtent une oreille attentive à ses propos. Les vaisseaux de l'Alliance qui n'accompagnaient pas cette flotte et qui s'emploient actuellement à tenir les Syndics en échec comptent très certainement sur notre retour. Les Syndics sont probablement aussi déterminés à nous arrêter que nous à rentrer. Que cette flotte continue à opérer derrière leurs lignes est pour l'Alliance une victoire et pour eux une défaite. *Si* nous rentrons chez nous, nous pourrons le faire la tête haute, parce que, grâce aux victoires que nous avons déjà remportées et que nous remporterons encore, nous aurons réduit de beaucoup la flotte syndic. Nos ancêtres seront fiers de nous. » Il marqua une pause. Tous le regardaient, mais il ne trouvait rien à ajouter. « Merci. Vos instructions concernant le saut vers Sendaï vous parviendront dans l'heure. »

Les images des commandants de vaisseaux éclatèrent comme un essaim de bulles de savon sous un vent violent. Le capitaine Desjani, qui continuait de jeter des regards noirs vers la place qu'occupait l'image du capitaine Yin, se leva et marmotta un laconique « Pardon, capitaine » avant de sortir.

Ne restait plus assise que l'image d'un seul homme, adossé à son fauteuil et les bottes posées sur la table. S'il n'avait pas su qu'il s'agissait d'une projection reflétant les gestes d'un homme installé dans un autre vaisseau, Geary aurait juré que cet autre officier se trouvait dans la même pièce. « Capitaine Duellos. Merci d'être resté. »

L'image virtuelle de Duellos sourit. « Ça ne me pèse pas.

— Je ne vous en suis pas moins reconnaissant. » Geary s'assit en soupirant. « J'avais deux ou trois questions à vous poser.

— Un problème ? Ou un *autre* problème ? devrais-je plutôt demander. »

Geary eut un sourire torve et accusa le coup d'un hochement de tête. « Aucun qui n'ait été soulevé durant cette réunion, je crois.

— Les mêmes intrigues sous-jacentes et discussions oiseuses, fit observer Duellos en fixant ses ongles.

— Ouais. » Un comportement routinier de la part de certains officiers de la flotte. Ni franchement irrespectueux ni carrément mutin. « Quelque chose m'intrigue. »

L'image de Duellos se leva, se dirigea vers le siège qui faisait face à celui de Geary et s'y installa. « Question politique ? Personnelle ?

— Les deux. Tout d'abord, que pouvez-vous me dire du capitaine Casia ? »

Les lèvres de Duellos se retroussèrent. « Un officier aux aptitudes très médiocres, à tel point que même Numos brillait par comparaison. Vous vous demandez pourquoi il s'est montré si fâcheux au cours des deux dernières conférences ?

— Ouais.

— Parce que Numos et Faresa sont tous deux aux arrêts pour l'heure. Ce qui laisse un vide au sein de la troisième division de cuirassés, celui de l'abus d'autorité. Comme vous l'aurez certainement remarqué, cette division est un authentique dépotoir d'officiers supérieurs problématiques. »

Geary y réfléchit. De son temps, compte tenu du nombre relativement restreint de cuirassés, l'idée de consacrer une entière division de ces vaisseaux à la mise au placard d'officiers problématiques aurait été proprement impensable. « Dans quelle mesure Casia représente-t-il un problème sérieux ?

— Difficile à dire, admit Duellos en plissant le front. Seul, on s'attendrait déjà à ce que sa mauvaise conduite suffît à faire du dégât. Mais, s'il sert d'abcès de fixation à tous ceux qui cherchent à contester votre autorité, il pourrait bien devenir l'homme de paille d'officiers plus compétents s'efforçant de dissimuler leurs mobiles réels. »

Hélas, cette analyse ne confirmait que trop les pires craintes de Geary. « Auriez-vous des scrupules à émettre des hypothèses sur l'identité de tels officiers ? »

Duellos laissa transparaître son embarras. « Je préfère m'en abstenir, capitaine. Si j'en avais la preuve ou une connaissance de première main, ce serait différent. Mais je répugne à accuser des hommes sur la foi de simples spéculations.

— Je comprends. Franchement, je n'ai aucune envie de passer pour un de ces commandants qui épient leurs subordonnés susceptibles de créer des problèmes. » Jamais, en vérité, il n'aurait imaginé en arriver là, car, un siècle plus tôt, la culture de la flotte n'aurait pas toléré ce comportement.

« Ce ne serait pas une première, avança Duellos. Comme vous l'aurez certainement pressenti, en n'espionnant pas vos subalternes pour tenter de découvrir ceux auxquels vous ne pouvez pas vous fier, vous allez à l'encontre des pratiques habituelles des amiraux. »

Cette assertion, pour on ne sait quelle raison, fit fleurir un sourire sur les lèvres de Geary. « Voici un siècle, on s'attendait à ce qu'un amiral fût assez qualifié pour les jauger sans les espionner.

— L'époque était plus simple. La méthode actuelle, comme beaucoup d'autres choses, a une excuse : nous livrons une guerre pour notre survie.

— Excellente justification, n'est-ce pas ? Mais je vois mal nos ancêtres la prendre en bonne part. » Geary secoua la tête. « Je refuse de mener une chasse aux sorcières parmi mes officiers. »

Duellos le scruta longuement. « Même si la perte de sa flotte et la poursuite de la guerre étaient le prix à payer par l'Alliance pour la sauvegarde de votre honneur ?

— Tenteriez-vous de me persuader que je devrais prendre contre mes officiers des mesures fondées sur de simples soupçons ? demanda Geary. Vous me surprenez.

— Et je vous déçois ? » Duellos balaya l'argument d'un geste. « Je reste convaincu que, si cette flotte rentre un jour chez elle, ce sera parce que nous n'aurons pas oublié l'honneur de nos ancêtres. » Son regard se reporta sur le champ d'étoiles qu'affichait une des cloisons. « Ça tombe sous le sens, en vérité. Les pratiques déplorables adoptées au cours du dernier siècle ont été regardées comme nécessaires, bien que regrettables, à notre victoire. Bizarrement, cette victoire n'est toujours pas acquise. Depuis le temps, on pourrait croire que quelqu'un aurait dû se demander pourquoi ces mesures nécessaires mais regrettables n'ont pas donné les résultats escomptés. Pas avant que vous ne débarquiez, du moins, et que vous ne nous incitiez à y réfléchir au lieu de l'accepter passivement. » Duellos soupira. » Non, capitaine Geary, je me fais tout bonnement l'avocat du diable. Tout commandant a besoin d'un personnage de cette espèce, non ?

— D'un à tout le moins.

— Et, en dehors de moi, vous disposez d'un autre conseiller. » Il jeta à Geary un regard inquisiteur. « Comment est-ce que ça se passe de ce côté ? Si je puis me permettre de poser la question.

— Vous pouvez y répondre aussi bien que moi.

— C'est une femme forte et une femme dure, aussi respectée que peut l'être un politique au sein de cette flotte.

— J'ai fait amplement l'expérience de ces deux premières qualités, et je ne doute aucunement de la troisième. » Geary haussa les épaules. « Elle se montre très distante depuis Ilion. J'ignore pour quelle raison. Elle n'en dit rien.

— Les commandants de vaisseau de la Fédération du Rift et de la République de Callas m'ont laissé entendre que la coprésidente Rione faisait preuve depuis quelque temps d'un détachement qui ne lui ressemblait guère, fit remarquer Duellos. Elle n'est pas moins distante avec eux.

— Bizarre. » *Je croyais être le seul fautif. Mais pourquoi, en ce cas, Rione observerait-elle le même comportement avec les officiers de sa propre nation ? À ce que j'ai pu en voir, elle portait à ces vaisseaux et leurs équipages une attention toute particulière.* « Je tâcherai d'en avoir le cœur net. Une telle conduite de la part d'une personne comme Rione reste assez intrigante. »

Duellos opina.

« À propos de mystères, j'ai fait une constatation dont le sens m'échappe, reprit Geary. Cette dernière épine dans mon flanc… le capitaine Casia… commande bien à un cuirassé, n'est-ce pas ?

— En effet, convint Duellos, en se demandant visiblement où son interlocuteur voulait en venir.

— C'est ou c'était également vrai de gens comme Numos, Faresa et Kerestes. En même temps, d'excellents officiers comme Desjani, Tulev, Cresida et vous ne commandent qu'à un croiseur de combat. » Duellos écarta les mains en signe de feinte modestie, tout en hochant la tête. « Pourquoi ?

— Pourquoi ? répéta Duellos, à présent plongé dans la perplexité.

— Pourquoi mes commandants de cuirassé sont-ils moins qualifiés que mes commandants de croiseur de combat ? » demanda abruptement Geary.

Duellos afficha la même expression que si on venait de lui demander pourquoi l'espace était noir. « C'est ainsi que fonctionne la flotte. Les officiers les plus prometteurs sont destinés aux croiseurs de combat et ceux qu'on ne juge pas assez doués pour les commander sont affectés à un cuirassé. »

Geary attendit la suite, mais Duellos avait l'air de croire que ces dispositions n'exigeaient pas de plus amples explications. « D'accord. C'est comme ça que ça marche. Mais… pourquoi ? De mon temps, le commandement d'un cuirassé était le poste le plus prestigieux et le plus prisé. Les croiseurs de combat avaient eux aussi leur importance, mais ils n'arrivaient qu'au second plan. »

Sans doute était-ce la première fois que Geary prenait Duellos de court. « Vous parlez sérieusement ? Mais les cuirassés sont lents. Et lourds. Ils sont puissants, certes, mais ils ne conduisent pas la flotte au combat !

— Conduire la flotte ?

— Oui. » Duellos fendit l'air de la main. « Les croiseurs de combat sont rapides. Ils mènent les assauts, opèrent les premiers contacts avec l'ennemi…

— … et sont détruits plus vite et plus fréquemment parce qu'ils ne disposent pas de protections aussi puissantes que celles des cuirassés.

— Naturellement, admit Duellos, toujours aussi ébahi. Nous ne nous jetons pas dans la mêlée pour nous abriter derrière un bouclier. Mais pour nous battre. Et les croiseurs de combat sont en première ligne. »

Geary comprit brusquement : la culture de la flotte plaçait le combat au-dessus de tout, voyait dans l'affrontement rapide avec l'ennemi le plus grand des mérites et en était venue à privilégier les stratégies offensives au mépris de toutes les mesures considérées comme simplement défensives. Si bien que les meilleurs officiers briguaient naturellement le commandement des vaisseaux les mieux conçus pour l'attaque, tandis qu'on affectait les moins bien notés aux bâtiments dont les capacités défensives et l'armement massif étaient les plus développés.

Mais ce raisonnement présentait une faille sérieuse. Geary se demanda s'il n'avait pas enfin mis le doigt sur un des facteurs qui grevaient la chaîne de commandement de la flotte. « Réfléchissez à ce que la flotte est en train de faire, capitaine Duellos : elle affecte ses meilleurs officiers aux bâtiments les plus vulnérables et les pires aux vaisseaux les mieux protégés. À long terme, est-ce que ça ne vous paraît pas insensé ? »

Duellos plissa pensivement le front. « Je ne l'avais pas vu sous ce jour. Mais la flotte a besoin de ses meilleurs officiers sur les vaisseaux les plus rapides et les moins lourdement cuirassés. Un officier moins compétent pourra survivre à bord d'un cuirassé puisqu'il sera moins facile à détruire, vous comprenez ? »

Geary ne put réprimer un éclat de rire. « Le système serait donc destiné à protéger les moins compétents ? »

Les rides se creusèrent sur le front de Duellos. « Je n'avais encore jamais vu présenter le problème sous cet angle. Le raisonnement habituel, c'est que les défenses d'un cuirassé peuvent compenser les erreurs de jugement de son commandant. »

D'une certaine étrange façon, ça pouvait faire sens. « Les Syndics font-ils pareil ?

— Je n'en sais rien, avoua Duellos. J'imagine. »

Si tel était le cas, les deux bords se seraient à tout le moins échinés à décimer aussi vite que possible leurs meilleurs officiers. Geary se demanda de nouveau pourquoi une espèce extraterrestre se donnerait la peine d'attaquer l'humanité quand elle mettait tant de talent et de zèle à se nuire. « Je viens au moins de comprendre une chose capitale. De vous à moi, je trouve cette méthode parfaitement absurde, mais il me semble évident que je n'y peux rien changer pour l'instant. » S'il continuait de perdre des croiseurs de combat, il perdrait aussi ses meilleurs officiers supérieurs. Mais, en cas de nouveau heurt avec les Syndics, il ne voyait aucun moyen de leur interdire d'intervenir. Ce serait aller à l'encontre de leur entraînement, de leurs convictions et de leurs méthodes de combat traditionnelles. *Mais je ferais bien de trouver une solution pour les protéger, sinon cette flotte est foutue.* « Y a-t-il autre chose que je devrais savoir et que je n'ai pas encore deviné ? »

Duellos fronça les sourcils et parut hésiter. « Vous êtes conscient que vos opposants au sein de la flotte continuent de répandre des bruits pour tenter de saper votre autorité ?

— Ouais. Pas neuf. En font-ils circuler de nouveaux ? »

Le front de Duellos se plissa davantage. « Je suis partagé entre le désir de vous les divulguer et celui de vous les cacher, capitaine Geary. Mais vous avez sûrement remarqué ce petit aparté entre les capitaines Desjani et Yin vers la fin de la réunion.

— En effet. De quoi s'agissait-il ?

— Je ne pense pas que le capitaine Desjani soit au courant, à moins que quelqu'un ne lui ait répété ces rumeurs par soi-disant amitié, répondit Duellos avec une visible réticence. Certaines affirment que vous entretiendriez une étroite relation avec elle. Sans doute devriez-vous être informé. »

Au tour de Geary de froncer les sourcils. « Plus étroite qu'une relation professionnelle, j'imagine. »

Duellos opina ; son visage exprimait très nettement le dégoût que lui inspiraient ce sujet et l'obligation d'en débattre.

« Affirmeraient-elles que je trompe Rione ? Je croyais toute la flotte au courant de notre liaison.

— Vous êtes manifestement capable de rendre heureuses ces deux femmes, répliqua Duellos avant de se fendre d'un sourire sardonique. On vous fait la réputation d'un homme susceptible de satisfaire à la fois Rione et Desjani. Voilà qui devrait plutôt la rehausser, non ?

— Je ne trouve pas ça drôle, répondit Geary.

— Non. Ça met non seulement en cause votre honneur, mais aussi celui du capitaine Desjani et, par le fait, celui de la coprésidente Rione. » Duellos haussa les épaules. « Tous ceux en qui vos adversaires voient vos alliés constituent pour eux une proie de choix.

— Vous aussi ? »

Duellos hocha la tête sans mot dire et Geary secoua la sienne. « Ça ne devrait pas me surprendre. Mais je tâcherai de faire attention en présence de Desjani et de ne rien laisser échapper qui permette à des esprits tordus de tirer des conclusions indues.

— Les esprits tordus sont très inventifs, fit remarquer Duellos. Si vous étiez sur mon vaisseau, ils répandraient probablement les mêmes bruits sur vous et moi.

— Je ne voudrais pas vous vexer, capitaine Duellos, mais vous n'êtes pas mon type.

— Il n'y a pas de mal, répondit Duellos avec un sourire. En outre, mon épouse risquerait de se formaliser d'une telle relation.

— Les femmes sont ainsi faites », convint Geary en se rappelant que Duellos avait de la famille dans l'espace de l'Alliance ; il ne put s'interdire un petit sourire de dérision. « Ce qui est sûr, c'est que, pour un homme à qui l'on prête deux femmes, je n'en profite guère.

— Regardez le bon côté des choses, suggéra Duellos. Si vous trompiez vraiment Rione avec Desjani ou vice-versa, l'une des deux ou les deux à la fois finiraient probablement par vous tuer et vous regarder agoniser en ricanant. Les femmes sont aussi ainsi faites.

— Effectivement. Surtout quand elles s'appellent Rione ou Desjani. Merci pour les infos sur ces rumeurs. Je refuse que l'honneur de quiconque soit mis en cause par ma faute. » Geary hésita un instant, une autre question lui ayant traversé l'esprit au souvenir de Rione. « Cette affaire que le capitaine Badaya a soulevée, à propos des portails de l'hypernet… »

Duellos hocha tranquillement la tête. « Nous avons réussi à désamorcer la situation.

— Qu'en savez-vous exactement ?

— Extinction de l'espèce. » Duellos se rejeta de nouveau en arrière et ferma les yeux un instant. « Novas et supernovas dans tous les systèmes stellaires dotés d'un portail. Le capitaine Cresida a informé un petit nombre d'entre nous de cette menace potentielle. Elle s'est doutée que vous auriez besoin d'un soutien dans cette affaire. » Duellos rouvrit les yeux et jeta à Geary un regard empreint de gravité. « J'espère que vous ne lui en voudrez pas. Je pense qu'elle a eu raison de le faire, comme vous avez pu vous en rendre compte quand ce sujet est arrivé sur le tapis pendant la conférence.

— En effet, admit Geary. Vous avez raison. Bien lui en a pris. L'idée que quelqu'un soit au courant me terrorise, sincèrement, mais si nous voulons éviter le pire, certaines personnes doivent être mises dans le secret.

— À qui d'autre en avez-vous parlé ?

— Seulement à la coprésidente Rione.

— Ah ! Un sénateur de l'Alliance. » Duellos fit la grimace. « Le Sénat voterait sans doute en faveur de la destruction des portails de l'espace syndic. Vous en êtes conscient, n'est-ce pas ?

— C'était également l'avis de Rione. Et l'ennemi aurait le temps de comprendre ce que nous faisons et répliquerait sur le même mode. »

Duellos opina ; il semblait avoir brusquement pris un coup de vieux. « En ramenant cette flotte dans l'espace de l'Alliance, vous rapporterez aussi un moyen de balayer l'espèce humaine.

— Ouaip. » Geary s'affaissa dans son fauteuil et se massa le front. « Vous voulez prendre le commandement ?

— Jamais de la vie. » Le regard de Duellos se porta sur le diorama stellaire. « Les vivantes étoiles ont peut-être décidé que l'humanité était un cas désespéré.

— Les vivantes étoiles n'ont pas créé les portails de l'hypernet, répliqua sèchement Geary.

— Si elles nous ont guidés, c'est du pareil au même…

— Quelqu'un… *quelque chose* d'autre nous a transmis cette technologie. J'en ai la certitude. »

Duellos pesa longuement ces mots avant de répondre. « Quelque chose. De non humain ?

— C'est ce que je crois. La coprésidente Rione partage cette opinion. Selon nous, ils se trouvent de l'autre côté de l'espace syndic.

— Notion intéressante. » Nouveau silence prolongé. « Ils nous auraient offert une sorte de pilule empoisonnée enrobée de sucre et se contenteraient d'attendre qu'elle nous fonde dans la bouche ?

— Peut-être. » Geary montra le diorama de la main. « Nous ne pouvons que tenter de deviner leurs mobiles. Ils n'ont pas tort de se dire que l'humanité est assez stupide pour accepter leur cadeau et s'autodétruire, mais ils ont négligé d'autres traits de notre caractère. »

Duellos arqua un sourcil inquisiteur. « Et... lesquels ?

— Nous avons horreur qu'on nous dicte notre comportement. Et nous sommes très imprévisibles. »

L'autre officier sourit. « C'est vrai. Puis-je faire passer l'information ?

— Ouais. » Geary réfléchit un instant. « Transmettez à tous ceux qui sont déjà au courant des portails de l'hypernet. L'éventualité que ce savoir puisse tomber entre de mauvaises mains m'a tellement terrifié que j'en ai oublié de le partager, au cas où il m'arriverait malheur, avec davantage de personnes sûres. »

Duellos se rembrunit de nouveau. « Si moches que nous soyons devenus, l'assassinat d'un officier supérieur n'a encore jamais été un moyen de gravir les échelons de la flotte de l'Alliance. »

Geary ne put réprimer un éclat de rire. « Veuillez m'excuser. Ce n'est pas ce que je voulais dire. Mais nous sommes en guerre, voyez-vous. Il arrive qu'on se fasse tuer.

— C'est ce que j'ai cru comprendre. » Duellos se leva lentement, pensif. « Les enjeux ne cessent de s'élever et l'ultime responsabilité vous incombe. Comment faites-vous ?

— Je patauge. »

Duellos hocha la tête. « Si le pire se produisait et que vous tombiez au combat, je ferais de mon mieux. Avec tous mes moyens. Je vous en fais le serment sur l'honneur de mes ancêtres. »

Geary se leva à son tour, tendit la main vers l'épaule de Duellos, se rappela juste à temps qu'il s'agissait d'un hologramme et se contenta de mimer le geste. « Je n'en ai jamais douté. Merci, mon ami. »

Duellos salua. Geary lui retourna la politesse puis l'image disparut, le laissant de nouveau seul. Et pour de bon cette fois.

QUATRE

Que la situation prît la pire des tournures, qu'il se sentît plus ou moins seul et isolé à la tête de la flotte, il lui restait toujours ses ancêtres.

Quand la flotte atteignit enfin le point idoine du système de Baldur et entra dans l'espace du saut pour gagner Sendaï, Geary vit l'écran montrant le vide passer du noir infini et piqueté d'étoiles à cette grisaille sans fin où éclosaient et s'éteignaient occasionnellement de mystérieuses lueurs. De son temps, nul ne savait ce qu'elles étaient, puisqu'il était impossible d'explorer l'espace du saut. Maintenant que l'hypernet était en usage, on ne s'y intéressait plus, à moins que les recherches qui auraient pu conduire à élucider ce mystère n'eussent été interrompues par la nécessité de consacrer tous les moyens scientifiques, techniques et financiers à l'effort de guerre.

Le capitaine Desjani le surprit en train de fixer ces lueurs, se rendit compte qu'il s'en était aperçu et détourna les yeux aussitôt. Peu après qu'il avait assumé le commandement de la flotte, elle lui avait affirmé que de nombreux spatiaux restaient persuadés qu'il avait été une de ces lumières et que son esprit avait reposé dans l'immensité autrement immuable de l'espace du saut jusqu'à ce que l'Alliance ait désespérément besoin, pour sauver les siens, du retour du légendaire Black

Jack Geary. Le croyaient-ils encore, maintenant qu'ils savaient que Geary avait en réalité dérivé pendant un siècle à bord d'une capsule de survie endommagée gravitant autour de l'étoile de Grendel, aux confins de l'espace de l'Alliance, avec une balise de position hors d'état de fonctionner et un système suffisant tout juste à le maintenir en vie, et ce jusqu'à ce que cette flotte tombe sur lui ?

Reverrait-il un jour Grendel ? Il n'y tenait pas spécialement. C'était un système stellaire sans grande utilité, que les convois et les vaisseaux s'étaient contentés de traverser sur leur trajet vers des destinations plus importantes ; et aujourd'hui abandonné en raison de sa trop grande proximité avec la frontière séparant l'espace de l'Alliance de celui des Mondes syndiqués, lui avait-on expliqué, parce qu'il n'offrait rien qui méritât d'être défendu, de sorte que les épaves de dizaines de vaisseaux orbitant autour de son étoile restaient les seuls vestiges d'une présence humaine antérieure. Mais certains étaient les débris de son ancien vaisseau, détruit alors qu'il couvrait la retraite de son convoi. De nombreux spatiaux de son équipage avaient trouvé la mort à Grendel. Il leur devait bien un pieux pèlerinage sur les lieux où ils avaient combattu et péri sous son commandement.

Hélas, de nombreux autres avaient d'ores et déjà trouvé la mort sous son nouveau commandement, et presque certainement son arrière-petit-neveu, dont le *Riposte* avait lui aussi été détruit alors qu'il couvrait le repli de la flotte hors du système mère des Syndics. Désormais, Michael Geary reposait probablement avec les ancêtres de Geary, à qui, d'ailleurs, il n'avait pas présenté ses respects depuis trop longtemps. « Capitaine Desjani, veuillez faire tout patienter pendant l'heure qui vient, s'il vous plaît. Hormis les appels d'urgence qui me seraient personnellement adressés. »

Desjani hocha la tête ; son propre visage accusait une visible lassitude, résultat de longues heures passées sur la passerelle dans l'espace ennemi. « Il y a peu de chances qu'une urgence se présente dans l'espace du saut. Peut-être l'ennui naît-il de l'uniformité, mais il est le bienvenu pour l'instant. »

Geary se retourna, s'apprêtant à quitter la passerelle de l'*Indomptable*, et son regard se posa brièvement sur le siège, vide pour l'heure, de l'observateur. D'ordinaire, la coprésidente Rione l'aurait occupé, même pour une manœuvre aussi routinière que l'entrée dans l'espace du saut. *Je dois absolument découvrir ce qui se passe dans sa tête. Ça fait un bon moment que j'aurais dû le faire, mais je me suis trouvé des excuses tant que nous sommes restés dans le système de Baldur.*

Il quitta la passerelle, mais, au lieu de regagner sa cabine, il s'enfonça plus profondément dans les entrailles du croiseur de combat, vers une succession de compartiments enfouis en son cœur et aussi bien protégés des tirs ennemis et de l'incendie que le reste du vaisseau. Compte tenu de tout ce qui avait changé depuis son époque, constater que ces compartiments existaient encore lui avait procuré un grand soulagement.

Sur son passage, spatiaux et officiers mettaient un point d'honneur à saluer Geary et à lui sourire, le regard empreint d'admiration et de vénération. Il leur retournait leurs sourires, bien qu'il eût de loin préféré les secouer, tous autant qu'ils étaient, et leur demander pourquoi ils n'arrivaient pas à voir en lui un être humain aussi faillible qu'eux-mêmes. Il saluait sans interruption et son bras se fatiguait rapidement, tant et si bien qu'il finit par se demander s'il n'aurait pas dû s'abstenir de réintroduire la pratique du salut dans la flotte.

Quelques spatiaux se tenaient près des espaces cultuels, mais tous s'écartèrent à son arrivée pour lui laisser le passage. Dès qu'il les eut dépassés, il perçut des chuchotements. Les spatiaux étaient contents de voir qu'il parlait à ses ancêtres et que, tout comme eux, il leur demandait avis et réconfort.

Il entra dans une petite chambre, tira et ferma la porte pour plus d'intimité, puis s'assit sur la banquette de bois face à une étagère où reposait une bougie. Il s'empara du briquet le plus proche, alluma la mèche de la chandelle puis attendit un instant, en apaisant son esprit, que les mânes de ses ancêtres se fussent rassemblés.

« Merci, ô mes ancêtres, d'avoir permis à cette flotte de traverser sans encombre un autre système stellaire ennemi, finit-il par articuler au bout d'un moment. Merci d'avoir guidé mes décisions et de m'avoir aidé à ne perdre personne à Baldur. » Il s'interrompit tandis que ses idées vagabondaient, prenant des chemins de traverse qu'il leur interdisait depuis quelque temps. « J'espère que Baldur n'a pas changé. J'aimerais visiter cette planète un jour, voir si elle ressemble réellement à ce qu'on en disait. Mais personne dans cette flotte ne s'en souvient, sauf pour y voir un autre système stellaire ennemi. »

Il marqua une nouvelle pause pour laisser dériver ses pensées. « J'espère avoir pris la bonne décision en choisissant de gagner Sendaï et les étoiles au-delà. Si jamais je me trompe, trouvez, s'il vous plaît, un moyen de me le faire savoir. Ces gens me font confiance. Enfin… la plupart. Certains croient… Bon sang, je ne sais pas ce qu'ils croient ! Ce n'est pas comme si j'avais voulu cette charge. »

Il fixa la cloison derrière la chandelle en se dépeignant mentalement le vide béant par-delà la coque de l'*Indomptable*. « La tentation est forte. Vous savez ce qu'une voix me chuchote à l'oreille ? “Contente-toi d'être Black Jack Geary. Fais ce que tu crois bon. Ce serait tellement plus facile. Ne cherche pas à convaincre les gens. Borne-toi à leur montrer comment s'y prendre." Je dois sans cesse me remémorer que je ne suis pas ce héros idéal qu'ils croient voir en lui. Si je commençais à me prendre pour ce que je ne suis pas, ce pourrait être une catastrophe, pas seulement pour l'Alliance mais pour l'humanité tout entière.

» Est-ce bien ? Je ne peux pas croire que j'ai posé la question, mais n'est-il pas juste de voir en ces Syndics des êtres humains ? Leurs dirigeants sont ignobles et il faut bien empêcher leurs vaisseaux et leurs forces armées de nous nuire, mais, si je me mettais à les regarder comme des monstres dont la mort importe peu, est-ce que je n'aurais pas tort ? S'il existait réellement, de l'autre côté de l'espace syndic, une espèce intelligente non humaine qui aurait leurré l'humanité en lui faisant installer dans ses systèmes stellaires les plus importants des mines d'une incroyable puissance de destruction, ne serait-il pas essentiel de garder en mémoire toutes les bonnes choses qui cimentent sa cohésion ? Nous aurions peut-être, désormais, un ennemi commun. »

Peut-être. Ce mot s'attarda un moment en suspension. « J'aimerais en avoir la certitude. Mais je ne suis même pas sûr que ces extraterrestres existent. Que veulent-ils ? Quels sont leurs projets ? Puis-je ramener cette flotte chez elle sans déclencher un véritable conflit génocidaire entre l'Alliance et les Mondes syndiqués ? »

Il resta coi un bon moment, en s'efforçant de vider son esprit, de le laisser vagabonder librement, réceptif à tout message. Mais aucune fulgurance ne vint l'éclairer. Il soupira, s'apprêta à se lever puis prit une dernière fois la parole. « J'ignore ce qui tracasse Victoria Rione, mais il y a forcément quelque chose qu'elle refuse de partager avec moi ou un autre. Je sais qu'elle ne fait pas partie de la famille, mais, si je peux faire quelque chose pour elle et si c'est permis, montrez-moi comment je dois m'y prendre. Honnêtement, je ne sais pas ce que je ressens à l'égard de cette femme, mais elle a beaucoup fait pour autrui.

» Accordez-moi la paix, l'inspiration et la sagesse », acheva-t-il en tendant la main pour moucher la bougie tout en psalmodiant l'antique formule.

Il se sentait déjà beaucoup mieux en sortant.

« On a trouvé du matériel intéressant dans les archives récupérées par les fusiliers spatiaux à l'installation minière de Baldur. »

Le message du lieutenant des renseignements Iger était sans doute succinct, mais ces gens se complaisent dans le mystère et les cachotteries, comme s'ils en savaient toujours un peu plus que ce qu'ils daignent vous révéler. En l'occurrence, il suffit à attirer Geary dans la section du renseignement. « Qu'est-ce que vous avez appris ? »

Le lieutenant Iger et l'un de ses sous-officiers lui présentèrent un lecteur portable. « C'est là-dedans, capitaine. »

Geary lut le premier document. *« Chère Asira… ceci est une missive personnelle. »* Il entreprit de la parcourir puis ralentit le débit. *« Nous ne pouvons pas nous procurer les pièces détachées nécessaires au bon fonctionnement de tout l'équipement et nous avons dû phagocyter certaines pièces de matériel pour permettre aux autres de tourner… Les rations ont recommencé à s'épuiser la semaine dernière… Le bruit court d'une nouvelle mobilisation, alors, s'il te plaît, écris-moi qu'il est infondé… Quand donc cette guerre finira-t-elle ? »*

Geary releva les yeux. « Est-ce extrait des archives de la sécurité de cette installation ? Celui qui a écrit cette lettre était aux arrêts, j'imagine. »

Iger secoua la tête. « Elle était encore en souffrance, capitaine. Les contrôleurs de la sécurité l'avaient déjà filtrée.

— Vous voulez rire ? » Il regarda de nouveau la lettre en fronçant les sourcils. « J'espère que vous ne m'avez pas fait descendre ici au seul motif de m'apprendre que les Mondes syndiqués sont bien plus libres que je ne l'avais cru. »

Iger et ses sous-offs sourirent. « Non, capitaine, répliqua Iger. Il y a toujours une police politique. Mais il ne s'agit pas que d'une seule lettre. Il y en a encore tout un tas là-dedans, extraites du transmetteur syndic, et la plupart expriment à peu près les mêmes sentiments. Nous avons passé les patronymes au filtre des banques de données réquisitionnées par les fusiliers dans les bureaux de la sécurité et, mis à part des informations de routine, on n'a rien sur eux.

— Pourquoi ? » Geary brandit le lecteur. « N'est-ce pas précisément ce qui provoque l'envoi de dissidents dans les camps de travail des Mondes syndiqués ?

— Effectivement, capitaine. » Iger avait recouvré son sérieux. « Ou qui l'aurait dû, tout du moins. Mais, apparemment, cette installation tolérait, à un niveau sans précédent, les doléances ouvertement exprimées. Soit la force de sécurité était extrêmement laxiste, soit la situation actuelle soulève un tel mécontentement que l'expression du ressentiment devient trop banale pour qu'on la réprime. » Il montra le lecteur. « Les dossiers de l'installation contenaient aussi du courrier en provenance de la planète habitée ; il n'avait pas encore été distribué aux mineurs et autres employés de l'installation. Beaucoup de ces lettres disent à peu près pareil : on manque de tout et on s'inquiète de la quantité croissante de gens et de ressources qui sont investis dans l'effort de guerre.

— Certaines critiquent-elles ouvertement le gouvernement ? » Les quelques Syndics croisés par Geary depuis qu'il assumait le commandement de la flotte mouraient de peur à l'idée de dauber sur leur système social ou sur leurs dirigeants.

« Une seule, capitaine. Les autres marchent sur des œufs et ne critiquent leurs dirigeants que du bout des lèvres. » Iger tendit la main pour frapper deux touches. « Voici l'exception. »

Geary la lut attentivement : « *"À quoi pensent donc nos chefs ? Quelqu'un doit commettre de graves erreurs. Mais personne ne paie pour elles à part toi et moi. Ça ne peut pas continuer."* Cette lettre a-t-elle été visée par la sécurité de l'installation ? Certainement.

— Non, capitaine. » Iger eut le plus grand mal à réprimer un nouveau sourire. « Son auteur est le chef de la sécurité.

— Vous plaisantez ? » Geary l'examina à nouveau. « Il ne s'agirait pas d'un faux ? D'une ruse destinée à nous fourvoyer ?

— Autant qu'on le sache, elle est authentique, capitaine.

— J'ai parlé aux Syndics que nous avons capturés. Vous les avez interrogés. Aucun ne disait cela.

— Pas à nous, capitaine, convint Iger. Ils se sentent sans doute libres d'en discuter entre eux, mais s'en ouvrir à nous serait suicidaire pour tout Syndic qui serait soumis à un débriefing à son retour. "Vous avez livré des informations à l'Alliance ? Qu'avez-vous déclaré exactement à son personnel ?" Ce genre de questions. Les détecteurs les prendraient aussitôt en flagrant délit de mensonge, ils seraient soumis à des méthodes d'interrogatoire plus… euh… virulentes et se retrouveraient inculpés de divulgation d'informations à l'ennemi et de haute trahison. »

Ça semblait logique. « Que signifie le fait que les civils en discutent entre eux, à votre avis, lieutenant ? »

Iger s'accorda un instant de réflexion, de nouveau solennel. « Nous avons posé la question à nos systèmes experts d'analyse sociale. Ils ont répondu que, si ces messages étaient authentiques, reflétaient expressément le sentiment général régnant dans le système de Baldur et n'étaient pas suivis de mesures punitives ni d'arrestations, alors la direction politique syndic devait être sérieusement ébranlée. Les tensions engendrées par la guerre rendent de plus en plus difficile le maintien du secret sur la dissension et le mécontentement à l'égard des dirigeants. Quelques lettres mettent aussi en doute les annonces officielles de victoires sur l'Alliance, quoique presque toujours de façon allusive. Bon, bien évidemment, il s'agit encore d'un système ignoré par l'hypernet, et, dans d'autres systèmes syndics, ce sentiment varie sûrement en intensité et en véhémence, mais rien ne porte à croire que Baldur est unique en son genre.

— On n'a rien trouvé de tel à Sancerre, objecta Geary.

— Bien sûr que non, capitaine. Sancerre est… était plutôt un système prospère fourmillant de chantiers navals militaires avant que nous n'y déchaînions l'enfer. Une pléthore de contrats gouvernementaux, de bons boulots, l'accès prioritaire aux ressources, le lien avec l'hypernet et une grande majorité de la population bénéficiant probablement de postes cruciaux dans l'effort de guerre, ce qui devait lui épargner la conscription. Pas trop de raisons de se plaindre d'y résider. » Le lieutenant Iger eut l'air de s'excuser. « Je viens d'un système de l'Alliance identique, capitaine. Mardouk. Il fait bon vivre dans de tels systèmes stellaires. Mieux que partout ailleurs en temps de guerre, en tout cas. »

Geary le scruta. « Mais vous ne vous en êtes pas moins engagé dans la flotte au lieu d'occuper une de ces sinécures qui favorisent l'exemption ?

— Euh… oui, capitaine. » Iger jeta un regard vers son sous-off, qui souriait à nouveau. « Une blague assez répandue voudrait que je me sois engagé dans l'*Intelligence service* parce que j'avais prouvé que j'en manquais. »

Les plaisanteries sur les agents du renseignement n'avaient manifestement guère évolué depuis le siècle dernier. Geary reporta son attention sur le courrier de Baldur. Le moral de l'ennemi en train de se fissurer… c'était trop beau pour être vrai. « Que disent-ils de l'Alliance ? » Personne ne répondant, Geary releva les yeux pour dévisager Iger et son sous-off. « Y font-ils allusion ? »

Iger opina, l'air malheureux. « Surtout des redites de la propagande syndic, capitaine. Un des derniers messages en souffrance a été écrit juste après qu'on a repéré notre flotte, et ce sont quasiment les dernières volontés de son auteur. Il y en a d'autres du même style, inachevés et non transmis, qui présument que la flotte va tout anéantir dans le système de Baldur, que nous ne ferons pas la distinction entre cibles militaires et cibles civiles, et qui s'inquiètent pour la sécurité de leur famille. Un quidam parle d'un parent à lui que nous aurions capturé ; il reste persuadé que nous l'avons tué. Ce genre de fadaises.

— La propagande syndic ? répéta Geary. Je sais de source sûre, lieutenant, que les forces de l'Alliance ont bombardé des cibles civiles pendant un certain temps. Et que des prisonniers ont été exécutés. »

Iger eut l'air scandalisé. « Mais la situation l'exigeait, capitaine ! C'était nécessaire sur le moment. Ça n'a jamais été la politique de l'Alliance, alors que ces exactions relèvent de celle du Syndic.

— La population syndic ne semble pas opérer la distinction, lieutenant. » Geary montra le lecteur. « Peut-être est-elle mécontente de ses dirigeants, n'empêche que nous lui faisons peur. N'est-ce pas la conclusion logique ?

— Je… Oui, capitaine, en effet.

— Ce qui signifie que le principal facteur poussant la population syndic à soutenir encore ses dirigeants est la terreur que lui inspire l'Alliance. Terreur suscitée par nos propres excès.

— Mais, capitaine, nous ne les avons commis que contraints et forcés », protesta le sous-off.

Geary s'efforça de ne pas soupirer. « Admettons que ce soit vrai à un pour cent, et je suis persuadé que le personnel de l'Alliance le croit sincèrement. Mais les Syndics le savent-ils ? Ou bien les habitants des Mondes syndiqués nous jugent-ils sur nos actes plutôt que sur leurs justifications ? »

Le lieutenant Iger fixa Geary. « Vous avez mis un terme aux bombardements de cibles civiles et à l'exécution des prisonniers dès que vous avez pris le commandement, capitaine. Tous les systèmes stellaires syndics que nous avons traversés sont désormais conscients que cette flotte ne s'en prend ni à leurs foyers ni à leurs familles sous votre commandement. Comment saviez-vous ce qu'ils ressentaient ? Et qu'il fallait s'y prendre ainsi ? »

Souviens-toi que le lieutenant, le sous-off et tous les hommes et femmes de cette flotte sont en guerre contre les Syndics depuis leur naissance. Que leurs parents eux-mêmes n'ont connu que ce conflit. N'oublie pas les atrocités, les vengeances, le cycle infernal des provocations et des représailles. Rappelle-toi que tu n'as pas eu à vivre cela, et que tu n'as pas le droit de les condamner parce qu'ils sont d'un avis différent. « Je l'ai fait parce que c'était juste, répondit-il doucement. Que ce qu'on m'avait appris l'était, que c'est ce qu'exigent de nous nos ancêtres et notre honneur. Je sais ce que vous avez traversé, ce qu'a enduré l'Alliance au cours de cette guerre. Sous une telle pression, on oublie aisément ce qui nous a incités à combattre. »

Le sous-off hocha la tête, soudain accablé. « Comme vous nous l'aviez dit à Corvus, capitaine. Comme vous nous l'avez rappelé. Nos ancêtres se sont sentis contraints de nous expliquer que nous prenions le mauvais chemin et, sachant que nous vous écouterions, ils vous ont envoyé. »

Oh, génial! Il ne pouvait pas se contenter de leur rappeler qui ils avaient été ; encore fallait-il qu'il passât pour le messager de leurs ancêtres.

Mais il l'était effectivement, d'une certaine façon, puisqu'il ressuscitait les usages du siècle dernier depuis son réveil.

Puisqu'il était bel et bien un de leurs ancêtres. Il détestait s'en souvenir, se rappeler que ce monde-là était révolu ; pourtant c'était la stricte réalité.

Le lieutenant Iger posa le poing sur la table et le dévisagea. « Il faut persuader les Syndics que la situation a changé, que nous ne sommes pas pour eux une menace plus grande que leurs dirigeants. Nous pouvons réussir si nous continuons d'en administrer la preuve. N'est-ce pas, capitaine ?

— Exact, admit Geary.

— Et si leur moral se mettait à flancher et qu'ils décidaient qu'ils ont davantage à craindre d'eux que de nous, les Mondes syndiqués finiraient peut-être par s'effondrer.

— Dénouement que nous ne pouvons que souhaiter. » Pensif, Geary retournait le lecteur entre ses mains. « Tâchons de surveiller de près ces symptômes et, si jamais vos systèmes experts peuvent nous conseiller sur la manière dont nous pourrions tirer parti des défaillances du moral des Syndics que nous révèle ce lecteur, je veux en être informé. »

Peut-être, et peut-être seulement, voyait-on effectivement une lueur au bout du tunnel. Tant que les dirigeants des

Mondes syndiqués seraient à même d'exploiter les ressources de toutes les planètes sous leur influence, l'Alliance n'aurait aucune chance de les vaincre. Cela dit, si un pourcentage assez conséquent de ces mondes se rebellaient et refusaient d'apporter plus longtemps leurs moyens et leur population à l'effort de guerre, l'Alliance bénéficierait enfin de l'embellie dont elle avait besoin et qu'elle avait été incapable de susciter en un siècle.

Victoria Rione réussit à éviter Geary durant les six jours de trajet jusqu'à Sendaï. Lui-même consacra son temps à réviser d'autres scénarios de bataille, en cherchant le moyen de préserver ses croiseurs de combat et leurs commandants, mais il n'aboutit à rien. Aucune excuse ne permettait de justifier leur désengagement.

Il alla se rasseoir sur la passerelle de l'*Indomptable* dès que la flotte émergea de l'espace du saut. Les chances pour que les Syndics aient eu le loisir de semer des champs de mines au point de saut étaient très réduites ; sans doute n'avaient-ils même pas envisagé que la flotte de l'Alliance pût gagner Sendaï, mais Geary voulait être prêt à réagir si leurs dirigeants avaient miraculeusement deviné juste.

Ses tripes se nouèrent lors du passage dans l'espace conventionnel, et la morne grisaille de l'espace du saut disparut, cédant de nouveau la place à l'infinité du ciel étoilé.

Mais il n'avait pas le temps d'admirer le panorama ; son regard se verrouilla sur l'hologramme du système stellaire, en quête de signes de vaisseaux ou de mines syndics.

« M'a l'air complètement désert, fit remarquer Desjani. Pas même des bâtiments de faction. Vous aviez raison, capitaine. Les Syndics ne se doutaient absolument pas que nous visions Sendaï. » Elle lui décocha un sourire empreint d'admiration.

« Merci, marmonna Geary, mal à l'aise. On ne repère même pas un satellite chargé de surveiller le système ?

— Non, capitaine, répondit une vigie. Et pour cause », ajouta-t-elle en montrant l'écran avec fébrilité.

Une étoile, objet céleste d'une masse suffisante pour gauchir l'espace environnant et créer les conditions nécessaires à l'existence des points de saut, aurait dû normalement en occuper le centre. Sendaï était naguère un astre de cette espèce. Une très grosse étoile, certainement accompagnée à l'époque, des millions d'années plus tôt, d'un cortège de planètes.

Avant d'exploser en une supernova qui les avait carbonisées, et de s'effondrer elle-même, de se comprimer jusqu'à ce que la masse d'un énorme soleil soit réduite en une boule de matière de la taille d'une petite planète, si dense que sa gravité interdisait jusqu'à la lumière de s'en échapper.

Le capitaine Desjani opina puis déglutit, manifestement aussi nerveuse que sa vigie. « Un trou noir. »

Rien de ce qui subsistait de Sendaï n'était visible à l'œil nu. Mais, sur les écrans à large spectre, un flux de radiations jaillissait en deux faisceaux étroits des pôles nord et sud de l'étoile morte, cris d'agonie de la matière aspirée à une vélocité inconcevable par le trou noir.

Geary regarda autour de lui et constata que tous les hommes et femmes présents sur la passerelle fixaient leur écran avec la même appréhension. Vétérans d'innombrables batailles, ils n'en paraissaient pas moins atterrés par cette vision. « Des vaisseaux visitent-ils encore les trous noirs ? » s'enquit-il.

Desjani secoua la tête. « Pour quoi faire ? »

Bonne question. Quand les vaisseaux procédaient encore par sauts successifs, ils devaient impérativement traverser tous les systèmes stellaires placés entre leur point de départ et leur destination. Mais l'hypernet permettait de passer directement d'un portail à un autre. Les trous noirs, qui n'étaient plus vraiment des systèmes stellaires puisqu'ils aspiraient voracement toute la matière gravitant à proximité, n'avaient rien à offrir aux vaisseaux sinon le danger des radiations qu'ils rejetaient dans le vide. Les boucliers modernes eux-mêmes ne résisteraient pas indéfiniment à ce feu infernal.

Néanmoins, ce n'était qu'un trou noir. Ils n'allaient pas s'y attarder très longtemps puisqu'ils se contenteraient de gagner promptement le point de saut suivant, en esquivant les jets de radiations émis par les deux pôles. Geary se pencha vers Desjani. « Où est le problème ? »

Elle baissa les yeux. « Ce n'est pas… naturel, répondit-elle avec réticence.

— Mais si. Les trous noirs sont parfaitement naturels.

— Ce n'est pas ce que j'ai voulu dire. » Desjani inspira profondément. « Il paraît que quand on en fixe un trop longuement… il vous prend une envie irrésistible d'y plonger, d'amener votre appareil sous l'horizon des événements pour voir ce qu'on trouve de l'autre côté. Ce qui était autrefois une étoile vous appelle et cherche à consumer les vaisseaux humains comme tout le reste. »

Il ne l'avait jamais entendu dire, pourtant les spatiaux avec qui il servait, encore jeune aspirant, s'étaient complu à le régaler de récits horrifiques : fantômes ou menaces mystérieuses qui, aux confins gelés de l'espace, dévoraient bâtiments et équipages. Mais un siècle suffisait amplement à en inventer de nouveaux. « Je ne me suis approché que de quelques-uns, sans jamais rien éprouver de tel.

— Je parie que vous êtes la seule personne de cette flotte à l'avoir fait », répondit Desjani.

L'inconnu. Encore et toujours le plus fertile terreau pour les peurs humaines. Et maintenant qu'informé des croyances de ceux qui l'entouraient Geary jetait un nouveau regard sur l'écran, il lui semblait ressentir l'attraction de la masse invisible présente au cœur de Sendaï. Plus forte que celle de la simple gravité, puisqu'elle prenait même la lumière en otage.

« Voilà pourquoi les Syndics brillent par leur absence, claironna brusquement Desjani. Ils savaient que s'ils ordonnaient à des vaisseaux de se poster en faction près d'un trou noir, leur équipage préférerait se mutiner que de s'y attarder longtemps.

— Excellente explication. » Geary haussa le ton mais s'exprima avec calme. « Je me suis déjà approché d'un trou noir. » Il était conscient que tout le monde l'écoutait. « Il n'y a aucun risque tant qu'on ne le frôle pas de trop près. Et nous nous en abstiendrons. Conduisons cette flotte au prochain point de saut. »

Le seul ordre, sans doute, que ses pires ennemis dans la flotte approuveraient inconditionnellement.

« Malédiction ! » Trois autres croiseurs de combat de l'Alliance venaient d'exploser.

Geary coupa la simulation d'un coup de poing rageur sur les commandes. La tactique qu'il avait tenté d'appliquer lui avait paru un tantinet timbrée, et sans doute l'était-elle effectivement. Toujours était-il qu'elle n'avait pas le moins du monde opéré. Au lieu de réduire les risques encourus par ses croiseurs de combat, elle les conduisait sous le feu croisé de deux forces syndics supérieures, qui les anéantissaient. Certes, elle mettait en scène des commandants syndics nettement plus pointus que ceux que rencontrerait jamais la flotte de l'Alliance, mais des officiers qu'il avait connus et respectés un siècle plus tôt l'avaient mis en garde contre la propension à baser des plans sur la prétendue sottise de l'ennemi. Un piège habile fonctionne beaucoup mieux qu'un traquenard partant du principe que l'ennemi est trop bête pour en voir les ficelles. *Ne me manque plus maintenant qu'un piège habile.*

L'écoutille de sa cabine carillonna, annonçant un visiteur. Le capitaine Desjani entra et salua en affichant une expression purement professionnelle. « Nous sommes à deux heures du point de saut pour Daïquon. Vous avez demandé à être tenu au courant.

— Oui, mais vous n'aviez pas besoin de descendre ici en personne pour m'en aviser. »

Desjani haussa les épaules, laissant transparaître sa gêne. « Votre présence est… réconfortante, capitaine. Vous avez certainement remarqué à quel point l'équipage a apprécié votre flegme à proximité de ce trou noir. Je peux vous certifier que le bruit s'en est répandu à tous les vaisseaux et qu'il a rasséréné tout le monde.

— Euh… » Bizarre d'entendre chanter ses louanges parce qu'on n'a pas eu peur d'un trou noir. Mais, influencé par l'attitude superstitieuse de ses pairs, Geary s'était rendu compte qu'il répugnait un peu plus, chaque seconde, à fixer l'objet monstrueux. « Merci, mais je peux déjà vous affirmer, sans aucune hésitation, que je ne regretterai pas ce système.

— Ni vous ni personne de la flotte, répondit-elle avec un sourire fugace. Excusez le dérangement, capitaine.

— Ne vous inquiétez pas de ça. Je procédais seulement à une simulation, qui se passait d'ailleurs très mal. » Il se rejeta en arrière en soupirant. « Asseyez-vous. J'apprécierais de parler d'autre chose que de stratégie, de tactique, des Syndics et de la guerre. »

Desjani hésita un instant puis alla s'asseoir face à lui, quasiment au garde-à-vous, comme elle en avait l'habitude dans sa cabine. « Ces sujets ont dominé la vie de l'Alliance plus longtemps que je n'ai vécu, confessa-t-elle. Je vois mal de quoi nous parlerions s'ils n'existaient pas.

— Il y en a d'autres. D'autres domaines qui nous ont permis de tenir bon alors que la guerre semblait occuper tout notre univers. » Le regard de Geary se posa sur les étoiles, encore très lointaines, de l'espace de l'Alliance. « Que ferez-vous à votre retour à Kosatka, Tanya ? »

La question parut stupéfier Desjani, dont les yeux se braquaient eux aussi sur le diorama céleste. « Ma mère patrie, murmura-t-elle. Je n'y suis pas retournée depuis bien longtemps. Rien ne me garantit que j'aurai cette chance un jour, même si… même si nous rentrons.

— Je comprends. La guerre ne s'arrêtera pas parce que nous serons revenus. » Il garda le silence un instant. « Vos parents sont-ils encore là-bas ? » *Sont-ils encore en vie ?* voulait-il dire. Mais il n'osait pas poser aussi abruptement la question.

Desjani l'avait parfaitement compris et elle hocha la tête. « Oui. Tous les deux. Mon père travaille dans une usine qui fabrique les chantiers navals orbitaux et ma mère pour les forces de défense planétaires. »

Une économie de guerre, bien entendu, même pour une planète aussi éloignée du front que Kosatka. À quoi pouvait-on bien s'attendre après cent ans de conflit ? « Quel effet ça leur fait de vous savoir commandant d'un croiseur de combat ? »

Vétéran endurci d'une bonne douzaine de batailles spatiales, le capitaine Desjani rougit et baissa les yeux. « Ils sont… fiers de moi. Très fiers. » Elle changea d'expression. « Ils connaissaient les risques que court un officier de la flotte. Je suis persuadée qu'ils s'attendent à recevoir l'annonce de mon décès depuis que je suis montée à bord de mon premier vaisseau. J'ai triomphé des probabilités et ça leur a été épargné jusque-là, mais peut-être me croient-ils perdue en ce moment même, avec toute la flotte. »

Geary fit la grimace. « Le gouvernement de l'Alliance n'aura certainement pas fait cette déclaration, pas vrai ? Point tant que les gens n'aient pas le droit de savoir, mais les dirigeants se réservent souvent celui de mentir quand les nouvelles sont mauvaises. » Il avait étudié l'histoire officielle de la guerre peu après avoir pris le commandement de la flotte, et il avait découvert qu'elle en donnait un compte rendu inlassablement optimiste et rapportait succès de l'Alliance sur succès de l'Alliance, tout en gardant un silence obstiné sur les raisons qui interdisaient à toutes ces prétendues victoires de se solder par un triomphe définitif. Accablante similitude avec les âneries proférées par l'officier du vaisseau marchand syndic qu'ils avaient capturé, se rendit-il brusquement compte. Un gouvernement qui avait pondu une telle histoire officielle n'avouerait jamais, probablement, que sa flotte principale disparue derrière les lignes ennemies était sans doute anéantie.

« Effectivement, convint Desjani. Mais la propagande diffusée par les Syndics le leur aura sûrement appris. Ils envoient des unités de transmissions vers les systèmes stellaires frontaliers et elles balancent autant de mensonges qu'elles le peuvent avant d'être détruites par les défenses. » Geary hocha la tête, tout en se doutant que l'Alliance devait rendre la politesse aux systèmes frontaliers syndics. « Officiellement, nul n'est censé répéter ce qu'il a appris par les Syndics, poursuivit Desjani, mais le bruit finit toujours par se répandre. Contrairement à l'ennemi, les citoyens de l'Alliance jouissent encore de la liberté d'expression et ils ne gobent pas tout ce que leur racontent les politiques. » Elle haussa les épaules avec morosité. « Mes parents savent sûrement que l'ennemi prétend notre flotte perdue au cœur de son espace. Ils n'y croiront pas, mais les démentis officiels de notre gouvernement ne les rassureront pas beaucoup. Ils s'inquiètent forcément.

— Navré. » Ce mot seul était inadéquat, mais il n'avait rien trouvé de mieux sur le moment. « Leur bonheur n'en sera que redoublé à votre retour, j'imagine. »

Desjani sourit. « Oui. Oh que oui ! » Elle lui jeta un regard timide. « Et, quand ma planète mère apprendra que le vaisseau de leur fille transportait Black Jack Geary en personne, qu'il commandait la flotte depuis sa passerelle et qu'il nous a ramenés chez nous contre tout espoir, ils deviendront les habitants les plus célèbres de Kosatka, j'en suis sûre. »

Geary éclata de rire pour cacher son embarras. « J'ai songé à me rendre à Kosatka à notre retour. » Les paroles de Victoria Rione lui revinrent. *Kosatka n'est pas assez grande pour vous retenir, John Geary.* « En touriste, je veux dire.

— Vraiment ? » Desjani semblait époustouflée.

« Je vous ai dit que j'y étais déjà allé une fois. Voilà très longtemps. » Il réussit à ne pas se frapper le front, de fureur contre lui-même. Bien rares étaient les événements de son existence qui ne méritaient pas cette légende : *Voilà très longtemps.* « Je ne serais pas opposé à une nouvelle visite.

— Je suis sûre qu'elle a beaucoup changé, capitaine.

— Ouais. Il me faudra probablement un guide. »

Desjani hésita. « Nous pourrions… Si vous vouliez bien m'accompagner, je veux dire, quand…

— Ce serait sympa, répondit Geary. Peut-être m'y résoudrai-je. » Avoir sous la main un visage connu, une présence familière… ce serait sûrement un gros plus. Et il se demandait déjà ce qu'il éprouverait quand il aurait ramené la flotte à bon port et, son devoir dûment accompli sinon davantage, se serait détaché d'elle. Car ce qu'il regardait naguère comme un ramassis hétéroclite de vaisseaux et de gens qui lui étaient étrangers tendait chaque jour davantage à devenir *sa* flotte, peuplée de personnes qu'il connaissait et, parfois, appréciait, aimait et admirait. Bon sang, après avoir vu les spatiaux de l'*Indomptable*, de l'*Audacieux* et du *Diamant* tenir bon face à l'effondrement du portail de Sancerre, il s'était pris d'un orgueil farouche pour leur courage et leur dévouement. Tenait-il vraiment à la troquer contre l'inconnu et une société civile où il aurait encore plus de mal à se soustraire à l'adulation de Black Jack Geary ?

Devait-il seulement se poser cette question, d'ailleurs ? Il lui serait impossible de conserver le commandement de la flotte à son retour dans l'espace de l'Alliance. Pas seulement parce qu'il ne se sentait pas les compétences requises pour exercer cette fonction, mais parce qu'il craignait que Victoria Rione n'eût mis dans le mille en faisant allusion aux tentations qu'il lui faudrait alors affronter. Black Jack Geary, héros légendaire revenu d'entre les morts pour sauver l'Alliance et commander la flotte n'aurait rien à se refuser. Il lui suffirait de tendre la main pour obtenir ce qu'il voulait.

« Capitaine ? s'enquit Desjani en le dévisageant avec curiosité. J'ai dit une bêtise ?

— Comment ? Non. Pardonnez-moi. J'avais l'esprit ailleurs. » Geary se fendit de nouveau d'un sourire rassurant.

« Regagnons la passerelle et préparons-nous à dire adieu à Sendaï. »

Là-haut, tous évitaient soigneusement de poser les yeux sur l'écran où régnait le trou noir. Geary constata en entrant qu'ils lui jetaient des regards pleins d'espoir et de confiance. À l'instar de Desjani, ils le prenaient manifestement pour une sorte de talisman, chargé de les préserver du démon qui rôdait à l'intérieur.

Hélas, lui ne disposait pas d'un tel fétiche.

Encore une heure et demie avant que la flotte n'atteigne le point de saut. Il consacra quelques instants à remettre de l'ordre dans ses pensées puis tapa sur les touches lui permettant de s'adresser à toute la flotte. Une fois dans l'espace du saut, la communication serait très limitée, réduite à des messages de quelques mots suffisamment courts pour s'échanger de vaisseau à vaisseau. Il devait faire une déclaration avant de quitter l'espace conventionnel. Du moins s'il pouvait être taxé de « conventionnel » à proximité d'un trou noir.

« À tous les vaisseaux de la flotte de l'Alliance. Ici le capitaine Geary, commença-t-il en s'exprimant avec un calme délibéré. Nous ignorons ce que nous réserve Daïquon. Les Syndics ne s'attendaient pas à ce que nous gagnions Sendaï, mais ils sont sûrement compris, à présent, que nous n'avions choisi comme destination aucune des autres étoiles accessibles depuis Baldur. Peut-être se douteront-ils assez tôt que Daïquon représente pour nous un objectif possible pour profiter de l'avantage de leur hypernet et y rassembler des forces. Je veux tous les vaisseaux parés au combat quand nous quitterons l'espace du saut à Daïquon. Nous aurons peut-être à affronter aussitôt un engagement, aussi tous les vaisseaux syndics que nous rencontrerons devront-ils être balayés si vite jusque dans l'étoile qu'ils chercheront encore à comprendre ce qui leur est arrivé. » Il s'interrompit encore pour réfléchir à la meilleure façon de mettre un point final à sa transmission. « En l'honneur de nos ancêtres. »

Ne lui restait plus qu'à attendre. Il tua le temps en se repassant de nouveau les données sur la condition de la flotte. Les auxiliaires avaient fabriqué à un train d'enfer de nouvelles cellules d'énergie et de nouvelles munitions, comme si leurs ingénieurs étaient résolus à rattraper leurs erreurs qui s'étaient soldées par la pénurie d'éléments trace. Même si l'on ne tenait pas compte de ces stocks, les vaisseaux seraient fins prêts pour le combat si les Syndics les attendaient à Daïquon. À l'exception de l'*Orion*, du *Majestic* et du *Guerrier*, bien entendu. Mais la majeure partie des dommages infligés aux croiseurs de combat du capitaine Tulev à Sancerre étaient désormais réparés, et le *Léviathan*, le *Dragon*, le *Vaillant* et l'*Inébranlable* à nouveau en état de combattre.

Si les Syndics les y guettaient, la flotte les recevrait de pied ferme.

« Capitaine Geary... » Desjani venait d'interrompre le train de ses pensées. « La flotte a atteint le point de saut pour Daïquon.

— Parfait. Fichons le camp d'ici. » Il tapota encore ses touches de communication. « À tous les vaisseaux de l'Alliance. Saut immédiat vers Daïquon. »

Dès que la flotte entra dans l'espace du saut et que le trou noir nommé Sendaï eut disparu, la sensation de soulagement qui parcourut l'*Indomptable* fut si sensible que Geary aurait juré que le vaisseau lui-même avait poussé un soupir de satisfaction.

Quatre jours et quelques heures avant d'atteindre Daïquon. Victoria Rione réussit à l'éviter durant tout ce temps, de sorte qu'il le consacra au travail et à d'autres simulations :

il regardait exploser ses croiseurs de combat avec une frustration croissante. Dans tous les sens du terme.

Les Syndics les guettaient à Daïquon.

Juste devant le point de saut.

Alors qu'il regardait éclore les symboles représentant les vaisseaux ennemis sur l'hologramme du système stellaire, Geary concentra son attention sur deux cuirassés et deux croiseurs de combat qui rôdaient près du point de saut.

« Ils posent des mines ! » affirma Desjani.

Et la trajectoire de la flotte traverserait en partie les zones où elles étaient déjà semées. Geary calcula de tête la manœuvre d'esquive. « À toutes les unités de l'Alliance, pivotez de quarante degrés sur tribord et de vingt vers le haut. Exécution immédiate. » Il se tourna vers les vigies et aboya un autre ordre. « Dépêchez une balise de champ de mines le long de la trajectoire qu'ont dû suivre ces bâtiments ! »

Quatre gros vaisseaux. Les yeux de Geary parcoururent tout l'hologramme et les ajoutèrent au reste de la force syndic : trois croiseurs lourds, cinq croiseurs légers, une douzaine d'avisos. Sans doute envoyés sur place pour poser des mines devant le point de saut avant d'y laisser quelques unités légères pour prévenir de l'éventuelle irruption de la flotte de l'Alliance dans ce système. Mais ils s'étaient laissé surprendre à poser les champs de mines. Ces vaisseaux syndics ne représentaient pas une menace majeure pour la flotte, du moins si elle trouvait le temps d'engager le combat. Mais elle croisait juste au-dessus de l'ennemi, et les deux formations allaient s'entremêler sans pouvoir échafauder et encore moins exécuter un plan d'action. « À tous les vaisseaux. Engagez le combat avec les plus proches unités syndics. »

Un escadron de destroyers venait d'émerger du point de saut pratiquement dans le giron des deux cuirassés syndics. Les vaisseaux légers s'en écartèrent frénétiquement en déchargeant leurs quelques armes, dont les projectiles vinrent futilement s'écraser en scintillant sur les massifs boucliers des cuirassés ennemis. Ceux-ci ripostèrent de leurs armes lourdes, qui déchiquetèrent ceux, plus légers, des destroyers, ainsi que leur mince blindage. Le *Kheten* explosa et l'*Épée* fut réduit en lambeaux ; ses débris culbutèrent dans le vide.

L'arrivée d'un escadron de croiseurs légers de l'Alliance, surgissant directement de l'espace du saut dans la gueule des cuirassés syndics, fut leur seule planche de salut. Les cuirassés retournèrent voracement leur tir sur ces nouvelles cibles, réduisant le *Glacis* en miettes et envoyant valdinguer l'*Égée* et l'*Hauberk*.

Mais, entre-temps, les croiseurs lourds et les croiseurs de combat de la flotte, dotés de boucliers assez résistants pour engager le combat et d'assez de puissance de feu pour renverser spectaculairement l'équilibre des forces en présence au détriment de l'ennemi, avaient rattrapé les cuirassés syndics.

Six avisos accompagnaient ces cuirassés et cinq d'entre eux explosaient à présent sous le feu d'un essaim de destroyers de l'Alliance qui venaient de les frôler en concentrant leurs tirs sur les escorteurs plus légers. Le dernier aviso tenta de s'échapper, mais il n'eut pas le temps d'accélérer et fut déchiqueté à son tour. Deux croiseurs légers tentèrent de se cacher derrière la masse des cuirassés mais se retrouvèrent piégés entre trois divisions de croiseurs lourds de l'Alliance puis laminés. Le seul croiseur lourd ennemi accompagnant les cuirassés dut affronter la division de croiseurs de combat de Tulev : une unique rafale des gros vaisseaux de l'Alliance en eut raison.

« Première, deuxième et quatrième divisions de croiseurs de combat, transmit Geary, oubliez les cuirassés et engagez la bataille avec vos homologues et leurs escorteurs. » Il scruta son écran pour tenter de comprendre à qui d'autre il devait ordonner de se repositionner. « Deuxième, cinquième et septième divisions de cuirassés. Attaquez les cuirassés ennemis. Tous les croiseurs lourds doivent tenter d'engager le combat avec les escorteurs syndics rescapés qui accompagnent leurs croiseurs de combat. Toutes les unités plus légères de l'Alliance l'engagent avec les cibles les plus opportunes. » Finalement, il s'agissait moins d'une manœuvre tactique que d'une tentative pour submerger le plus tôt possible les forces ennemies, mais ça restait pour l'heure la meilleure solution.

Et il devait également veiller à ce que les Syndics ne tentent pas une contre-attaque désespérée. « Huitième et dixième divisions de cuirassés, montez la garde auprès de la division des auxiliaires. Assurez-vous que rien ne la traverse. » Il ignorait si tous ces cuirassés obéiraient à ses ordres dans le feu de l'action, mais, même si quelques-uns seulement s'y pliaient, ils garantiraient la sécurité des auxiliaires.

Onze croiseurs de combat de l'Alliance se retournèrent et accélérèrent vers leurs deux homologues syndics, suivis par un amas hétéroclite de divisions de croiseurs lourds, de croiseurs légers et de destroyers. « Accélérez à 0,1 *c*, ordonna le capitaine Desjani. Montez de cinq degrés et virez de quatre sur bâbord. Toutes les armes braquées sur les croiseurs de combats de tête du Syndic. Parés à larguer les spectres. »

Au même instant, les onze croiseurs de combat des deuxième, cinquième et septième divisions de l'Alliance fondirent sur les cuirassés ennemis. Geary vit aussi se retourner, pour piquer vers l'ennemi, les deux cuirassés rescapés et parés au combat de la quatrième, mais il ne tenta pas de leur ordonner de s'en écarter. Le *Vengeance* et le *Revanche* devaient rendre aux Syndics la monnaie de leur pièce pour la perte du *Triomphe* et les terribles dommages infligés au *Guerrier* à Vidha.

Treize cuirassés s'engouffrèrent dans l'espace occupé par leurs homologues ennemis, trop proches d'eux pour larguer des spectres. Plusieurs des plus proches vaisseaux de l'Alliance préférèrent les cribler de mitraille, dont les billes métalliques se vaporisaient en frappant les boucliers syndics. Puis tous les cuirassés de la flotte, de trois côtés à la fois, déchaînèrent leurs lances de l'enfer et firent instantanément griller et s'effondrer ces boucliers déjà affaiblis, avant de transpercer les blindages et de les étriper en y forant des trous par lesquels s'évadaient des panaches d'atmosphère, tandis qu'ils frémissaient sous les chocs.

Le *Vengeance* et le *Revanche* passèrent à courte portée et déchargèrent leurs projecteurs de champs de nullité. Les boules scintillantes frappaient les coques des bâtiments syndics en annulant la force de cohésion sub-atomique sur leur passage. Des sections entières de cuirassés ennemis se vaporisaient à l'intérieur de ces champs, ouvrant des plaies béantes dans leur fuselage.

Les deux croiseurs de combat syndics auraient pu tenter d'échapper à ceux de l'Alliance qui fondaient sur eux, mais leurs commandants parurent hésiter. Ce bref atermoiement causa leur anéantissement. « Tirez les spectres », ordonna Desjani. Alors que l'*Indomptable* larguait une volée de missiles, les autres croiseurs de combat de l'Alliance l'imitèrent, dépêchant une meute de ces projectiles autonomes qui accélérèrent vers leurs cibles.

Les Syndics ripostèrent; leurs avisos, croiseurs lourds et légers survivants vinrent se poster entre leurs croiseurs de combat et les missiles de l'Alliance en approche. En dépit de leurs manœuvres évasives, de leur vitesse et de leur furtivité, nombre de spectres explosèrent et moururent avant d'avoir atteint leur objectif. Mais en concentrant leur feu sur les spectres, les vaisseaux syndics avaient permis aux unités légères de l'Alliance de s'approcher à portée de tir.

Les avisos flamboyèrent et éclatèrent sous celui des destroyers et des croiseurs légers, tandis que les trois croiseurs légers syndics étaient criblés par les croiseurs lourds escortant les croiseurs de combat de l'Alliance.

Puis ceux-ci arrivèrent à portée de tir de leurs lances de l'enfer. Le croiseur de combat syndic de tête donna l'impression de rutiler quand ses boucliers absorbèrent les premières frappes, puis ceux-ci flanchèrent et les lances de l'enfer entreprirent de le ravager.

Geary retint son souffle en s'efforçant de ne pas montrer son inquiétude : Desjani conduisait l'*Indomptable*, l'*Audacieux* et le *Victorieux* à portée de tir du croiseur de combat syndic blessé, et les trois vaisseaux larguèrent leurs champs de nullité en le frôlant à grande vitesse. *Je m'inquiétais de risquer mes croiseurs de combat et voilà que je les jette dans la mêlée menés par le seul que je ne peux pas me permettre de perdre. L'*Indomptable *détruit, nous serions privés de la clef de l'hypernet du Syndic qui se trouve à son bord. Il faut que je trouve une solution.*

Non que le croiseur de combat de tête syndic constituât encore une menace. Les champs de nullité, ajoutés au torrent des lances de l'enfer, l'avaient saccagé, ne laissant qu'une épave à la dérive d'où s'échappaient sporadiquement des modules de survie abritant ses survivants.

Geary chercha l'autre des yeux et serra les dents en constatant que son commandant l'avait retourné d'une embardée, et qu'il accélérait à présent vers les auxiliaires de la flotte.

« Il n'a aucune chance », fit observer Desjani.

En traversant la formation de l'Alliance, le second croiseur de combat syndic fut criblé de tirs par ses destroyers et ses croiseurs lourds et légers. Chacun ne lui causait que peu de dégâts, mais ils s'additionnaient à mesure qu'il accélérait pour tenter de leurrer les systèmes de visée. Manquant de temps et d'espace pour prendre de l'élan, il essuyait coup sur coup. Il passa devant l'*Intrépide* et l'*Illustre* et vacilla sous les frappes auxquelles ils soumettaient son flanc bâbord.

Mais il poursuivit sa route en dépit des dommages accumulés.

Il avait essuyé de si nombreuses rafales en atteignant les cuirassés de la dixième division qu'il était probablement aveuglé, tous ses senseurs détruits ; et ses rares armes encore opérationnelles s'échinaient vainement à tirer sans jamais faire mouche. Seuls ses principaux propulseurs de poupe restaient relativement intacts et lui permettaient de dépasser 0,1 *c* en accélérant.

L'*Amazone* et le *Gardien*, les cuirassés de l'Alliance les plus proches de sa trajectoire, déchaînèrent des rafales de mitraille droit dans son sillage prévu : les billes métalliques frappèrent son fuselage à une vélocité combinée de près de 0,2 *c*.

La moitié antérieure du croiseur de combat syndic se vaporisa sous les impacts, tandis que sa poupe télescopait en tressautant les fragments de sa proue, avant d'exploser à son tour en un champ de débris minuscules, dont certains vinrent heurter les boucliers de l'*Amazone* et du *Gardien* sans causer de dégâts.

Desjani soupira. « Tout l'équipage de ce croiseur de combat a dû périr. »

Geary hocha affirmativement la tête : « Nul n'y aurait survécu.

— Dommage. » Elle le regarda. « Pour la première fois de ma vie, j'ai réellement envie de connaître un Syndic. Le commandant de ce vaisseau. Homme ou femme, il s'est battu vaillamment. » Elle avait beaucoup progressé depuis leur première rencontre, quand tout ennemi syndic n'était pour elle qu'un monstre inhumain et un objet de mépris. « Il vaut mieux qu'il soit mort, bien sûr, ajouta-t-elle prosaïquement. Je m'en serais voulu de laisser un Syndic de cette envergure en vie.

— Un officier syndic que vous respectez ? » s'étonna Geary.

Desjani plissa légèrement le front. « Que je respecte ? Je ne respecterai jamais un Syndic, capitaine. Comment le pourrait-on ? Même si celui-là a connu une mort honorable. J'aurais juste aimé voir à quoi il ressemblait. »

Geary haussa les épaules. « En l'occurrence, ils sont tous morts. Vaisseau et équipage, éparpillés en milliers de débris.

— En effet, capitaine », lui répondit-elle avec un sourire.

Peut-être n'avait-elle pas à ce point progressé. Mais Desjani était l'enfant d'un siècle de guerre et d'atrocités mutuelles. Les Syndics ne lui étaient pas moins étrangers que ces intelligences extraterrestres que Geary soupçonnait de rôder au-delà de leur espace. « Rectifions la formation de cette flotte. À toutes les unités. Beau travail. » Son regard se braqua sur un coin de l'écran où scintillaient en lettres rouges les noms des vaisseaux perdus de l'Alliance : deux destroyers et trois croiseurs légers. Nombre d'autres bâtiments avaient essuyé des dommages dans la tourmente. Ceux dont avaient souffert quelques destroyers survivants étaient peut-être irréparables, et sans doute faudrait-il les abandonner ; et un croiseur lourd au moins avait subi de graves dégâts. « Adoptez la formation Delta Un, sauf ceux qui s'emploient encore à récupérer nos capsules de survie. » Il aurait à déterminer lesquels, parmi tous les vaisseaux, étaient tellement amochés qu'il leur faudrait rejoindre les auxiliaires pour simplifier le travail des réparations et tenir compagnie à l'*Orion*, au *Majestic* et au *Guerrier* dans une formation ressemblant de plus en plus à une flottille de bâtiments estropiés.

Geary bascula sur un autre circuit et appela la section du renseignement. « Vérifiez si un des modules de survie syndic n'hébergerait pas des officiers de haut rang. » Il devait impérativement se tenir au courant de ce que mijotaient les Syndics, ainsi que du déroulement de la guerre à la frontière de l'Alliance. Compte tenu tant de leur goût obsessionnel du secret que du contrôle étroit qu'ils exerçaient sur leurs officiers, il y avait fort peu de chances, même si le commandant de cette force syndic avait survécu, qu'il ou elle eût des réponses à lui fournir. Mais plus il restait dans le noir, plus ces questions le rongeaient. Combien de temps pourrait-il encore esquiver l'ennemi alors que la plupart de ses manœuvres lui restaient inconnues ?

Si la flotte de l'Alliance était arrivée à Daïquon un jour plus tard, elle se serait engouffrée dans ce champ de mines et les vaisseaux de guet syndics se seraient échappés pour aller annoncer à leur haut commandement que les bâtiments de l'Alliance avaient emprunté cette route.

Dès que Geary entreprit de consulter les noms de ses vaisseaux détruits, l'inventaire des dommages et la liste des pertes en hommes, toute l'exaltation de la victoire se dissipa. Victoire modeste. Et chèrement acquise.

CINQ

Toutes choses égales, la traversée du système de Daïquon jusqu'au point de saut pour Ixion aurait dû prendre approximativement cinq jours et demi. Les cinq objets célestes d'importance gravitant autour de son étoile se composaient de quatre cailloux, tout juste assez gros pour mériter le titre de planète, et d'une énorme supergéante dont la seule masse aurait suffi à en faire une étoile. Les petites installations syndics qu'avait naguère hébergées un de ces cailloux étaient glacées et sans doute désaffectées depuis beau temps. Il n'y avait donc aucune raison de s'attarder à Daïquon, ni rien non plus qui pût y retarder la flotte.

Mais son croiseur lourd le *Brillant* avait été si sévèrement touché lors de leur bref engagement que Geary avait dû ralentir toute la formation pendant qu'on procédait à des réparations d'urgence sur ses principales unités de propulsion. La seule autre solution eût été d'abandonner ce vaisseau et il n'était pas prêt à s'y résoudre.

S'agissant des destroyers *Brise-lame* et *Machette*, en revanche, il n'avait pas eu le choix. Tous deux avaient été si gravement atteints que seul un chantier naval d'envergure aurait pu les remettre en état. Geary avait fait évacuer leur équipage et mettre leur réacteur en surcharge, transformant ainsi ces deux bâtiments en amas de débris en lente expansion et les ajoutant à tous ceux, fruits de la destruction des appareils syndics, qui parsemaient déjà le système de Daïquon. Sans doute ses autres vaisseaux auraient-ils l'emploi des officiers et des spatiaux de ces destroyers détruits, mais leur sabordage n'en sapait pas moins le moral.

Une vingtaine de destroyers, trois autres croiseurs légers et un croiseur lourd avaient rejoint les trois cuirassés dans la formation hétéroclite de bâtiments endommagés accompagnant la division des auxiliaires. Geary voulut épargner la fierté de leurs équipages en les bombardant officiellement « escorteurs de protection rapprochée des auxiliaires », mais il craignait que le mécontentement engendré par cette affectation si loin des premières lignes ne créât par la suite des problèmes. *Ils seront sûrement ulcérés, même si ça reste la seule solution sensée. Cela dit, quel rapport y a-t-il entre la guerre et la logique ?*

Il ferma les yeux en s'efforçant d'endiguer ces images de vaisseaux détruits avec leur équipage qui assaillaient son esprit. Sa cabine était silencieuse, et l'on ne percevait qu'un faible murmure de sons familiers et rassurants à travers les cloisons de l'*Indomptable*, témoins de la vie et de l'animation qui régnaient à bord : conduits d'aération bourdonnant de l'air frais qu'ils répartissaient, pompes aspirant divers fluides et les distribuant dans tout le vaisseau, voix à peine audibles des spatiaux passant à proximité, parfois accompagnées du grondement sourd d'un chariot de transport. Depuis combien de siècles les spatiaux entendaient-ils ces bruits omniprésents ? Avant cela, bien sûr, c'étaient les craquements du bois et les crissements des gréements sur les voiliers qui franchissaient les océans. Vivants et habités, les navires ne sont jamais vraiment silencieux.

« Capitaine Geary ? Ici le lieutenant Iger de la section du renseignement. »

Il frappa la touche des coms pour prendre l'appel. « Ici Geary. Qu'avez-vous appris ?

— Nous avons analysé les communications entre les capsules de survie évacuées par les vaisseaux syndics détruits et, autant que nous puissions le dire, tous les officiers supérieurs ont péri avec leurs bâtiments. Aucune n'a l'air d'abriter un individu qui tenterait d'exercer une autorité ou de coordonner des activités. »

Détourner un de ses vaisseaux pour aller récupérer des prisonniers qui ne lui apprendraient rien d'utile eût été stupide. « Se dirigent-elles toutes vers les installations désaffectées de ce système ?

— Oui, capitaine, confirma Iger. Elles n'ont pas le choix.

— Combien de temps peuvent-ils survivre sur les ressources de ces capsules et de cette base ? » Jusque-là, dans toutes les installations syndics qu'elle avait inspectées, la flotte n'avait trouvé que des rations d'urgence ou des vivres abandonnés sur place, et gelés sur les planètes dépourvues d'atmosphère.

« En partant du principe qu'elles sont pleines de rescapés, les capsules contiennent assez de provisions pour deux semaines. On peut allonger ce délai, bien entendu. Sans doute la plupart de ces bâtiments étaient-ils censés rester sur place pour guetter notre arrivée, mais la procédure syndic exige l'envoi d'un vaisseau estafette chargé de rendre compte de l'accomplissement de la mission, en l'occurrence la pose de champs de mines. Quand les dirigeants des systèmes syndics voisins constateront qu'ils ne reçoivent aucune nouvelle des vaisseaux de Daïquon, ils dépêcheront quelqu'un pour se renseigner. Peut-être un vaisseau est-il déjà en chemin.

— D'accord. Merci. » Inutile, donc, de détourner un bâtiment pour récupérer des modules abritant des spatiaux syndics. Il pourrait toujours faire transmettre par la flotte un message aux autorités syndics de la planète habitée du système d'Ixion à son arrivée sur place, afin de s'assurer qu'elles soient informées de la présence à Daïquon de leur personnel en souffrance.

Il tenta de reprendre sa rêverie, mais l'alarme de son écoutille carillonna une minute plus tard. « Entrez ! cria-t-il, résigné, sans rouvrir les yeux.

— Félicitations pour cette nouvelle victoire », déclara une voix sèche au bout d'un instant.

Geary les rouvrit brutalement. Victoria Rione s'encadrait dans l'entrée. Voyant qu'il la fixait, elle avança d'un pas, pendant que l'écoutille se refermait derrière elle, et elle alla s'asseoir face à lui. Contrairement à Desjani, elle se rejeta nonchalamment en arrière, mais à la manière d'un chat prêt à bondir.

« Que me vaut cet honneur ? demanda-t-il.

— Je te l'ai dit. Je suis venue te féliciter.

— Tu parles ! » Geary eut un geste courroucé. « Tu m'évites depuis des semaines. Pourquoi as-tu finalement pris la décision de reparaître ? »

Rione détourna les yeux. « J'ai mes raisons. La République de Callas a perdu un vaisseau dans la bataille que tu viens de livrer.

— Je sais. Le *Glacis*. Tu m'en vois navré. Nous avons perdu une moitié de son équipage, mais nous avons réussi à récupérer l'autre. Les rescapés ont été ventilés sur d'autres bâtiments de la République de Callas.

— Merci. » Rione serra les dents. « J'aurais dû m'en charger moi-même. C'est ma responsabilité.

— Non. C'est mon devoir en tant que commandant de cette flotte, mais ton aide aurait été la bienvenue en l'occurrence. Et, pour parler sans ambages, madame la coprésidente, les vaisseaux de la République de Callas se demandent pourquoi tu n'es pas restée en contact plus étroit avec eux.

— J'ai mes raisons, répéta Rione au terme d'un long silence.

— Tu aurais pu m'en faire part, suggéra-t-il. Ne m'as-tu pas naguère conseillé de te parler de mes problèmes ?

— Vraiment ? Te serais-tu senti esseulé ? demanda-t-elle à brûle-pourpoint.

— Tu m'as manqué, en effet.

— Je ne suis pas la seule femme à bord de ce vaisseau, capitaine Geary.

— Mais tu es la seule qui me soit accessible, répondit-il sèchement. Tu le sais. Toutes les autres travaillent sous mes ordres. »

Elle le dévisagea sans trahir ses sentiments, comme à son habitude. « Tu n'avais personne d'autre à qui parler ?

— Au capitaine Duellos. Au capitaine Desjani. À de rares occasions.

— Oh ? » Deviner ce qu'elle ressentait réellement restait exclu. « Le capitaine Desjani ? As-tu discuté avec elle des diverses façons possibles de massacrer des Syndics ? »

Ça ressemblait déjà davantage aux sarcasmes acerbes de la Rione d'autrefois. Geary rumina sa réponse puis décida de parler sans détour. « Le plus souvent de tactique et de stratégie, en effet. Mais nous avons aussi parlé de Kosatka à une certaine occasion. Je lui ai dit que j'aimerais visiter cette planète à notre retour. »

Rione arqua un sourcil.

« Pourquoi pas ? C'est un monde charmant. Peut-être ne m'y fixerai-je pas, mais j'aimerais le revoir.

— Il a changé, capitaine Geary.

— C'est ce que m'a dit Desjani. » Il haussa les épaules. « Peut-être ai-je envie de voir en quoi pour mieux digérer cette amère réalité… un siècle s'est écoulé depuis ma dernière visite.

— Tu n'aurais qu'à peine le droit de t'y déplacer. » Rione eut un âpre rictus. « Black Jack serait assiégé par la populace.

— Ouais. Desjani a proposé de me le faire visiter. Peut-être m'aiderait-elle à éviter la foule. Ses parents sont encore vivants. Ils pourraient sans doute m'apprendre à faire profil bas. »

Victoria Rione garda un instant le silence, le visage impavide. « Ainsi, Tanya Desjani t'a invité chez elle pour te présenter à ses parents ? » finit-elle par déclarer.

Cette interprétation de la proposition de Desjani ne lui avait pas effleuré l'esprit. « Où est le problème ? Serais-tu jalouse ? »

Cette fois, Rione haussa les deux sourcils. « Jamais de la vie.

— Tant mieux. Parce que, la dernière chose que je souhaite, c'est qu'on puisse croire que je m'intéresse à quelqu'un ou réciproquement. » Rione avait-elle eu vent des rumeurs infondées que lui avait rapportées Duellos, laissant entendre qu'il aurait une liaison avec Desjani ? Comment aurait-elle pu n'en être pas informée, avec tous ses espions qui lui rapportaient ce qui se passait au sein de la flotte ?

Rione sourit légèrement. « Oh, mais bien entendu, John Geary. Songe aux avantages que peut offrir la présence d'une femme persuadée que tu nous as été envoyé pour nous sauver par les vivantes étoiles. Nombre d'hommes espèrent trouver une femme qui les adule. Tu en as une à ta disposition. Elle n'attend que toi. »

Geary se leva, bouillant de colère. « Je ne trouve pas cela drôle. Tanya Desjani est un bon officier. Je refuse qu'on lui prête un comportement antiprofessionnel. Mes ennemis au sein de cette flotte s'efforcent déjà de semer la zizanie et de saper mon autorité en insinuant que j'entretiens avec elle une relation scabreuse. Je ne veux plus entendre aucune rumeur dans ce sens. Je ne lui ferai pas cet affront. »

Le sourire de Rione s'évanouit et elle fixa un instant le plancher. Lorsqu'elle releva la tête, son visage était de nouveau impassible. « Je te demande pardon. Tu as raison.

— Eh bien, que je sois pendu ! ne put-il s'empêcher de s'exclamer. Voilà une femme qui vient d'admettre que j'ai raison. Nombre d'hommes aimeraient aussi en trouver une.

— Ce n'est pas parce que je me conduis comme une garce que tu dois forcément être un salaud ! »

Au tour de Geary de détourner les yeux en hochant la tête. « C'est exact.

— En outre, poursuivit-elle, je suis bien plus douée que toi dans ce domaine. » Elle s'affaissa dans son fauteuil, l'air lasse et malheureuse.

Geary se pencha. « Que diable se passe-t-il, Victoria ? Je sais que quelque chose te perturbe et je sens que ce n'est pas moi. J'ai bien essayé de comprendre pourquoi tu négliges tes responsabilités envers l'Alliance et la République de Callas, mais, franchement, je suis perplexe. » Elle garda le silence, le visage fermé. « Serait-ce moi ? Tu ne m'as pas touché depuis Ilion. Nous ne nous sommes jamais rien promis, mais, sincèrement, je vois mal ce qui a pu changer dans notre relation. »

Rione haussa les épaules ; elle regardait ailleurs. « Je suis une garce. Tu le savais. C'était purement physique de toute façon.

— Certainement pas. » Rione ne releva pas les yeux si bien qu'il poursuivit : « Je te l'ai déjà dit et je le répète. J'aime bien parler avec toi. J'aime t'avoir à mes côtés.

— Je constate que tu n'as pas nié que j'étais une garce.

— Et toi tu essaies de détourner la conversation. » Il surprit sa grimace. « Est-ce parce que le capitaine Desjani et toi êtes toujours à couteaux tirés ? »

Elle eut un rire sarcastique. « Quel observateur attentif tu fais ! Si Desjani et moi étions des formations syndics, tu aurais compris depuis longtemps nos manœuvres. »

Geary refusa de gober l'hameçon. « Je vous respecte l'une et l'autre. Et je vous aime toutes les deux, mais pas de la même manière. Je respecte aussi votre façon de penser. C'est bien pourquoi je m'inquiète tellement de ne pas comprendre la raison de cette inimitié apparente depuis Ilion. »

Rione détourna un instant la tête avant de répondre. « Le capitaine Tanya Desjani craint que je ne fasse du mal à l'homme qu'elle idolâtre.

— Bon sang, Victoria…

— Je ne plaisante pas, John Geary. » Elle poussa un gros soupir et finit par se retourner. « Sers-toi de ta cervelle ! lui intima-t-elle sèchement. Qu'avons-nous rapporté de Sancerre ?

— Un tas de choses.

— Dont une liste très longue mais caduque de prisonniers de guerre de l'Alliance. » À la grande surprise de Geary, Rione semblait trembler légèrement. « Tu sais que les Syndics ont depuis un bon moment cessé d'échanger ces listes avec nous. Et encore que nombre de noms qui figurent sur celle-là sont ceux de personnes décédées. Tu aurais dû te rendre compte qu'elle pouvait aussi comporter ceux de présumés morts. » Elle avait hurlé ces derniers mots.

Il comprit enfin. « Ton mari. Son nom figurait sur la liste ? »

Rione serrait les poings. Elle tremblait maintenant visiblement. « Oui.

— Mais tu m'avais dit le savoir mort.

— Les rescapés de son vaisseau l'avaient certifié ! » glapit-elle. Geary avait conscience que ce n'était pas lui qu'elle invectivait. Elle finit par se calmer en inspirant profondément. « Mais son nom et son numéro d'identification apparaissent sur cette liste. Elle indique aussi qu'il était grièvement blessé lors de sa capture mais vivant. »

Geary patienta un instant mais elle n'ajouta rien. « C'est tout ?

— C'est tout, John Geary. Je sais que les Syndics l'ont capturé en vie. Qu'il était gravement blessé. Mais j'ignore s'il a survécu, serait-ce jusqu'au lendemain. Quels que soient les soins médicaux que lui ont prodigués les Syndics. Et même s'il a été envoyé dans un camp de travail. J'ignore s'il est mort depuis ou toujours vivant. » Elle marqua une pause. « Je n'en sais rien. »

D'ordinaire si maîtresse d'elle-même, Rione irradiait à présent la souffrance. Geary s'en rapprocha et la serra contre lui ; il la sentait sangloter intérieurement. « Je te demande pardon. Bon sang, je suis désolé.

— Je ne sais pas s'il est encore en vie, reprit-elle d'une voix étouffée. Ou s'il est mort. S'il a survécu et s'il est prisonnier dans un camp de travail, les chances que je l'apprenne un jour ou que je le revoie sont voisines de zéro. Mon mari. L'homme que j'aime toujours. »

Et elle l'avait appris quelques semaines après avoir partagé sa couche pour la première fois, se rendit-il compte brusquement. Cette prise de conscience à l'amère ironie le poussa à se demander pourquoi les vivantes étoiles avaient infligé cette punition à Rione. « Très bien. Inutile d'en dire plus.

— Oh que si ! Après dix ans de fidélité à sa mémoire, je me suis donnée à toi, pour apprendre ensuite qu'il vivait peut-être encore. » Elle le repoussa et détourna de nouveau les yeux. « Le destin est farce, n'est-ce pas ? Je croyais avoir bien fait, John Geary. Avoir honoré mon défunt époux et m'être conduite comme il l'aurait souhaité. Et je me rends compte à présent que je l'ai déshonoré. Et moi avec. Mais lui d'abord.

— Non. » Il avait répondu sans réfléchir et il garda un instant le silence pour mettre de l'ordre dans ses pensées. « Tu n'as déshonoré personne. Dis-moi la vérité. S'il était prisonnier dans un camp de travail du prochain système stellaire que nous traverserons, resterais-tu avec moi ou retournerais-tu vers lui ?

— Je le suivrais, répondit-elle sans hésiter. Pardonne-moi, John Geary, mais c'est la stricte vérité et rien n'y fera. Je t'ai déjà dit à qui irait toujours mon cœur. » Elle se remit à respirer pesamment pour tenter de maîtriser ses émotions. « Desjani le sait. C'est elle qui a trouvé son nom sur la liste et qui est venue m'en informer, poussée par son sens du devoir. Ton capitaine Desjani y est très attachée. Elle était aussi désolée pour moi, mais, sur le moment, je ne lui aurais sans doute pas accordé ce mérite. Quand je lui ai appris que je m'en étais déjà aperçu et que je ne t'en avais rien dit, elle a été scandalisée. » Rione regarda Geary au fond des yeux. « Elle pensait que je n'aurais pas dû te le cacher. Elle ne voulait pas que tu souffres, toi, en l'apprenant. »

Rien ne permettait de douter de la sincérité de Rione. Desjani aurait effectivement réagi ainsi. « Et, quand tu as refusé de m'en faire part...

— Elle s'est bien gardée de dévoiler mon secret. La noble, l'honorable capitaine Desjani ne ferait pas cela. » Rione fit la grimace et secoua la tête. « Elle ne mérite pas que je parle d'elle ainsi. Elle cherchait seulement à te protéger. Tanya Desjani a de l'honneur. Si quelqu'un te mérite, c'est elle.

— Hein ? » La conversation avait trop brusquement dérapé. « Me *mérite* ? C'est une de mes subordonnées. Elle ne m'a jamais donné le moindre signe de…

— Et elle ne le fera jamais, le coupa Rione. Elle a de l'honneur, comme je viens de le dire. Même si elle consentait à se compromettre, elle refuserait d'entacher le tien. Et moi je suis une politicienne. Je me sers des gens. Je me suis servie de toi.

— Tu ne m'as jamais fait aucune promesse, répéta-t-il. Bon sang, Victoria, suis-je censé me sentir humilié ? Alors que c'est toi qui es déchirée ?

— On t'a incité à partager publiquement le lit d'une femme dont le mari est peut-être encore vivant ! explosa Rione, perdant de nouveau son sang-froid. J'ai souillé ton honneur et donné des gages à tes ennemis ! Ça devrait te plonger dans une fureur noire, non ?

— Qui d'autre est au courant ? s'enquit Geary, abasourdi.

— Je… » Rione eut un geste courroucé de la main. « Toi, moi et le noble capitaine Desjani. C'est une certitude. D'autres ont peut-être eu accès à la même information et guettent l'occasion propice pour l'employer contre toi en te nuisant le plus possible. Tu dois partir de ce principe. Prévoir que ton honneur risque d'être tôt ou tard mis en cause par ma faute.

— Il me semble me rappeler t'avoir entendue dire que tu étais capable de veiller toi-même sur le tien. Je le peux tout aussi bien.

— Vraiment ? » Rione inspira profondément. « Si je te sers de modèle, tu n'es guère convaincant. Pourquoi essaies-tu de me défendre ?

— Parce qu'aucun homme de valeur ne pourrait te reprocher une faute commise sincèrement…

— Aucun homme ? Parlerais-tu maintenant au nom de mon mari, John Geary ? » Elle le fusilla du regard. « Que pourrais-je bien lui dire ? Et à mes ancêtres ? Je ne me suis pas adressée à eux depuis que je l'ai appris. Comment l'aurais-je pu ? »

Geary la dévisagea un instant sans répondre. « Puis-je te parler en toute franchise ?

— Oh, pourquoi pas ? L'un de nous deux au moins devrait se montrer sincère, répondit-elle amèrement.

— Alors je vais t'apprendre une ou deux petites choses. » Geary s'efforça de s'exprimer d'une voix ferme, comme s'il donnait des ordres depuis la passerelle. « Tout d'abord, mon honneur n'est nullement entaché. Ni le tien. Pour cela, il aurait fallu avoir commis *sciemment* un acte déshonorant…

— N'est-ce pas le…

— Je me moque de la façon dont on voit l'affaire aujourd'hui ! Voilà un siècle, c'était l'évidence même ! Notre existence n'est-elle pas suffisamment difficile après ces cent années de guerre ? Dois-tu vraiment la rendre plus dure encore en te pliant à des critères moraux intenables ? » Rione le fixa. « Je n'ai sans doute aucun droit de t'expliquer ce que tu devrais ressentir, mais je peux au moins t'apprendre ce que j'éprouve de mon côté. En second lieu, poursuivit-il, tu n'aides personne en te flagellant ainsi. Certes, dans un monde parfait, idéal, tu pourrais te cramponner à une conception inaccessible de la loyauté. Mais pas dans celui-ci. »

Elle secoua la tête. « Voilà qui ne risque guère de réconforter mon mari. Ni mes ancêtres.

— Qu'aurais-tu aimé qu'il se passât si tu avais vécu la situation inverse ? s'enquit-il. Si tu avais été grièvement blessée, tenue pour morte et peut-être séparée à jamais de ton époux ? Qu'aurais-tu préféré ? »

Rione se tint coite un bon moment, les yeux baissés, puis elle les releva. « Qu'il soit heureux, répondit-elle tranquillement.

— Même si, te croyant morte, ce bonheur avait exigé qu'il en rencontrât une autre ?

— Oui.

— Et s'il avait appris que tu étais peut-être encore en vie mais à jamais perdue pour lui ? Tu voudrais qu'il se le reprochât ?

— Ne te sers pas de mon mari comme d'une arme contre moi, John Geary, cracha-t-elle. Tu n'en as pas le droit. »

Il s'adossa à son fauteuil en s'efforçant de garder son sang-froid « Qu'il en soit donc ainsi. Pourquoi ne pas parler à tes ancêtres ? Ils te montreront peut-être ce qu'ils ressentent par un signe.

— Les mots "femme adultère" inscrits sur mon front, par exemple ? demanda-t-elle, furieuse.

— Pourquoi pas, puisque tu les y crois déjà gravés ? rétorqua Geary. Mais peut-être ne te condamneront-ils pas. Ce sont tes ancêtres, Victoria. Eux aussi ont été humains. Leur vie n'a pas été parfaite. C'est bien pour cela que nous leur parlons, parce qu'ils peuvent s'en souvenir, comprendre et peut-être nous insuffler une sagesse que nous ne possédons pas encore. »

Elle secoua la tête et regarda de nouveau ailleurs.

« Les individus les moins honorables peuvent parler à leurs ancêtres ! Nul te pourra t'ôter ce privilège !

— Ce n'est pas ce que je veux dire », déclara-t-elle en fixant avec entêtement la cloison opposée.

Geary étudia son profil, ses mâchoires crispées, et commença d'entrevoir la vérité. « Tu as peur de leur parler ? De leur réaction ?

— Ça t'étonne, John Geary ? Bien sûr que j'ai peur. J'ai fait beaucoup de choses dont je ne suis pas très fière mais jamais rien qui aurait pu leur faire honte. »

Il y réfléchit un instant. « Tu n'es pas forcée de les affronter seule. Il y a des…

— Jamais je ne partagerai ma honte avec un tiers !

— Tu l'as déjà fait avec Desjani et maintenant avec moi ! vociféra-t-il.

— Et ça s'arrêtera là, marmonna Rione, le visage sévère et fermé.

— Je pourrais…

— Non ! » Rione s'efforçait visiblement de recouvrer de nouveau son calme. « Ç'aurait dû être le rôle de mon mari. Je refuse de les affronter devant toi. »

Ne restait plus qu'une solution. « Et avec Desjani ? Pourrais-tu la prier de t'accompagner ? »

Rione le dévisagea, choquée.

« Elle est déjà au courant.

— Et elle me déteste.

— Parce que tu refusais de me mettre au courant. Mais tu l'as fait. » Le regard de Rione vacilla. « Tu l'as dit toi-même. Desjani a de l'honneur. Tes ancêtres n'y verront aucune objection. »

Rione secoua la tête, évitant derechef de croiser son regard. « Pourquoi ferait-elle cela pour moi ?

— Je pourrais lui poser la question. » Mauvaise idée : les yeux de Rione flamboyèrent. « Ou toi. Tu crois qu'elle te le refuserait ? »

Rione soupira. « Oh non ! Pas le noble capitaine Desjani. Elle soutiendrait même une politicienne si elle avait besoin de son appui, n'est-ce pas ? Surtout s'il lui semble que le grand capitaine Geary y tient.

— C'est aussi mon avis, mais tu peux m'épargner ces sornettes de "grand capitaine Geary". Je m'efforce de t'aider et le capitaine Desjani le fera aussi si tu le lui demandes, alors inutile de nous envoyer des insultes à la figure. »

Rione se leva et lui jeta un regard inquisiteur. « Tu ne resteras pas éternellement à la tête de cette flotte. Tu finiras par la ramener un jour chez elle. Seules les vivantes étoiles savent comment tu t'y prendras, mais tu y parviendras. Et si le cœur t'en dit, tu pourras prendre ta retraite le lendemain. Nul ne s'y opposera au sein de l'Alliance. Ce jour-là, quand tu n'auras plus la responsabilité du commandement, quand ni le règlement ni l'honneur n'interviendront plus dans tes relations personnelles avec les autres officiers, préféreras-tu être attaché à quelqu'un comme moi ou avoir la liberté d'apprendre à connaître le cœur d'une Tanya Desjani ?

— Je n'ai jamais…

— Non. Et tu ne le feras pas non plus. Va te faire voir. » Rione fit volte-face et sortit.

Geary se réveilla en sursaut en entendant s'ouvrir puis se refermer l'écoutille de sa cabine. Il frappa l'interrupteur de la veilleuse et aperçut Victoria Rione. Debout devant son lit, elle l'observait sans mot dire.

« Salut, John Geary. » Elle s'avança vers lui d'un pas légèrement vacillant et s'assit au bout du lit pour le regarder. « Tu ne me demandes pas ? »

En dépit de la distance qui les séparait, il flairait l'odeur du vin dans son haleine. « Quoi ?

— Comment ça s'est passé. » Elle balaya l'air de la main. « Moi, mes ancêtres et le capitaine Desjani. Tu as sûrement envie de savoir.

— Victoria…

— Rien. » Elle secoua la tête, un peu branlante et la voix épaisse. « Je leur ai expliqué ce qui s'était passé et j'ai exprimé des remords, puis je leur ai demandé de me guider. Rien. Je n'ai rien senti. Ils ne m'ont envoyé aucun signe. Mes ancêtres ne veulent même plus me connaître, John Geary. »

Il se redressa enfin. « Ça ne peut pas être vrai.

— Demande au noble capitaine Desjani ! Soyez maudits tous les deux ! » Elle se releva péniblement et entreprit de se déshabiller.

Geary se leva à son tour. « Qu'est-ce que tu fiches ?

— Ce pour quoi je suis faite. » Elle laissa tomber sa dernière pièce de vêtement et s'abattit sur le lit en le fixant. « Vas-y.

— Si tu t'imagines que je vais profiter de toi dans cet état, tu es cinglée.

— Trop honorable, John Geary ? Ne te raconte pas d'histoires. Contente-toi d'être Black Jack Geary pendant un petit moment. Fais de moi ce qu'il te plaît. »

Il la dévisagea en cherchant ses mots.

Elle reprit la parole, le regard braqué sur l'espace derrière lui comme s'il était transparent. « S'il le faut, je le tuerai, tu sais ça ? Si jamais Black Jack Geary tentait de nuire à l'Alliance et que c'était le seul moyen de l'en empêcher, je le tuerais. Trop de gens se sont sacrifiés pour qu'ils soient morts en vain. Peut-être est-ce à cet instant que j'ai perdu mon honneur, en me promettant de tout faire pour arrêter Black Jack. » Ses yeux accommodèrent de nouveau sur lui, non sans quelque difficulté. « Tout. »

Cela lui fut difficile mais Geary se sentait obligé d'exprimer de vive voix la pensée qui venait de le traverser. « Est-ce dans ce dessein que tu couchais avec moi au début ? »

Ses lèvres s'activèrent silencieusement puis elle secoua légèrement la tête. « Non, chuchota-t-elle. Même moi j'en serais incapable, je crois.

— Même toi ? Tu m'as naguère parlé d'actes dont "même moi" j'aurais été incapable, et tu te montres aussi dure envers toi-même. » Il tendit la main pour la recouvrir du drap pendant qu'elle le regardait faire, inerte. « Je n'abuserai pas de toi, Victoria. Que tu le croies ou non, tu mérites mieux que ça. »

Il alla s'asseoir près d'elle, le regard rivé sur le diorama des étoiles qui luisait doucement sur une cloison. « Tu es dure et coriace, mais autant pour toi-même que pour autrui. Sinon davantage. Je ne pense pas qu'il soit possible à tes ancêtres de te pardonner si tu ne te pardonnes pas toi-même. »

S'ensuivit un long silence, puis Geary jeta un regard vers Rione et constata qu'elle s'était endormie. Et qu'alors même qu'elle était morte au monde son visage accusait la plus profonde détresse.

Quand on l'avait réveillé pour la première fois à bord de l'*Indomptable*, Geary était encore trop hébété pour prêter réellement attention aux gens de la flotte, aux descendants de ceux qu'il avait connus jadis et dont il avait partagé l'existence. Lorsqu'il en avait assumé le commandement, il n'avait pas tardé à prendre conscience des bouleversements apportés par un siècle de guerre hideuse et, pendant un certain temps, il s'était cru au milieu d'étrangers qui n'avaient plus la même conception du monde et raisonnaient différemment. À mesure que passaient les semaines et qu'il en apprenait davantage sur leur compte, il en était venu à se persuader qu'il les avait jugés trop sévèrement et qu'ils partageaient finalement les mêmes valeurs fondamentales. Mais, à présent, il en doutait de nouveau. L'honneur est à la fois un fardeau et une épée. On peut trop aisément en user à mauvais escient. Et, un siècle après sa propre époque, les gens de l'Alliance retournaient manifestement cette arme contre eux-mêmes en la rendant si follement inflexible qu'elle risquait de leur nuire autant qu'à l'ennemi et de justifier aussi bien l'iniquité que l'intégrité.

Il soupira, se leva en évitant soigneusement de faire du bruit et s'habilla en silence. Parvenu à la porte, il se retourna pour la regarder. *J'ai tellement souffert en apprenant que tous ceux que j'avais connus et aimés étaient morts. Mais combien sont-ils dans l'Alliance à ignorer, tout comme Victoria Rione, si les êtres qu'ils chérissent sont morts ou vivants, à se demander comment ils peuvent survivre quand cette incertitude les tourmente ? Et combien parmi les Syndics ?* Pour la toute première fois, il se rendit compte que la certitude cruelle avec laquelle il était contraint de composer avait un avantage : au moins en était-ce une.

Il arpenta les coursives et les compartiments silencieux de l'*Indomptable* en saluant au passage ceux des spatiaux restés de quart dans ses entrailles enténébrées et en s'efforçant de puiser un certain réconfort dans les rituels du commandement.

Il trouva le capitaine Desjani en train de se livrer à la même activité au détour d'une coursive.

« Capitaine Geary ? » Elle ne chercha pas à cacher sa surprise. « Tout va bien ?

— Ouais. Ça va. »

Son ton et son attitude disaient clairement le contraire. Elle fit la grimace. « Vous avez parlé avec la coprésidente Rione ? »

Geary hocha la tête.

« J'avais cru… » Desjani s'interrompit un instant puis poursuivit : « J'étais très montée contre elle, comme vous avez pu vous en rendre compte. J'ai cru qu'elle refusait de vous l'avouer parce qu'elle manquait d'honneur. Je n'ai pas su voir que c'était précisément son sens de l'honneur qui la déchirait.

— Comment est-ce que ça s'est réellement passé ? Ses ancêtres l'ont-ils vraiment repoussée ? »

Desjani baissa la tête et médita un instant. « J'ai ressenti quelque chose. Je ne sais pas quoi exactement. Ils étaient là. Mais je crois qu'elle refusait de l'admettre.

— C'est aussi mon impression.

— Elle… euh… » Desjani semblait à la fois gênée et furieuse. « Je l'ai revue un peu plus tard. Elle avait bu et elle a dit certains mots…

— Ouais, je sais.

— J'espère que rien de ce que j'ai pu dire ou faire ne vous a laissé croire un seul instant que je pourrais… »

Geary brandit la paume pour l'interrompre. « Votre comportement a été parfaitement professionnel. Je n'aurais pu rêver d'un meilleur officier. »

Desjani n'en semblait pas moins en plein désarroi. « Même si vous n'aviez pas une grande mission à remplir, capitaine Geary, et si les vivantes étoiles ne vous avaient pas envoyé quand nous en avions le plus besoin, il serait très mal avisé de ma part de…

— Je vous en prie, capitaine. » Geary espérait que sa voix ne trahissait pas trop son propre émoi. « Je comprends. N'en parlons plus.

— Des bruits courent, capitaine Geary, lâcha Desjani entre ses dents serrées. À notre sujet. J'en ai eu vent.

— Des rumeurs sans fondement, capitaine Desjani. Forgées et répandues par des officiers qui ne savent rien de l'honneur. Je m'efforcerai de mon mieux de me conduire de manière strictement professionnelle en votre présence, et je suis persuadé qu'il en sera de même pour vous.

— Oui, capitaine. Merci, capitaine. Je savais que vous comprendriez. »

Desjani hocha la tête avec gratitude, salua et s'éloigna. Geary la suivit des yeux, conscient que, quoi qu'ils fassent ou disent, cette menace resterait constamment suspendue au-dessus de leur tête.

Il finit par regagner sa cabine. Rione était toujours inconsciente, aussi s'assit-il pour réactiver le logiciel de simulation. Encore trois jours de transit dans le système de Daïquon et la flotte atteindrait le point de saut pour Ixion.

Devait-il vraiment la conduire à Ixion ? De toute évidence, les Syndics auraient dorénavant suffisamment subodoré la trajectoire de la flotte pour y placer des mines. Qu'est-ce qui les y attendrait ?

Mais les autres destinations possibles n'étaient guère plus séduisantes. Et la vitesse avec laquelle la flotte avait gagné Daïquon les avait manifestement surpris. Si elle continuait à se déplacer plus rapidement qu'ils ne réagissaient, peut-être réussirait-elle à dégager d'Ixion avant qu'ils n'aient eu le temps d'y rassembler une force d'interception.

Mais peut-être pas. Selon les plus récentes données syndics qu'ils avaient réussi à dérober à Sancerre, Ixion offrait une planète habitée convenable, ainsi que plusieurs colonies et installations extraplanétaires encore en activité. Ce n'était pas un système stellaire abandonné.

Il faudrait être prêt à sauter dès qu'on l'atteindrait. Fin prêt. Partir du principe que les Syndics auraient miné le point de saut d'où émergerait la flotte et y auraient tendu une embuscade. Et s'assurer qu'elle saurait affronter ces deux obstacles.

Dit comme ça, c'était l'enfance de l'art. Mais il aurait bien aimé savoir comment il allait réellement s'y prendre.

Il finit par s'endormir dans son fauteuil, en souhaitant que Rione sortît enfin de son coma pour de nouveau le conseiller.

À son réveil, ankylosé par cette longue station dans son fauteuil, il constata que Rione gisait toujours sur le lit mais qu'elle était réveillée et fixait le plafond. Il se leva sans mot dire, gagna le lavabo, prit des analgésiques et un verre d'eau et les lui apporta.

Elle les accepta sans le regarder et ne daigna ouvrir la bouche que quand il se fut assis. « Je ne me souviens pas de tout ce que j'ai dit cette nuit.

— Ce n'est pas plus mal, probablement, fit-il remarquer d'une voix neutre.

— Je ne me rappelle pas non plus tout ce que j'ai fait.

— Nous n'avons rien fait, si c'est ce que tu veux savoir. »

Elle hocha la tête, soupira puis fit la grimace ; ces deux seuls gestes avaient apparemment suffi à la larder de coups de poignard. « Merci. Maintenant, si tu veux bien me faire le plaisir de te retourner, je vais récupérer mes affaires et les lambeaux de dignité qui me restent, puis t'épargner de supporter plus longtemps ma présence.

— Et si je refusais de me retourner ?

— Fais-moi grâce de l'attitude chevaleresque, John Geary. À moins que tu ne tiennes à fantasmer sur ma nudité. Je n'ai pas le droit de te refuser ce menu plaisir. » Elle semblait complètement abattue.

Sentant la moutarde lui monter au nez, Geary s'efforça de la refouler puis se rendit compte que la compassion n'avait donné aucun résultat jusque-là. « D'accord, madame la coprésidente. Peut-être ne me suis-je pas bien fait comprendre. » Le ton était coupant et Rione se rembrunit. « Je n'ai cure de l'opinion que tu as de toi en ce moment. Je suis simplement déçu de voir une personne de ton intelligence et de tes capacités se complaire dans l'apitoiement sur soi-même quand j'ai désespérément besoin de son avis et de ses conseils éclairés pour maintenir cette flotte en vie et rectifier mes erreurs. Nous sautons vers Ixion dans moins de trois jours et je n'ai aucune idée de ce qui nous y attend. Aurais-tu décidé que Black Jack pouvait se passer de ton assistance pour faire les bons choix ? »

Rione se renfrogna davantage, mais Geary crut aussi lire en elle une trace d'appréhension. Se demandait-elle encore ce qu'elle avait bien pu lui dire cette nuit ? Si elle lui avait bel et bien annoncé sans ambages ce qu'elle se sentait prête à faire pour protéger l'Alliance de Black Jack Geary ?

« Tu m'as répété je ne sais combien de fois que l'Alliance était de première importance à tes yeux. Elle a besoin de cette flotte. Si tu tiens vraiment à ce que je la lui ramène, tu dois m'aider à rester dans le droit chemin. Je me sens chaque jour plus à l'aise à sa tête et il m'est de plus en plus difficile d'éviter certaines mesures qui me seraient accessibles. Parce que le légendaire Black Jack Geary pourrait souvent se tirer d'affaire en recourant à des moyens que John Geary juge mal avisés ou déshonorants. Qu'est-ce qui vous importe le plus, madame la coprésidente ? Votre propre malheur ou le salut de l'Alliance auquel vous prétendez croire ? »

Rione se redressa dans le lit ; le drap qui la couvrait retomba mais elle ne parut pas s'en apercevoir. Elle le fusilla du regard, les yeux injectés de sang. « Au temps pour la commisération du commandant de la flotte ! cracha-t-elle.

— Si tu tiens peu ou prou à soigner ta déprime, tu devrais essayer un traitement plus efficace que l'alcool », reprit-il. Les yeux de Rione s'embrasèrent. « Tu sembles résolue à ne pas te pardonner et à l'interdire à autrui. Je n'y peux rien, mais je peux au moins exiger de ta part ton soutien et tes meilleurs conseils, et t'obliger à refréner un comportement qui pourrait nuire à l'Alliance et à la République de Callas. J'attends de toi que tu agisses en conformité avec tes fonctions de sénateur de l'Alliance et de coprésidente de ta république. »

Rione serrait les poings et semblait à deux doigts de lui sauter à la gorge. « C'est tout, capitaine Geary ? gronda-t-elle.

— Non. » Il marqua une pause, conscient qu'ainsi assise à demi nue elle évoquait une déesse antique s'apprêtant à foudroyer un incroyant. Bizarrement, malgré sa propre fureur, elle ne lui avait jamais paru plus désirable. « Il ne s'est rien passé cette nuit, si tu veux savoir. Il ne s'est même jamais rien passé entre nous si c'est ce que tu désires. Tout ce que tu voudras pourvu que tu retombes sur tes pieds. »

Elle se leva, mettant son corps en valeur en dépit de la rage qui continuait d'en émaner. « Je ne signifie donc rien pour toi, alors ? C'est ce que tu veux dire ?

— Non. » Il se leva à son tour, réprimant une envie irrésistible de l'empoigner pour la renverser sur le lit. « Je suis en train de dire que tu signifies tout cela pour moi. »

Se sachant incapable de se contrôler plus longtemps, Geary se retourna et sortit aussitôt de la cabine.

Un croiseur de combat à son entière disposition… non, plutôt une flotte entière de croiseurs de combat et de cuirassés à sa disposition, et il ne disposait d'aucune cachette où se planquer afin d'éviter qu'on se demandât pourquoi il semblait avoir passé la nuit dans un fauteuil. Il finit par se rendre compte que la salle de conférence lui offrirait cette intimité et il en prit le chemin, referma l'écoutille derrière lui et se vautra dans le siège en tête de table.

Curieuse impression que de se retrouver seul dans cette salle devant des fauteuils vides, alors que la table et le compartiment lui-même avaient repris leurs dimensions normales au lieu de s'étirer virtuellement à l'infini pour permettre à tous les commandants de la flotte de s'y installer. Il alluma l'écran montrant l'espace puis la formation de la flotte et scruta ses vaisseaux. *Ouais.* Mes *vaisseaux. J'en suis responsable. Et je suis sûr que les Syndics m'auront préparé un guet-apens à Ixion. Ou dans n'importe quel système stellaire où nous sauterions depuis Daïquon.*

Il ne savait pas comment disposer sa flotte et il détestait ça. *Mais comment procéder quand j'ignore ce qui nous guette à Ixion ? J'ai l'habitude d'avoir au moins quelques heures, voire quelques jours ou semaines devant moi pour évaluer les forces ennemies et lui faire adopter la formation idéale pour les affronter. Je ne peux pas me permettre un autre imbroglio comme celui qui nous attendait à Daïquon.*

C'était à peu près comme d'ignorer où Rione se terrait pour l'instant. Il risquait de la retrouver dans sa cabine à son retour, ou de tomber sur elle en tournant le coin d'une coursive. Que se passerait-il alors ? Il devait se préparer au pire et prendre les devants, sinon, après le petit laïus qu'il lui avait débité avant de la quitter, elle pouvait fort bien lui sauter à la jugulaire.

Prendre les devants. Bon sang ! Ça paraît tellement simple. Je suis trop habitué aux batailles spatiales normales où l'on dispose de plein de temps pour se préparer à l'affrontement. Il faut seule-

ment partir du principe que les Syndics auront rassemblé sur place une force puissante pour nous attendre. Et posé un champ de mines devant le point de saut. Qu'ils nous auront tendu une embuscade. C'est une certitude. Et je dois m'y rendre malgré tout. Prépare donc la flotte à manœuvrer et combattre dès son émergence.

Pourquoi pas ? La flotte qu'il avait connue de son temps n'en aurait pas été capable. Non parce qu'elle n'en aurait pas eu la compétence, mais parce que cette tactique différait par trop de son entraînement et de sa formation. Tout à l'époque se faisait d'un seul bloc, de façon plus élégante, sans toutes ces mêlées chaotiques. Mais cette nouvelle flotte… ces officiers qui n'aimaient rien tant que de charger droit sur l'ennemi en étaient non seulement capables mais y aspireraient. Ne manquait qu'un bon plan pour épauler leur désir de massacrer des Syndics.

D'accord. À quoi ressemblera l'embuscade d'Ixion ? Dans le pire des scénarios. Au mieux, j'aurai le temps de réagir. Donc, dans le pire des cas, il y aura des champs de mines devant le point de saut. Et, juste derrière, la principale force syndic prête à achever nos vaisseaux dès qu'ils auront été touchés. Ils s'efforceront d'imiter ce que nous leur avons infligé à Ilion, mais en se postant plus près que nous du point de saut.

S'ils m'ont vu opérer, peut-être déploieront-ils des forces au-dessus, au-dessous et sur les flancs de la flotte pour la prendre sous un feu croisé quand elle foncera sur leur corps principal. Ce qui exigerait de nombreux vaisseaux. Je dois donc déjouer leurs plans en ordonnant aux miens une manœuvre inattendue qu'ils n'auront encore jamais exécutée.

Il manipula l'hologramme pour essayer diverses formations et mouvements puis, enfin satisfait, regagna sa cabine, pas certain de vouloir y trouver Rione.

Mais elle était déserte. Il s'arrêta juste après l'entrée en se remémorant le visage qu'affichait Victoria Rione lorsqu'il en était sorti et en se demandant très sérieusement s'il ne devrait pas faire procéder à un balayage d'inspection. Seuls ses ancêtres savaient quelles représailles une femme comme Rione pouvait improviser dans le feu de la colère !

Ne deviens pas aussi paranoïaque à son sujet. Devoir craindre ses propres commandants de vaisseau est déjà assez pénible. Geary envoya à tous ses officiers supérieurs un message fixant une réunion stratégique dans une demi-heure puis se lava hâtivement et endossa une tenue présentable. Alors qu'il regagnait la salle de conférence, il se demanda si le bruit de son algarade avec Rione s'était déjà répandu dans la flotte et, le cas échéant, si le sujet serait abordé.

Le capitaine Desjani occupait déjà son fauteuil et elle en jaillit respectueusement à son entrée. « Une urgence, capitaine ?

— En quelque sorte. Pas un danger immédiat, toutefois. Juste un détail dont je veux m'assurer que tout le monde est informé avant de sauter vers Ixion. »

Ils attendirent et, à l'approche du début de la conférence, virent bientôt surgir les images des commandants de vaisseau, tandis que la table et la salle elle-même donnaient l'impression de peu à peu s'agrandir pour leur permettre de tous s'y présenter.

À heure dite, Geary se leva pour parler, aussitôt interrompu par le capitaine Midea du *Paladin*. « Avez-vous finalement décidé d'éviter Ixion ? demanda-t-elle. Nous éloignerons-nous de nouveau de l'espace de l'Alliance ? »

Autour de la table, tous semblaient retenir leur souffle en attendant sa réponse. De son côté, Geary éprouva une poussée de fureur qu'il eut le plus grand mal à contenir. Il se crevait le cul à tenter de trouver un moyen de botter celui des Syndics et de sauver les vaisseaux et les spatiaux de l'Alliance, et, pour tout remerciement, il avait droit aux jérémiades d'une tripotée d'officiers supérieurs qui auraient dû lui être reconnaissants de ne pas casser des cailloux dans un camp de travail syndic sur une planète à peine habitable. Que le capitaine Midea, présence à ce jour silencieuse lors des conférences de la flotte, affichât une expression sévère assortie à un uniforme impeccable, si strict dans son moindre détail qu'elle ressemblait aux officiers supérieurs syndics qu'il avait pu voir, n'y remédiait en rien.

Pendant qu'il soutenait son regard, il s'écoula encore un instant avant que le logiciel de gestion de la conférence ne lui fournît les données d'identification du *Paladin,* lui rappelant que ce bâtiment appartenait à la troisième division de cuirassés, compagnie chaque jour plus infâme où sévissaient déjà les capitaines Casia et Yin, et dont les commandants Numos et Faresa étaient toujours aux arrêts.

S'ajoutant à la lassitude consécutive à sa mauvaise nuit, aux perturbations émotionnelles que lui inspirait Victoria Rione et à l'irritation que suscitait en lui cette infernale division de cuirassés, la question insolente de Midea manqua de le faire exploser. Fort heureusement, la raison de la convocation de cette réunion se rappela à lui et il se rendit compte que la chance (ou ses ancêtres) lui avait soufflé un moyen idéal de la moucher.

Si bien qu'au lieu d'exploser en supernova il lui décocha un sourire morose. « Nous allons bel et bien à Ixion, capitaine. Nous y allons et nous émergerons du point de saut en formation de combat, parce que je m'attends à ce que les Syndics nous y aient tendu une embuscade. J'ai convoqué cette conférence afin de m'assurer que vous seriez tous informés de la façon dont nous allons mener cette bataille. »

Sa réponse désarçonna manifestement Midea. Elle s'apprêtait à engager un débat sur sa pusillanimité et la flotte fonçait non seulement de l'avant mais encore s'attendait à combattre. Aucun de ses adversaires n'aurait le front de s'y opposer. Le capitaine Casia, qui jusque-là donnait l'impression de s'apprêter à soutenir les arguments de Midea, referma brusquement son clapet et se rejeta en arrière.

Geary tendit la main et entreprit d'entrer des instructions. L'hologramme s'activa au-dessus de la table, montrant la formation que Geary avait imaginée le matin même. « La flotte adoptera la formation Kilo Un avant de sauter. Cette formation de combat la scinde en plusieurs sous-formations, chacune construite autour d'une division de croiseurs de combat ou de cuirassés et toutes postées de manière à couvrir leurs voisines. » Il fit pivoter l'image, leur laissant ainsi clairement comprendre qu'il s'agissait d'une série de douze blocs de vaisseaux espacés et grossièrement disposés en cube.

Le capitaine Desjani l'étudia en même temps que les autres officiers. Elle prit la première la parole : « Au cas où nous tomberions encore sur un traquenard dans le genre de celui de Daïquon ?

— Exactement. Comme vous voyez, chacune de ces sous-formations se suffit à elle-même. Aucune de nos unités légères ne sera isolée d'un appui massif, et tous nos vaisseaux lourds bénéficieront de la proximité de leur soutien. Elles seront capables de se défendre seules quoi que nous affrontions et, prises dans leur ensemble, nous permettront de frapper toute formation ennemie sous de multiples angles. Ce n'est sans doute pas la formation d'assaut parfaite puisque nous ignorons comment seront disposés les Syndics, mais, quelle que soit celle qu'ils auront adoptée, nous pourrons les laminer à la sortie du point de saut et fournir à nos propres vaisseaux une protection efficace jusqu'à ce que nous ayons dégagé la zone de combat initiale pour adapter de nouveau la nôtre aux exigences de la bataille avant de revenir sur eux.

— Vous présumez donc que le plus gros du combat se déroulera au point de saut ? demanda le capitaine Tulev. Ça s'est produit à Daïquon par hasard, mais nous n'avons jamais travaillé de cette façon.

— Nous le ferons désormais. » Geary sourit à Tulev puis à l'ensemble de la tablée. « Nous émergerons du point de saut prêts à combattre la principale force de l'ennemi, nous engagerons le combat et nous l'aurons mise à mal avant même qu'il n'ait pris conscience de notre présence. » Il vit s'illuminer des visages enthousiastes. Cette flotte adorait foncer dans le tas. Depuis qu'il avait pris le commandement de ces officiers, le plus clair de son travail avait consisté à leur apprendre, lentement, à réfléchir aussi âprement qu'ils combattaient. À éviter, autrement dit, de charger bille en tête, ce qu'ils avaient le plus grand mal à accepter. Aujourd'hui qu'il leur en offrait précisément l'occasion, ils se réjouissaient à la perspective de ce massacre mutuel.

« Toutes les unités devront donc prendre leur position dans la formation Kilo Un à T trente, poursuivit Geary. Leur affectation leur sera transmise dès la clôture de cette conférence. En outre, d'autres instructions de manœuvre prendront effet dès l'instant où vos vaisseaux déboucheront à Ixion. Nous n'émergerons du point de saut qu'à 0,05 *c*. Quand chaque vaisseau sera sorti de l'espace du saut avec sa formation, il devra infléchir sa trajectoire de soixante degrés vers le haut.

— À cause des mines ? s'enquit le capitaine Cresida.

— Effectivement. L'incurver ainsi devrait nous permettre d'échapper à des mines disposées pour toucher des bâtiments sortant en ligne droite du point de saut. Les Syndics ont miné la sortie à Daïquon, aussi devons-nous présumer qu'ils opéreront de la même manière dans tout système qu'ils pensent à notre portée. Une fois hors du champ de mines, nous infléchirons de nouveau notre trajectoire vers le bas et nous accélérerons autant qu'il sera nécessaire pour engager le combat.

— Ça fait beaucoup de mines, fit observer Duellos. Ils doivent investir d'énormes ressources dans cette traque.

— Elle perturbe également leur commerce avec les systèmes qui ne sont pas sur leur hypernet, ajouta Geary.

— Ils commencent à désespérer, conclut Cresida. Tous leurs efforts pour arrêter cette flotte ont échoué et nous nous rapprochons de chez nous. »

Cette assertion était assez étayée pour que nul n'élevât d'objection, encore que plusieurs visages fronçaient pensivement les sourcils.

« Des questions ? s'enquit Geary.

— Où irons-nous après Ixion ? » s'enquit le capitaine Casia, maintenant qu'il avait repris contenance.

Relève-le donc de son commandement et mets-le aux arrêts, souffla Black Jack à Geary. Celui-ci prit une profonde inspiration et répondit calmement mais fermement : « Je n'en ai pas encore décidé. Tout dépend de ce que nous y trouverons. Quatre systèmes stellaires sont à portée de saut d'Ixion, cinq en comptant Daïquon, mais je n'ai aucune intention d'y retourner. D'autres questions ?

— Pourquoi la coprésidente Rione n'assiste-t-elle plus à ces conférences ? » demanda le capitaine Yin d'une voix flûtée.

Le bruit avait donc couru aussi vite que Geary l'avait prévu. Il se demanda qui pouvait bien surveiller les allées et venues aux abords de sa cabine et comment il s'y prenait. « Il faudra le lui demander. Elle sait que sa présence ici est la bienvenue, et je m'attends à ce que les commandants de vaisseau de la République de Callas et de la Fédération du Rift la tiennent informée de ce qui s'y passe. » Tous les officiers opinèrent du bonnet, avec un temps d'hésitation plus ou moins marqué.

« Pourquoi ne nous donne-t-elle pas son avis ici même, pendant la conférence ? insista le capitaine Midea. Nous savons qu'elle vous le donne en privé. »

Ses adversaires avaient déjà tenté de semer la zizanie en accusant une civile et une femme politique d'exercer une trop grande influence sur les décisions de la flotte. Apparemment, on allait porter de nouveau la même accusation. Au lieu de perdre son calme, Geary décida de réagir avec humour. « Capitaine Midea, si vous connaissez un tant soit peu la coprésidente Rione, vous devez savoir que rien ni personne ne peut l'empêcher d'exprimer son opinion où et quand elle le souhaite. » Quelques sourires éclorent. « La coprésidente Rione me fait savoir ce qu'elle pense et, de fait, elle m'a même fourni quelques conseils inestimables durant les opérations.

— La coprésidente Rione se trouve d'ordinaire sur la passerelle au cours des opérations, affirma le capitaine Desjani en affectant une expression soigneusement neutre.

— La coprésidente Rione a ouvertement proposé diverses suggestions lors des opérations au sol de Baldur, intervint le colonel Carabali. Personne n'a cherché à dissimuler son implication.

— Mais pourquoi n'est-elle pas là ? insista Yin sur un ton laissant entendre qu'on leur cachait quelque chose.

— Je n'en sais rien, répliqua froidement Geary. Un sénateur de l'Alliance n'est pas placé sous mon autorité. En votre qualité de citoyen de l'Alliance, vous avez le droit de vous entretenir à tout moment avec un de ses sénateurs. Alors pourquoi ne lui posez-vous pas directement la question ?

— Une politicienne qui a constamment l'oreille du commandant de la flotte… avança prudemment le capitaine du *Résolution*. Vous devez certainement comprendre notre inquiétude, capitaine Geary. »

Geary s'efforça de répondre d'une voix égale, bien que la tournure prise par la discussion lui déplût. « La coprésidente Rione n'est pas une politicienne du Syndic mais de l'Alliance. Elle est de notre bord.

— Les politiciens n'œuvrent que pour leur propre compte, rétorqua le commandant du *Téméraire*. Les soldats se sacrifient pour l'Alliance pendant qu'ils prennent de mauvaises décisions et amassent des fortunes.

— La discussion prend un tour politique, déclara Geary. Nous ne sommes pas là pour discuter des vertus ni des tares du gouvernement de l'Alliance. J'affirme à nouveau que la coprésidente Rione ne prend pas et ne prendra jamais aucune décision concernant l'usage que nous faisons de cette flotte, mais qu'elle a le droit et le devoir de me tenir informé de ses opinions et de ses recommandations. En dernière analyse, c'est pour elle que nous travaillons, puisqu'elle œuvre pour les citoyens de l'Alliance. » N'était-ce pas un peu trop pompeux ? Il n'en était pas sûr. Cela dit, jamais il n'aurait imaginé devoir un jour rappeler ces évidences à des officiers de l'Alliance.

Le silence s'éternisa. Le capitaine Duellos finit par le rompre : « Croyez-vous vraiment que le gouvernement civil exerce sur vous une autorité absolue, capitaine Geary ? » s'enquit-il nonchalamment.

Question sans doute de premier plan, et posée sciemment ; il n'aurait aucun mal à y répondre, mais il ne put s'empêcher de se demander pour quelle raison Duellos l'avait avancée. « Effectivement. Soit je me plie à ses ordres, soit je rends mon tablier. C'est ainsi que tourne la flotte. » Les hochements de tête approbateurs furent moins nombreux qu'il ne l'avait espéré. En sus des autres dommages qu'elle avait provoqués, cette guerre interminable avait aussi, manifestement, détérioré les relations de la flotte actuelle avec les dirigeants de l'Alliance. Sa propre expérience avec le capitaine Falco lui avait appris qu'une partie au moins de ses officiers croyait que leur devoir de soldat les autorisait à se rebeller ouvertement contre les autorités civiles. La mystique de Black Jack Geary parviendrait peut-être à jeter le discrédit sur cette idée subversive avant qu'elle n'ait causé davantage de dégâts. « C'est précisément ce qui fait de nous l'Alliance. Nous rendons des comptes au gouvernement, qui lui-même en rend au peuple. Si quelqu'un parmi vous doute des vertus de ce système, je lui suggère d'étudier l'ennemi de plus près. Les Mondes syndiqués… Voilà ce qui arrive quand les puissants en font à leur guise. »

Ce qui, de la part de Geary, se rapprochait le plus d'un camouflet administré publiquement à ses adversaires ; et il se rendit compte que certains accusaient le coup. « Merci. Je compte tenir notre prochaine réunion à Ixion. »

Les images s'évanouirent rapidement, mais, cette fois, celle du capitaine Badaya s'attarda avec lui dans la salle. Badaya jeta un regard à Desjani, qui le toisa avant de se retirer.

Dès qu'elle fut sortie, il se tourna vers Geary. « Capitaine Geary, déclara-t-il calmement, j'ai fait partie de ceux qui doutaient de vous. Comme tous mes collègues dans cette flotte, on m'a élevé dans la croyance que Black Jack Geary était le parangon des officiers de l'Alliance, le héros sans pareil qui l'avait sauvée une première fois et reviendrait peut-être une seconde fois à sa rescousse. »

Pour Geary, ces paroles étaient insupportables. « Capitaine Badaya… »

Celui-ci leva la main, paume ouverte. « Laissez-moi terminer. Quand la flotte vous a retrouvé, je n'étais pas de ceux qui consentaient à placer toute leur foi et leur loyauté en vous. Je ne me suis pas opposé à vous, mais je ne vous ai pas non plus soutenu. Après toutes ces années de guerre, j'ai le plus grand mal à croire aux sauveurs providentiels. »

Geary eut un léger sourire. « Je n'ai rien de "providentiel", capitaine Badaya, je vous l'assure.

— Non. Vous êtes trop humain. C'est ce qui m'a d'ailleurs incité à rejoindre les rangs de ceux qui croient en vous avec la plus grande ferveur. Je ne partage pas leur foi abstraite, mais je reconnais volontiers que vous vous êtes montré un commandant exceptionnel. Aucun des officiers que j'ai connus n'aurait pu amener si loin la flotte, ni remporter les victoires que vous avez remportées. Mais c'est justement de cela que je voudrais vous parler. Si jamais nous regagnons un jour l'espace de l'Alliance, ce sera parce que vous aurez su conduire la flotte jusque-là. Vous avez fait ce que nul autre n'aurait pu réaliser. »

Geary comprit brusquement où il voulait en venir et souhaita désespérément se tromper.

« Ne serait-il pas parfaitement stupide, de la part d'un homme de votre compétence qui pourrait bien finalement gagner cette guerre, de se soumettre à l'autorité de ces imbéciles du Sénat et du Grand Conseil, qui ont joué un rôle désastreux dans la prolongation de cette guerre ? s'enquit Badaya. Il vous reste sans doute l'idéalisme de cette époque révolue, qui nous a si bien servi jusque-là, mais il vous faut comprendre ce qui s'est passé chez nous au cours du dernier siècle. Certes, les politiciens sont censés rendre compte à la population de l'Alliance, mais ils ont depuis longtemps cessé de le faire pour ne s'occuper que de leurs intérêts personnels. En tablant sur cette politique, ils ont joué avec le sort de l'Alliance et celui des militaires qui la défendent. Combien de civils et de soldats ont-ils trouvé la mort dans cette guerre interminable ? Interminable parce que des civils irréfléchis se sont mêlés de prendre des décisions revenant de droit à ceux qui risquent leur vie en première ligne. »

Geary secoua la tête. « Capitaine Badaya…

— Écoutez-moi, s'il vous plaît ! Vous pouvez peser dans la balance. Vous pouvez sauver l'Alliance des politiciens auxquels son peuple ne se fie plus et qu'il ne croit plus. Quand nous regagnerons notre espace, vous pourrez vous prévaloir de l'autorité nécessaire pour prendre les décisions qui nous permettront de gagner la guerre et de mettre fin à ce bain de sang. Les gens suivront Black Jack Geary s'il fait appel à eux. » Badaya hocha la tête avec solennité. « Nombre de commandants partagent mon opinion. On m'a demandé de parler en leur nom et de vous garantir qu'elle n'est pas uniquement fondée sur la croyance en votre légende. Et, oui, effectivement, il en est d'autres qui s'opposeront à vous quoi qu'il arrive. Mais nous pourrons nous occuper de ces officiers, pour le plus grand bien de tous. »

L'occasion de devenir un dictateur ne lui avait jamais été offerte de manière aussi explicite. La seule exposition de cette offre constituait en soi un acte de haute trahison ; pourtant, Geary avait besoin d'officiers comme Badaya pour ramener la flotte chez elle. « Je… J'apprécie votre raisonnement. Je vous suis… reconnaissant de la haute opinion que vous avez de moi. Mais, en toute conscience, je ne peux pas accepter votre proposition. Elle va à l'encontre de tout ce en quoi je crois en tant qu'officier de l'Alliance. »

Badaya hocha de nouveau la tête. « Je ne m'attendais pas à ce que vous sautiez dessus. Vous êtes bien trop compétent pour franchir ce pas sans y avoir mûrement réfléchi. Nous tenons seulement à ce que vous restiez conscient des ouvertures qui s'offrent à vous et du soutien dont vous pourriez jouir, afin que vous puissiez y réfléchir avant notre retour dans l'espace de l'Alliance. Lorsque vous aurez réellement constaté les errements de ces politiciens du Conseil et du Sénat, vous penserez tout autrement.

— Capitaine Badaya, le capitaine Falco avait exprimé des sentiments identiques. Sauf qu'en l'occurrence il se croyait tout naturellement destiné à s'emparer lui-même du pouvoir. »

Badaya fit la grimace. « Le capitaine Falco s'est toujours vanté de ses compétences. Ça ne m'a jamais plu. Vous êtes différent, aussi différent de lui que votre grande victoire d'Ilion du désastre auquel il a présidé à Vidha. »

Dis-le. Dis-le clairement. Il ne pouvait permettre à personne de le croire prêt à prendre cette offre en considération. « Capitaine Badaya, dans la mesure où je ne suis *pas* le capitaine Falco, je vois mal dans quelles circonstances je pourrais m'emparer du pouvoir exercé par le gouvernement civil de l'Alliance. »

Badaya ne parut pas s'en offusquer et se contenta de hocher de nouveau la tête. « Nous nous attendions à vous l'entendre dire. Après tout, vous êtes Black Jack Geary. Mais Black Jack Geary est dévoué à l'Alliance, n'est-ce pas ? Tout ce que nous vous demandons, c'est de songer à tout le bien que vous pourriez faire. La population de l'Alliance a besoin de vous, capitaine Geary. Pour la sauver comme vous sauvez cette flotte. Je n'y croyais pas quand nous vous avons récupéré, mais vous m'avez convaincu. Et ne vous attendez à aucune gratitude de la part des politiques au retour de la flotte. Ils verront en vous un rival et tenteront de vous anéantir. Mais je peux vous garantir que la majorité de la flotte s'opposera à toute tentative d'arrestation vous visant. Merci de m'avoir consacré un peu de votre temps, capitaine. » Badaya salua et attendit que Geary lui eût retourné la politesse avant de disparaître.

Lequel s'effondra dans son fauteuil et plaqua les mains à son front. *Bon sang ! « Songez à tout le bien que vous pourriez faire. » Ô mes ancêtres, gardez-moi de ceux qui m'admirent comme de ceux qui me haïssent !*

Quand j'ai découvert que les citoyens de Baldur étaient mécontents de leurs dirigeants syndics, j'ai cru à une bonne nouvelle. Peut-être allaient-ils enfin réagir contre leur gouvernement. Et, aujourd'hui, j'apprends tout aussi limpidement que les officiers de l'Alliance sont exactement dans le même cas.

Ne serait-il pas ironique que ces deux gouvernements s'effondrent en même temps à cause de la colère qu'engendre cette guerre apparemment interminable dans ces deux populations ? Mais pour être remplacés par quoi ? Un tas de petites coalitions de systèmes stellaires belliqueux ?

Serais-je contraint de choisir entre voir venir et accepter la dictature à laquelle m'invitent Badaya et ses amis ?

SIX

« Il *faut* qu'on parle. » La voix de Geary était cassante dans l'intercom. Il le savait mais ne pouvait pas s'en empêcher.

Rione ne répondait pas.

« Bon sang, madame la coprésidente ! Il s'agit de l'Alliance. Et de Black Jack. »

Sa voix le lacéra comme un couteau émoussé. « Je vais y réfléchir. Laisse-moi tranquille maintenant. »

Il coupa la communication en fixant la cloison d'un œil noir. Une partie de sa flotte était prête à se mutiner, une autre l'incitait de nouveau à trahir l'Alliance et une troisième voyait en lui un commandant acceptable. Il ne pouvait s'interdire de se demander ce que ferait la dernière s'il cédait aux tentations de la deuxième. Sa flotte se retrouverait-elle plongée dans une lutte intestine triangulaire ou bien n'y aurait-il que deux camps adverses ?

S'il n'avait pas été au courant des portails de l'hypernet et de la possibilité, parfaitement concevable, que le gouvernement de l'Alliance ait vent de leurs capacités destructrices et vote en faveur de leur emploi, tout eût été différent. Il ne s'agissait plus seulement de sauver l'Alliance mais potentiellement l'humanité tout entière.

Et il ignorait s'il aurait la force de résister à cette tentation, d'autant qu'il n'avait aucune idée de la ligne d'action à adopter maintenant que la survie de l'espèce humaine était en jeu.

« Tenter de l'arrêter. ». Pas moyen de se l'ôter de l'esprit. Les dirigeants politiques de l'Alliance iraient-ils jusqu'à donner cet ordre ? Et, qu'ils s'y résolvent ou non, qu'un officier comme le capitaine Badaya y crût suffisait à l'éclairer sur certains aspects détestables de la situation.

Il envisagea d'appeler le capitaine Desjani pour la questionner. Mais elle risquait de confirmer les dires de Badaya, et Geary ne tenait tout bonnement pas à regarder cette réalité en face : Desjani avait foi en lui. Elle n'avait jamais eu beaucoup de considération pour les politiques, sauf pour la coprésidente Rione, remarquable exception. Elle affichait certes le respect convenu, du moins en surface, mais il crevait les yeux qu'elle ne se fiait absolument pas aux dirigeants politiques de l'Alliance. Et il devenait désormais flagrant qu'elle n'était pas la seule dans ce cas.

Que s'est-il passé, ô mes ancêtres ? Je croyais avoir compris à peu près correctement comment on raisonnait dans cette flotte et convenablement mesuré les bouleversements apportés par ce siècle de guerre, mais je me rends compte à présent que ça ne s'arrête pas là et qu'il y a bien pire. Bien pire que je ne le craignais au début.

Il finit par s'endormir sans avoir trouvé la réponse aux questions qui le tarabustaient.

Il se réveilla sans raison précise et inspecta sa cabine des yeux.

Quelqu'un le fixait, assis près de lui. Il plissa les yeux dans le noir et identifia la silhouette obscure. « Madame la coprésidente ?

— En effet. » La voix de Rione était calme, ce qui le rassura considérablement. « Constater que tu n'avais pas changé les codes d'accès à ta cabine pour m'en interdire l'entrée m'a beaucoup surprise. »

Il se leva en s'efforçant de chasser de son esprit les vestiges du sommeil. « T'en laisser le libre accès m'a paru une bonne idée.

— Je sais désormais ce que je t'ai dit l'autre nuit dans mon ivresse, John Geary. Ce que je t'ai balancé au visage.

— Que tu ferais tout ce qu'il fallait pour arrêter Black Jack Geary.

— Pas seulement, insista-t-elle.

— Que tu me tuerais s'il le fallait, reconnut-il. Peut-être suis-je convaincu qu'une telle menace est la bienvenue.

— Tu es très confiant, très naïf ou complètement stupide.

— Essaie “mort de peur”.

— De toi-même ? » Elle n'attendit pas la réponse. « J'ai appris qu'on t'avait fait une offre. »

Geary aurait aimé pouvoir déchiffrer son expression. Il s'était demandé si les espions qu'elle entretenait dans la flotte parviendraient à l'apprendre. « Que t'a-t-on appris d'autre ?

— Que tu avais répondu que tu y réfléchirais.

— Faux. Que ça n'arriverait jamais. Clairement et sans équivoque. »

Elle éclata de rire. « Ah, John Geary ! Tu ignores jusqu'à la première leçon qu'apprend tout politicien. Peu importe ce qu'on dit. Ce qui compte, c'est ce que les gens croient entendre. Quiconque t'offre de prendre le contrôle de l'Alliance ne t'entendra même pas dire “non”. » Elle s'interrompit. « Tu voulais parler. Tu es tenté, n'est-ce pas ?

— Ouais, admit-il. À cause des portails de l'hypernet.

— Tu ne te fies pas assez aux politiques pour leur divulguer l'existence de ces armes ? Je ne peux guère t'en blâmer. Moi-même je m'oppose à ce que le gouvernement de l'Alliance l'apprenne. Mais tu n'as pas non plus confiance en toi, n'est-ce pas ? C'est précisément pour cette raison que tu m'as confié le programme permettant d'augmenter l'énergie libérée par l'effondrement d'un portail.

— Peut-être est-ce toi qui devrais te faire dictateur.

— Je crois t'avoir amplement donné la preuve de mes défaillances humaines, John Geary. » Elle marqua une pause puis soupira. « Tu m'as parlé durement et j'ai reconnu la sincérité de tes paroles. À présent qu'une femme t'a donné raison, tu peux te permettre une bonne plaisanterie.

— Merci. Sans façon.

— Par mes ancêtres ! En aurais-tu enfin appris un peu plus long sur les femmes ? Pourquoi la flotte va-t-elle à Ixion ? »

Le coq-à-l'âne le prit de court. « Parce que, de toutes les mauvaises solutions envisageables, c'est encore la meilleure.

— Tu t'attends à ce que les Syndics nous y accueillent en force ?

— Ouais. Là et dans tout système stellaire auquel nous pourrions accéder. » Il rejeta les couvertures et se tourna vers elle. « Je ne jouerai pas éternellement de bonheur. Il s'en est fallu d'un cheveu à Daïquon. Nous aurions pu perdre autant de vaisseaux dans un champ de mines achevé, sans abattre un seul bâtiment syndic pour rétablir l'équilibre. Qu'est-ce que tes espions t'ont encore appris ? J'ai réellement besoin de savoir ce qui te revient aux oreilles.

— Casia et Midea ne mènent pas les officiers qui s'opposent à la perpétuation de ton autorité sur la flotte. Je n'ai pas pu découvrir l'identité du meneur, mais ils obéissent à quelqu'un d'autre. Bien qu'ils soient aux arrêts et gardés par des fusiliers, Numos et Faresa ont trouvé le moyen de faire passer des messages à leurs partisans. »

Ça n'aurait pas dû le surprendre. « Mais Numos et Faresa ne sont pas les meneurs non plus, n'est-ce pas ?

— Non. » La voix de Rione s'était comme altérée, plus tendue. « Et il te faut aussi savoir qu'un bruit court selon lequel je serais férocement jalouse de ta liaison avec le capitaine Desjani. »

Geary abattit le poing sur sa cuisse. « Ma liaison *imaginaire.* »

Rione s'accorda un instant avant de répondre. « Pour moi, la meilleure façon d'enrayer ces rumeurs est encore de cesser de t'éviter et de faire preuve de civilité envers Desjani. En outre, comme tu l'as fait remarquer, j'ai négligé mes devoirs. Si tu t'es vraiment montré honnête avec moi, mes conseils t'étaient précieux. Tu peux de nouveau compter sur eux.

— Merci. » Il hésita un instant, ne sachant trop comment formuler la question suivante, qui sautait pourtant aux yeux.

« Ce qui est fait est fait, déclara Rione d'une voix douce. Ce que je t'ai dit au début reste vrai… Mon cœur appartiendra toujours à un autre. Mais rien n'a vraiment changé. Même si mon mari est encore en vie, il n'en est pas moins perdu pour moi, et moi pour lui, autant que s'il avait trouvé la mort. Mes priorités iront désormais à l'Alliance. Je sais que tu as besoin de moi. »

Ça sonnait faux. « Madame la coprésidente…

— Victoria… »

Longtemps qu'elle n'avait plus été Victoria pour lui. « Victoria, j'ai besoin de tes avis et ta compagnie m'est précieuse. Je ne peux rien te demander de plus.

— Mon honneur est déjà compromis, John Geary. Dorénavant, je vais devoir faire ce qui me paraît le mieux. Et tu m'as manqué. Ce n'est pas seulement une affaire de devoir.

— Content de l'apprendre.

— Je n'ai pas voulu donner cette tournure impersonnelle à ma phrase. Veux-tu encore de moi ? Je ne suis pas ivre. J'ai… besoin de toi. »

Il la scruta dans la pénombre, ne distinguant qu'à peine la forme de son visage. Elle semblait sincère. Pourtant, si sa plus haute priorité était de sauver l'Alliance de Black Jack, Rione tiendrait autant à partager de nouveau sa couche. Elle savait qu'on lui avait fait la proposition qu'elle avait naguère prévue elle-même. Et qu'il était tenté. Était-ce une coïncidence si elle s'offrait de nouveau à lui le soir même du jour où le capitaine Badaya lui proposait la dictature avec l'appui de ce qu'il prétendait la majorité de la flotte ?

Tenait-elle honnêtement à lui, consentait-elle à faire tout ce qu'il fallait pour être prête à agir le moment venu, ou bien, politicienne sans scrupule assurant sa position de maîtresse d'un probable futur dictateur de l'Alliance, raccrochait-elle tout bonnement son wagon à sa motrice ?

Victoria Rione se leva ; ses vêtements tombèrent à ses pieds et elle franchit les quelques pas qui les séparaient puis se colla à Geary. Dès que leurs lèvres se trouvèrent, il se rendit compte que la réponse à cette question lui importait peu pourvu qu'elle fût dans son lit ; et, quand elle l'y plaqua pour le chevaucher, qu'il se moquait même qu'elle tînt un couteau dans sa main libre.

« À tous les vaisseaux. Parés à sauter. » L'étoile Daïquon n'était plus maintenant qu'un point scintillant à l'œil nu. La flotte, en formation Kilo Un depuis des jours, était préparée à tout pour son arrivée à Ixion. Du moins l'espérait-il.

Victoria Rion, assise dans le fauteuil de l'observateur sur la passerelle de l'*Indomptable*, regardait la manœuvre comme si elle n'avait jamais évité de s'y rendre entre-temps. Desjani l'avait accueillie courtoisement, non sans, selon Geary, une certaine inquiétude sous-jacente. Quant à Rione, il avait cru voir luire comme un éclair de triomphe dans ses yeux lorsqu'elle avait répondu au salut de Desjani. Mais sans doute était-ce le fruit de son imagination fiévreuse, remontée à bloc par l'appréhension de ce qui les attendait à Ixion.

« À toutes les unités de la flotte. Dès l'arrivée à Ixion, exécutez sur-le-champ les manœuvres préétablies et engagez le combat avec les vaisseaux ennemis à votre portée. Sautez ! »

Un peu moins de trois jours dans l'espace du saut avant d'atteindre Ixion. Pas une grosse affaire, sans doute, mais Geary s'aperçut que ces séjours lui déplaisaient de plus en plus. Compte tenu des risques encourus, il aurait préféré que ce transit par Ixion les rapprochât davantage de l'espace de l'Alliance. Au lieu de leur offrir une occasion de se reposer et de réfléchir, sans la menace d'une attaque imminente des Syndics suspendue au-dessus de leurs têtes, ces longs intervalles d'oisiveté lui faisaient chaque fois davantage l'effet d'une perte de temps ; les heures et les jours se traînaient lamentablement tandis que rien ne changeait hors du vaisseau. Rien ne change jamais hors du vaisseau dans l'espace du saut, c'est entendu, mais dorénavant ça le contrariait. Il aurait voulu agir. Affronter les Syndics, les vaincre une bonne fois pour toutes, découvrir la vérité sur ces intelligences extraterrestres que Rione et lui soupçonnaient de rôder de l'autre côté de l'espace syndic, et mettre un point final à cette guerre.

Savoir qu'il n'avait aucune chance de mener à bien tous ces projets dans l'espace conventionnel n'ôtait rien à sa frustration. Et il commençait à se rendre compte que, dans l'espace du saut, il rêvait plus fréquemment du passé et des gens, morts depuis beau temps, qu'il avait connus jadis. Se réveiller d'un rêve où l'on tient une longue conversation avec un vieil ami pour se rendre compte qu'on ne lui parlera plus n'est jamais très agréable. Pas dans cette vie, en tout cas.

Au moins n'était-il pas contraint de consacrer ces moments perdus à tenter épisodiquement, la conscience chargée, de localiser Victoria Rione pour essayer de découvrir ce qu'elle fabriquait. Elle venait tous les soirs dans sa cabine pour y passer la nuit ; sa façon de lui faire l'amour combinait à parts égales passion et désespoir. Mais quand elle n'était pas au lit avec lui, elle continuait de rester sur son quant-à-soi, sans jamais témoigner passion, désespoir ni rien d'autre.

Geary se changeait les idées en se passant des simulations, en tâchant de deviner ce qui les guetterait à Ixion et comment la flotte devrait y réagir. Mais ce n'étaient que pures spéculations et seule leur arrivée à Ixion lui apporterait des réponses.

L'heure de quitter l'espace du saut approchant, Geary tenta de concentrer son attention sur l'écran. Pour l'instant, celui-ci ne montrait que ce que contenaient les archives caduques qu'ils avaient piratées une douzaine de systèmes stellaires syndics plus tôt. Vieilles de plusieurs décennies, ces données décrivaient un système relativement prospère doté d'une planète proche de l'idéal abritant une population importante et des activités et installations extraplanétaires conséquentes. Destinées à des vaisseaux marchands, elles ne disaient strictement rien de ses défenses, à l'exception de quelques mises en garde traditionnelles les exhortant à se conformer soigneusement aux injonctions des autorités militaires si elles les contactaient.

« Quelque chose cloche, capitaine ? s'enquit Desjani.

— Je me demande ce qu'on va trouver, voilà tout, avoua Geary. Et pourquoi un système stellaire aussi riche ne bénéficie pas d'un portail.

— Peut-être une question de politique, répondit Victoria Rione depuis son fauteuil, d'où elle observait de nouveau tout ce qui se passait sur la passerelle. De nombreuses planètes de l'Alliance auraient aussi brigué un portail de l'hypernet, alors qu'on manquait de fonds pour les construire. Et, au-delà d'un certain point, leurs différences pratiques restent un facteur mineur. L'aptitude des politiciens à manœuvrer pour contrecarrer leurs rivaux prend dès lors le dessus. »

Desjani leva les yeux au ciel, commentaire muet trahissant ce qu'elle pensait des politiciens ; elle avait détourné le visage, mais Geary vit sa mimique et il s'efforça de rester de marbre, tout en hochant la tête en espérant que Rione seule y verrait une marque d'approbation.

« Prêts à sortir de l'espace du saut, annonça une vigie. Cinq… quatre… trois… deux… un… Émergence ! »

L'espace noir piqueté d'étoiles blanches remplaça la grisaille sur l'écran, et des alarmes commencèrent de clignoter à mesure que les senseurs de l'*Indomptable* repéraient des vaisseaux ennemis proches. Simultanément, Geary se retrouva plaqué à son fauteuil, les systèmes du croiseur de combat exécutant la manœuvre d'esquive préétablie pour éviter les champs de mines, tandis que sa proue obliquait vers le haut et que ses propulseurs principaux s'activaient si farouchement que les tampons d'inertie réussissaient difficilement à annuler tous les effets de l'accélération sur le vaisseau et son équipage.

La prochaine fois, les Syndics risqueraient d'implanter leurs champs de mines au-dessus du point de saut. Mais, ce coup-ci, quand Geary vit ses vaisseaux négocier un virage vers le haut aussi serré que le leur permettait la vélocité de la flotte, sa bouche se tordit en un rictus féroce. Les senseurs à large spectre scannèrent l'espace alentour et repérèrent les petites anomalies marquant les sites de mines furtives et d'un champ de mines sur la trajectoire que la flotte aurait adoptée si elle était sortie tout droit de l'espace du saut. Geary procéda mentalement à une rapide estimation et décida qu'elle n'aurait pas eu le temps de les éviter si elle en avait émergé à une plus haute vélocité.

Ignorant le reste du système stellaire, il se polarisa sur une zone d'un rayon de quelques minutes-lumière autour du point d'émergence. Il mit un bon moment à accepter ce qu'il voyait : le pire des cas qu'il avait envisagés n'aurait pas dû prendre cette forme, même s'il s'y était préparé. Exactement à l'autre bout du champ de mines, des vaisseaux syndics attendaient. Quatre cuirassés, six croiseurs de combat et huit croiseurs lourds, mais seulement trois croiseurs légers et une douzaine à peine d'avisos, dont la formation en disque concave se focalisait sur le centre du point de saut. Tous les vaisseaux réchappés du champ de mines auraient foncé sur ces bâtiments la tête la première, les boucliers encore affaiblis, avant même que leurs dommages ne fussent complètement colmatés, et encore moins réparés. Mais…

« Ils ne sont qu'à une minute-lumière et en position fixe par rapport au point de saut, hoqueta Desjani, stupéfaite.

— Ils ont vu le capitaine Geary enfreindre toutes les règles de l'art », fit sèchement observer Rione.

Desjani lui jeta un regard puis opina. « Le haut commandement syndic a déjà été témoin de nombreuses tactiques nouvelles, mais il ne les comprend pas vraiment. Exactement comme nous ne comprendrions rien à ce que nous aurions sous les yeux si les Syndics s'étaient trouvé un commandant au fait des méthodes du passé. Maintenant ils doivent penser que le seul moyen de nous vaincre est de recourir aux mêmes méthodes mais en les poussant plus loin que la flotte de l'Alliance.

— C'est ce qui se passe ici, à votre avis ? demanda Geary.

— J'en suis sûre, répondit Desjani. Nous aurions fait pareil, j'en ai la certitude. Mais, s'ils poussent cette stratégie jusqu'au bout, ils passent à côté. Se tenir près d'un point de saut pour charger et frapper l'ennemi qui en émerge après avoir pris le temps de le jauger est une chose. Mais s'en trouver trop près pour avoir celui de réagir et de surcroît sans jouir de l'avantage de la vélocité relative en est une autre, entièrement différente.

— Ouais », approuva Geary, constatant avec plaisir que Desjani n'avait pas seulement analysé la stratégie des Syndics mais avait aussi pris conscience avec lucidité des faiblesses de son propre camp. « Notre flotte dispose d'ores et déjà de l'avantage de la vitesse. Pas énorme, certes, mais, compte tenu de la proximité des deux forces, aucune n'aura le temps d'accélérer beaucoup avant que l'autre n'arrive à portée d'engagement. »

Les cubes de tête de la formation de l'Alliance s'éloignaient déjà de l'extrémité supérieure du champ de mines. Geary constata que les Syndics commençaient d'accélérer, tout en faisant pivoter leur formation pour la recentrer sur l'avant-garde de sa flotte, et il ordonna donc à ses commandants de saborder cette manœuvre. « À toutes les unités. Accélérez à

0,1 *c* et altérez la trajectoire de vingt degrés vers le haut. Exécution immédiate. »

La formation de l'Alliance obliqua davantage ; elle se déplaçait maintenant pratiquement à la verticale du plan du système. Ses vaisseaux de queue, qui venaient tout juste d'émerger dans l'espace conventionnel et effectuaient encore leur virage initial, seraient incapables de négocier le second et se retrouveraient sans doute légèrement déportés, mais ce n'était guère important.

Le disque concave syndic s'aplatissait à mesure que les gros vaisseaux du centre accéléraient plus vite que leurs congénères moins volumineux de la périphérie. « Ils auraient dû placer leurs cuirassés et leurs croiseurs de combat à la lisière plutôt qu'au centre, fit remarquer Geary.

— Mais ils s'attendaient à ce que nous piquions droit sur le centre, objecta Desjani. Leurs plus gros combattants n'auraient jamais accepté de jouer ce rôle et de laisser aux unités plus légères l'honneur de nous servir de cible. »

D'accord. Ainsi même Desjani continuait à réfléchir de façon conventionnelle à des tactiques fondées davantage sur la satisfaction de l'honneur de chaque commandant que sur l'issue victorieuse du combat. *Heureusement, et remercions-en les vivantes étoiles, les Syndics sont devenus aussi bouchés que les officiers de l'Alliance.*

Au vu de la manœuvre de Geary, les Syndics inclinèrent de nouveau leur formation et la firent pivoter pour cibler la position où se tiendrait bientôt le coin inférieur de celle de l'Alliance. Ils comptaient porter un coup cinglant à ses unités les plus vulnérables, à l'imitation du capitaine Cresida et de son détachement Furieux à Sancerre, s'aperçut Geary, mais sans l'atout de la haute vélocité relative dont elle avait profité là-bas. Exactement comme Desjani l'avait fait remarquer à propos du positionnement des vaisseaux près du point de saut, ils s'efforçaient de singer les mouvements de la flotte de Geary mais sans en comprendre les rudiments. À une vélocité relative aussi réduite, ils prêtaient le flanc à un sévère pilonnage.

Et Geary avait fermement l'intention de les y soumettre. Il attendit que ses retardataires eussent dépassé le haut du champ de mines puis : « À toutes les unités. Faites pivoter la formation de cent dix degrés vers le bas à T dix-huit. »

À T dix-sept, quand les vaisseaux de l'Alliance rabaissèrent leur proue pour braquer leur formation sur la trajectoire prévue des Syndics, ces derniers, à une vélocité moitié moindre, visaient encore la position où se trouverait le coin inférieur de la flotte. À mesure que celle-ci accélérait sur sa nouvelle trajectoire, le côté le plus large du parallélépipède contenant ses sous-formations s'étirait vers le point prévu pour le passage des Syndics.

Peut-être le commandant syndic n'était-il pas un imbécile, mais la situation tactique ne lui laissait que peu de choix, dont aucun favorable.

« Croyez-vous qu'il va encore tenter de manœuvrer ? » demanda Desjani d'une voix enjouée alors que les systèmes de visée de l'*Indomptable* se verrouillaient sur un croiseur de combat ennemi en approche. Compte tenu des modifications de la formation, le cube central du parallélépipède de l'Alliance contenant l'*Indomptable* approchait à présent du point où la formation des Syndics traverserait celle de l'Alliance, et il crevait les yeux que le vaisseau de Desjani allait faire une hécatombe.

« S'il cherche à louvoyer entre nos vaisseaux, il pourra tromper suffisamment nos systèmes de visée pour… » Geary s'interrompit brutalement. « Que diable se passe-t-il ? »

La formation syndic s'était remise à pivoter sur son axe, en même temps qu'elle modifiait sa trajectoire pour piquer de biais et vers le bas ; mais un croiseur lourd et un croiseur de combat se mélangèrent les pédales et durent se livrer à une embardée frénétique pour éviter de s'éperonner. Dans sa manœuvre d'évitement désespérée, le croiseur lourd força un autre croiseur de combat à exécuter un looping acrobatique puis, titubant encore, se retrouva directement sur la trajectoire d'un de ses cuirassés.

Le massif bâtiment aurait sans doute eu le temps d'esquiver la collision, mais ses manœuvres furent trop lentes et trop tardives. Il racla le flanc de l'autre à une vélocité relative encore assez faible mais se mesurant malgré tout en centaines de kilomètres par seconde, et le transforma en une boule incandescente de vapeur et de débris, qui vinrent marteler ses propres boucliers et l'envoyèrent bouler de côté, vacillant, son flanc bâbord béant.

Un croiseur léger tamponna à son tour un aviso en s'efforçant d'éviter le cuirassé blessé. Les deux bâtiments se détruisirent mutuellement.

La formation syndic avait perdu trois vaisseaux en l'espace de quelques minutes, tandis qu'un quatrième était blessé à mort : elle se transforma en un enchevêtrement chaotique, qui continuait néanmoins d'accélérer pour opérer le contact avec celle de l'Alliance.

« Aucun d'eux ne sait donc piloter un vaisseau ? s'exclama Geary, que le spectacle de la destruction stupide de bâtiments, fussent-ils ennemis, atterrait malgré lui.

— Non, répondit Desjani avec exultation. Ils sont à peine entraînés. Nous leur avons tant infligé de pertes qu'ils sont contraints de précipiter de nouvelles unités dans la bataille. Félicitations, capitaine. »

Félicitations. Pas vraiment le terme qui convenait pour ce qui aurait dû n'être qu'un combat inégal mais menaçait désormais de se transformer en carnage. Les vaisseaux syndics ne tentaient même plus de reprendre la formation et, bien au contraire, cherchaient à s'éparpiller, et peut-être y seraient parvenus s'ils s'étaient trouvés assez loin de la flotte de l'Alliance ou s'ils avaient bénéficié de l'avantage d'une vélocité supérieure.

Mais ils étaient tout près et la flotte se déplaçait deux fois plus vite. « À toutes les unités. Engagez le combat avec les cibles à votre portée. Ouvrez le feu dès que vos armes entrent dans l'enveloppe de tir. Épargnez les munitions. »

Le parallélépipède de l'Alliance enfonça l'éparpillement de syndics. Quelques volées de missiles spectres jaillirent de ses bâtiments et filèrent vers leurs cibles. Le croiseur de combat acquis par l'*Indomptable* tenta d'accélérer et fonça au travers de la formation de l'Alliance sans esquisser aucune manœuvre d'évitement, ce qui en fit une cible idéale pour la mitraille du bâtiment de Desjani, de l'*Audacieux* et du *Victorieux*.

L'impact des billes métalliques se vaporisant sur ses boucliers de proue déclencha une série d'éclairs incandescents. Ils s'effondrèrent bientôt sous leurs coups répétés, permettant à la dernière salve de mitraille du *Victorieux* d'entamer son blindage en le criblant de multiples fulgurances et autres fragments de métal vaporisé. Les lances de l'enfer des trois croiseurs de combat de l'Alliance achevèrent le travail en le cisaillant sur toute sa longueur, détruisant ses systèmes et décimant sans doute son équipage.

Geary relâcha une goulée d'air qu'il n'avait pas eu conscience de retenir puis poussa un juron en s'apercevant qu'il s'était concentré sur ce seul combat au lieu d'observer le tableau dans son ensemble.

La plupart des vaisseaux ennemis étaient déjà blessés. Trois avisos rescapés cherchaient encore à échapper au parallélépipède de l'Alliance en louvoyant férocement pour esquiver des tirs venus de tous côtés. Deux cuirassés avaient réussi à traverser en brinquebalant le plus clair de la formation de Geary, leurs boucliers en lambeaux et leur blindage perforé de multiples frappes. Pendant qu'il les observait, deux missiles spectres heurtèrent la poupe du premier, réduisant à néant sa capacité de propulsion déjà bien affaiblie.

Geary ne pouvait maintenir la cohésion de sa flotte et détruire en même temps le reste des Syndics. Il activa un circuit. « À toutes les unités syndics, transmit-il. Rendez-vous sur-le-champ. Abaissez immédiatement vos boucliers et désactivez vos armes ou vous serez anéantis. » Il bascula sur un autre circuit pour contacter ses propres vaisseaux. « À toutes les unités de l'Alliance à l'exception des sous-formations Kilo Un Neuf et Kilo Un Dix. Poursuite générale. Rompez la formation et engagez le combat avec l'ennemi à volonté. »

Les vaisseaux endommagés accompagnant les auxiliaires de la Kilo Un Neuf et les cuirassés de la deuxième division qui formaient le noyau dur de la Kilo Un Dix n'apprécieraient pas, il en était conscient ; un message de l'*Intraitable* ne tarda pas à lui parvenir. « Pourquoi ne sommes-nous pas autorisés à nous joindre à la traque, capitaine ?

— Parce que j'ai besoin de vous pour veiller à ce que les Syndics ne tentent pas une charge suicidaire sur les bâtiments blessés de la Kilo Un Neuf. Vous êtes en position pour les protéger et ils comptent sur vous. » Tout comme les auxiliaires, d'ailleurs, mais Geary savait que les cuirassés accepteraient plus docilement ce rôle d'escorteurs des autres unités lourdes.

« L'*Orion*, le *Majestic* et le *Guerrier* peuvent parfaitement tenir tête à tout vaisseau rescapé des Syndics », s'insurgea le commandant de l'*Intraitable*.

Geary ne tenait pas vraiment à en débattre, d'autant que la seconde division de cuirassés se trouvait à six minutes-lumière et qu'en vertu des délais imposés par cette distance tout échange de messages tirerait la discussion en longueur. Mais comment faire taire ces récriminations ? « Protéger des camarades blessés est plus honorable que rechercher la gloire, capitaine, déclara-t-il. Il me semble que l'*Intraitable* et les autres cuirassés de la deuxième division ont bien mérité cet honneur et qu'on peut compter sur eux pour les défendre avec une vaillance inébranlable. »

Le commandant de l'*Intraitable* en cligna des yeux de stupeur. « Je...

— Merci, capitaine, ajouta promptement Geary. Je vous promets que la deuxième division de cuirassés sera en première ligne à l'avenir, et je vous remercie d'accepter de mener aujourd'hui cette mission vitale à bien. »

Celui des cuirassés syndics qui avait perdu sa capacité de propulsion combattait encore : quelques-unes de ses batteries de lances de l'enfer tiraient toujours sur les vaisseaux de l'Alliance qui se livraient sur lui à des passes répétées et le réduisaient lentement à l'état d'épave. L'autre vomit un essaim de modules de survie puis explosa.

Le capitaine Desjani venant de négocier un virage serré pour lancer l'*Indomptable* à la poursuite des cuirassés ennemis survivants, Geary fut brusquement écrasé sur le côté. « Serré » restait bien sûr un terme relatif pour un vaisseau se déplaçant à près de 0,1 *c*, mais la large hyperbole que décrivait l'*Indomptable* à travers l'espace n'en exigeait pas moins l'intervention de ses compensateurs d'inertie.

Deux des trois avisos en fuite étaient détruits. Le dernier vacilla, touché de plein fouet par un spectre, puis largua à son tour ses capsules de survie.

Geary arracha son regard à la contemplation du cuirassé sur lequel fondait l'*Indomptable* par-dessous et tribord, et s'efforça de déterminer ceux des vaisseaux syndics qui risquaient encore de poser problème. Massivement surclassé en nombre dès le début, l'ennemi avait perdu tout espoir d'infliger de gros dégâts à la flotte de l'Alliance ou même de lui échapper dès que sa formation s'était dispersée. Seul un croiseur léger semblait avoir encore une petite chance de s'enfuir ; il accélérait à une telle allure que Geary dut y regarder à deux fois pour vérifier qu'il ne se trompait pas. *Il maintient ses propulseurs au maximum de leur capacité d'accélération. Combien de temps ses systèmes de propulsion et leurs tampons d'inertie pourront-ils supporter ce traitement ?*

Pas très longtemps. Alors même que l'*Indomptable* se préparait à l'arroser d'un feu nourri, Geary le vit se désintégrer : ses compensateurs d'inertie avaient flanché, si bien que la pression de l'accélération l'avait réduit en pièces. Geary préférait ne pas songer au sort de son équipage.

Le capitaine Desjani concentrait son attention sur le cuirassé ennemi ; celui-ci venait d'essuyer une passe éclair du *Furieux* et employait maintenant ses armes encore opérationnelles à tenter de repousser les coups répétés de destroyers et de croiseurs légers, qui le frôlaient tour à tour en le lardant chaque fois d'un ou deux tirs de leurs lances de l'enfer. « Ciblez en priorité ses armes encore opérationnelles, ordonna Desjani. Ne faites feu qu'à l'intérieur de l'enveloppe de tir. »

L'*Indomptable* passa en trombe près du cuirassé et, durant le bref laps de temps où les deux vaisseaux furent assez proches l'un de l'autre pour se canarder, ses systèmes de visée automatisés martelèrent ses dernières armes de leurs lances de l'enfer. Seule une lance de l'enfer ennemie frappa les boucliers du bâtiment de l'Alliance, pour être aussitôt absorbée sans dommages.

Mais la plupart des tirs de l'*Indomptable* avaient fait mouche. Une seule batterie de lances de l'enfer du cuirassé syndic fonctionnait encore. Alors que l'*Indomptable* s'élevait au-dessus du bâtiment ennemi pour s'en éloigner, le *Paladin* le survola à son tour et l'arrosa de sept salves consécutives, réduisant ses dernières armes au silence et détruisant ses systèmes de contrôle. *Rends-toi*, implora Geary, s'adressant silencieusement au commandant du cuirassé ennemi blessé. Mais l'autre, alors même qu'il commençait de vomir des capsules de survie, ne diffusa aucun message à cet effet.

Et, bien qu'il fût désormais hors d'état de nuire, le *Paladin* activa son projecteur de champs de nullité en s'en approchant au plus près. La boule étincelante creusa un trou profond dans le blindage du cuirassé réduit à l'impuissance.

Derrière le *Paladin* arrivait son congénère le *Conquérant*, qui déchaîna lui aussi ses lances de l'enfer sur l'épave dont des modules de survie jaillissaient frénétiquement alors qu'elle culbutait lentement dans le vide. Geary sentit la moutarde lui monter au nez au spectacle de cette punition infligée à un vaisseau ennemi sans défense, et Desjani elle-même semblait trouver cet acharnement répugnant. Après avoir lâché son propre champ de nullité, le *Conquérant* largua deux missiles spectres dans la carcasse éventrée qui s'éloignait.

Offrant ainsi à Geary l'occasion qu'il attendait. « *Conquérant*, économisez vos munitions pour les bâtiments qui pourraient encore nous menacer », aboya-t-il.

Cela dit, il n'en restait plus aucun à portée de tir des vaisseaux de la flotte. Un bref coup d'œil à son écran lui en apporta la confirmation. Geary réduisit l'échelle pour afficher de nouveau le système stellaire d'Ixion et la colère le prit. « Nous savons maintenant pourquoi ces vaisseaux étaient escortés de si peu d'avisos. »

Desjani jeta un coup d'œil. « Neuf autres sont stationnés près des points de saut permettant de quitter Ixion. Trois groupes de trois. »

Geary vérifia leur position. « Les plus proches se trouvent encore à trois heures-lumière. Ils ne savent même pas que nous sommes là.

— Quand la lumière de la bataille leur parviendra, ils n'apprécieront pas le spectacle, fit observer Desjani en souriant.

— Je ne suis pas persuadé qu'on puisse appeler ce massacre une bataille. Très bien. Rien ne nous menace donc dans un rayon de moins de trois heures-lumière. Tâchons de reprendre la formation, à condition d'obtenir de la troisième division de cuirassés qu'elle cesse de mitrailler des épaves.

— Confiez-lui la tâche d'envoyer des équipes les faire sauter, suggéra Desjani. C'est une besogne prenante.

— Pourquoi devrais-je punir l'équipage de ces vaisseaux ? » objecta Geary. Mais quelqu'un devait bien se charger d'interdire à l'ennemi la récupération de ses épaves. « D'un autre côté, ça occupera un bon moment Casia et Midea. » Il s'apprêta à en donner l'ordre puis s'interrompit pour consulter les rapports d'avarie. Pas grand-chose à en dire, dans la mesure où l'éparpillement de leur formation avait ôté tout soutien aux bâtiments ennemis, tout en les exposant aux tirs concentrés de vaisseaux de l'Alliance à la forte supériorité numérique. Mais… « Malédiction ! Comment le *Titan* a-t-il réussi à se faire toucher ? » Pourquoi le *Titan*, entre tous ?

« Une mine, déclara Desjani. Il n'a pas réussi à virer assez serré pour éviter entièrement le champ.

— Le capitaine Tyrosian m'avait prévenu que le *Titan* manœuvrait comme un cochon quand ses soutes étaient pleines de minerais. » Geary soupira. Il rassembla tout son courage et consulta le détail des avaries. « Pas trop grave, mais il faudra ralentir jusqu'à ce qu'il soit réparé. » Il était plus que temps de rendre à la flotte un semblant d'ordre. « À toutes les unités. Cessez immédiatement le feu et adoptez la formation Delta Deux autour du vaisseau amiral *Indomptable.* »

Assis sur sa passerelle, Geary regardait sa flotte se reformer en s'efforçant de comprendre ce qui exactement le dérangeait. Pas la présence à Ixion de Syndics rescapés ; si contrariante que fût celle de ces neuf avisos survivants, on n'y pouvait rigoureusement rien. Dans la mesure où ils avaient clairement pour mission de pister la flotte de l'Alliance plutôt que d'engager un combat perdu d'avance, ils s'enfuiraient à coup sûr si on les poursuivait. Deux des trois groupes d'avisos étaient si éloignés qu'ils n'avaient même pas encore assisté à l'irruption de la flotte dans le système d'Ixion. Et l'on ne constatait aucun autre trafic inquiétant. Les navires marchands civils qui opéraient ici ne représentaient pas une menace et, à mesure que la lumière émise par la flotte gagnait l'intérieur du système, ils s'enfuyaient vers les havres les plus proches.

La flotte avait émergé à six heures-lumière de l'étoile. Hormis quelques installations minières ou manufactures éparpillées, la présence syndic se concentrait sur la seule planète habitable, à quelque neuf minutes-lumière seulement d'Ixion.

Comme prévu, le système avait souffert de son exclusion de l'hypernet mais moins durement que d'autres déjà visités par Geary. Il restait encore relativement prospère et, après analyse de l'atmosphère de la planète et de sa surface, on pouvait conclure à une population importante et à une industrie développée.

Une installation orbitale proche de la planète habitée avait été cataloguée comme probablement militaire par les senseurs de la flotte, mais elle ne présentait aucun danger potentiel. Geary avait d'ores et déjà transmis aux Syndics d'Ixion un bref message leur déconseillant de tenter de s'opposer au passage de ses bâtiments dans leur système, tout en les informant de la présence de survivants en souffrance à Daïquon.

Où donc était le problème ? La principale force combattante syndic du système avait été écrasée sans encombre. Trop aisément peut-être. C'était ça le hic. « Les spatiaux de ces vaisseaux syndics étaient des bleus que rien ne préparait au combat. »

Le capitaine Desjani se retourna et hocha la tête. « C'est clair !

— Pourtant ils étaient postés comme si les Syndics s'attendaient à l'irruption de la flotte à Ixion.

— Oui, capitaine. » Desjani s'était rembrunie. « Incohérent, non ? S'ils s'attendaient à ce que vous y conduisiez la flotte, pourquoi auraient-ils fait garder le point d'émergence par leurs unités les moins expérimentées ?

— Bonne question. Et pas seulement par une paire d'agneaux sacrificiels mais bel et bien par des cuirassés et des croiseurs de combat. Pourquoi les ont-ils ainsi immolés en leur permettant d'engager le combat avec nous ? » Geary se tourna vers le fond de la passerelle. « Madame la coprésidente ? Qu'en pensez-vous ?

— Il faudrait m'expliquer quelque chose, je crois, répondit Rione. Vous savez que ces équipages étaient inexpérimentés parce que vous avez vu comment ils se comportaient. Ça ressemble à ce qui s'est produit à Sancerre : des vaisseaux des Mondes syndiqués évitant à peine la collision. Mais en pire.

— La formation de Sancerre était composée de vaisseaux neufs aux équipages mal entraînés, fit observer Desjani. Comme celle que nous avons affrontée ici, je dirais, mais légèrement plus aguerris.

— Alors ? insista Rione. En quoi est-ce important ? En quoi la composition de l'équipage influe-t-elle sur les manœuvres des vaisseaux ? Ne sont-elles pas contrôlées par des systèmes automatisés ? »

Geary hocha la tête : la question était d'une logique imparable. « En effet. Compte tenu de la vélocité des vaisseaux, il serait démentiel de les manœuvrer manuellement.

— En ce cas, quelle importance le degré d'entraînement et d'expérience de leur équipage peut-il bien avoir ?

— Il existe trois stades dans l'apprentissage de la manœuvre d'un vaisseau de guerre, expliqua Desjani sur le ton d'un instructeur militaire, faisant fi du visible agacement qu'il inspirait à Rione. Les moins expérimentés ne se fient tout bonnement pas aux systèmes automatisés, car, comme nous le savons tous, ils peuvent commettre des erreurs. Les problèmes naissent le plus souvent de l'intervention des effets de la distorsion relativiste qui déstabilisent les réflexes humains. Nous croyons que les systèmes automatisés commettent des erreurs parce que ce que nous voyons et ressentons quand nous nous déplaçons à plusieurs dixièmes de *c* ne correspond pas à ce que nos sens et notre expérience nous ont enseigné dans un environnement beaucoup plus lent.

» Les équipages les moins chevronnés sont donc les plus susceptibles de paniquer, de décider que les systèmes automatiques se trompent et de tenter de procéder eux-mêmes aux manœuvres. » Elle montra l'écran de la main. « Vous y avez vous-même assisté tout à l'heure. Admettre que les systèmes de manœuvre savent ce qu'ils font et comprendre ce qui risque d'arriver quand on s'y substitue peut parfois exiger un bon moment. C'est le second stade de l'apprentissage. Ceux qui vivent assez longtemps finissent par se rendre compte que les systèmes de manœuvre eux-mêmes peuvent faire des erreurs de calcul et souffrir de dysfonctionnements, et qu'il est parfois nécessaire de les remplacer manuellement. Mais il faut alors savoir s'y prendre, et c'est le troisième stade de l'apprentissage.

» Exact, capitaine ? demanda Desjani à Geary en souriant.

— C'était déjà vrai de mon temps. Il faut s'être longuement déplacé à 0,1 et 0,2 *c* pour cultiver les réflexes permettant de deviner correctement ce que font les systèmes automatisés. » Il montra l'écran à Rione. « Je parle de réflexes parce que cela doit aussi se produire au niveau subconscient. Le cerveau n'a pas le temps de réfléchir. Et même s'il l'avait, seul un imbécile tenterait de se substituer à eux en situation de combat, quand deux flottes adverses s'interpénètrent. Le temps de vous rendre compte que vous allez heurter quelque chose, la collision vous a déjà réduit en une boule de plasma.

— Merci, répondit Rione d'une voix plate. La réponse à votre question me semble alors couler de source. Ils pensaient que vous risquiez de conduire la flotte ici mais pas que ce serait votre choix le plus vraisemblable. Et sans doute le moins plausible à leurs yeux. Ils se sont contentés de laisser du monde au cas où, mais ils ne s'attendaient pas à affronter cette flotte. »

Geary regarda Desjani, qui hocha la tête. « Probablement. Mais pourquoi conclure à la destination la moins plausible ? »

Rione eut un grand geste du bras. « Parce que le grand Black Jack Geary a prouvé à plusieurs reprises qu'il ne regagnait pas directement l'espace de l'Alliance, déclara-t-elle avec emphase. Il se déplace prudemment, en s'efforçant d'éviter les objectifs les plus prévisibles pour leur préférer ceux que les Syndics ont le moins de chances d'envisager. »

Ça faisait sens. « Ils tenteront de deviner mes intentions en se basant sur les décisions que j'ai prises jusque-là, mais j'ai fait en l'occurrence un choix atypique.

— "Atypique" est un des qualificatifs qui conviennent, effectivement, déclara sarcastiquement Rione.

— Ça a marché, fit remarquer Desjani d'une voix tranchante, prenant aussitôt la défense de Geary.

— Mais nous ne pouvons pas espérer que ça se reproduise, répliqua Rione sur un ton tout aussi acéré. Comme vous pouvez le constater, le premier des avisos syndics se dirige déjà vers le point de saut. Il rapportera aux Syndics la position de la flotte et ils en déduiront qu'elle a opté pour un nouveau scénario.

— Oui, intervint promptement Geary pour interdire toute escalade. Vous avez raison toutes les deux. » Toutefois, ça n'avait l'air de satisfaire personne. « Je dois réfléchir à notre prochaine destination. Merci pour vos éclaircissements, mesdames. » Il se leva roidement, ankylosé. Il était assis depuis que la flotte était arrivée à Ixion.

Rione l'imita et l'accompagna hors de la passerelle. Elle attendit qu'ils fussent provisoirement isolés dans une coursive pour reprendre la parole. « Ça ne marchera plus.

— Je t'ai dit que je devais y réfléchir, répondit Geary plus sèchement qu'il ne l'aurait souhaité.

— Pas besoin d'y réfléchir bien longtemps. Je sais que T'negu est la prochaine étoile sur le trajet en ligne droite vers l'espace de l'Alliance. Si nous nous y rendons, cette flotte tombera dans un traquenard bien plus dangereux que celui que nous ont tendu ici ces malheureux imbéciles.

— Tu pourrais bien avoir raison.

— Mais j'ai raison ! Même si j'ignore tous ces menus détails sur les manœuvres de la flotte que tu partages si allègrement avec Tanya Desjani ! »

Il s'arrêta de marcher pour la scruter, l'œil noir. « Est-ce une allusion à la question de l'apprentissage ? Tu l'as posée et nous y avons répondu. Tu es censée désamorcer les rumeurs selon lesquelles tu serais jalouse du capitaine Desjani !

— Jalouse ? » Rione secoua la tête en souriant mais aucune trace d'humour ne pétillait dans ses yeux. « Pas vraiment. Je tiens seulement à te rappeler que le capitaine Desjani vénère jusqu'à l'air que tu respires. Ce qui influe sur ses conseils. Elle te croit incapable de te fourvoyer.

— C'est… » Geary maîtrisa sa colère. « Très bien. Je reconnais que je dois le garder à l'esprit. Mais je ne l'avais pas oublié. Pour l'heure, je te le répète, je n'ai pas encore décidé de notre prochaine destination. Attends au moins que j'aie pris une décision, je t'en prie, avant d'essayer de me convaincre de mon erreur.

— Avec plaisir. » Rione se passa la main dans les cheveux en soupirant. « Je n'essaie pas de jouer les emmerdeuses. Je m'inquiète. Cette pointe vers l'espace de l'Alliance s'est bien mieux passée que nous ne pouvions l'espérer. Toi aussi tu es surpris, n'est-ce pas ? Merci de l'admettre. La frontière entre l'assurance qu'exige la direction de cette flotte et une trop grande confiance en soi risquant de la mener à sa perte est très ténue. »

Constatant qu'elle ne montrait plus aucune trace de la colère ni du sarcasme de tout à l'heure, Geary lui répondit sur le même ton raisonnable : « Je peux le comprendre. J'ai besoin, je le sais, que quelqu'un de confiance me perce à jour.

— Quelqu'un qui te sait humain, souligna-t-elle.

— Je suis conscient de n'être pas le Black Jack Geary pour qui les gens me prennent.

— Je sais. Mais… » Rione fronça les sourcils. « Serais-tu jaloux de lui ? »

Ce fut une surprise totale. « Quoi ?

— Serais-tu jaloux de Black Jack, ce grand héros capable de remporter toutes les batailles ? Ne chercherais-tu pas à prouver que tu le vaux bien ?

— Non ! C'est grotesque !

— Vraiment ? » Elle le scruta quelques secondes. « Nombre de tes partisans les plus dévoués et même certains commandants idolâtrent Black Jack sans forcément te vénérer. Tout homme en éprouverait du dépit.

— Ces commandants savent désormais qui je suis. » Mais il ne pouvait s'empêcher de s'interroger. Il prenait la mouche dès que le nom de Black Jack revenait sur le tapis ; à croire que l'homme qu'il était voyait un rival en ce héros mythique. « Je ne cherche pas à prouver quoi que ce soit, je crois.

— Merci d'y avoir mis des réserves. Tout ce que je te demande, c'est de rester conscient qu'envier Black Jack pourrait fausser ton jugement. » Elle secoua la tête. « Je continue à croire que cette ruée vers l'espace de l'Alliance était périlleuse. Ça a bien marché jusque-là mais nous nous retrouvons à Ixion alors que les Syndics se rapprochent de nouveau de nous. Et je me demande si tu n'as pas en partie pris cette décision parce que c'est précisément ce qu'aurait fait Black Jack. »

Peut-être. Après tout, les commandants de la flotte s'étaient encore montrés réticents : ils aspiraient à des progrès plus sensibles sur le trajet du retour et, dans l'action, tenaient davantage à la vaillance qu'à la prudence. Il le savait et il leur avait donné satisfaction. « Je ne peux pas toujours faire fi des espérances et des aspirations de mes officiers, tu t'en doutes.

— En effet. Mais il leur faut un capitaine John Geary sensé et réfléchi, pas un héroïque Black Jack. » Elle recula d'un pas. « Pense à ce que je t'ai dit. Pour l'instant, je dois m'informer de l'état des vaisseaux de la République de Callas. On se verra ce soir si tout va bien.

— D'accord. » Il la regarda s'éloigner puis rebroussa chemin vers sa cabine. *Aurais-je vraiment tenté de surpasser Black Jack ou de rivaliser avec lui ? Non. Si exaspérante que soit l'obligation de composer avec cette légende, elle m'a aussi conféré l'autorité dont j'avais besoin pour mener la flotte jusque-là. Je ne m'efforce pas de pressentir ce que ferait Black Jack. Non. Depuis que je suis aux commandes de cette flotte, je me suis plutôt efforcé de prévoir comment réagiraient les Syndics. Ils ont maintenant été suffisamment témoins de mes méthodes pour tenter à leur tour de deviner comment j'anticipe leurs réactions. Comment faire pour réussir à nous percer simultanément à jour, les Syndics et moi-même ?*

Il faut que je prenne un autre avis. Mais de qui ? Duellos, Tulev et Cresida sont tous de bon conseil, mais ils raisonneraient en des termes trop familiers aux Syndics. Rione est certes une politicienne avertie, mais, s'agissant de prendre des décisions pour la flotte, elle a ses limites. Desjani… Rione a raison. Tanya Desjani ne me croit pas capable de prendre une mauvaise décision.

Qui reste-t-il ? Je ne peux pas demander leur avis à mes adversaires… D'ailleurs, les conseils de gens comme Midea, Casia, Numos et Faresa seraient sans valeur à mes yeux.

Ou Falco.

Falco.

Rione crierait au meurtre.

Mais je me demande ce que me conseillerait Falco. Sans doute est-ce un imbécile et un fou délirant... mais je suis en quête d'une opinion diamétralement opposée à celle qui me viendrait normalement...

SEPT

« Comment se porte le capitaine Falco ? » s'enquit Geary sur un ton professionnel, sec et néanmoins empreint d'une certaine sollicitude pour un camarade et collègue. Il ne tenait pas à ce qu'on aille raconter partout qu'on l'avait entendu ironiser à son sujet.

Le médecin de la flotte se renfrogna légèrement à l'écran. « Il est heureux. »

Autrement dit, Falco continuait de divaguer. S'il avait été conscient d'être aux arrêts au lieu de commander la flotte, il aurait été fou de rage. « Est-il bien soigné ?

— On le maintient dans un état stable, répondit le médecin. Ce sont nos ordres et la procédure habituelle quand on ne peut pas contacter un parent susceptible de prendre une décision sur la poursuite du traitement. Nous empêchons son état d'empirer et nous veillons à ce qu'il ne devienne pas violent pour son entourage ni pour lui-même. Il passe le plus clair de son temps à imaginer les plans de campagne et les besoins logistiques de la flotte virtuelle à laquelle il a accès.

— La dernière fois que je me suis renseigné, les médecins de la flotte procédaient encore à des examens et à une évaluation du capitaine Falco. Pouvez-vous me dire s'il est ou non incurable ? demanda Geary, pas bien certain de vouloir connaître la réponse.

— Restez en ligne, je vais consulter son dossier. » L'image du toubib disparut, remplacée par un économiseur d'écran représentant les médecins de la flotte au travail. Geary s'efforça de ne pas se formaliser de son attitude, identique à celle qu'observaient déjà un siècle plus tôt, et sans doute depuis des millénaires, les hommes de l'art envers les profanes.

L'image du médecin daigna enfin réapparaître. « Un traitement est envisageable. Possible, dirais-je. En fonction de son état, corrigea-t-il. Nous pourrions réduire ses délires de façon conséquente, mais, compte tenu de ce que j'ai pu apprendre de son passé dans son dossier, le capitaine Falco souffrait d'une maladie mentale longtemps avant d'être confié à mes soins. Cet état lui est sans doute devenu coutumier, et se contenter de soigner physiquement le problème et le récent déni de réalité consécutif au stress ne modifierait en rien un processus mental profondément enraciné.

— Une maladie mentale ancienne ? Qu'il aurait développée pendant son internement dans le camp de travail syndic ?

— Non, non », rectifia le médecin sur le ton un tantinet agacé que témoigne sa profession envers tous ceux qui, n'ayant pas fait médecine, tentent d'en comprendre les arcanes. « Depuis longtemps. Avant même qu'il ne soit fait prisonnier par les Mondes syndiqués, le capitaine Falco se croyait le seul homme au monde qualifié pour commander la flotte de l'Alliance et gagner la guerre. Cet état est plus fréquent que vous ne l'imaginez, pontifia le toubib, oubliant manifestement qu'il s'adressait au commandant de la flotte.

— Vraiment ?

— Mais oui. Assez pour qu'on lui ait donné un nom plusieurs décennies plus tôt.

— Un nom ?

— En effet ! Le complexe de Geary. » Le médecin s'interrompit, fronça les sourcils et scruta attentivement son interlocuteur. « C'est bien vous, n'est-ce pas ?

— Oui, du moins la dernière fois que j'ai vérifié », répondit Geary en se demandant combien d'officiers de la flotte avaient souffert du complexe de Geary au cours d'un siècle de guerre.

Le médecin opina pensivement, non sans dévisager Geary comme s'il s'attentait à le voir délirer d'un instant à l'autre. « Eh bien, en ce cas, vous êtes bien placé pour comprendre de quoi je veux parler. »

Geary s'apprêtait à éclater de rire mais il se ravisa. Il n'avait aucun mal à imaginer ce que dirait Victoria Rione et elle aurait en partie raison. Il se croyait effectivement le mieux placé pour commander cette flotte. Non parce qu'il se faisait de ses compétences une idée mégalomaniaque et s'imaginait pouvoir la mener tout seul à la victoire, ni non plus parce qu'il cherchait à correspondre à la légende de Black Jack, mais dans la mesure où sa légende pouvait servir à en maintenir la cohésion, et l'entraînement qu'il avait subi par le passé et réintroduit à remporter ces victoires.

Je ne ressemble en rien à Falco et je n'en ai aucune envie. C'est ce qui nous sépare, précisément, qui me pousse à vouloir lui parler.

Il haussa finalement les épaules. « Peut-être, docteur. Mais je ne tiens pas particulièrement à commander cette flotte. Je n'ai pas d'autre choix. J'en suis l'officier le plus ancien et j'ai un devoir à remplir. »

Le docteur opina, l'air de ne pas chercher à contrarier un patient. « Bien entendu. Tous ont leur version personnelle : le devoir, la responsabilité de sauver l'Alliance et ainsi de suite. »

Geary soupira ; il n'appréciait guère cette conversation un peu trop personnelle. « J'ai au moins celle de sauver des vies, docteur, et, si vous consultez les bases de données de la flotte, vous constaterez que je suis de loin son plus ancien capitaine. » Il avait été promu un siècle plus tôt. Promotion posthume, sans doute, puisqu'on le croyait mort à Grendel, mais le règlement de la flotte ne s'en préoccupait pas. Puisqu'il était réapparu en vie, son ancienneté subsistait. « Puis-je ordonner qu'on soigne le capitaine Falco ? De façon à lui faire recouvrer le sens des réalités ?

— Certes, puisque vous êtes le commandant de la flotte. Bien entendu, les autorités de l'Alliance devraient confirmer votre décision. »

Celle-ci aurait dû être facile à prendre. Pourquoi laisser un homme à sa folie ? Mais Falco était aux arrêts et inculpé de nombreuses violations du règlement de la flotte et des lois de l'Alliance, qui toutes pouvaient lui valoir la peine capitale. Guéri, il lui faudrait affronter une réalité autrement sinistre que les illusions qu'il nourrissait. Mais de quel droit pouvait-on interdire à son prochain de mieux se porter quand on en avait la possibilité ? « Ce n'est pas une décision aisée, finit-il par avouer pesamment.

— Je ne la recommanderais pas, déclara le médecin. Compte tenu des circonstances qui entourent actuellement le capitaine Falco, contraint d'affronter la réalité il risquerait de devenir dépressif et suicidaire. Quand il devra assumer ses responsabilités, il le fera beaucoup plus confortablement dans un établissement de santé pleinement équipé et diligent. »

C'était l'échappatoire qu'attendait Geary. Il n'aurait pas à décider de son propre chef. « Je ne vois aucune raison d'aller à l'encontre de vos recommandations, docteur. Veuillez, je vous prie, me tenir informé de l'évolution du traitement ou d'une éventuelle modification, favorable ou défavorable, de l'état mental du capitaine Falco.

— Je peux le faire, j'imagine. Oui... vous êtes le commandant de la flotte et vous avez donc accès à ces informations.

— Merci. J'aimerais rendre visite au capitaine Falco. En mode virtuel, je veux dire.

— Lui rendre visite ? » Le médecin semblait ébahi.

« Le capitaine Falco ne reçoit-il pas de nombreuses visites ?

— Il est aux arrêts. Vous l'ignoriez ?

— Non. C'est moi qui en ai donné l'ordre, expliqua patiemment Geary.

— Oh ! En effet. Mais vous voulez le voir tout de suite ?

— Et lui parler. »

Le médecin eut un froncement de sourcils méditatif puis hocha la tête. « Une visite n'est pas contre-indiquée dans son état et ne présente évidemment aucun risque dans la mesure où vous ne serez pas physiquement présent. Mais je vous exhorte à ne pas insister sur son équilibre mental réel.

— Je n'en ai nullement l'intention. J'imagine que le logiciel de la salle de conférence me permettra de rendre visite à Falco dans sa cabine. Veuillez me faire connaître le lien et tous les codes d'accès exigés. »

La requête déclencha d'autres mimiques renfrognées, assorties de mises en garde relatives aux procédures médicales et à l'intimité des patients, mais le médecin finit par cracher les informations. Geary coupa la connexion non sans un certain soulagement et se dirigea vers la salle de conférence en s'efforçant de réprimer la morosité qui l'accablait.

Songer à ce qu'il était advenu de Falco lui déplaisait. Une certaine partie de lui-même aurait voulu haïr cet homme pour la responsabilité qu'il avait prise dans la perte inutile de tant de vaisseaux et de leurs spatiaux. Une autre le prenait en pitié. Et une troisième s'effrayait des dégâts que Falco risquait encore de commettre s'il était ramené à la réalité ou, tout du moins, à cette version de la réalité à laquelle il avait si longtemps souscrit.

Geary veilla à fermer hermétiquement l'écoutille de la salle de conférence avec son propre code d'accès, activa le logiciel à son plus haut niveau de sécurité puis entra les données permettant de contacter Falco.

Un instant plus tard, l'image du capitaine se tenait devant lui dans son uniforme impeccable, l'air de se libérer à l'instant d'une occupation importante. Il regarda autour de lui puis accommoda sur Geary. « Oui ? » Au bout d'un moment, le sourire de franche camaraderie, longuement répété et pratiqué, dont Geary avait gardé le souvenir, se substitua à son expression agacée.

« Je me demandais si vous auriez le temps de discuter de quelques questions avec moi, capitaine Falco, commença prudemment Geary.

— Le temps ? Un commandant de la flotte tel que moi a de nombreuses responsabilités, vous savez, pontifia Falco avant d'afficher de nouveau son sourire factice. Mais je peux toujours consacrer quelques instants à un camarade. J'ai ordonné à la garde d'honneur des fusiliers spatiaux de poster des sentinelles devant ma cabine pour veiller à ce que tout officier désirant me voir y ait accès. »

Comme l'avait dit le médecin, Falco se croyait toujours à la tête de la flotte et allait jusqu'à fantasmer la présence de ces sentinelles, en concordance avec ce statut. Avait-il seulement reconnu Geary ? « Il s'agit d'une question stratégique portant sur les mouvements de la flotte.

— Oui. Bien sûr. J'ai examiné la situation. Je n'ai pas encore pris de décision quant à notre destination suivante. »

Déclaration assez proche de celle que Geary avait faite à Rione pour lui arracher une grimace ; mais il réussit à se maîtriser. « Puis-je ? » s'enquit-il avant d'activer l'hologramme des étoiles montrant le secteur environnant. Falco jeta sur l'écran un regard plein d'assurance, comme s'il lui était déjà intimement familier. « La flotte se trouve à Ixion.

— Bien sûr. La dernière offensive se déroule très convenablement, affirma Falco.

— Euh… oui. Mais nous regagnons maintenant l'espace de l'Alliance.

— Hmmm. » Falco étudia l'hologramme puis parut brièvement désorienté. « L'hypernet. L'hypernet syndic.

— Nous pourrions l'utiliser, déclara Geary. Mais les Syndics tenteront de détruire tout portail avant que nous ne l'atteignions.

— Oui, évidemment. » Falco pointa le doigt. « La route la plus directe passe par T'negu. Mais nous n'irons pas. »

Geary s'était attendu à ce que Falco voie en T'negu le seul choix logique. « Non ?

— Bien sûr que non. » Le sourire de Falco se fit encore plus éblouissant. « C'est un piège ! Qui saute aux yeux, vous ne voyez pas ? » Geary hocha la tête, mais il ne voyait strictement rien. « Les mines. Tout le système en sera tapissé. » Son expression s'altéra de nouveau. « Les mines. » Geary se demanda s'il se rappelait les dommages qu'un champ de mines syndic avait causés à Vidha.

Geary n'avait pas envisagé l'éventualité d'un gigantesque champ de mines syndic à T'negu, pourtant elle tombait sous le sens. T'negu était un goulet d'étranglement donnant sur l'espace de l'Alliance. Un passage obligé. Le système n'offrait aucun monde habitable, et la seule et infime présence syndic se réduisait à quelques cités souterraines sur une planète privée d'atmosphère et trop éloignée de l'étoile pour bénéficier de sa chaleur. Tout point de saut risquait d'être non seulement piégé avec un champ de mines, mais encore transformé en un véritable labyrinthe de ces champs, dont l'étendue ne serait limitée que par l'arsenal dont disposeraient les Syndics.

Falco fixait toujours l'hologramme, mais il gardait à présent le silence. « Où devrions-nous plutôt aller ? insista Geary.

— Où ? » Falco cligna des paupières. Son regard se reporta sur son interlocuteur puis de nouveau sur l'hologramme. « Lakota.

— Lakota ? Il y a un portail à Lakota. Les Syndics n'auront aucun mal à renforcer ce système.

— Exactement ! Ils savent que nous le savons ! Ce qui signifie qu'ils n'en feront rien, car ils s'imagineront que nous aurons peur de nous y rendre ! » Falco eut un sourire triomphant. « Nous les surprendrons. »

Geary s'efforça de saisir le raisonnement. D'une certaine façon, il semblait logique. Lui-même ne l'avait absolument pas envisagé. Falco aurait-il raison ? Les Syndics ressentaient visiblement les effets des coupes franches infligées à leur flotte par celle de l'Alliance au cours des derniers mois. Ils avaient perdu de nombreux vaisseaux. Persuadés que Geary n'oserait pas s'y rendre, prendraient-ils le risque d'à peine protéger Lakota ?

Falco n'était pas informé de la destruction du portail de Sancerre, ni de ce que les Syndics avaient donné amplement la preuve qu'ils étaient prêts à détruire un de leurs portails plutôt que de permettre à la flotte de s'en servir. Mais eux savaient que la flotte en était consciente.

« Une force syndic gardera ce portail, fit remarquer Geary. Ils ne peuvent pas se permettre de n'y pas conserver au moins une flottille de taille appréciable.

— Bien entendu, lâcha Falco en balayant l'argument d'un geste. Mais rien dont nous ne pourrions venir à bout. Nous liquiderons ces défenseurs, nous bombarderons la planète habitée, nous la réduirons en ruines puis nous repartirons à notre guise. »

Sans doute, mais Geary n'avait aucunement l'intention de bombarder des cibles civiles. Les documents en provenance de Baldur que lui avait montrés le lieutenant Iger confirmaient ses propres soupçons : la stratégie de l'Alliance en faveur d'une guerre inconditionnelle avait fait long feu. L'homme de la rue des Mondes syndiqués la craignait, redoutait de voir sa planète natale dévastée et n'en luttait que plus âprement pour la vaincre. Mais le reste du raisonnement de Falco faisait-il sens ? Ne témoignait-il pas, en l'occurrence, de sa folie démentielle ?

Geary étudia l'hologramme. Les points de saut de Lakota donnaient accès à quatre autres étoiles dont Ixion.

Ça pouvait marcher.

« Merci, capitaine Falco. Excusez-moi de vous avoir dérangé. » Falco sourit derechef et, à l'idée d'avoir dupé un aliéné, Geary éprouva un pincement de remords. « Vous allez bien ?

— Si je vais bien ? Oui, naturellement. Si l'on excepte la tension imposée par le commandement. Vous savez ce que c'est. Mais je suis honoré de pouvoir servir l'Alliance de mon mieux. C'est mon devoir. » Le sourire reparut.

« Vous n'avez besoin de rien ?

— Nous devrions tenir bientôt une conférence stratégique. Chargez-vous de l'organiser, voulez-vous, capitaine… ?

— Geary.

— Vraiment ? Seriez-vous apparenté au grand héros ? »

Geary hocha la tête. « En quelque sorte, oui.

— Fantastique. Maintenant, si vous voulez bien m'excuser, le devoir m'appelle. » Falco se leva et regarda autour de lui, légèrement déboussolé.

Geary coupa la communication et l'image de Falco s'évanouit. *Bon sang de bon sang de bonsoir !*

« Lakota ? » Victoria Rione n'était pas loin de hurler. « Où astu pêché cette idée ? » Son visage afficha une compréhension horrifiée. « Tu as parlé cet après-midi au capitaine Falco. Te l'aurait-il suggérée ? Et tu l'écouterais ?

— Je… » Geary la dévisagea. « Tu sais que je me suis entretenu avec Falco ? J'avais sécurisé cette entrevue au maximum.

— J'ignore ce que vous vous êtes dit, si ça peut te rassurer. » Elle se retourna en secouant la tête. « Confirme-moi, je t'en supplie, que tu ne lui as pas demandé son avis.

— Pas exactement en ces termes. » Geary se sentait sur la défensive ; il était conscient que Rione avait de bonnes raisons de ne pas le croire. « Je voulais seulement savoir ce qu'il aurait fait à ma place.

— Une énorme sottise ! J'aurais pu te le dire.

— Il n'aurait pas opté pour T'negu. »

Rione se tourna pour le regarder, les yeux plissés.

« Il redoutait un piège. »

Rione leva les bras au ciel. « Et je découvre subitement que je tombe au moins d'accord avec lui sur un point. Je n'aurais jamais cru que cela puisse se produire. »

Geary vérifia que l'écoutille de sa cabine était fermée. Il ne tenait pas à ce qu'on surprît par inadvertance cette partie de leur discussion.

« Écoute, je n'aurais jamais choisi Lakota.

— Alors n'y va pas.

— Les Syndics s'en doutent certainement, expliqua Geary aussi patiemment qu'il en était capable. Ils croient savoir où je compte me rendre : un des systèmes stellaires accessibles depuis Ixion. Ils savent quel itinéraire empruntera cette flotte si elle choisit d'adopter la route la plus directe vers l'espace de l'Alliance. Lakota n'en fait pas partie.

— Parce qu'il serait stupide de s'y rendre !

— Les Syndics savent que ce serait une sottise de notre part, et nous le savons aussi. De sorte que cette destination est sans doute la dernière qu'ils s'attendent à nous voir choisir. »

Rione le fixa. « Tu es sérieux ?

— Mais oui. » Geary arpenta sa cabine puis s'arrêta pour se tourner vers l'hologramme et le centrer sur Ixion. « T'negu est un objectif par trop flagrant. Nous ne pouvons pas gagner ce système sans présupposer que chacun de ses points de saut sera infesté de bien plus de champs de mines que ceux qui nous attendaient ici. Retourner à Daïquon ne nous mènerait nulle part, sinon à saper le moral de la flotte et, peut-être, à nous retrouver nez à nez avec la force syndic qui nous traque de système en système. Vosta nous ramène de nouveau en arrière, en territoire syndic, et ses points de saut ne permettent d'accéder qu'à deux autres étoiles. Kopara nous fait sans doute faire un crochet, sans perdre ni gagner de terrain, mais elle ne donne accès ensuite qu'à un unique système. Selon notre service du renseignement et les archives que nous avons confisquées, Dansik est un centre stratégique régional et sera à coup sûr lourdement défendu. Ne reste donc plus que Lakota. »

Rione arracha ses yeux à l'hologramme pour scruter Geary avec circonspection puis fixa de nouveau l'écran. « Et où le capitaine Geary irait-il, lui ?

— À Vosta. » Il étudia l'hologramme. « Pour égarer nos poursuivants.

— Mais les Syndics t'ont déjà vu rebrousser chemin plus d'une fois.

— Ouais.

— Ne vont-ils pas se persuader que tu choisiras Kopara ?

— Peu probable. Ils ne devraient poster de forces assez importantes pour nous piéger que dans deux systèmes stellaires. Évidemment, ce serait délicieux de leur part de me croire aussi bête, mais je ne peux pas tabler là-dessus. »

Le visage de Rione se durcit. « Et tu as réussi à nous conduire à Ixion alors que toutes les options qui s'y offrent à toi t'indisposent ? »

Il faillit répondre par un grognement puis se rendit compte qu'elle n'avait pas entièrement tort. « Je ne pensais pas que nous parviendrions jusqu'ici. Je croyais que les Syndics réagiraient plus vite et que, dès Daïquon, nous nous détournerions de notre ligne directe vers l'espace de l'Alliance.

— Et, maintenant, tu fondes tout ton plan sur l'espoir qu'ils ne te prendront pas pour un imbécile ? Non, mais regarde-toi ! Tu vas prendre conseil chez Falco, qui a toujours été un crétin doublé désormais d'un cinglé. » Rione contourna l'hologramme et enfouit son visage dans ses mains. « Ne fais pas cela, John ! Ne conduis pas la flotte à Lakota. »

Jamais encore elle ne l'avait appelé par son seul prénom. « Nos autres choix sont encore moins propices. Si tout se passe bien à Lakota… »

Elle baissa les mains et le fusilla du regard. « Si ! Et sinon ? Quel choix te restera-t-il ?

— Nous pourrons toujours éviter le combat, traverser le système et sauter vers une autre destination. »

La tête de Rione s'affaissa. « Crois-tu sincèrement que la flotte te permettra de refuser l'engagement ? Certes, elle l'a déjà fait, après les lourdes pertes qui lui avaient été infligées dans le système mère des Syndics, quand tous étaient traumatisés au point d'en avoir provisoirement perdu leur besoin instinctif de se livrer à des charges suicidaires. Mais si tu cherches à te soustraire au combat à Lakota et que quelques-uns de tes vaisseaux l'engagent malgré tout, que feras-tu ? »

Il n'y avait pas songé. Il fixa un point derrière elle et réfléchit. « Tu en crois vraiment certains commandants capables ? Ceux qui conspirent contre moi, Casia et ses pareils, ne m'ont pas l'air prêts à risquer leur vie dans une charge héroïque à laquelle ils n'auraient aucune chance de survivre.

— Ce n'est pas d'eux qu'il faut t'inquiéter ! Quelle sorte de cervelle t'ont donc donnée les vivantes étoiles, John Geary ? » Rione se rapprocha et lui agrippa les bras. « Les plus dangereux sont ceux qui croient assez en toi pour te proposer une dictature mais pas suffisamment pour accepter de renoncer à leurs raisonnements spécieux ! Demande à l'officier auquel tu te fics le plus ! Demande à Roberto Duellos. Il te dira la même chose. Tanya Desjani elle-même te le dira. Pose-leur la question si tu ne me crois pas ! »

Ça tombait sous le sens. « Te voir raisonner en politicienne a parfois des avantages.

— Merci. Enfin, je crois », lui lança Rione en s'écartant brusquement. Elle montra de nouveau l'hologramme. « S'ils te savaient absolument incapable de choisir Kopara…

— Non ! Si nous nous retrouvions piégés à Kopara, il n'y aurait pas d'échappatoire ! Lakota nous offre plusieurs choix. » Il fixa de nouveau sombrement l'hologramme puis reporta le regard sur Rione. « Pourquoi t'en abstiens-tu ? »

Elle lui rendit son regard. « De quoi ?

— De me menacer d'ordonner aux vaisseaux de la République de Callas et de la Fédération du Rift de refuser dorénavant de m'obéir. Pourquoi ne l'as-tu pas fait ?

— Parce que je ne profère aucune menace que je ne peux pas tenir, répliqua-t-elle avec colère. La loyauté de mes propres commandants est désormais partagée. S'il te plaît, ne fais pas semblant de croire que tu l'ignores encore. Quoi que je dise, nombre d'entre eux te suivraient.

— Vraiment ? » Sa surprise avait dû transparaître. « Je n'ai nullement essayé de détourner de toi leur…

— Ahiiii ! glapit Rione, ivre de fureur, en se rapprochant de nouveau de lui pour lui marteler la poitrine du poing. Cesse de jouer les imbéciles, John Geary ! Ils croient en toi. Parce que tu as conduit la flotte jusque-là et remporté de remarquables victoires en chemin ! Ils pensent que tu n'es pas un politicien et ils ont certainement raison. Mais tu as gagné leur confiance. » Elle désigna l'écran d'un index furieux. « Ne va pas les en remercier en les conduisant à Lakota !

— Enfer ! » Geary se laissa tomber sur le fauteuil le plus proche, brusquement pris de lassitude. « Crois-tu réellement que je ne m'efforce pas chaque minute d'agir de mon mieux pour ceux qui ont placé en moi leur confiance ? »

La fureur de Rione la quitta, la laissant pantoise ; elle fixait Geary avec une visible impuissance. « Que comptes-tu faire ?

— Convoquer une conférence stratégique. Pour voir comment ils réagiront à ma décision de gagner Lakota.

— Ils vont adorer. Exactement le genre de témérité dont serait capable Black Jack. » Rione s'effondra à son tour dans un fauteuil.

« Madame la coprésidente, auriez-vous déjà entendu parler d'un "complexe de Geary" ? » s'enquit-il au bout d'une minute de silence.

Rione releva la tête. « Oui. Voilà des années. Un collègue sénateur y a fait allusion la première fois devant moi à propos du capitaine Falco. Ça t'est finalement revenu aux oreilles ?

— Je me demande pourquoi tu ne m'as jamais accusé d'en être victime.

— On pouvait tout juste t'accuser de te prendre pour le capitaine John Geary.

— Il existe au moins un médecin de la flotte pour m'en soupçonner, répliqua-t-il sèchement. Je ne comprends pas. Tu es différente.

— Eh bien, je te remercie, râla-t-elle. Qu'est-ce que c'est censé signifier ?

— Entre autres que tu ne m'as pas mis une seule fois en garde contre le danger que représente Black Jack et ce qu'il adviendrait si je me prenais pour lui. »

Rione haussa les épaules. « Je l'ai déjà fait maintes et maintes fois et tu en sembles désormais conscient. Le répéter friserait probablement l'acharnement.

— Ça ne t'en a jamais empêchée jusque-là.

— Peut-être serait-il plutôt temps de te prévenir contre ton sens de l'humour mal placé, déclara-t-elle d'une voix mortellement froide. Essaies-tu de me dire quelque chose ?

— Oui. » Il la scruta avant de répondre. « Tu t'opposes fermement à mon idée de conduire la flotte à Lakota. Tu penses que je me fourvoie, que je m'efforce peut-être de me hisser à la hauteur de la réputation de Black Jack. Mais tu n'as pas explosé. Tu n'es pas sortie en trombe de la cabine et tu n'as pas non plus proféré de menaces à peine voilées sur ce qui risquait de m'arriver personnellement si je me mettais réellement à jouer les Black Jack. Pourquoi n'en as-tu rien fait ? »

Elle haussa les épaules et détourna les yeux. « Je m'efforce peut-être de me montrer imprévisible. Tu prévois que je vais réagir de telle ou telle manière et je le sais, de sorte que je prends le contre-pied. Encore qu'en l'occurrence ce soit loin d'être idiot.

— Tu ne manques pas d'humour non plus. » Geary lissa sa voix, en gommant soigneusement tout sarcasme. « Sérieusement ? Qu'est-ce qui a changé ? »

Rione ne répondit pas sur-le-champ. Elle finit par reporter le regard sur lui. « Pour parler carrément, j'ai déjà formulé de sinistres avertissements sur les décisions que tu songeais à prendre. J'étais chaque fois persuadée d'avoir raison et il s'est trouvé chaque fois que j'avais tort et que tu étais dans le vrai. Rien ne nous permet de dire où en serait cette flotte si tu m'avais écoutée, mais je vois mal comment elle pourrait être en meilleur état, ni comment l'ennemi aurait pu essuyer davantage de pertes.

— Tu me fais confiance ? » Sa stupeur n'était sans doute pas passée inaperçue.

Rione eut un sourire désabusé. « J'en ai peur. Je crois sincèrement qu'aller à Lakota serait une erreur. Je te l'ai déjà dit et je t'ai exposé mes raisons. Tu m'as écoutée. Oui. Je m'en suis aperçue. Maintenant, compte tenu de nos résultats passés à tous les deux, je ne pense pas avoir le droit de contrarier ton instinct. Il t'a trop souvent bien inspiré. » Elle s'interrompit pour chercher ses yeux. « Oui, je sais, tu te demandes s'il ne t'abuse pas sur mon compte. Tu ne sais pas exactement pourquoi je te suis revenue, ni même pourquoi j'ai choisi de partager ton lit la première fois. »

Il opina. « En effet.

— Et tu ne me poseras pas la question parce que tu ne crois pas pouvoir te fier à mes réponses. Ne le nie pas. Je te sens vaciller. Et je le mérite.

— Je n'ai jamais dit…

— Tu n'en as pas besoin. » Rione montra ses paumes. « Tu espères m'entendre dire que je t'aime ? Ça n'arrivera pas. Tu sais déjà à qui va mon cœur.

— Pourquoi, en ce cas ? Pourquoi couches-tu avec moi ?

— Les femmes te trouvent irrésistible. Tu l'ignorais ? » Elle éclata de rire. « Tu aurais dû voir la tête que tu as tirée. »

Il lui rendit son sourire, conscient qu'elle ne répondrait jamais à la question et qu'elle se contenterait de se payer de mots dont il ignorerait toujours s'ils étaient sincères. « Je vais encore y réfléchir.

— À Lakota ? Vraiment ? » L'hilarité de Rione se dissipa et elle hocha la tête. « Peut-être est-ce pour cela que je suis venue vers toi, John Geary. Et pourquoi je serai avec toi cette nuit.

— Que se passera-t-il quand nous aurons retrouvé l'espace de l'Alliance ? Du moins si nous y parvenons. Sortiras-tu de ce vaisseau à mon bras ? Passeras-tu encore tes nuits avec moi ? »

Elle le dévisagea longuement sans mot dire. « Tu demandes à une politicienne ce qu'elle compte faire à l'avenir ? Mais… oui. Est-ce que tu me crois ?

— Je n'en sais rien.

— Tant mieux. Je t'ai déjà beaucoup appris sur les hommes politiques. Tu en auras besoin à ton retour. » Elle se leva et tendit la main. « Viens. Allons manger un morceau. En public. Ensemble. Tâchons de montrer à cette flotte que son héros est un homme heureux. »

Geary se leva à son tour ; il se sentait toujours épuisé. « Je peux tenter de passer quelques heures pour un homme heureux, j'imagine.

— Tu te débrouilleras très bien. » Elle sourit encore, mais différemment cette fois. « Et, à notre retour ici, nous tâcherons de nous rendre mutuellement heureux l'espace de quelques instants. »

En dépit de toute l'excitation que suscitait cette promesse, Geary aurait bien aimé savoir ce que Rione pensait réellement sur le moment.

« Décider de notre ligne d'action n'a pas été une mince affaire », déclara Geary alors que les images des commandants de la flotte commençaient de s'amasser dans la salle de conférence. La tension évoquait une veillée d'armes. Ses adversaires les plus évidents, tels les capitaines Casia, Midea et Yin, étaient prêts à bondir dès sa première allusion à une conduite qu'ils ne jugeraient pas assez agressive.

Ses alliés, les capitaines Duellos, Tulev, Cresida et leurs homologues, semblaient en revanche tout aussi inquiets de le voir proposer une stratégie qui, destinée à contenter ses officiers, mettrait sérieusement la flotte en péril. Il leur avait parlé à tous en tête à tête pour s'efforcer de les persuader qu'il allait mûrement y réfléchir. Il espérait les avoir convaincus.

Près de lui, le capitaine Desjani en personne concentrait toute son attention sur ses adversaires comme si elle avait été son garde du corps. Plus loin, vers le milieu de la table, la présence virtuelle de la coprésidente Rione siégeait parmi les commandants de vaisseau de la République de Callas et de la Fédération du Rift. Elle avait préféré assister ainsi à la réunion plutôt que s'y présenter physiquement, pour prouver aux vaisseaux de sa propre république qu'elle leur était toujours aussi dévouée. Mais Geary ne pouvait pas s'empêcher de se demander ce qu'elle avait tenu sous le boisseau lors de leur dernière conversation, si elle le soutiendrait, garderait le silence ou émettrait une opinion contraire lorsque s'ouvrirait le débat.

L'hologramme des étoiles s'activa. « Vous savez déjà quelles options s'offrent à nous. Si séduisante que paraisse T'negu, un traquenard nous y attendra certainement…

— Nous avons jusque-là parcouru sans trop d'encombre un trajet en droite ligne vers l'espace de l'Alliance, le coupa Casia.

— Et établi ce faisant une piste que les Syndics peuvent suivre les yeux fermés, rétorqua Duellos. T'negu est le site idéal pour de vastes champs de mines.

— Exactement mon opinion, dit Geary en clouant Casia à son fauteuil d'un regard noir avant que ce dernier ne reprît la parole. Les autres étoiles accessibles présentent toutes des défauts variés, à divers degrés de danger. Après mûre réflexion et consultation de certains de vos collègues, j'ai décidé que notre destination la plus propice était Lakota. »

Le capitaine Midea s'apprêta à intervenir puis ravala ses paroles en comprenant enfin ce que Geary venait d'annoncer. « Lakota ?

— Oui. » Qu'elle ait ou non le don de surprendre les Syndics, sa décision aurait à tout le moins stupéfait Midea. Pensée réconfortante : les espions de ses adversaires n'avaient donc pas réussi à découvrir ses projets plus tôt. « Une flottille syndic y gardera à coup sûr le portail de l'hypernet. Mais les Syndics regarderont notre irruption dans ce système comme si improbable qu'elle sera certainement trop faible pour nous arrêter.

— Pourrons-nous utiliser ce portail ? s'enquit une voix haletante.

— Ce n'est pas exclu », répondit Geary sur un ton égal. Il ne pouvait pas les laisser s'illusionner. « Mais nous savons qu'ils sont prêts à détruire leurs portails pour nous en interdire l'accès, et la flottille de Lakota en aura sûrement reçu l'ordre. Avec beaucoup de chance, nous la surprendrons avant qu'elle soit en position pour atteindre avant elle le portail. Mais ce serait vraiment jouer de bonheur. S'ils entreprennent de le détruire... » Il laissa la phrase en suspens, permettant à ses commandants de raviver leurs souvenirs de l'effondrement de celui de Sancerre.

« Nous pourrions toujours le charger pour tenter de les en empêcher, argua Yin.

— Je ne parle qu'en mon nom personnel, déclara le commandant de l'*Audacieux*, mais j'aime autant ne plus jamais me trouver près d'un portail de l'hypernet sur le point de s'effondrer.

— Moi non plus, renchérit celui du *Diamant*. Si l'*Orion* veut s'en charger, je lui laisse allègrement ma place. »

Yin jeta un regard noir aux deux autres commandants, mais elle eut le bon sens de comprendre qu'elle ne réussirait qu'à se ridiculiser davantage en déclenchant une algarade.

« Combien de Syndics pourraient-ils nous attendre à Lakota ? demanda le commandant de l'*Écume de Guerre*. Nous leur avons passablement nui lors des dernières batailles et nous avons pulvérisé leurs vaisseaux en construction avec les chantiers navals de Sancerre. Si la petite bande qui nous attendait à Ixion peut servir de point de comparaison, ils doivent maintenant cruellement en manquer.

— Rappelez-vous les pertes sévères que nous avons subies nous-même dans leur système mère, répondit sombrement le capitaine Tulev. Chaque perte infligée depuis lors aux Syndics n'a fait que compenser l'une des nôtres. »

Un silence lugubre s'abattit sur la salle de conférence. Nul ne chercha à nier les propos de Tulev.

« Mais les spatiaux de ces vaisseaux détruits étaient tous de jeunes recrues, fit remarquer le capitaine Neeson de l'*Implacable*. Jamais on n'aurait dû les envoyer au casse-pipe.

— En effet, déclara Duellos. Le capitaine Geary et moi en avons débattu et nous pensons que les Syndics estimaient notre irruption à Ixion hautement improbable et qu'ils ont donc dépêché les équipages les mieux qualifiés vers d'autres systèmes stellaires.

— Ce qui signifie qu'ils manquent de vaisseaux, ergota Neeson.

— Oui, mais dans la seule mesure où ils s'efforcent de conserver leur supériorité numérique dans plus d'un système stellaire, puisqu'ils ne savent pas exactement où nous émergerons la prochaine fois, souligna Duellos. Ils ont de plus en plus de mal à atteindre cet objectif, assurément.

— Et, avec un peu de chance, la force qui nous attendra à Lakota en pâtira, ajouta Geary.

— En avez-vous parlé avec le sénateur Rione ? » s'enquit Midea.

Geary lui jeta un regard impavide, tout en se disant que cette femme ressemblait de plus en plus à un commandant en chef syndic. « Bien qu'elle appartienne au Sénat de l'Alliance, son titre exact est coprésidente de la République de Callas, capitaine Midea. Oui, j'en ai parlé avec elle.

— Donc c'est d'elle que vient l'idée d'aller à Lakota ? »

Des dos se raidirent tout autour de la table. Geary n'eut aucun mal à juger de l'ampleur de la réaction. Il savait aussi qu'on venait de tendre à Rione la perche idéale si elle décidait d'élever des objections contre son plan durant la conférence. « Comme je l'ai déjà déclaré, la coprésidente Rione ne prend aucune décision concernant les mouvements de cette flotte, affirma-t-il fermement.

— En ma qualité de sénateur de l'Alliance, je ne jouis d'aucune autorité sur cette flotte, capitaine Midea, déclara Rione d'une voix plate. Vous l'ignoriez ? »

Midea rougit. « Si la *coprésidente* Rione exerce une grande influence sur les décisions de son commandant, cela revient au même. »

Rione eut un mince sourire. « Je suis parfaitement disposée à jurer sur l'honneur de mes ancêtres que le capitaine Geary n'a que très rarement suivi mes conseils à cet égard.

— L'honneur d'une politicienne… » marmonna quelqu'un.

Quelques commandants de la République de Callas se rembrunirent. Mais pas tous. D'autres réagirent à ce camouflet par un léger sourire. La plupart restèrent impassibles.

Geary était conscient que ses propres sentiments n'étaient que par trop transparents. « Mon propre honneur suffira-t-il à satisfaire ceux qui doutent de l'affirmation de la coprésidente Rione ? » les défia-t-il. Rione n'avait pas profité de l'occasion pour exprimer ouvertement ses doutes et il en était à la fois soulagé et reconnaissant.

Seul le silence fit écho à ses paroles, jusqu'à ce que le capitaine Mosko intervienne maladroitement : « On s'attendait à vous voir la défendre, capitaine Geary. Compte tenu de votre relation. Mais c'est aussi la réaction d'un officier honorable.

— La coprésidente Rione ne donne pas d'ordres au capitaine Geary et, si elle s'y essayait, il ne l'écouterait pas, déclara Desjani d'une voix claire et dépourvue d'émotion. C'est ce que j'ai pu déduire de mon observation directe du capitaine Geary sur la passerelle de l'*Indomptable*. Je l'affirme sur mon honneur et je suis bien convaincue que nul ne s'imagine que j'entretiens avec la coprésidente Rione une relation qui m'obligerait à la défendre.

— Vous vous sentez pourtant contrainte de défendre le capitaine Geary », insinua le capitaine Midea, sur un ton laissant entendre que les devoirs de Desjani envers Geary n'étaient pas de nature purement professionnelle.

Desjani le foudroya du regard. « Capitaine Midea, je défendrais tout officier capable de vaincre l'ennemi, surtout s'il montrait autant de compétence que le capitaine Geary. C'est mon commandant, celui de cette flotte et un homme d'honneur. Ce sont les Syndics et ceux qui les aident mes ennemis. »

Cette fois, le silence recéla une tension encore plus palpable. Le capitaine Casia le rompit, mais en donnant l'impression de n'appuyer les propos déplacés de Midea qu'à contrecœur. « Discussions et débats entre les commandants sont tolérés au sein de cette flotte sans donner lieu pour autant à des accusations de haute trahison.

— Ai-je accusé quelqu'un de haute trahison ? »

Geary profita du silence embarrassé qui suivit pour reprendre la parole : « Discussions et débats ouverts sont effectivement tolérés, mais pas après qu'on a décidé d'une ligne d'action. Je sais que certains officiers disent tout bas ce qu'ils n'osent pas dire tout haut. Je l'ai déjà déclaré et je le répète : j'encourage les suggestions et les commentaires constructifs, mais, en tant que commandant de cette flotte, j'ai aussi le devoir et la responsabilité de prendre des décisions et de donner des ordres. »

Le capitaine Badaya opina. « C'est ce que nous avons appris à attendre de vous, déclara-t-il en jetant un regard de mépris à Casia. Si nous ne pouvions pas emprunter le portail de Lakota, quel serait notre prochain objectif ? »

Reconnaissant à Badaya de lui fournir une occasion de débattre de problèmes stratégiques plutôt que de relations personnelles réelles ou fantasmées, Geary montra l'hologramme : « Deux options favorables s'offrent à nous. Le choix de notre destination suivante dépendra avant tout de ce que nous trouverons à Lakota et de l'importance des combats qui en résulteront. » Il chercha du regard le capitaine Tyrosian et les autres commandants des auxiliaires assis tout au bout de la longue table virtuelle. « Grâce au remarquable travail de nos auxiliaires, nous avons pu reconstituer nos stocks de munitions et de cellules d'énergie à un niveau convenable, même s'il en manque encore environ un pour cent à chacun de nos vaisseaux. Mais, pour ce faire, nous avons dû épuiser la majeure partie des minerais que nous avions récupérés à ce jour. Il nous faudra donc en trouver davantage pour remplir les soutes de nos auxiliaires. L'urgence de cette opération sera fonction du nombre de cellules d'énergie que nous devrons griller à Lakota et de la quantité des munitions que nous devrons y dépenser.

— Nous perdons beaucoup de temps à protéger et réapprovisionner les auxiliaires, semble-t-il, grommela le commandant de l'*Aventureux*.

— Si nous nous en dispensions, vous seriez déjà dans un camp de travail syndic, fit remarquer Duellos d'une voix enjouée. Difficile de se battre sans énergie ni munitions. »

Le commandant de l'*Étançon* acquiesça d'un hochement de tête. « Mon vaisseau a subi de gros dommages à Daïquon. Les ingénieurs se sont crevé la paillasse pour nous aider à réparer. Mes gars et moi sommes ravis de continuer à les escorter jusqu'à ce que nous soyons à nouveau opérationnels. »

Un certain nombre d'officiers se retournèrent vers Yin et les commandants par intérim du *Majestic* et du *Guerrier*. On procédait actuellement à de lourdes réparations sur ces trois cuirassés et aucun d'eux n'avait défendu les auxiliaires.

« Nous leur sommes tout aussi reconnaissants, se hâta d'affirmer le capitaine de frégate Suram du *Guerrier*. Nous le serons peut-être à temps pour Lakota. »

Le commandant du *Revanche* sourit. « Sans vous la quatrième division n'est plus la même. » Son sourire s'évanouit. « Il nous reste toujours à venger le *Triomphe*. Nous serons bien contents de trouver le *Guerrier* à nos côtés pour nous aider à rendre aux Syndics la monnaie de leur pièce. »

Les dommages. Geary fixa le dessus de la table, la mine renfrognée, en cherchant à se rappeler le détail des avaries infligées à ses vaisseaux les plus endommagés. Le *Titan* avait réparé les siennes, causées par une mine, et le *Guerrier* était en bonne route, mais *Orion* et *Majestic* restaient tout juste capables d'avancer, tandis qu'un certain nombre d'unités plus légères s'employaient âprement à se remettre en état. Si seulement il pouvait s'affranchir de la traque des Syndics pendant deux mois, dans un système stellaire riche en ressources… et disposant d'un chantier naval… d'un gros… *Autant espérer tomber sur un portail de l'hypernet non surveillé par les Syndics. Nos chances sont à peu près aussi fortes.* « Nous les ferons encore payer, ajouta-t-il. La flotte ajustera sa trajectoire vers le point de saut pour Lakota. Nous y pénétrerons plus lentement qu'ici et, cette fois, dès notre émergence, nous négocierons un virage sur tribord pour éviter les champs de mines. Nous serons encore parés au combat, mais je ne m'attends pas à tomber sur une force d'interception aussi puissante qu'à Ixion.

— Quand les autorités syndics d'Ixion auront rendu compte de l'aisance avec laquelle nous avons balayé les défenseurs du point de saut de Daïquon, leur haut commandement ne répétera certainement pas la même erreur, fit observer Tulev.

— Sauf si nous avons de la chance, répondit Geary, faisant éclore quelques nouveaux sourires. D'autres questions ? Parfait. Nous nous reverrons à Lakota. »

Quatre silhouettes s'attardèrent cette fois avec Geary dans la salle de conférence après la disparition des autres officiers : Tanya Desjani, bien sûr, mais aussi Badaya, Duellos et Tyrosian.

Tyrosian jeta un regard étonné à ses deux collègues puis prit promptement la parole : « Je tenais seulement à vous remercier, capitaine Geary, de votre appréciation favorable du rôle que nous jouons dans la flotte. J'ai travaillé avec de nombreux amiraux qui voyaient surtout dans les auxiliaires les difficultés qu'ils créent. Ça fait un bien fou de travailler pour un homme conscient de notre utilité.

— Je m'estime heureux d'avoir le *Titan*, le *Sorcière*, le *Djinn* et le *Gobelin*, lui assura Geary. Ils sont pour moi d'une valeur inestimable. Et leurs spatiaux ont fait un travail fabuleux. Transmettez à ces vaisseaux, je vous prie. »

Tyrosian opina, salua hâtivement et disparut.

Le capitaine Badaya fixa Desjani en fronçant les sourcils. « Vous n'auriez pas dû tolérer ces sottises de la part d'une femme comme Midea. Elle a failli passer en cour martiale il y a trois ans pour comportement déplacé envers son second et, aujourd'hui, elle insinue publiquement que vous vous conduisez mal. »

Desjani fit la grimace. « Ce que disent des gens comme elle m'indiffère.

— Si Midea était relevée de son commandement, la flotte ne s'en porterait que mieux, poursuivit Badaya. Elle a toujours eu tendance à agir impulsivement, sans réfléchir, sauf quand elle est soumise à une forte autorité. Sa révocation ne soulèverait guère d'objections, capitaine Geary. Elle n'a pas très bonne réputation. Le capitaine Casia non plus, d'ailleurs.

— Ni le capitaine Numos, signala Duellos. Mais beaucoup l'écoutent.

— En effet, admit Badaya. Cela dit, leur nombre ne s'accroît guère. Je ne suis pas le commandant de la flotte et je n'ai pas la prétention de lui dicter ce qu'il doit faire, mais je tenais à lui dire qu'il n'a pas à tolérer les absurdités de Midea. Et aussi à exprimer mes regrets au capitaine Desjani... Par ailleurs, j'imagine, il y a pire que d'être regardée comme l'élue du capitaine Geary. »

Desjani piqua un fard; cette dernière déclaration ne lui plaisait visiblement pas, mais Badaya n'eut pas l'air de s'en apercevoir. « Merci, capitaine Badaya », répondit-elle fraîchement.

Badaya sourit, salua roidement et disparut à son tour.

Desjani secoua la tête puis poussa un gros soupir. « Je ne devrais sans doute pas rester seule avec vous, capitaine, déclara-t-elle d'une voix empreinte de fureur et d'exaspération. Je vais donc prendre congé avant le capitaine Duellos. »

Celui-ci fit un pas en avant. « Ceux qui vous connaissent ne prêtent aucune attention à ces racontars, Tanya. »

Elle hocha la tête. « Je vous remercie. Mais je me soucie encore de ce que pensent ceux qui ne me connaissent pas. » Desjani salua et sortit précipitamment.

Les dents serrées, Geary jeta un regard dans sa direction. « Elle ne mérite pas ça.

— Non, reconnut Duellos. Mais, contrairement à ce que croit le capitaine Badaya, vous débarrasser de Midea n'améliorerait pas la situation. Le bruit se répandrait que vous avez voulu la faire taire.

— Vous avez sans doute raison. Ce qu'a dit Badaya, comme quoi il fallait lui tenir la bride haute... Est-ce que ça correspond à votre propre impression ? »

Duellos opina. « Ironique, n'est-ce pas ? Le capitaine Numos, dont les compétences d'officier n'impressionnent pas grand monde, a si bien réussi à la contrôler que son irréflexion et son imprudence sont passées inaperçues tant qu'il a commandé la division des cuirassés.

— Ironique, en effet. Je n'aurais jamais cru trouver un jour à Numos des aptitudes au commandement. » Geary exhala pesamment et se retourna vers la place où s'était assise Desjani. « Comment faire taire ces rumeurs ? Continuer à traiter Desjani en officier et en camarade reste la seule méthode qui me vienne à l'esprit. Je vois mal que faire d'autre.

— Il me semble. Mais en approuvant si maladroitement l'idée qu'elle puisse être votre compagne, Badaya n'a rien arrangé. Aux yeux de beaucoup, même s'il n'en a rien dit, une telle liaison serait de loin préférable à celle qui vous unit à une politicienne.

— La personnalité de ma maîtresse ne regarde que moi ! Du moins tant que je me conduis honorablement et que je n'enfreins pas le règlement, ajouta Geary.

— Je ne le nie pas. Mais vous n'êtes pas n'importe quel commandant et l'on ne se fie pas aux politiques, même aussi intègres que la coprésidente Rione. Les gens comme Badaya s'imaginent certainement que vous voir quitter Rione pour Desjani serait la meilleure issue possible : deux officiers de la flotte à la tête de l'Alliance. » Duellos marqua une pause puis reprit : « Le feriez-vous ?

— Quoi ? » Geary fixa Duellos. « Comment pouvez-vous me poser cette question ? Je vous ai dit que je refusais de traiter Desjani de la sorte. »

Un coin de la bouche de Duellos se retroussa pour dessiner un sourire de dérision. « Pardonnez-moi. Je l'ai admis. Mais je faisais plutôt allusion à cette proposition que Badaya vous a faite récemment.

— Oh ! » La colère de Geary s'apaisa et il secoua la tête. « Non. Je ne l'ai pas acceptée et je ne l'accepterai jamais. Je le lui ai dit. Combien de personnes sont-elles au courant ?

— Sans doute tous les commandants de la flotte. » Duellos regarda Geary droit dans les yeux. « Content que vous fassiez preuve d'une telle fermeté à cet égard. J'ai mes défauts, dont mon lot personnel d'irritation contre nos dirigeants politiques, mais je prends mon serment de fidélité à l'Alliance très au sérieux. Je n'aurais pas pu vous soutenir dans cette aventure. Je me serais senti obligé de m'y opposer. »

Geary se contenta d'opiner, tout en se disant que Duellos resterait forcément loyal au gouvernement. « Badaya a-t-il raison ? La majorité des officiers de la flotte me suivraient-ils dans cette voie ? J'espère que vous allez me répondre par la négative.

— Hélas, ça m'est impossible. Les deux tiers accepteraient vraisemblablement votre dictature, mais pour des raisons chaque fois différentes. » Duellos détourna un instant les yeux. « Et certains de ceux qui s'y opposeraient seraient déposés par leur équipage au profit d'un homme que vous leur préféreriez, quel qu'il fût. »

Geary se massa le front à deux mains et s'efforça de réfléchir. « Je ne poserais même pas la question au colonel Carabali, de crainte qu'elle ne s'imagine que je la sonde.

— Les fusiliers spatiaux ? » Duellos plissa le front, concentré. « Bon, voilà un joker. Certes, ils vous sont très loyaux, mais leur fidélité à l'Alliance reste légendaire. » Il haussa les épaules. « Peu importe au demeurant. Si les spatiaux vous suivaient, les fusiliers ne seraient pas assez nombreux pour les mater.

— J'ai du mal à croire que je suis en train de parler de ça. » Geary secoua la tête et entreprit d'arpenter lentement la salle, d'une cloison à l'autre. Il allait devoir tenir bon, tant en son for intérieur qu'en apparence. « Je n'accepterai pas l'offre de Badaya. »

Duellos sourit. « Parfait. Je ne vous en prête pas l'intention, d'ailleurs, mais l'enjeu est si élevé que se l'entendre confirmer de vive voix est rassurant. Je n'aimerais pas vous avoir comme adversaire.

— Nous sommes donc au moins deux à le penser, répondit Geary en souriant à son tour. Nous serons toujours du même bord, me semble-t-il.

— Tanya Desjani vous suivrait, elle. Elle serait déchirée mais vous resterait loyale.

— Pourquoi me dites-vous cela ?

— Parce que je ne pense pas que vous lui ayez jamais demandé de rompre son serment, ce qu'elle refuserait de faire en toute autre circonstance. Mais elle se plierait à vos ordres. Je tenais à ce que vous le sachiez.

— Merci. » Cela dit, Geary ne savait pas trop pourquoi Duellos tenait tant à l'en informer. « Quel effet vous fait le choix de Lakota ? Toujours inquiet ? »

Duellos eut un autre petit sourire. « Pas vous ? C'est un gros risque, mais je crois qu'il faut le prendre. Il en serait de même partout. Si intelligemment que nous prenions les devants, la chance tournera tôt ou tard et la flotte aura de sérieux ennuis. Autant mourir en guerriers touchant les étoiles qu'en petites souris terrées dans le noir.

— Même si les Syndics nous y attendaient en très grand nombre, ça ne signifierait pas forcément la fin de cette flotte.

— Espérons-le. Mais, si c'est le cas, vous nous aurez au moins aidés à survivre, contre tout espoir après cette débâcle dans leur système mère. Si nous emportons assez d'ennemis dans la tombe, il restera encore une chance à l'Alliance. » Duellos salua. « Nous nous reverrons à Lakota. »

« On a de la compagnie, capitaine. »

Au son de la voix de Desjani, Geary se réveilla en sursaut dans sa cabine plongée dans le noir, et il frappa son panneau de commande pour prendre réception du message. « Combien ?

— Huit gros vaisseaux syndics viennent d'émerger à Ixion par le point de saut de Dansik : quatre cuirassés et quatre croiseurs de combat, escortés de six croiseurs lourds et de l'assortiment conventionnel de croiseurs légers et d'avisos. Ils sont à environ deux heures-lumière sur notre flanc tribord et se déplaçaient à 0,1 *c* voilà deux heures.

— Ils ont sans doute infléchi depuis leur trajectoire. Vers nous.

— Oui, capitaine. La voici. Nous commençons à les voir pivoter. Je ne crois pas qu'ils tenteront une interception. Nous atteindrons le point de saut de Lakota dans quatre heures et dix minutes.

— Non », convint-il. Il leur faudrait vingt heures à 0,1 *c* pour couvrir cette distance. Et, dans la mesure où ils arrivaient sur la flotte de l'Alliance selon un certain angle pendant qu'elle continuait de progresser, le trajet sera encore plus long. « Ils nous fileront jusqu'au point de saut pour lequel nous opterons et sauteront après nous. » L'ennemi était repéré, mais on ne pouvait rigoureusement rien y faire. Détourner la flotte pour l'intercepter serait plus que futile puisque les nouveaux venus se borneraient à éviter l'affrontement en attendant des renforts. « Merci pour l'information. Poursuivez vers le point de saut pour Lakota.

— Oui, capitaine. »

Geary se rallongea. Il avait mauvaise conscience. Desjani surveillait la situation et observait l'ennemi de la passerelle pendant que lui restait couché dans sa cabine. Bon, bien sûr, il n'en aurait guère fait davantage là-haut, mais il ne se sentait pas moins mal à l'aise.

La main de Rione rampa lentement sur sa poitrine. « Ils vont nous suivre à Lakota ? lui murmura-t-elle à l'oreille.

— Ouais. Pardon de t'avoir réveillée.

— Pas grave. Tu auras probablement du mal à te rendormir. » Sa main glissa plus bas. « Il serait stupide de gâcher ce réveil, n'est-ce pas ? »

L'annonce de l'irruption d'autres vaisseaux syndics dans le système stellaire ne semblait pas l'avoir perturbée. À moins qu'elle ne s'inquiétât encore de ce qui les attendait à Lakota et tînt sincèrement à ne pas gaspiller cette dernière occasion d'une étreinte.

Au bout de quelques instants, il cessa de se soucier de ses mobiles.

Assis sur la passerelle de l'*Indomptable*, Geary fixait l'hologramme de sa flotte. Il l'avait disposée selon une ancienne formation, connue sous la désignation d'Écho Cinq et composée de cinq sous-formations semblables à des pièces de monnaie légèrement concaves. Chaque disque regardait vers l'avant. Écho Cinq Un, construite autour des vestiges de la cinquième division de croiseurs de combat du capitaine Cresida renforcés de la septième, formait l'avant-garde. Soit cinq vaisseaux au total pour deux divisions. Déprimant, quand il se risquait à y réfléchir. Mais, avec son escorte de croiseurs lourds, de croiseurs légers et de destroyers, cette avant-garde n'en disposait pas moins d'une aptitude convenable au combat.

Écho Cinq Deux et Trois en constituaient les flancs. Cinq Deux se composait des huit croiseurs de combat des première et deuxième divisions, auxquels s'ajoutaient un grand nombre d'unités légères, et Cinq Trois des huit cuirassés des deuxième et cinquième divisions ainsi que d'une escorte de vaisseaux plus légers. Cinq Cinq abritait les quatre auxiliaires et les bâtiments endommagés, dont le *Guerrier,* l'*Orion* et le *Majestic,* plus l'*Infatigable,* le *Rebelle* et l'*Audacieux* de la septième division de cuirassés.

Les cinq croiseurs de combat rescapés, dont l'*Indomptable,* les treize autres cuirassés et les deux cuirassés de reconnaissance formaient, avec Cinq Quatre et les autres croiseurs lourds, croiseurs légers et destroyers qui l'accompagnaient, le noyau dur du corps principal. L'un dans l'autre, la flotte de l'Alliance aurait dû se montrer capable d'affronter tout ce qu'elle rencontrerait en émergeant du point de saut à Lakota.

« À toutes les unités. Ralentissez à 0,04 *c*, ordonna le capitaine Desjani. Apprêtez-vous à sauter. »

Geary opina lentement du chef, tout en espérant qu'il ne commettait pas finalement l'erreur qu'il redoutait depuis qu'il avait pris le commandement. « À toutes les unités. Préparez-vous à combattre en émergeant du point de saut. Sautez ! »

HUIT

Encore cinq jours et demi avant Lakota. Cinq jours et demi à scruter la grisaille infinie et le néant de l'espace du saut.

« Tu vas bien ? lui demanda Rione.

— Je m'inquiète », répondit Geary sans quitter l'écran des yeux.

Elle s'assit à côté de lui et l'imita. « Alors… raconte-moi. Comment était l'espace du saut, à la lueur de ses lumières ?

— Très drôle.

— Je ne plaisante pas vraiment, tu sais. » Rione inspira profondément. « Tu te rappelles quelque chose ? »

Il la regarda. « De l'hibernation, tu veux dire ?

— Oui. Un sommeil d'un siècle. Peu de gens sont restés aussi longtemps en animation suspendue et revenus ensuite à la vie. Un seul à ma connaissance, en fait.

— Quel veinard je fais. » Geary rumina la question. « Sincèrement, je n'en sais rien. Il me semble parfois me souvenir de rêves, mais ils pourraient être antérieurs à la bataille de Grendel. J'ai sauté dans le module de survie au moment où mon vaisseau allait exploser, sans prendre le temps de réfléchir au combat ni à la suite, et, quand les médecins de la flotte m'ont réveillé, il m'a semblé n'avoir dormi que quelques instants. Au début, je n'ai pas voulu les croire. J'ai cru à une ruse des Syndics. Pas moyen de me persuader que tous les gens que je connaissais étaient morts, que ce que j'avais vécu n'était qu'un souvenir vieux d'un siècle.

— Et tu t'es aperçu qu'entre-temps tu étais devenu Black Jack Geary, le mythique héros de l'Alliance, ajouta-t-elle à voix basse.

— Ouais. Ce qui m'a sauvé, c'est l'obligation de reprendre le commandement de cette flotte, en me forçant à sortir de ma coquille. » Il se souvint de la glace qui l'avait envahi, du froid qui menaçait d'élever un mur entre le monde et lui. « Sans cette unique planche de salut… » Il secoua la tête.

« Quelle chance tu as, fit-elle remarquer.

— Et toi ? Tu as de la chance ?

— Moi ? » Rione soupira. « Je me demande si mon mari ne serait pas une de ces lumières… ce que pensent de moi mes ancêtres… ce que nous réserve Lakota et ce qu'il adviendra de l'Alliance. Vivre à une telle époque et devoir affronter tous ces problèmes, tu trouves que c'est avoir de la chance, toi ?

— Plutôt de la *mal*chance.

— Oui. Assurément. »

Au moins y avait-il toujours de la paperasse à remplir pour tuer le temps et le distraire de ses inquiétudes. Les textes effectivement imprimés étaient si rares, au demeurant, qu'il se demandait d'où venait ce mot de « paperasse ». Il parcourut un message du *Furieux* en fronçant les sourcils. Les documents administratifs concernant les transferts de routine du personnel de vaisseau à vaisseau n'étaient pas censés lui être adressés personnellement, même sous la forme de copies d'information. Si ça commençait, il ne tarderait pas à crouler sous les dossiers.

Puis il lut le nom inscrit sur l'envoi et appela le capitaine Desjani. « Je viens de recevoir une demande de transfert du *Furieux* et…

— Oui, capitaine. Je descends immédiatement vous en parler. »

Geary attendit l'arrivée de Desjani en se demandant ce qui pouvait bien encore se passer. Il lui fit signe de prendre un siège, où elle s'assit au garde-à-vous comme à son habitude. Depuis que la rumeur de leur liaison avait commencé de se répandre, il ne l'exhortait plus à se relaxer. Cette demande de transfert aurait-elle un rapport avec ces bruits ? « Ceci est l'ordre de transférer le lieutenant Casell Riva du *Furieux* au *Bras de force.* »

Desjani hocha la tête mais son expression ne s'altéra pas. « Sans doute un croiseur lourd lui conviendrait-il mieux, mais les besoins de la flotte restent prioritaires dans tous les cas.

— Je vois. » *Faux. Je ne vois strictement rien.* « Vous étiez au courant ?

— Le capitaine Cresida m'avait informée de son projet de transférer le lieutenant Riva, capitaine.

— Et vous n'y voyez aucune objection ?

— Je ne peux pas me préoccuper du sort des officiers des autres vaisseaux, capitaine. »

Geary s'efforça de ne pas montrer sa surprise. « Ce serait vrai en temps ordinaire. Je ne devrais pas m'en soucier non plus, sauf que, aux dernières nouvelles, vous espériez renouer avec le lieutenant Riva. » Depuis quand n'avait-il pas parlé de cela avec Desjani ? Il n'aurait su le dire. Tout ce temps consacré à sa relation avec Rione et à ses retombées affectives, sans rien dire des bruits qui couraient sur sa liaison avec Desjani. Il y avait bien trop longtemps, de toute évidence, qu'il ne s'était pas intéressé à la vie de celle-ci.

Desjani haussa les épaules. « La coprésidente Rione et moi avons certaines choses en commun, capitaine. »

Geary en conçut un grand étonnement.

Desjani avait dû le lire sur son visage. « Certains fantômes du passé, qui remuent d'anciennes émotions et laissent des blessures dans leur sillage, précisa-t-elle.

— Je ne comprends pas. Il me semblait que le lieutenant Riva et vous… »

Elle secoua la tête. « Le lieutenant Riva s'est pris d'un intérêt marqué pour un officier du *Furieux* et il a préféré agir en conséquence…

— Mais c'est…

— Oui, capitaine. Le capitaine Cresida l'a tancé vertement pour cette infraction à l'ordre et la discipline. C'est ainsi que je l'ai appris. Le lieutenant Riva n'avait pas jugé indispensable de m'informer de ce revirement. »

Manifestement, le lieutenant Riva n'était plus « Casell » pour Desjani, et Geary ne pouvait guère l'en blâmer. *Enfer ! Et c'est moi qui lui ai conseillé de transférer Riva à bord du* Furieux. « Désolé. »

Elle haussa de nouveau les épaules, comme indifférente. « C'est lui qui y perd, capitaine.

— Foutrement exact.

— Mais aussi très étrange, poursuivit Desjani en fixant un point derrière Geary. J'ai eu parfois l'impression que le lieutenant Riva avait passé tout son temps d'internement en hibernation. Il était resté le même, sa vie et sa carrière en suspens, comme figées là où elles s'étaient arrêtées lors de sa capture, exactement comme il était lui-même physiquement interné dans le camp de travail syndic. Hormis son âge, tout en lui restait identique à mon souvenir. » Elle s'interrompit pour réfléchir. « Dès qu'il a surmonté le choc de sa libération et celui de me retrouver en vie, mon propre changement a paru le perturber. Je n'étais plus le lieutenant qu'il avait connu et dont il avait gardé le souvenir durant sa captivité.

— S'il a pensé tout ce temps à vous, je m'étonne qu'il ne vous soit pas resté fidèle ensuite. »

Desjani eut un sourire sans joie. « Je n'ai pas dit qu'il était resté fidèle à mon souvenir, capitaine. Il y avait de nombreuses femmes dans ce camp. Le lieutenant Riva s'est autorisé de brèves aventures. Il me l'a avoué et je ne les lui ai pas reprochées, mais j'aurais dû me demander pourquoi toutes avaient été si éphémères.

— Vous le croyez jaloux ? s'enquit Geary. De vous, de votre grade de capitaine, du fait que vous commandez à votre propre vaisseau ?

— J'ai ressenti quelque chose de cet ordre. Constater que tant d'officiers plus jeunes étaient d'un grade supérieur au sien le rendait aigri. Je lui ai affirmé qu'il serait sans doute promu rapidement, mais il donnait l'impression d'y aspirer dans l'immédiat, de s'attendre à bénéficier d'une "accélération", en quelque sorte, qui lui permettrait de regagner le temps perdu, de rattraper le retard qu'il avait pris sur le monde pendant son absence. » La bouche de Desjani se tordit. « L'officier du *Furieux* dont il s'est épris est un enseigne. Elle a tout juste la moitié de son âge.

— C'est souvent une méthode inélégante pour doper un amour-propre masculin, fit remarquer Geary. Bref, vous ne m'en voyez pas moins navré. »

Cette fois, Desjani sourit légèrement. « Je crois mériter mieux que lui, capitaine.

— Sans aucun doute. Merci, Tanya. Pardonnez-moi de vous avoir ennuyée avec cette affaire.

— J'apprécie l'intérêt que vous me portez, capitaine. » Le sourire de Desjani se fit contrit. « J'aurais dû me douter qu'il n'y avait pas place dans ma vie pour une liaison. J'en entretiens déjà une à plein temps avec un garçon nommé l'*Indomptable*, qui réclame toute mon attention.

— Je connais bien cette impression, lui affirma-t-il. Le commandement ne laisse guère de temps à une vie personnelle. Mais vous êtes un excellent commandant.

— Merci, capitaine. » Desjani se leva, tourna les talons pour sortir et pivota de nouveau sur elle-même. « Puis-je vous poser une question indiscrète, capitaine ?

— Vous en avez gagné le droit, fit observer Geary. Nous venons de parler de votre vie privée. Laquelle ?

— Comment est-ce que ça se passe entre vous et la coprésidente Rione ? »

Ne sachant trop quelle expression il devait afficher, Geary se résigna à sourire, non sans légèrement froncer les sourcils. « Bien, me semble-t-il.

— Je… Ça m'a un peu étonnée, capitaine. Je ne m'attendais pas à ce qu'elle vous revînt. »

Il hocha la tête. « Moi non plus. »

Desjani hésita. « Vous tenez beaucoup à elle, capitaine ?

— Il me semble. » Il eut un bref éclat de rire. « Bon sang, je n'en sais rien. Je crois.

— Et elle ? Vous aime-t-elle ?

— Je n'en suis pas sûr. » S'il existait une personne à qui il pouvait s'en ouvrir, c'était assurément Desjani. « Je n'en sais rien. Elle ne donne guère d'indices sur ce qu'elle ressent.

— Elle l'a fait une fois, capitaine, déclara tranquillement Desjani. Je ne saurais dire ce que la coprésidente Rione ressent actuellement, mais apprendre que son époux était peut-être encore en vie ne l'aurait pas aussi durement frappée si elle n'avait pas éprouvé un sentiment pour vous, me semble-t-il. Ce n'est que mon opinion personnelle, bien sûr. »

Geary n'y avait pas songé. « Merci de me l'avoir fait comprendre. Je ne peux pas toujours… euh…

— Savoir si elle est sincère ? » s'enquit Desjani avec un petit sourire.

Geary le lui retourna. « Ouais. Rione est une politicienne, mais je le savais dès le départ.

— Certains sont pires que d'autres. Il doit donc y en avoir aussi de meilleurs. Et il y a sûrement pire métier.

— Vraiment ? Oui, bien sûr. Les avocats, par exemple ?

— Oui, capitaine, acquiesça-t-elle. Ou les agents littéraires. J'aurais pu en devenir un.

— Vous voulez rire ? » Geary scruta le capitaine de l'*Indomptable* en tentant de se l'imaginer derrière un bureau, quelque part à la surface d'une planète, en train de lire ou de vendre des récits d'aventure au lieu de les vivre.

« Mon oncle m'a proposé un poste dans son agence avant que je ne m'engage dans la flotte, expliqua Desjani. Mais, tout le reste mis à part, l'accepter m'aurait contrainte à travailler avec des auteurs, et vous savez comment ils sont.

— J'ai entendu des histoires à ce propos. » Geary ne put réprimer un sourire. « Celle que vous venez de me conter est-elle vraie ? »

Desjani lui retourna son sourire. « Peut-être, capitaine. »

Elle sortit, mais Geary resta un bon moment assis à fixer l'écoutille fermée. C'était agréable de pouvoir se détendre un moment en compagnie de Desjani. Elle partageait avec lui certaines expériences, nées parfois de leur carrière différente dans une flotte qui, à un siècle d'écart, n'en avait pas moins de nombreux éléments identiques, communs à tous les marins et officiers depuis les débuts de l'espèce humaine, et d'autres dues au temps qu'ils avaient passé ensemble à bord de ce bâtiment, à supporter la pression du commandement ou à combattre côte à côte. Parler avec Desjani lui était facile, se rendit-il compte.

Je me demande ce qui serait arrivé si elle n'avait pas été sous mes ordres à bord de ce vaisseau, si le devoir et l'honneur ne nous avaient pas interdit…

N'y songe même pas. Garde-toi de seulement l'envisager. Ça ne s'est pas passé ainsi et ça ne pourra jamais se produire.

Il se réveilla, conscient qu'il était minuit passé de peu sur le vaisseau. Si tout se passait bien, la flotte arriverait à Lakota à une heure raisonnable, quand tous auraient profité d'une bonne nuit de sommeil et d'un petit-déjeuner détendu. Si du moins l'on peut dormir paisiblement la veille de l'irruption dans un système stellaire hostile abritant un nombre inconnu de vaisseaux ennemis, et garder son petit-déjeuner quand on a les nerfs en pelote et l'estomac noué à la perspective d'un combat imminent. Néanmoins, ce serait sympa de pouvoir en jouir.

Mais, bien que l'humanité eût découvert le moyen d'enfreindre quelques lois universelles dans certaines circonstances (par exemple voyager plus vite que la lumière en sautant d'étoile en étoile), les méthodes permettant de les contourner avaient leurs règles propres. Le transit d'Ixion à Lakota par l'espace du saut exigeait un certain temps. Ni plus ni moins. La flotte de l'Alliance resurgirait dans l'espace conventionnel au point de saut de Lakota à quatre heures du matin environ, compte tenu du découpage de la journée en jour et en nuit, maintenu à bord des vaisseaux afin de ne pas perturber les biorythmes humains.

Quatre heures, donc. Soit un bien long laps de temps à tuer aux côtés de Victoria Rione qui, quant à elle, semblait dormir paisiblement. Phénomène assez inhabituel en soi pour que Geary se refusât à perturber son sommeil. Quels que fussent les pensées et les sentiments qui agitaient Rione ces temps-ci, ils la tourmentaient assez pour sauter aux yeux de quiconque partageait sa couche.

Il sortit précautionneusement du lit, s'habilla en silence et sortit, non sans s'être arrêté devant l'entrée pour lui jeter un dernier regard avant de refermer l'écoutille. « On se verra sur la passerelle ! lui lança-t-elle d'une voix pleinement éveillée.

— D'accord. » Enfer ! Il n'était pas capable de dire quand elle dormait réellement. Ni même de comprendre pourquoi elle avait feint le sommeil jusqu'à son départ pour lui apprendre à la dernière seconde qu'elle l'avait dupé.

Le capitaine Desjani, elle aussi pleinement réveillée et assise dans son fauteuil de commandement sur la passerelle, s'employait à préparer son bâtiment au combat. Elle lui décocha un regard plein d'assurance. « Vous arrivez un peu tôt, capitaine.

— Difficile de trouver le repos. » Il consacra quelques instants à consulter les relevés sur l'état de la flotte qu'il étudiait déjà depuis des jours, puis se releva. « Je vais faire un tour dans le vaisseau. »

Comme il l'avait prévu, tout l'équipage semblait sur le pied de guerre. Même ceux dont le quart s'arrêtait à minuit étaient restés debout, fébriles, pour se mélanger à leurs collègues au mess ou à leur poste. Geary afficha un masque qu'il espérait serein et confiant, puis se mêla à son tour à la foule, échangea des salutations et quelques mots à bâtons rompus, à propos de la planète natale de quelques spatiaux ou de leur victoire assurée dans le système de Lakota. Quand la conversation bifurquait vers le retour de la flotte dans l'espace de l'Alliance, il s'efforçait de se montrer honnête : il ignorait dans quel délai ils rentreraient chez eux mais faisait tout ce qui était en son pouvoir pour y parvenir.

Et ils lui faisaient confiance. Le croyaient. Remettaient leur vie entre ses mains. Restaient sincèrement persuadés qu'il allait sauver l'Alliance, ce qui n'avait pas le même sens pour tous.

Cherchant à savoir si tous étaient déçus par leurs dirigeants et leur reprochaient de ne rien faire pour mettre fin à cette guerre interminable, il prêta une plus grande attention à la manière dont les hommes d'équipage parlaient de leur patrie et de l'Alliance. Sans doute était-il maintenant plus sensibilisé à ce sujet, mais il lui sembla entendre davantage de propos dans ce sens qu'il n'en avait eu conscience jusque-là. *Comme l'a dit Rione l'autre jour, ce n'est pas tant ce qu'on dit qui importe, mais plutôt ce que les gens souhaitent entendre. Je n'avais pas assez prêté l'oreille.*

Pas étonnant qu'ils aient si favorablement accueilli le retour « miraculeux » de Black Jack Geary. Ils n'attendaient pas seulement un chef de guerre, mais encore un dirigeant pour l'Alliance. Assistez-moi, ô mes ancêtres !

Il regagna la passerelle avec une heure d'avance environ et y trouva Rione installée dans le fauteuil de l'observateur ; Desjani et elle affectaient mutuellement la plus grande courtoisie.

Le seul moyen de passer le temps restait d'activer l'hologramme des systèmes stellaires locaux pour tenter de décider de la prochaine destination de la flotte au cas où elle ne réussirait pas à emprunter le portail de l'hypernet de Lakota, issue très improbable au demeurant. Comme d'habitude, l'absence de renseignements sur les systèmes environnants couvrait tout l'éventail de la frustration, de l'agacement à l'exaspération. Brandevin donnait l'impression d'une étoile relativement sûre, mais l'occupation humaine y semblait restreinte et ses installations minières abandonnées plusieurs décennies avant les rapports dont il disposait… à moins que les Syndics ne fussent toujours là pour leur compliquer encore la tâche de recueillir les minerais bruts des auxiliaires ? En outre, gagner Brandevin permettrait à la flotte de progresser un peu plus vers l'espace de l'Alliance. Ses points de saut étaient-ils minés ? Les forces d'interception syndics déjà sur place ?

Parmi les autres choix possibles, restait encore T'negu, accessible depuis Lakota comme depuis Ixion. Son point de saut serait-il miné et surveillé ? La flotte de l'Alliance n'était pas censée gagner ce système depuis Lakota. Celui de Seruta, ignoré par l'hypernet et doté d'une unique planète habitée, monde aride dont la population se chiffrait malgré tout en dizaines de millions et hébergeant un éparpillement d'installations extraplanétaires, ne lui plaisait que moyennement. Il ne présentait aucune menace particulière mais éloignait de nouveau la flotte de l'espace de l'Alliance. Et bien entendu Ixion, d'où ils venaient.

Pas franchement séduisant, mais déjà mieux que tout autre système où il aurait pu conduire la flotte.

« Cinq minutes avant émergence », annonça une vigie, le tirant en sursaut de ses réflexions.

Desjani tapota une touche de l'intercom. « Tout le monde se prépare au combat. Rappelez-vous que le capitaine Geary nous regarde. »

Celui-ci réprima une grimace puis, sur un coup de tête, se tourna vers Rione pour voir sa réaction. Elle lui rendit son regard, le visage indéchiffrable. Mais la nervosité se lisait dans ses yeux.

« Une minute avant émergence. »

Geary s'efforça d'apaiser sa respiration en se concentrant sur l'hologramme qui, suspendu devant lui, affichait à présent Lakota, ainsi que les renseignements des vieilles archives sur cette étoile et la présence syndic dans le système. Dans quelques instants, quand la flotte émergerait dans l'espace conventionnel et que ses senseurs scanneraient des informations ignorées de ces archives, l'écran procéderait à une frénétique mise à jour des données.

« Attention ! Émergence ! »

La grisaille vira au noir profond puis, l'*Indomptable* venant de négocier le virage serré préprogrammé par les systèmes de manœuvre, Geary se sentit plaqué de côté. Tout autour du vaisseau amiral, les autres bâtiments du corps principal l'imitaient. Plus haut, l'avant-garde l'avait déjà largement entamé et les sous-formations qui le flanquaient épousaient le mouvement. Quelques instants plus tard, l'arrière-garde émergeait à son tour du point de saut et virait elle aussi sur bâbord.

« Où sont les mines ? » s'enquit Desjani avant de sourire avec morosité : les balises d'avertissement commençaient de surgir l'une après l'autre sur les écrans. Un champ de mines compact flottait effectivement le long de la trajectoire d'émergence en ligne droite. La flotte avait pivoté de telle manière que ses formations en disque se déplaçaient comme autant de pièces de monnaie parallèles dont la tranche roulerait sur un plan lisse. Le champ de mines dérivait maintenant par tribord, inoffensif.

Arrachant le regard à la menace la plus immédiate, Geary fouilla l'espace des yeux en quête de vaisseaux ennemis. Aucun à la sortie du point de saut, aucun à proximité. Il chercha plus loin, incrédule, sidéré par l'absence d'une force d'interception, jusqu'à ce que son regard avise le portail de l'hypernet.

La flottille syndic prévue les y attendait bel et bien ; elle croisait juste devant, épousant probablement la trajectoire immuable d'une patrouille. « La formation syndic Alpha se compose de six cuirassés, de quatre croiseurs de combat, de neuf croiseurs lourds, de treize croiseurs légers et de vingt avisos, annonça la vigie des systèmes de combat en même temps que les écrans l'affichaient.

— On les tient, jubila Desjani. On peut les affronter haut la main. » Elle adressa à Geary le sourire féroce d'un coéquipier persuadé que l'ennemi a commis une erreur fatale et que la victoire est assurée.

Geary tenta de se détendre en scrutant les écrans à la recherche d'autres vaisseaux ennemis. Mais, à l'exception de deux avisos qui piquaient sur la planète habitée à cinq heures-lumière de la flotte, tous semblaient rassemblés dans cette flottille rôdant près de la présence écrasante du portail.

« Plus de puissance de feu qu'il n'en faut pour le détruire avant que nous ne l'ayons atteint, fit remarquer Rione d'une voix plate.

— Ouais », acquiesça Geary. Mais pas question de décliner une occasion pareille. Impossible. Desjani ne serait certainement pas la seule à voir une proie facile dans ces Syndics. « Charger directement le portail les inciterait à rester sur place pour le détruire. Il faut d'abord les attirer au loin puis foncer dessus avant leur retour.

— Si nous les anéantissions… commença Desjani.

— Je sais. Mais l'atteindre intact reste notre plus impérieuse priorité. »

Elle opina à contrecœur.

« Comment comptez-vous les attirer ? s'enquit Rione.

— Vous n'auriez pas une suggestion ? »

Elle réfléchit un instant. « En les appâtant ? En leur offrant une proie irrésistible ?

— Oui, convint Desjani. En leur laissant croire que nous ne nous intéressons pas au portail et en leur présentant une cible qu'ils poursuivront forcément. »

Hélas, la flotte n'en avait qu'une seule de cette espèce. « La formation Écho Cinq Cinq. Les auxiliaires et les bâtiments gravement endommagés. » Comme les bêtes malades à l'arrière du troupeau. Mais Geary ne tenait pas à perdre un seul de ces vaisseaux. Les auxiliaires restaient essentiels à la survie de la flotte, et les vaisseaux blessés qui les accompagnaient n'étaient pas seulement importants pour leur aptitude au combat, mais aussi pour la leçon que leur présence enseignait à la flotte : Geary n'abandonnait ni les bâtiments ni les équipages. S'en servir d'appât allait à l'encontre de cette notion.

Il étudia longuement la situation. Après tous les systèmes médiocrement peuplés qu'avait traversés la flotte dernièrement, celui de Lakota semblait relativement prospère. Toutes les indications portaient à croire que la planète habitée – distante pour l'instant de neuf heures-lumière, de l'autre côté de l'étoile – était un monde dynamique en pleine croissance. Des colonies d'une taille conséquente étaient présentes sur deux autres, et des installations diverses parsemaient les lunes ou gravitaient en orbite fixe. En outre, la circulation civile était importante : des vaisseaux marchands croisaient dans tout le système, en sortaient ou y entraient en provenance d'autres étoiles, ainsi que de gros transports de minerai convoyant des matériaux extraits de planètes extérieures et d'astéroïdes inhabitables. Des défenses anti-orbitales fixes ceinturaient quelques sites extraplanétaires, mais Geary n'y prêta que peu d'attention. Tout comme les bases militaires, elles seraient des cibles faciles pour les bombardements cinétiques de sa flotte.

Si seulement il pouvait s'attarder ici assez longtemps pour transborder une partie de la cargaison de ces transports de minerai sur les auxiliaires de la flotte…

Les systèmes de manœuvre n'eurent aucune difficulté à exécuter ce que voulait Geary. « Deuxième et septième escadrons de destroyers, séparez-vous de la formation et interceptez les transports de minerai syndics situés à proximité de la géante gazeuse, à 1,2 année-lumière de la flotte sur tribord. Investissez-les et escortez-les jusqu'aux auxiliaires pour transborder leur cargaison sur ces derniers. »

Il s'interrompit pour tenter de déterminer s'il devait donner d'autres instructions puis décida de réduire ses problèmes à Lakota au strict minimum. Il précisa aux systèmes de combat de l'*Indomptable,* en les surlignant, les cibles dont il voulait la destruction immédiate, leur apprit comment s'y prendre en choisissant lui-même l'arme qui semblait convenir, et ils répondirent après une fraction de seconde de réflexion. Il étudia quelques instants leur plan puis le transmit au *Représailles* : « Huitième escadron de cuirassés, procédez au bombardement cinétique des installations militaires syndics tel que décrit dans le plan d'action ci-joint. »

Il calculait encore la trajectoire à adopter ensuite quand les quatre cuirassés vomirent leurs masses de métal solide qui accumuleraient de l'énergie cinétique durant leur trajet jusqu'à leurs cibles. Compte tenu de leur vélocité acquise, l'impact vaporiserait non seulement les cibles mais encore un vaste territoire alentour. Certes, des vaisseaux pouvaient les voir venir et procéder aux infimes modifications de cap permettant d'éviter des « cailloux » arrivant d'une distance de millions de kilomètres, mais, situées sur des objets célestes en orbite fixe, ces installations devaient observer une trajectoire prévisible, ce qui en faisait des cibles de tir forain depuis que l'homme combattait dans l'espace.

« À toutes les unités, ordonna-t-il. Virez de soixante-douze degrés sur tribord et de trois vers le bas à T seize. » Cette instruction ferait pivoter les vaisseaux sur place sans rompre les lignes des formations mais en leur attribuant une nouvelle direction : la face des pièces de monnaie regarderait désormais vers l'avant.

Desjani s'accorda quelques instants pour réfléchir. « Vous nous menez à mi-chemin des points de saut pour Brandevin et T'negu ?

— Je veux que les Syndics restent perplexes quant à notre objectif réel, expliqua-t-il en se levant. Prête pour une autre conférence stratégique ?

— Si vous pouvez les endurer, moi aussi. »

Elle le suivit hors de la passerelle, mais, au moment où il passait devant Rione, celle-ci se leva et lui emboîta le pas, s'interposant ainsi entre Desjani et lui. « Vous comptez assister physiquement à la réunion ? demanda-t-il, surpris en pleine réflexion alors qu'il se concentrait sur les choix qui s'offraient à lui.

— Peut-être, répondit-elle d'une voix coupante. J'aimerais savoir ce que vous allez leur dire, à moins que ce ne soit un secret.

— Très bien. »

Rione resta à ses côtés pendant le trajet, tandis que Desjani traînait les pieds derrière, bouche cousue.

« Que je compte attirer les Syndics loin de leur position près du portail. La trajectoire que nous empruntons les forcera à tenter de deviner notre destination réelle, pour ensuite conclure que nous nous contenterons de traverser le système avant de le quitter le plus vite possible.

— N'est-ce pas ce que vous avez réellement l'intention de faire ? insista-t-elle.

— Eh bien… oui. Mais si nous parvenions à les en éloigner suffisamment, nous pourrions foncer droit sur le portail. Ça restera une éventualité envisageable.

— Croyez-vous sincèrement qu'ils prendront ce risque ? » Rione cachait mal son scepticisme.

« Peut-être. Sinon nous irons à Brandevin. »

Le logiciel de la conférence avait déjà agrandi la salle de réunion et la plupart des commandants de la flotte étaient présents. Quand Geary prit place en tête de table, quelques bannières d'avertissement flottaient devant ses yeux, lui rappelant qu'en raison de la grande dispersion de la flotte, les temps de réponse des vaisseaux les plus éloignés seraient obérés de retards significatifs.

« Bienvenue à Lakota, déclara-t-il, non sans se rendre compte qu'il lui faudrait trouver un autre préambule à ces conférences. Apparemment, nous avons encore devancé les Syndics.

— Pourquoi ne piquons-nous pas vers le portail ? » s'enquit le capitaine Casia.

Las d'être sans arrêt interrompu par cet homme, Geary se contenta de se lever pour le fixer jusqu'à ce que l'autre commençât à trépigner. « À l'avenir, capitaine Casia, j'apprécierais que vous attendiez de m'avoir entendu exposer notre plan avant de le commenter, déclara-t-il d'une voix aussi dénuée d'émotion que possible. Me suis-je bien fait comprendre ?

— Je ne faisais que…

— Me suis-je bien fait comprendre, capitaine Casia ? N'ai-je pas été assez clair ? » Oh que oui… Black Jack Geary était parfaitement capable de parler sur ce ton. Quelque part, ça faisait même un bien fou. Il devait seulement veiller à ne pas dépasser les limites qu'aurait tolérées John Geary.

« Je vous ai très bien compris. » Le visage de Geary se durcit et Casia ajouta : « Capitaine.

— Merci. » Geary regarda de nouveau devant lui en s'efforçant de renouer le fil. « Ce système n'héberge qu'une petite flottille syndic, assez forte toutefois pour détruire ce portail si nous chargions droit sur lui alors qu'elle a pris position à proximité. Tant qu'elle restera là, nous n'aurons aucune chance d'y accéder. »

Il montra d'un geste l'hologramme où scintillait une représentation de la flotte de l'Alliance, dont la longue trajectoire décrivait une parabole traversant tout le système vers un objectif de l'autre côté de l'étoile, à mi-chemin environ des deux points de saut. « Si nous ne réussissions pas à les en écarter, il nous faudrait encore emprunter un point de saut. Auquel cas nous irions à Brandevin. » Cette étoile se trouvant sur le trajet de l'espace de l'Alliance, cette déclaration fit éclore quelques sourires. « Mais nous devons aussi alimenter l'incertitude des Syndics en leur laissant croire que nous risquons de sauter plutôt vers T'negu.

— Ils n'abandonneront pas le portail, fit remarquer le capitaine Tulev. Ils ont certainement reçu l'ordre de nous en interdire l'accès par tous les moyens.

— Sans doute, convint Geary. Mais, s'ils étaient convaincus que nous visons un point de saut et que nous leur laissions entrevoir une ouverture assez séduisante, il resterait une petite chance pour qu'ils prennent le risque de nous attaquer. »

Le capitaine Tyrosian tiqua en bout de table. La dernière fois que Geary avait eu besoin d'un appât, il s'était servi d'un des auxiliaires. Quand Tyrosian saurait qu'il comptait cette fois mettre les quatre en péril, elle en serait encore plus contrite.

Geary modifia l'hologramme flottant au-dessus de la table et zooma sur la représentation de la flotte de l'Alliance. « Les Syndics savent d'ores et déjà qu'Écho Cinq Cinq se compose de quatre de nos auxiliaires et de nos bâtiments les plus endommagés. J'ai disposé nos formations de manière à laisser Cinq Cinq à l'arrière-garde. À la traîne de la flotte. Pendant notre traversée du système, elle perdra encore du terrain sur nous comme si elle était incapable de tenir le rythme.

— Dans quelle mesure ? » demanda le capitaine Midea. Son attitude avait légèrement changé, nota Geary. En l'absence d'une menace immédiate, elle s'était montrée extrêmement odieuse, mais, maintenant que les Syndics étaient rassemblés en force, elle faisait montre d'un plus grand professionnalisme et se préoccupait davantage d'affronter l'ennemi que de se prendre le bec avec son supérieur.

« Cinq Cinq restera toujours à portée du soutien de la flotte, lui affirma-t-il.

— En ce cas les Syndics ne goberont pas l'hameçon, objecta-t-elle. Cinq Cinq devra rester assez loin du corps principal pour que celui-ci n'ait pas l'air en mesure de lui porter secours. »

Duellos toisait Midea ; Casia lui fit les gros yeux et Cresida hocha la tête. « Elle a raison, capitaine. »

Geary secoua la sienne. « Je ne peux pas prendre le risque de…

— Le *Paladin* peut combattre, insista Midea. Postez-le à l'arrière avec l'*Orion*, le *Majestic* et le *Guerrier*. Ajoutez les vaisseaux de la septième division et nous aurons une formation de sept cuirassés. Assez pour affronter la flottille syndic. »

Le commandant Yin de l'*Orion* fixait Midea avec une horreur mal dissimulée. Celui du *Majestic* secoua tristement la tête. « Nous sommes encore loin de pouvoir combattre en première ligne. Le *Guerrier* non plus.

— Le *Guerrier* est tout à fait prêt à combattre », rectifia promptement et fermement le capitaine Suram.

Impressionné par son attitude, Geary le lui montra d'un regard approbateur.

« Depuis quand la flotte de l'Alliance a-t-elle besoin de la supériorité numérique pour affronter l'ennemi ? s'enquit Midea. Le *Guerrier* est prêt à combattre, donc les vaisseaux lourds syndics ne seraient que deux fois plus nombreux que ceux de Cinq Cinq, même en mettant de côté *Orion* et *Majestic*. Et les bâtiments de l'Alliance peuvent aisément triompher d'une force deux fois plus importante. » Elle se tourna vers Geary et lui décocha un regard accusateur. « Celle qu'a vaincue Black Jack Geary était *dix fois* supérieure à la sienne. »

S'était-il vraiment retrouvé seul contre dix à Grendel ? Curieux qu'il ne parvînt pas à se rappeler les grands traits de la bataille. Uniquement des détails.

Il se rendit brusquement compte que Midea n'était pas seulement une épine dans son flanc, mais qu'elle le serait pour tout amiral. Quand elle n'affrontait pas une menace immédiate, elle se montrait vétilleuse et insubordonnée, et elle avait tendance à charger bille en tête face à l'ennemi. Certes, il ne doutait pas de son courage, mais la témérité en toutes circonstances n'est jamais la plus haute qualité d'un officier. Il se demanda comment Numos s'était débrouillé pour lui tenir la bride haute.

Cette chance infime d'atteindre le portail de l'hypernet méritait-elle qu'on décuplât le risque de perdre un ou plusieurs auxiliaires ? Après tout, si la flotte rentrait chez elle par l'hypernet, elle n'aurait pas l'usage de leurs capacités de réassort.

Mais, bon sang, s'il croyait sincèrement que sacrifier les auxiliaires et les bâtiments endommagés était une bonne idée, pourquoi se donner la peine d'adjoindre à cette formation les trois cuirassés valides de la septième division, au lieu de se borner à n'envoyer au massacre que les premiers pendant qu'il rapatrierait le reste de la flotte ?

Il secoua la tête. « Je veux attirer les Syndics loin du portail, mais pas exposer Écho Cinq Cinq à l'anéantissement. Il faut lui assurer une protection efficace.

— Les spatiaux de l'Alliance sont prêts à périr pour leur patrie », insista Midea. Cette rodomontade lui valut un certain nombre de regards sourcilleux, laissant entendre que tous n'étaient pas si pressés de mourir, même s'ils étaient volontaires.

« Mon objectif personnel serait plutôt d'exaucer le vœu de tous les Syndics prêts à mourir pour leur patrie », déclara Geary. Quelques sourires et mines soulagées fleurirent. Il se demanda ce qu'il avait bien pu faire pour que ces officiers justement rassurés le croient capable de sacrifier aussi allègrement ses vaisseaux. « Je compte procéder à des simulations pour tenter de déterminer toutes les issues possibles, mais, pour l'heure, je refuse de laisser Cinq Cinq prendre plus de trois minutes-lumière de retard sur le corps principal. Est-ce bien clair ?

— Le *Paladin* peut-il se joindre à elle ? demanda Midea. Deux bâtiments de ma division en font déjà partie. »

Le regard de Geary se reporta sur le capitaine Casia. « Vous êtes le commandant de la division du *Paladin*. Qu'en pensez-vous ? »

Casia coula un regard noir vers Midea. « Bien entendu. Il peut se joindre à l'*Orion* et au *Majestic*.

— Capitaine Mosko ? interrogea Geary. Vous êtes à la tête d'Écho Cinq Cinq. Avez-vous besoin du *Paladin* ? »

Mosko haussa les épaules. « Besoin ? Non. Mais l'*Infatigable*, l'*Audacieux* et le *Rebelle* seront toujours disposés à accueillir un vaisseau frère, sous mon commandement. » Il avait souligné ces trois derniers mots, si bien que Midea le fixa, les yeux plissés, sans toutefois élever d'objection.

« Et le *Conquérant* ? s'enquit innocemment le capitaine Duellos. S'il se joignait à Cinq Cinq, la troisième division de cuirassés serait reconstituée et ils pourraient de nouveau combattre de conserve. »

Si les yeux de Casia avaient été des revolvers, le regard qu'il jeta à Duellos l'aurait tué. « Le *Conquérant* devrait plutôt rester en position pour… pour opérer la coordination avec le commandant de la flotte. »

Geary le scruta en s'efforçant de déterminer si mettre autant de pommes pourries dans la troisième division de cuirassés n'était pas chercher à s'attirer des ennuis et si y adjoindre Casia ne risquait pas d'encore les aggraver. D'une certaine façon pourtant, Duellos n'avait pas tort. Adjoindre le *Paladin* à Cinq Cinq et maintenir le *Conquérant* dans Cinq Quatre serait absurde.

Non. Si j'y dépêchais aussi Casia, il me faudrait le tenir constamment à l'œil. Je ne peux pas me permettre une telle déconcentration.

Mosko sourcilla légèrement. « La participation du capitaine Casia à Cinq Cinq risque de créer une certaine confusion dans la chaîne de commandement. »

Reconnaissant à Mosko de lui fournir une nouvelle raison de décliner la malicieuse proposition de Duellos, Geary opina judicieusement. « C'est exact. Et nous ne pouvons pas trop la renforcer, de crainte que les Syndics n'y voient plus une proie séduisante. Le *Paladin* se contentera donc de veiller à ce qu'elle ne soit pas submergée sous le nombre. D'autres questions ?

— Qu'en est-il des Syndics que nous avons laissés à Ixion ? » demanda le commandant Neeson de l'*Implacable*. Question sans doute subsidiaire mais bien réelle. « Quatre cuirassés et quatre croiseurs de combat. Ils ne sont pas encore réapparus mais ne devraient plus tarder.

— Ils patientent », déclara le capitaine Tulev. Tous le regardèrent, se demandant visiblement ce qui le poussait à l'affirmer, de sorte qu'il haussa les épaules, le visage impassible, et poursuivit son raisonnement. « Lakota n'était pas notre destination la plus plausible, n'est-ce pas ? Peut-être croient-ils que, pour les abuser, nous n'y sommes pas allés pour de bon, que nous nous sommes contentés de sauter jusqu'ici avant de regagner Ixion. »

Duellos hocha la tête. « De sorte qu'ils nous y attendraient encore ?

— Oui, appuya Tulev. Cinq jours et demi pour gagner Ixion, autant pour en revenir. Mettons… douze jours en tout et pour tout. Si nous ne réapparaissons pas à Ixion dans ce délai, ils sauteront à leur tour.

— Nous pourrions avoir déjà quitté Lakota, objecta le capitaine Cresida.

— Et alors ? Une flottille syndic monte la garde près du portail. Sans même parler des installations extraplanétaires et de la planète habitée. Si nous nous contentons de traverser le système avant de sauter vers un autre, ils le sauront, mais si nous y restons assez longtemps pour semer la zizanie, ils nous rattraperont aussi.

— Ils pourraient aussi attendre que les renforts espérés soient arrivés à Ixion », fit observer le capitaine Badaya.

Tulev se renfrogna puis opina. « En effet. D'une façon ou d'une autre, ils finiront par débarquer, mais pas sur nos talons.

— Ça me paraît vraisemblable, convint Geary. Nous ne devons pas oublier cette force, mais nous ignorons quand elle déboulera. Toutefois, nous devrions être très loin du point d'émergence d'Ixion quand elle surviendra. Autre chose ?

— Les stocks de minerai brut des auxiliaires sont en voie d'épuisement, déclara le capitaine Tyrosian avec une visible réticence, comme si elle répugnait à attirer l'attention sur sa personne et l'état de ses bâtiments. Mais nous disposons de nouvelles cellules d'énergie et de nouvelles munitions transférables sur les vaisseaux de combat.

— Pouvons-nous prendre le risque de procéder à ces transferts sous l'œil des Syndics ? » demanda Tulev.

Geary appuya sur quelques touches et vérifia de nouveau la condition de ses vaisseaux de combat. Pas géniale mais convenable. « Procédez déjà à celui des parts attribuées aux vaisseaux de Cinq Cinq, ordonna-t-il à Tyrosian. Cette activité justifiera le retard que vous prendrez sur le reste de la flotte et soulignera peut-être davantage votre vulnérabilité. Deux escadrons de destroyers s'emploient à arraisonner des transports syndics de minerai non loin de la trajectoire que nous avons adoptée, capitaine Tyrosian. Nous espérons les intercepter et vous permettre ensuite de transborder une partie de leur cargaison dans les soutes de vos auxiliaires. »

C'était tout, croyait-il, mais Midea reprit la parole. « Si vous tenez à présenter un appât séduisant aux Syndics, capitaine Geary, transférez-vous donc à bord d'un des vaisseaux de l'arrière-garde en veillant à les en tenir informés. Cette chance d'éliminer Black Jack Geary devrait leur paraître infiniment séduisante. »

La suggestion contenait une grande part de vérité. D'autant qu'il demandait à d'autres de risquer leur vie en jouant les chèvres. *Mais la clef de l'hypernet syndic est sur l'*Indomptable. *Un tas de gens l'ignorent encore, mais je suis au courant. Je dois rester à son bord.* Se sentirait-il soulagé qu'elle lui offrît une échappatoire ? Tout bien pesé, l'*Indomptable* ne serait pas nécessairement plus sûr qu'un vaisseau de l'arrière-garde, mais le croiseur de combat et son équipage lui étaient familiers ; les seules présences vraiment familières dans cet univers, au demeurant, un siècle après avoir été arraché à sa propre époque. Sans doute était-ce une faiblesse de sa part, mais il ne tenait pas à revivre les tourments de l'adaptation à un nouvel environnement, du moins tant que la bataille menacerait et qu'il lui resterait tant de questions à régler : deux bonnes raisons de rester à bord de l'*Indomptable*, et dont il refusait opiniâtrement de débattre pour le moment. « Merci pour la suggestion, capitaine Midea, mais il me semble que je commanderai plus efficacement à cette flotte depuis l'*Indomptable* et son corps principal. »

À sa grande surprise, Midea afficha un sourire triomphal comme si elle était parvenue à ses fins. Ses paroles suivantes en donnèrent la preuve : « La flotte est-elle réellement dirigée plus efficacement par un commandant qui prend des décisions pour de mauvaises raisons ? »

Desjani lui jeta un regard assassin.

Geary secoua la tête. « Expliquez-vous, capitaine Midea. »

Elle haussa les épaules. « Nous sommes tous conscients que vous avez d'excellentes raisons de refuser de quitter… l'*Indomptable* », déclara-t-elle en appuyant ironiquement sur le nom du vaisseau, comme si elle faisait allusion à tout autre chose.

Desjani rougit de colère et Geary comprit où Midea voulait en venir. Néanmoins, s'ils tenaient à démentir ces insinuations malveillantes, Desjani ou lui-même devraient aborder le chapitre des rumeurs courant sur leur prétendue liaison.

Le ton de Desjani n'était pas moins brûlant que ses joues. « Je ne…

— Sauriez-vous quelque chose que j'ignore, capitaine Midea ? Ou bien est-ce à moi que vous faites allusion ? » La voix de Rione, aussi froide que celle de Desjani était ardente, avait retenti dans la salle de conférence, tranchante comme un sabre de glace.

Par son uniforme impeccable et son comportement Midea évoquait sans doute un commandant en chef syndic, mais il émanait de la coprésidente Rione la même autorité glacée et hautaine que celle que lui avait connue Geary à leurs premières rencontres. « Intimidante » n'était même pas le terme adéquat pour la décrire en de pareils moments.

De toute évidence, Midea l'avait également senti et elle cherchait désespérément un moyen de se soustraire à l'obligation d'éclaircir ses sous-entendus. Casia la foudroyait du regard, image même de l'officier supérieur dont la subalterne vient de royalement se planter. Geary constata avec agacement que ses plus proches alliés parmi les officiers, Duellos, Tulev et Cresida, assistaient sans mot dire à l'embarras de Midea, en cachant mal leur satisfaction. Aucun n'essayait de changer de sujet de conversation, quand la poursuivre n'engendrerait qu'un plus grand mécontentement.

Heureusement, le capitaine Badaya intervint. « Tout officier de cette flotte est probablement conscient que le capitaine Geary a su créer une excellente relation de travail avec le commandant de son vaisseau amiral, déclara-t-il sur le ton d'un professeur débitant une leçon que ses élèves devraient déjà savoir. C'est là une entente aussi importante que bénéfique. On comprend aisément pourquoi il ne tient pas à la rompre, pour s'efforcer d'en recréer une autre au moment où la flotte s'apprête à livrer un combat dans un système stellaire ennemi. »

En même temps qu'elle interdisait toute mise en doute, l'affirmation de Badaya avait un autre mérite : elle était l'expression de la vérité la plus absolue. Elle offrait aussi à Midea une porte de sortie, qu'elle s'empressa d'ailleurs d'emprunter. « Bien évidemment. Je suggérais seulement que le commandant de la flotte bénéficierait peut-être d'une rupture de cet arrangement, mais, comme vous venez de le dire, ce n'est sans doute pas le meilleur moment. »

Toute la tablée eut l'air de se détendre, mais Geary surprit le regard glacial que Rione décochait à Midea. Il réussit à capter l'attention de la coprésidente pour lui faire silencieusement comprendre qu'il préférait qu'elle laissât glisser. Son expression le glaça intérieurement, puis Rione parut se radoucir.

« Ce sera tout ! ajouta-t-il hâtivement. Si jamais les Syndics refusent l'appât que nous leur tendons, nous ne sommes plus qu'à un peu moins de sept jours du point de saut pour Brandevin. Veillons au grain et tenons-nous prêts à réagir. Merci. »

Presque toutes les images virtuelles disparurent au bout de quelques instants, mais Badaya s'attarda juste le temps nécessaire pour lui faire, crut-il, un clin d'œil discret. Geary se tourna vers Desjani après son départ en espérant qu'elle n'en avait rien vu. « Je suis désolé, capitaine Desjani.

— Ce n'est pas votre faute, capitaine, répondit-elle fermement. Permission de regagner la passerelle ? » Elle se hâta de quitter la salle et passa devant Rione en raidissant l'échine.

Ne restaient plus que cette dernière et la présence virtuelle de Duellos, lequel inclina respectueusement la tête vers Rione puis se tourna vers Geary. « Navré. Ma petite plaisanterie vous a encore compliqué la tâche.

— Ouais, j'avais remarqué. N'oubliez pas que, au cas où je trouverais la mort et où vous hériteriez du commandement de cette flotte, mon esprit continuerait de vous observer et de s'amuser de vos démêlés avec ces gens. »

Duellos eut un léger sourire. « Je m'en souviendrai. Savoir votre esprit en train de me surveiller, même pour son seul amusement, me réconforterait peut-être. » Son sourire s'évanouit, remplacé par une mine soucieuse. « Tout ne vous semble-t-il pas un tantinet trop calme ?

— Oui, maintenant que vous le dites, acquiesça Geary. Je me demande si la raison n'en est pas que nous nous attendions à des problèmes qui ne se sont pas concrétisés.

— Pas encore, tout du moins, le mit en garde Duellos. Un pressentiment me dit qu'ils ne se cantonneront pas à la salle de conférence dans ce système stellaire.

— Nous devrions pouvoir affronter tous ceux qui se présenteront, fit remarquer Geary. Mais je n'en reste pas moins légèrement inquiet. À propos de problèmes, voyez-vous un moyen de fermer son clapet au capitaine Midea, à part la relever de son commandement ?

— Je m'efforçais déjà d'en trouver un, admit Duellos. Midea était le second de Numos avant d'être promue capitaine et de se voir offrir le commandement du *Paladin*. Lui savait la tenir, comme je vous l'ai déjà dit à Ixion. Nous pourrions lui poser la question.

— Non, merci. Je ne pense pas pouvoir me fier à ses réponses. Bon sang, il pourrait même lui faire parvenir des messages !

— Ce n'est pas exclu. » Duellos s'interrompit un instant pour réfléchir. « Numos pourrait bien inciter Midea à se conduire de la sorte. Espérons qu'il ne la pousse qu'à formuler des propos désobligeants.

— Ouais. Ça reste assurément un sujet d'inquiétude, mais je vois mal ce que je peux bien y faire. » Geary jeta à Duellos un regard plus grave. « Au fait, tâchez d'éviter de pousser nos adversaires à bout lors de notre prochaine conférence, d'accord ? »

Duellos sourit, salua et disparut.

Rione était toujours assise à sa place. Elle tourna vers Geary un visage apparemment impavide. « Tu devrais me laisser me charger de gens comme cette Midea. Je ne suis pas un officier de la flotte, et je ne peux sans doute pas intervenir sur les mouvements des vaisseaux lors de ces réunions, mais elle joue un jeu politique et, dans ce domaine au moins, je suis parfaitement capable de la battre à plate couture. »

Geary réfléchit puis hocha la tête. « D'accord.

— Et tu devrais aussi veiller à placer plus fermement sous ton contrôle le vaisseau de cette femme. Comme l'a dit Duellos, soit elle s'est départie de l'habitude d'en référer à Numos, soit on la pousse à faire des sottises. Depuis l'arrestation de Numos, elle devient à chaque réunion un peu plus agressive et raisonneuse.

— Elle se comportera de la même façon à son bord, selon toi ?

— J'en ai la conviction. Tu n'aurais pas dû lui permettre de participer à cette formation. Elle désobéira aux ordres, j'en suis sûre. Et elle entraînera d'autres vaisseaux avec elle. »

L'affirmation de Rione ne relevait plus de la seule crainte des agissements d'un trublion, mais suggérait bel et bien un souci majeur. « Bon sang, tu as peut-être raison. Je regrette… » Il réussit à ravaler sa phrase.

Mais Rione avait déjà compris. « Tu regrettes que je me sois exprimée pendant la réunion ? Cette réunion où tu m'as signifié clairement de me rasseoir et me taire ?

— Je n'ai rien fait de tel !

— Tu m'as fait comprendre que je devais la fermer, renchérit-elle d'une voix sans chaleur. Je ne te le reproche pas. Mais je t'aurais volontiers coincé entre un trou noir et une supernova.

— Pourquoi ? » demanda-t-il. Il voyait très bien Rione dans le rôle de la supernova.

« Parce que, si je m'étais opposée à ce que le vaisseau de Midea rejoigne Cinq Cinq, tout acquiescement de ta part aurait été regardé comme la confirmation de la trop grande influence que j'exerce sur toi. » Elle eut un geste courroucé. « Mais, si je ne m'exprime pas, comme ç'a été le cas, tu ne jouis plus d'une perspective appréciable. Tu ne peux pas agir à partir d'un avis que je n'ai pas donné. »

Geary se rassit pour méditer. « Et c'est précisément ce qu'espèrent mes adversaires, n'est-ce pas ? Enfoncer des coins entre moi et ceux qui me prodiguent le soutien et les conseils dont j'ai besoin. Tu en es un exemple frappant. L'exemple même. » Rione esquissa une révérence moqueuse dans son fauteuil. « Et ces rumeurs cherchent à m'interdire de travailler en bonne entente avec Desjani. Comment réagir ?

— Avec le capitaine Desjani ou avec moi ? s'enquit Rione d'une voix de nouveau glacée.

— Avec les deux ! Elle commande mon vaisseau amiral et tu es ma conseillère et ma… euh…

— Mon amante. C'est le terme courtois. Traite-moi de "maîtresse" et tu le regretteras.

— J'en prends bonne note. Alors, que suggères-tu ?

— Veille à ce que ton comportement en présence de Desjani reste si impeccable qu'il ne pourra en aucun cas alimenter des rumeurs auxquelles une personne raisonnable pourrait ajouter foi. J'imagine qu'il existe au moins quelques individus sensés parmi tes commandants. Vis-à-vis de moi, continue de donner la preuve de ton indépendance en public. Je suis loin d'être la seule à m'apercevoir que je me tais quand tu me l'ordonnes, je te l'assure.

— Je n'ai pas…

— Et je suis bien certaine que la plupart de ceux qui l'ont constaté y auront vu ce que j'ai décrit. » Un coin de sa bouche se retroussa. « Plus tu donneras la preuve que tu me domines, plus tu apaiseras les inquiétudes de ceux qui croient que je te contrôle.

— Te dominer ? » Geary ne put réprimer un éclat de rire. « Honnêtement, cette idée ne m'a jamais effleuré. »

Rione arqua un sourcil.

« Tu n'es pas franchement une femme très soumise, ajouta-t-il.

— Tu auras au moins compris cela, fit-elle sèchement remarquer.

— J'ai retenu quelques leçons. » Il se releva. « Je vais me rendre sur la passerelle, je crois, pour étudier encore les données sur l'état de la flotte et procéder à des simulations.

— Pourquoi sur la passerelle ? Tu peux le faire de ta cabine.

— C'est vrai. » Il la fixa, légèrement rembruni, en se demandant pourquoi elle en faisait tellement cas. « Tu vas dans cette direction ? »

Rione haussa les épaules. « Plus tard. J'ai d'autres questions à régler.

— Si jamais on retrouve Midea morte, un couteau dans le cœur, je devrai probablement le faire examiner en quête de tes empreintes et de ton ADN, fit-il remarquer en s'efforçant de dissiper un inexplicable regain de tension.

— Il n'y aura ni empreintes ni ADN sur ce couteau, John Geary, répondit-elle en souriant, mi-moqueuse, mi-sérieuse. Pas si je l'ai tenu moi-même. »

NEUF

Plus de trois jours s'étaient écoulés et les Syndics n'avaient toujours pas bougé. À mesure que la flotte de l'Alliance traversait le système de Lakota, sa distance au portail de l'hypernet diminuait graduellement. Dans deux heures, elle s'en trouverait au plus proche (encore que « proche » soit un terme relatif quand on parle d'une distance de trois heures-lumière et demie) puis s'en éloignerait de nouveau en poursuivant son chemin vers les points de saut.

Geary tenait constamment à l'œil les Syndics et sa propre formation Écho Cinq Cinq. Mais, depuis qu'ils avaient rejoint cette dernière, Midea et son *Paladin* se comportaient convenablement et maintenaient la position auprès de l'*Orion* et du *Majestic*.

Rien de bien excitant ne s'était encore produit, à part le spectacle du lent déploiement à travers le système de Lakota du barrage cinétique lancé par les vaisseaux de l'Alliance : des dizaines de trajectoires filant vers les points d'interception préprogrammés de certaines lunes, planètes et installations en orbite fixe. Chaque fois que le tir de barrage atteignait un de ses objectifs, les senseurs de l'*Indomptable* fournissaient des images claires et distinctes des impacts sur les dispositifs de défense syndics et leur armement disparaissant dans une éruption de plasma et de débris.

« Au moins ne serons-nous pas restés inactifs dans ce système », grommela Desjani alors qu'ils regardaient une autre installation syndic se transformer en cratères bordés de ferraille et de décombres épars. Elle jeta à Geary un regard embarrassé. « Je n'ai pas voulu dire…

— Je comprends. Moi aussi je me sens frustré. »

Très en retrait, les transports de minerai syndics arraisonnés convergeaient vers la formation de l'Alliance, escortés par ses escadrons de destroyers comme par de vigilants chiens de berger. Pour opérer la jonction, les lourds vaisseaux marchands devraient consumer la presque totalité de leurs cellules d'énergie afin de maintenir l'accélération, mais, dans la mesure où ils n'iraient nulle part quand l'Alliance en aurait fini avec eux, c'était de peu d'importance.

« Sept heures avant qu'Écho Cinq Cinq et ces transports ne se rejoignent, fit remarquer Desjani.

— Ouais. Pourquoi les Syndics ne réagissent-ils pas ? Ils n'ont jamais fait preuve d'autant de passivité quand nous sommes entrés dans un de leurs systèmes. »

Hélas, le renseignement était incapable de lui fournir une réponse, bien que le lieutenant Iger eût suggéré à Geary que, si la flotte se rapprochait assez de la planète habitée, il en résulterait peut-être entre les Syndics un échange de communications plus important et éventuellement exploitable. Mais, peu soucieux de brûler davantage de cellules d'énergie en détournant la flotte de sa trajectoire, ni de mettre en péril ses vaisseaux en les soumettant au tir des défenses fixes de la planète, Geary avait décliné.

La flotte de l'Alliance se trouvait encore à près d'une heure du point le plus proche du portail sur sa trajectoire, et Geary envisageait sérieusement de prendre d'autres mesures pour rendre plus attrayant, aux yeux des vaisseaux syndics qui le surveillaient, l'appât qu'il agitait sous leur nez, quand il se produisit enfin quelque chose. Mais rien de bénéfique, hélas.

« Capitaine Geary ! Une flottille syndic vient d'émerger du point de saut de T'negu ! »

Quand il arriva enfin sur la passerelle de l'*Indomptable*, les senseurs de la flotte avaient fini de déterminer l'importance des nouveaux venus. Le capitaine Desjani montra l'hologramme. « Nous avons comparé les chiffres et il s'agit apparemment de la force d'interception postée à T'negu, où elle comptait nous voir émerger. Un des avisos qui nous épiaient à Ixion a dû sauter vers T'negu dès qu'ils nous ont vus emprunter le point de saut pour Lakota. Si nos renseignements sur la durée des transits d'Ixion à T'negu puis de T'negu à Lakota sont exacts, cet aviso a tout juste eu le temps d'atteindre T'negu pour informer de notre destination les Syndics de ce système, et eux celui de venir ici.

— On aurait dû s'y attendre », lâcha Geary, furieux contre lui-même. Au cours de son long repli à travers l'espace syndic, la flotte de l'Alliance n'avait que rarement rencontré des situations auxquelles s'appliquait ce genre de géométrie spatiale, mais ce n'était nullement une excuse.

« Les Syndics ne réagissent pas si promptement d'ordinaire, fit remarquer Desjani. Obtenir l'autorisation de quitter T'negu pour venir à Lakota aurait dû exiger un plus long délai. »

Geary n'ergota pas ; il évaluait d'un œil morose la nouvelle flottille syndic : « Dix-huit cuirassés, quatorze croiseurs de combat, vingt-trois croiseurs lourds. » Plus un grand nombre de croiseurs légers et d'avisos. Soit, avec celle qui gardait le portail de l'hypernet, une flotte à peu près équivalente à celle de l'Alliance. « Le rapport de forces vient de s'équilibrer dans ce système stellaire.

— Nous gardons toujours l'avantage sur chacune de ces flottilles prises individuellement, argua Desjani.

— Ouais. Du moins si nous parvenons à engager le combat avec l'une sans que l'autre intervienne. Mais celle qui vient d'émerger est assez importante en soi pour nous poser un gros problème. » Il songea à ce qui serait arrivé si sa flotte avait émergé à T'negu dans un dédale de champs de mines assorti de cette grosse flotte syndic. On pouvait toujours trouver pire, assurément. Il consulta encore l'hologramme. « Ils ont dû nous voir dès leur entrée dans le système. Pourquoi n'adoptent-ils pas une trajectoire d'interception ? »

Desjani secoua la tête. « Je n'en sais rien, capitaine. Des forces syndics moins nombreuses se sont montrées plus agressives lors de nos rencontres. » Elle se retourna vers lui. « Peut-être ont-ils peur de vous. »

Il faillit éclater de rire, mais Desjani avait l'air très sérieuse. « Ce serait génial si c'était vrai, finit-il par répondre. Mais…

— Ils pivotent ! annonça une vigie. Bravo modifie sa trajectoire et sa vélocité. »

Le regard de Geary se reporta sur l'écran. La flottille syndic se trouvait encore à trois bonnes heures-lumière. Elle avait repéré la flotte de l'Alliance plus de trois heures avant que celle-ci n'eût seulement pris conscience de son irruption. Largement le temps de faire des plans, d'envoyer des ordres aux autorités syndics de ce système ou d'en recevoir de leur part. Pourtant, elle semblait ne réagir que maintenant à sa présence.

« Ils ont pivoté plus tard que ce qui leur aurait permis une trajectoire d'interception, fit remarquer Desjani, interloquée. Où donc vont-ils ? » Hélas, la réponse ne leur sauta que trop tôt aux yeux. « Ils piquent vers le point de saut pour Brandevin, lâcha-t-elle avec aigreur.

— Et pas pour gagner ce système, manifestement », ajouta Geary. Les forces syndics qu'il avait croisées jusque-là tendaient à se montrer très agressives même quand ça frisait l'absurdité. Cette flottille avait un comportement différent. « Comptent-ils s'installer devant ce point de saut comme l'autre devant le portail ? Serait-ce là la nouvelle tactique des Syndics ? Attendre que nous fassions une sottise ? »

Desjani se renfrogna. « Ils ont posé des mines à T'negu, croyons-nous.

— Ouais. » Il saisit brusquement le sens de sa remarque. « Ils vont miner le point de saut pour Brandevin ? C'est ça ?

— Je pense, capitaine. Dans la mesure où nous nous efforçons de quitter ce système, ils peuvent en bloquer complètement l'issue en nous interdisant de la gagner sans traverser une partie de ce champ de mines.

— Nous forçant ainsi à ralentir pour éviter de perdre trop de vaisseaux, ce qui nous rendrait vulnérables aux assauts à haute vélocité de cette flottille ! » Le nombre des choix propices diminuait rapidement. « Croyez-vous que nous pourrions les éloigner du point de saut vers Brandevin en feignant de viser le portail de l'hypernet ? »

Desjani réfléchit un instant en se mordillant la lèvre puis opina. « Ils ne peuvent pas nous permettre d'atteindre ce portail en conservant sur eux la supériorité numérique, et le commandant de cette nouvelle flottille vivrait un enfer s'il contraignait celui de l'autre à le détruire parce qu'il ne nous aurait pas poursuivis. Mais celle du portail peut le faire de son propre chef, si besoin, et, en le menaçant, nous aurions l'air de tourner casaque devant la nouvelle venue. Ça ne marcherait pas.

— Je tiens à écarter la nouvelle flottille de sa position pour l'attaquer, insista Geary.

— En effet, admit-elle, dubitative.

— Ils n'attaqueront pas sans réfléchir », fit remarquer Rione.

Geary se retourna ; il n'avait pas remarqué qu'elle les avait rejoints. « Pourquoi ?

— Parce que même les Syndics sont capables d'apprendre si on les punit assez durement. » Rione regardait Geary. « Combien de vaisseaux syndics cette flotte a-t-elle détruits sous votre commandement ? Combien de batailles avez-vous gagnées ? Pas seulement gagnées, mais en recourant unilatéralement à des tactiques ignorées d'ordinaire. À maintes et maintes reprises. » Elle montra d'un geste la représentation sur l'écran de la nouvelle flottille syndic désignée depuis peu sous le nom de code Bravo. « Ils ont retenu la leçon. Ils ont certainement reçu l'ordre de n'engager le combat avec vous que dans des circonstances qui leur seraient favorables, de vous acculer dans une position intenable. Eux sont prêts à patienter, mais nous ne pouvons pas nous permettre le luxe d'attendre qu'ils perdent patience.

— Ils redoutent le capitaine Geary, répéta triomphalement Desjani. Mais leur seule chance d'empêcher cette flotte d'utiliser le point de saut pour Brandevin est une bataille générale. »

Geary étudia la situation. Pour l'heure, tout ce qui avait de l'importance se trouvait peu ou prou dans le plan du système, sans qu'il existât un différentiel important vers le haut ou le bas dans les positions relatives. La flotte de l'Alliance, en adoptant une trajectoire parabolique, se trouvait à présent à mi-chemin du nouveau point de saut et avait même dépassé cette position pour piquer vers l'extérieur du système stellaire de Lakota, les proues de ses vaisseaux orientées vers l'espace profond. Le portail de l'hypernet syndic et la flottille ennemie postée en sentinelle auprès de lui n'étaient qu'à un peu plus de trois heures-lumière sur bâbord arrière. La planète habitée gravitait de l'autre côté du soleil, à près d'une heure-lumière de distance, et la menace qu'elle représentait pour les vaisseaux de l'Alliance était nulle pour l'instant. La nouvelle flottille syndic avait émergé du point de saut de T'negu à trois heures-lumière environ sur tribord et adopté une trajectoire qui la ramènerait lentement vers les proues des bâtiments de Geary. Si aucune des deux flottes ne changeait de cap ni de vélocité, elles se croiseraient à près d'une demi-heure-lumière, et celle des Syndics poursuivrait sa route vers le pont de saut de Brandevin. Mais celle de l'Alliance devrait altérer sa trajectoire. Elle ne pouvait tout bonnement pas continuer de piquer vers le vide interstellaire. Mais l'altérer de quelle façon et vers quelle destination ? Telle était la question.

Tenter une passe vers la planète habitée, afin de voir si les Syndics la suivraient pour s'efforcer de l'empêcher de la bombarder ? Non, il en avait assez vu dans les autres systèmes stellaires pour savoir que leurs dirigeants ne perdraient pas leur temps à s'inquiéter du sort de civils, ni même de celui de l'industrie de ce monde. Ils avaient même essayé plus d'une fois de provoquer un tel bombardement, sans doute dans l'espoir d'entretenir la crainte de l'Alliance dans l'esprit de la population.

Revenir vers le portail de l'hypernet en espérant que la flottille syndic Bravo se lancerait à leur poursuite ? Comme l'avait fait remarquer Desjani, rien ne garantissait que les Syndics marcheraient. Poursuivre vers le point de saut pour Brandevin, sachant que Bravo l'aurait miné et bondirait sur la flotte si Geary tentait réellement de quitter Lakota par ce biais ? Pas besoin de regarder de nouveau Desjani pour comprendre qu'elle attendait qu'il chargeât la plus importante des deux forces ennemies et que la plupart de ses autres commandants observeraient la même attitude. S'il s'avisait de rebrousser chemin, certains, résolus à engager le combat coûte que coûte, risquaient même de poursuivre leur route vers le point de saut.

Son regard se porta sur les relevés de la flotte et plus particulièrement sur ceux faisant état du niveau des cellules d'énergie de chaque bâtiment. *Je ne dispose pas des réserves qui me permettraient d'aller et venir à haute vélocité dans le système. Les Syndics n'ont nullement besoin de réagir, sauf si je m'approche trop près du portail, auquel cas ils le détruiront et cette flotte se retrouvera hors de la position requise pour gagner un des deux points de saut. Et si jamais l'effondrement du portail libérait une décharge d'énergie à son plus haut niveau potentiel, le système stellaire et tout ce qu'il contient, dont cette flotte, serait anéanti.*

Reste simple. Tâche d'éviter de gaspiller tes cellules d'énergie pour en disposer quand tu en auras réellement besoin. Tu n'as pas vraiment le choix. « Capitaine Desjani, nous allons intercepter la flottille syndic qui pique vers le point de saut de Brandevin. » Desjani sourit, tout comme les vigies de la passerelle. « Pouvez-vous me recommander une trajectoire d'interception ?

— Treize degrés sur tribord, quatre degrés vers le haut, répondit-elle aussitôt. Du moins si nous accélérons jusqu'à 0,07 *c* pour l'intercepter au moment où elle l'atteindra. Délai avant interception : quarante et une heures et douze minutes.

— Merci, capitaine. » Desjani avait déjà dû procéder aux calculs, évidemment. Bien que les vaisseaux de l'Alliance fussent tous orientés actuellement de manière à devoir pivoter sur la gauche (ou bâbord), les commandes des systèmes de manœuvre de la flotte utilisaient le système stellaire externe comme cadre de référence. Sinon, dans l'espace où les bâtiments pouvaient provenir de n'importe quelle direction et de toutes à la fois, un vaisseau n'aurait pas su dire avec certitude ce qu'un autre entendait par gauche, droite, haut et bas. La règle, à l'intérieur d'un système, voulait que bâbord fût toujours le côté le plus éloigné du soleil et tribord le plus proche, tandis que haut et bas se référaient au plan du système. Dans la mesure où la trajectoire d'interception exigeait de la flotte de l'Alliance qu'elle pivotât d'un poil vers l'étoile de Lakota, elle devait donc virer sur tribord.

« Parti pour combattre, capitaine Geary ? » demanda Rione, une main plaquée à son front. Ce qu'on pouvait voir de son visage trahissait la résignation.

« On verra. » Il s'assit et activa le circuit de communication avec la flotte. « À tous les vaisseaux. Virez de trois degrés sur tribord, de quatre vers le haut et accélérez à 0,07 *c* à T trente-deux. Nous comptons intercepter la flottille syndic Bravo. Attendez-vous à combattre d'ici trois jours. » Geary répugnait à donner cet ordre, mais il ne voyait pas d'alternative depuis l'arrivée de Bravo, aussi poursuivit-il : « Deuxième et septième escadrons de destroyers, réglez les réacteurs des transports de minerai syndic sur l'autodestruction puis rejoignez la flotte à votre vélocité maximale. Veillez à placer tous les prisonniers syndics survivants dans des modules de survie. Je ne tiens pas à me soucier de leur présence sur vos vaisseaux durant le combat. »

Quoi d'autre ? Oh, oui ! L'appât, qui n'avait encore attiré aucun Syndic. « Capitaine Tyrosian, assurez-vous qu'on a achevé les opérations de réapprovisionnement et récupérez les navettes dès que possible, mais pas au-delà d'un délai de vingt-quatre heures. Capitaine Mosko, accroissez la vélocité d'Écho Cinq Cinq autant qu'il sera nécessaire pour ramener votre formation en position par rapport au reste de la flotte.

— Encore trois jours avant de rattraper les Syndics. » Desjani fit la grimace, regrettant visiblement que la flotte ne fût pas déjà à portée d'engagement. « Je déteste cette attente. »

« Comptes-tu sauter hors de ce système ou bien engager le combat ? » s'enquit Rione. Elle avait gardé le silence jusqu'à la cabine mais lui avait jeté la question au visage dès que l'écoutille s'était refermée.

« Ça dépendra. » Geary se laissa tomber dans un fauteuil et activa l'hologramme montrant la situation dans le système de Lakota. « Que feront les Syndics ? Comment réagiront-ils ? Je ne peux pas les traquer avec cette flotte. Nous n'avons pas assez de cellules d'énergie à gaspiller.

— Il y en a d'autres à bord des auxiliaires. Si tu…

— Pas assez ! » Il fit la moue. « Pardon. Je ne voulais pas te couper la parole. » Rione, dont le regard s'embrasait déjà, se détendit légèrement. « Si je faisais distribuer dans toute la flotte les cellules d'énergie que les auxiliaires ont réussi à fabriquer, le niveau des réserves de carburant de chaque vaisseau ne serait plus que de soixante pour cent au moment d'atteindre le point de saut pour Brandevin, à condition toutefois que nous ne procédions pas à d'autres manœuvres. Marge de sécurité déjà insuffisante pour des opérations militaires de routine. Et franchement effroyable pour une flotte piégée derrière les lignes ennemies.

— Je croyais t'avoir entendu dire que la flotte devrait ralentir pour traverser les champs de mines posés par Bravo à ce point de saut. Il te faudra donc consommer davantage de cellules d'énergie, n'est-ce pas ?

— Je l'ai effectivement dit et tu as raison. Tu peux donc constater dans quelle panade nous sommes. »

Elle le dévisagea un instant avant de sourire. « Je t'ai encore sous-estimé.

— Vraiment ?

— Oui, capitaine Geary. » Elle éclata de rire. « Une réserve de cellules d'énergie suffisamment restreinte pour t'interdire de louvoyer à tort et à travers dans ce système stellaire, et des subordonnés qui risqueraient de te causer des problèmes s'ils te sentaient prêt à fuir devant l'ennemi. Sachant que les Syndics vont vraisemblablement se replier pour te permettre de quitter ce système stellaire, tu feins donc d'aller au combat en empruntant la trajectoire la plus directe vers le point de saut voulu. Bien joué ! Tu ferais un excellent politicien. »

Il lui décocha un sourire torve. « Je crains de n'être pas moitié aussi intelligent que tu le crois. Je pense, moi, que les Syndics combattront au point de saut pour Brandevin. Ils nous savent contraints de l'emprunter. Ils refuseront de nous laisser quitter ce système sans une égratignure. »

Rione chercha les yeux de Geary, son sourire évanoui. « Que comptes-tu faire, en ce cas ?

— Comme je te l'ai dit, ça dépendra. La flottille Bravo cherchera-t-elle à engager un combat majeur en nous frappant de toutes ses forces ou bien tentera-t-elle de l'éviter en ne s'attaquant qu'à nos points faibles ? Auquel cas elle pourrait emprunter le point de saut derrière nous et arriver à Brandevin sur nos talons. »

Elle rumina la question, assise la tête baissée, puis la releva au bout de plusieurs minutes pour le regarder : « Tu tiens vraiment à aller à Brandevin ?

— Ai-je le choix ? Si encore T'negu était une option acceptable…

— Tu te fourres dans une situation qui t'oblige à combattre cette flottille syndic.

— Je sais. » Il se redressa légèrement et afficha sur l'écran qui flottait au-dessus de la table un système qu'il n'avait que rarement consulté. « Tu reconnais ? »

Rione fixa lugubrement l'hologramme. « Le système mère syndic. Je ne suis pas près de l'oublier.

— La flotte de l'Alliance a essuyé des pertes effroyables lors de l'embuscade qu'on lui a tendue là-bas. » Geary indiqua une longue liste de noms de vaisseaux en surbrillance rouge. « Les éléments de tête ont été annihilés et les autres laminés alors qu'ils tentaient de se frayer en combattant un chemin au travers de ce traquenard.

— Inutile de me le rappeler ! » Rione détourna la tête, le visage exsangue. « Les souvenirs sont déjà assez éprouvants. »

Geary hocha la tête. « Pardon. Mais, tu l'as toi-même souligné sur la passerelle, nous avons aussi remporté quelques victoires unilatérales. Aucune n'arrive sans doute à la cheville de celle des Syndics dans leur système mère, mais, additionnées, elles leur ont aussi infligé de très lourdes pertes. »

Rione étudia de nouveau l'hologramme, l'œil brillant. « Et, si tu détruisais de la même façon cette flottille ennemie, tu ne serais pas loin d'avoir rétabli l'équilibre, n'est-ce pas ? C'est donc de cela qu'il s'agit ? D'une revanche ? Je m'attendais à mieux de ta part, John Geary, même si je reconnais volontiers que la perspective de rendre aux Syndics la monnaie de leur pièce ne me déplaît pas.

— Pas seulement d'une revanche. Bon sang, ça n'en sera pas vraiment une. Nous avons dû cavaler comme des dératés parce que cette embuscade dans leur système mère leur octroyait un immense avantage numérique sur la flotte de l'Alliance. »

L'expression de Rione s'altéra encore. « Et tu vas le leur retirer.

— Exactement. D'ailleurs, nous n'en sommes plus très loin. C'est bien pourquoi les Syndics nous ont envoyé à Ixion des équipages novices et des vaisseaux flambant neufs. Si je liquidais cette flottille Bravo, l'aptitude des Syndics à nous opposer une force égale à la nôtre dans chaque système que nous traversons serait lourdement grevée. Il leur faudrait déployer sur de nombreux systèmes leurs effectifs survivants, de sorte que nous disposerions partout de la supériorité numérique, ce qui nous laisserait le temps de réapprovisionner nos auxiliaires et de charger un stock complet de cellules d'énergie, de spectres et de mitraille à bord de tous nos vaisseaux. »

Rione réfléchit encore longuement puis lui jeta un regard interrogateur. « Et si ta flotte souffrait autant que la force syndic ?

— Alors nous serions mal en point.

— C'est un gros risque.

— Certes. Mais nous sommes déjà dans la panade. Et cela depuis que cette flotte a été écrasée dans leur système mère et s'est retrouvée piégée au cœur du territoire ennemi. Ce gros risque pourrait déboucher sur un énorme avantage. Je peux très bien perdre la partie en jouant la sécurité, mais je ne la gagnerai qu'en jetant les dés. »

En apesanteur, les dés ne cessent jamais de culbuter et, pendant la journée qui suivit, Geary eut l'impression qu'il en voyait deux rouler sur la piste, interminablement, sans jamais s'arrêter sur une face. Puis un deuxième jour s'écoula, tout aussi paresseusement. Les nerfs à fleur de peau, il ne s'adressait à Rione qu'en aboyant et elle lui répondait sur le même ton. Ils passèrent ainsi une demi-heure à s'invectiver, si chaudement qu'il se demanda comment il se faisait que les cloisons de sa cabine n'eussent pas encore fondu. Il finit par en sortir pour arpenter les coursives de l'*Indomptable* en s'efforçant d'afficher un masque serein et confiant quand des spatiaux ou des sous-officiers le saluaient avec une fierté jalouse. Sans doute était-il le commandant de la flotte, mais ce vaisseau amiral était aussi celui de Black Jack Geary, et eux restaient persuadés de son statut hors du commun.

Il se retrouva de nouveau dans la salle de conférence et se repassa encore, avec morosité, des simulations de combat avec la flottille syndic Bravo au point de saut pour Brandevin. Mais il ignorait trop d'éléments pour qu'elles eussent un sens : comment réagiraient les Syndics, par exemple.

Il regagna finalement sa cabine, bien résolu à ne pas se laisser bannir de ses propres quartiers, fût-ce par une Victoria Rione. Elle l'y attendait et le culbuta sur le lit sans piper mot.

Bon, ç'aurait au moins l'avantage de tuer le temps, mais il n'en resta pas moins mystifié.

Troisième jour. Assis sur la passerelle de l'*Indomptable*, Geary fixait d'un œil noir l'hologramme. Les Syndics continuaient de se comporter comme si la flotte de l'Alliance n'avait jamais été là. « Une petite idée d'un moyen d'obliger les Syndics de ce système à réagir à notre présence ? » finit-il par demander à Desjani.

Elle le regarda comme en s'excusant. « Non, capitaine. » Elle montra la planète habitée. « Toutes les installations militaires de ce système ont certainement reçu des instructions de leurs autorités supérieures, et les Syndics obéissent servilement aux ordres », déclara-t-elle péremptoirement. Il existait assurément une grande différence entre la flotte actuelle de l'Alliance et celle des Syndics. En sa qualité de commandant en chef, Geary avait consacré une bonne partie de son temps à tenter de persuader (avec un succès mitigé) ses commandants de vaisseau qu'obéir aux ordres pouvait se révéler fructueux. Le côté ironique de cette affaire, à ce stade du conflit, c'était que le contrôle rigide exercé par les Syndics sur leurs subordonnés et la ruée au combat bille en tête de l'Alliance se soldaient par un résultat identique : les deux camps optaient pour des chocs sanglants et irréfléchis.

« Je crains que la coprésidente n'ait eu raison, répondit-il. Cette fois, ils n'engageront le combat que quand ils se sentiront fins prêts.

— Très vraisemblablement », convint Desjani. Ce qu'elle avait connu dans la flotte fit fugacement éclore sur son visage une moue de dédain pour cette conception si intellectuelle du combat, puis elle se rappela que Geary avait précisément tenté d'inculquer cette méthode à ses commandants. « Soit ils ont retenu la leçon, soit ils commencent à réfléchir, non ?

— Ça y ressemble. À moins que leur confiance en eux n'ait été dangereusement rabattue de quelques degrés. » Quoi qu'il en fût, c'était mauvais signe.

« Il faudra bien qu'ils nous combattent au point de saut pour Brandevin. »

Restaient encore douze heures avant la jonction avec la flottille syndic qu'ils avaient désignée sous le nom de code Bravo, du moins si nul ne bronchait entre-temps. Elle avait adopté une formation parallélépipédique depuis son irruption et ne semblait vouloir en démordre par aucun signe. Mais, douze heures avant le contact, il était encore trop tôt pour qu'elle cherchât des noises à la flotte de l'Alliance.

Geary se repassa l'inventaire des fournitures de la flotte et procéda à des projections portant sur la quantité des cellules d'énergie que pourraient fabriquer les auxiliaires avec les matériaux dont ils disposaient, puis à des simulations de leur répartition.

Insuffisant.

Le niveau des réserves de minerai était bas et le stock de missiles spectres allait de réduit à médiocre, mais au moins les charges de mitraille étaient-elles à leur maximum. Guère surprenant, dans la mesure où ces billes métalliques étaient assez faciles à fabriquer.

Les réserves de vivres étaient convenables, mais elles poseraient également un problème à un moment donné si l'on ne parvenait pas à se réapprovisionner. Certes, ce qu'on avait apporté de l'Alliance était consommé depuis longtemps, et la flotte survivait désormais en grande partie sur les rations syndics pillées dans leurs installations désaffectées ou dans les entrepôts de Sancerre. Ce qu'on avait récupéré à Sancerre était mangeable, du moins pour de la cuisine syndic, mais, quand ce serait épuisé, il ne resterait plus que des rations syndics qu'eux-mêmes avaient jugé indignes d'être embarquées en abandonnant leurs installations. Geary y avait goûté et avait eu le plus grand mal à avaler, alors qu'il était habitué à la saveur quelque peu douteuse des rations militaires. Elles vous maintenaient en vie, mais c'était là leur seule qualité.

« Délai estimé avant engagement : douze heures. Veillez à ce que vos équipages se reposent le plus possible », ordonna-t-il à ses commandants avant de quitter la passerelle pour feindre d'aller lui-même se reposer.

Cinq heures avant interception.

« Ils accélèrent, capitaine, annonça Desjani d'un air contrit. Pour nous devancer au point de saut de Brandevin. Ils ont commencé une heure plus tôt, mais nous venons seulement de nous en apercevoir. Nous pourrions dépêcher quelques croiseurs de combat pour tenter malgré tout d'opérer le contact avant qu'ils ne l'atteignent, mais la flotte tout entière ne pourra pas accélérer suffisamment pour y parvenir. »

Envoyer des croiseurs de combat sans soutien vers la formation syndic ? Certes, il pouvait leur adjoindre quelques croiseurs légers et quelques destroyers, mais les croiseurs de combat n'en resteraient pas moins débordés par la puissance de feu ennemie. « Non. Nous ne pouvons pas leur faire prendre ce risque. »

Desjani se raidit, manifestement piquée dans son orgueil. « Capitaine, les croiseurs de combat sont fiers de leur rôle de force de frappe rapide de la flotte. Nous pourrions mitrailler très vite l'ennemi, et de manière répétée, en attendant que la flotte les rattrape. »

Nous. Évidemment. L'*Indomptable* était lui aussi un croiseur de combat. « J'apprécie la suggestion, capitaine Desjani, mais en l'occurrence, pour que cette manœuvre prît un sens, nous devrions détourner la flottille syndic de sa trajectoire présente. Nos croiseurs de combat n'ont pas assez de puissancc de feu pour s'opposer à une force de l'envergure de Bravo. » Il se pencha pour poursuivre à voix basse : « Vous savez parfaitement qu'il me serait impossible d'envoyer l'*Indomptable* avec ce détachement. C'est le vaisseau amiral et il transporte un atout majeur. » Il faisait allusion à la clef de l'hypernet syndic, dispositif dont l'impact sur le conflit serait décisif s'il parvenait à le ramener dans l'espace de l'Alliance.

Tous les vaisseaux de la flotte avaient sans doute leur importance, mais certains en avaient plus que d'autres. En raison précisément de cette clef, l'*Indomptable* restait le plus indispensable.

Desjani en était consciente et ne pouvait guère élever d'objections, aussi se contenta-t-elle d'acquiescer d'un hochement de tête, sans toutefois cacher son mécontentement.

Ne leur restait plus qu'à attendre et regarder la flottille syndic gagner la première le point de saut. Elle avait parfaitement minuté la manœuvre, sans leur laisser le temps de réagir. Mais, quand les deux flottes se rejoindraient pour combattre, Geary se faisait fort d'enseigner aux Syndics quelques rudiments sur le minutage des manœuvres destinées à déstabiliser l'ennemi.

À sa vélocité de 0,1 *c*, la flottille ennemie couvrait trente mille kilomètres par seconde. À l'échelle de la surface d'une planète, une telle vitesse serait inconcevable. Relativement aux dimensions, même moyennes, d'un système stellaire comme celui de Lakota, dont le diamètre orbital de la planète extérieure officielle la plus éloignée équivalait environ à dix heures-lumière, soit à peu près onze milliards de kilomètres, les vaisseaux donnaient l'impression de ramper sur fond de ténèbres piqueté d'étoiles. Geary s'était souvent demandé comment les gens pouvaient le supporter au début du vol spatial, quand les vaisseaux étaient encore incapables d'atteindre des vélocités d'un dixième de *c* et qu'il leur fallait des semaines, des mois ou même des années pour gagner une planète ou une lune de leur propre système stellaire. Mais eux-mêmes avaient sans doute du mal à comprendre qu'il avait naguère fallu autant de temps pour traverser un continent.

« Si vite qu'on aille, ce n'est jamais assez », marmonna-t-il.

À sa grande surprise, cette remarque parut prendre Desjani de court. « Si la flotte pouvait faire mieux, capitaine…

— Pardon. Il ne s'agit pas de la flotte. Elle fait des prodiges, comme d'habitude. Non, je parlais seulement des gens.

— Je vois, capitaine. » Elle ne voyait strictement rien de toute évidence, mais, dans la mesure où l'honneur de son vaisseau et de la flotte n'était pas en jeu et où il fallait surveiller l'ennemi, elle préférait ne pas insister.

Geary renonça, lui aussi, pour regarder les Syndics foncer vers le point de saut pour Brandevin, en espérant qu'ils n'y feraient pas ce à quoi il s'attendait.

Ce fut pourtant le cas.

« Ils pivotent enfin vers nous, annonça Desjani. Ils ont freiné massivement en traversant le point de saut et ils accélèrent à présent dans notre direction. »

Geary relâcha une goulée d'air, à la fois soulagé de n'avoir plus à redouter ce qui venait de se passer et tendu parce que c'était finalement arrivé ; il espérait maintenant que tout irait bien. « Il me faut une confirmation le plus vite possible. Ont-ils disposé des mines au point de saut en le dépassant ? » Sauf s'il s'agissait d'un bluff, ralentir suffisamment pour permettre à leurs vaisseaux de poser les mines relativement proches les unes des autres restait la seule explication à cette décélération.

« Oui, capitaine, affirma une vigie. Nos senseurs tentent encore d'évaluer la densité et les limites du champ de mines, mais nous décelons déjà de nombreuses anomalies optiques. Ils ont manifestement largué un grand nombre de mines juste devant le point de saut. »

Desjani se rembrunit. « Si près ? Regardez, capitaine. Elles sont si proches de lui que sa seule présence les fera dériver assez vite loin de leur position.

— Qu'entendez-vous par "assez vite" ? demanda Geary, pris d'un léger espoir.

— Quelques semaines, sans doute, suggéra-t-elle. La physique obéit à d'assez étranges lois dans les zones voisines d'un point de saut, mais nous pouvons procéder à une analyse pour obtenir une estimation plus sûre.

— Ça ne nous servirait pas à grand-chose, sauf si elle était de très loin inférieure à ce délai. » Il jeta encore un regard à la représentation du champ de mines dessinée par les senseurs à mesure qu'ils réussissaient péniblement à détecter les infimes anomalies visuelles révélant les mines les plus furtives. Exactement à l'aplomb du point de saut, comme venait de l'annoncer Desjani.

Sans doute s'écarteraient-elles loin de cette position dans quelques semaines, mais, en attendant, la flotte de l'Alliance ne parviendrait pas à franchir ce barrage à moins de ralentir jusqu'à faire du surplace pour négocier ensuite un virage très serré. Et si elle s'y résolvait, ses vaisseaux deviendraient des cibles faciles pour une flottille Bravo effectuant des passes d'arme à haute vélocité. « Je préférais quand les Syndics nous sous-estimaient, confia-t-il à voix basse à Desjani.

— Nous contournerons aisément ces mines quand nous aurons détruit cette flottille syndic, avança-t-elle. Nous pourrions aussi attendre qu'elles aient déblayé le plancher.

— Peut-être. » S'attarder plusieurs semaines à Lakota ? Ça ne lui semblait pas une très bonne idée. Plus ils s'y incrustaient, plus la situation semblait empirer.

« La flottille syndic Bravo maintient une trajectoire d'interception qui la conduit droit sur nous, annonça la vigie des manœuvres. Elle continue d'accélérer et est désormais remontée à 0,05 *c*.

— Elle engagera le combat à 0,1 *c*, prophétisa Desjani. C'est leur tactique habituelle.

— Et celle de l'Alliance, lui rappela Geary. Mais je ne compte pas imprimer cette vélocité à nos vaisseaux avant un bon moment.

— Si les Syndics accéléraient jusqu'à 0,1 *c* et maintenaient cette vélocité jusqu'au contact tandis que nous restons à 0,07, nous l'opérerions dans une heure et demie, annonça Desjani après avoir procédé à quelques calculs.

— Très bien. » Geary réfléchit un instant puis appela ses vaisseaux. « À toutes les unités de la flotte. Attendez-vous à combattre dans un délai approximatif d'une heure. Conservez vos positions dans la formation et je vous promets que nous donnerons à ces Syndics la même leçon qu'aux autres flottilles ennemies que nous avons rencontrées. »

Il ne s'attendait pas à une réponse, mais il lui en parvint une de son arrière-garde. « Veuillez nous prévenir du moment où nous devrons accélérer à la vitesse d'engagement de 0,1 *c*. »

Il vérifia l'identification du message et ses soupçons se virent confirmés : c'était bel et bien le capitaine Midea du *Paladin*. « Nous accélérerons avant le contact avec les Syndics. J'en donnerai l'ordre au moment voulu, comme celui de toute modification de la formation.

— Elle va demander maintenant qu'on lui précise le "moment voulu", marmonna Desjani.

— Ici le *Paladin*. » Desjani venait tout juste de finir sa phrase. « Veuillez définir le "moment voulu". »

Geary refoula une réplique cinglante. « Celui où j'en donnerai l'ordre, *Paladin*. » Il secoua la tête et s'adressa de nouveau à Desjani. « Midea n'est pas stupide à ce point, n'est-ce pas ?

— Je ne crois pas, tergiversa-t-elle.

— Alors elle sait certainement que je fonde mes manœuvres sur celles de l'ennemi. Je ne saurai quand et comment réagir que sur le point d'opérer le contact, quand j'aurai vu quelle formation ils ont adoptée, à quelle vitesse ils arrivent sur nous et à quelles manœuvres de dernière minute ils s'essaient.

— En effet, capitaine. Mais je ne le sais que parce que vous me l'avez enseigné, répondit Desjani. Nos tactiques étaient beaucoup plus simplistes avant que vous ne preniez le commandement. »

C'était un euphémisme. Alors que des combats ressemblant de plus en plus à des carnages décimaient des multitudes d'officiers entraînés et expérimentés, la science des tactiques efficaces tenant compte des distances et délais disparaissait avec eux. Geary s'était rendu compte qu'elles se résumaient désormais, au bout d'un siècle de guerre, à charger l'ennemi bille en tête, encore et encore, jusqu'à ce qu'un des camps fût contraint d'opter entre la fuite et l'anéantissement. « J'ose espérer que vous n'êtes pas la seule à retenir la leçon.

— Bien sûr que non, capitaine. »

Le regard de Geary se reporta sur l'hologramme, où la flottille Bravo accélérait toujours vers la flotte de l'Alliance, tout en maintenant la même formation parallélépipédique qu'à son irruption dans le système de Lakota, sa face la plus large tournée vers la flotte adverse comme si la boîte à chaussures glissait de côté et vers le bas pour l'affronter.

Geary hocha la tête puis remarqua que Desjani et les vigies entrant dans son champ de vision le regardaient en souriant et se rendit compte que lui aussi souriait. « Nous allons maintenir cette formation. Je ne procéderai à aucune modification. »

La flotte de l'Alliance conservait elle aussi la formation qu'elle avait adoptée en émergeant à Lakota : cinq sous-formations en pièce de monnaie à la face tournée vers l'avant et piquant droit sur l'ennemi, aussi sûrement qu'il fondait sur elle, même si Écho Cinq Cinq, avec ses auxiliaires et ses bâtiments endommagés, arrivait un peu derrière le corps principal et Cinq Quatre. Geary consulta rapidement les systèmes de manœuvre pour donner les ordres adéquats puis les transmit : « À toutes les unités d'Écho Cinq Cinq. Augmentez la vélocité pour fusionner avec Cinq Quatre et assumer les positions préétablies. »

Desjani étudia les ordres, l'air intriguée. « Vous accrochez en quelque sorte l'ex-Cinq Cinq au ventre de Cinq Quatre ?

— Exact.

— Alors que la septième division de cuirassés continue de coller au flanc de l'ancienne Cinq Quatre ? » Elle sourit encore. « J'ai hâte de voir ça. »

Les deux flottes n'étaient encore séparées que par une dizaine de minutes-lumière, mais plus d'une heure s'écoulerait avant le contact ; Geary regarda les vaisseaux de Cinq Cinq rejoindre lentement leurs camarades et adopter leur nouvelle position. Il savait que les Syndics n'assisteraient à cette manœuvre que dans dix minutes environ et ne s'en inquiéteraient probablement pas, dans la mesure où la majeure partie de la flotte de l'Alliance et leur propre parallélépipède restaient sur une trajectoire d'interception.

À une demi-heure du contact, Geary diffusa de nouveaux ordres : « Formations Écho Cinq Deux et Trois… (soit les deux pièces de monnaie qui constituaient les flancs du corps principal) pivotez à quatre-vingt-dix degrés sur un axe vertical à T cinquante. Simultanément, déplacez les formations de quarante-cinq degrés sur un axe horizontal, de façon à ce que votre avant oblique vers Cinq Quatre. » Même si les systèmes de manœuvre fournissaient à chaque bâtiment une image exacte de ce que voulait Geary, jamais il n'aurait pu donner ces instructions si leur exécution avait été confiée à des êtres humains. Il eût tout bonnement été trop complexe d'obtenir d'un nombre si élevé de vaisseaux qu'ils modifient en même temps leur position horizontale et verticale.

« Formations Écho Cinq Un et Cinq Quatre, poursuivit-il. Pivotez de quatre-vingt-dix degrés vers l'avant sur un axe horizontal à T cinquante. »

Les manœuvres se déroulèrent comme une chorégraphie en trois dimensions à la complexité démentielle, les pièces de monnaie de la formation de l'Alliance pivotant de manière à présenter aux Syndics en approche la tranche la plus mince de l'avant-garde et du corps principal, tandis que les deux formations de flanc, légèrement inclinées, s'en écartaient de part et d'autre, leur tranche également orientée vers l'avant. Le spectacle du ballet compliqué de ces centaines de vaisseaux était d'une singulière beauté.

Quinze minutes avant le contact, les manœuvres s'achevaient. « Les Syndics vont nous voir modifier la formation, fit remarquer Desjani.

— En effet. » Assis devant l'écran, Geary guettait le moment propice pour ordonner l'action suivante. Les Syndics assisteraient à toutes ses décisions avec un certain retard, mais qui se raccourcirait graduellement, de sorte qu'il lui fallait les synchroniser afin de faire réagir l'ennemi au moment idoine et à mauvais escient. Ils n'avaient pas vu la nécessité de modifier leur trajectoire après ces premières manœuvres, mais ça ne durerait pas.

Ils n'étaient plus qu'à deux minutes-lumière du contact, soit douze minutes à cette vélocité combinée proche de 0,17 *c*. « À toutes les unités, accélérez à 0,1 *c* à T quinze. À toutes les formations, altérez la trajectoire de cinq degrés vers le haut à T quinze. »

La flotte accéléra et pivota en même temps que les pièces de monnaie obliquaient vers le haut. Desjani eut un sourire féroce. « J'ai compris ! Mais leur commandant s'en apercevra à temps pour réagir.

— J'y compte bien. » Geary se tut afin de compter les secondes. Se fiant à son instinct pour minuter la prochaine manœuvre, il observait la position des Syndics par rapport à ses vaisseaux. « À toutes les formations. Altérez encore la trajectoire de dix degrés vers le haut et d'un sur tribord à T dix-neuf. »

Une minute plus tard, il voyait enfin l'ennemi réagir à ses premières manœuvres en faisant lui aussi pivoter son parallélépipède vers le haut, de manière à foncer de nouveau bille en tête sur le corps principal de l'Alliance : les deux groupes de vaisseaux s'interpénétreraient à angle obtus et à une vélocité combinée approchant à présent 0,2 *c*. Si elle dépassait ce chiffre, la distorsion relativiste compliquerait sérieusement le repérage de la position des vaisseaux ennemis, mais, en dessous de 0,2 *c*, les systèmes de combat seraient en mesure de compenser les effets d'une vélocité bouleversant l'aspect de l'univers extérieur.

Hélas pour les Syndics, le second virage de Geary vers le haut avait encore modifié l'angle de l'engagement, et cette fois si peu de temps avant le contact que leur commandant n'avait plus le loisir de s'en apercevoir et d'y réagir. « À toutes les unités. Engagez le combat par escadrons et divisions avec mitraille et lances de l'enfer dès que les cibles entreront dans l'enveloppe de tir. » Chaque escadron ou division ne viserait qu'un seul bâtiment ennemi, augmentant ainsi ses chances de faire mouche durant le bref laps de temps où les deux flottes seraient assez proches pour tirer.

« Les missiles et la mitraille ennemis passent sous nous », annonça jovialement la vigie du système de combat quand le tir de barrage des Syndics arrosa le point où la flotte aurait dû se trouver.

Puis le contact se fit et se défit. Si les yeux et le système nerveux humains avaient réagi assez vite pour le percevoir, ils auraient vu les surfaces planes des pièces de monnaie de l'avant-garde et du corps principal de l'Alliance glisser sur la partie supérieure de la tête du parallélépipède en concentrant leur feu sur les quelques Syndics présents sur cette lisière, alors que seuls ces bâtiments pouvaient riposter au tir de ces vaisseaux guère plus nombreux mais arrivant l'un derrière l'autre à haute vélocité. Les pièces de monnaie des formations de flanc de la flotte passèrent à leur tour au-dessus des coins supérieurs de la boîte à chaussures, en les soumettant à un tir encore plus concentré.

Geary cligna des yeux en se demandant s'il avait réellement vu les éclairs des armes et des explosions durant la fraction de seconde où les systèmes de combat avaient visé et tiré, plus vite qu'aucun être humain ne l'aurait pu. Les deux flottes prenaient déjà des chemins divergents, et les vigies commençaient d'énumérer les dommages causés à l'ennemi et d'annoncer les rapports d'avaries provenant des vaisseaux de l'Alliance.

« On les a salement amochés », lâcha Desjani.

Sur l'écran, les débris de deux croiseurs de combat syndics s'écartaient du reste de leur flotte, bientôt rejoints par les épaves désemparées d'un cuirassé, de cinq croiseurs lourds et de nombreux croiseurs légers et avisos. Les escorteurs de la partie supérieure de la formation avaient été virtuellement balayés. D'autres vaisseaux ennemis étaient touchés moins grièvement.

Côté Alliance, certains boucliers avaient été soumis à rude épreuve et quelques unités légères avaient essuyé des frappes. Mais toutes, heureusement, pourraient encore suivre la flotte.

Geary hocha la tête et donna les ordres qu'il avait préparés. « À toutes les unités. Altérez la trajectoire de cent vingt degrés vers le haut à T vingt-quatre. » Moins d'une minute plus tard, les formations de l'Alliance s'élevaient pour décrire une parabole en forme de C qui inversait leur orientation.

Comme Geary s'y était attendu, les Syndics avaient opéré une manœuvre identique, reflet de celle de l'Alliance, pour revenir au contact. Dans la mesure où les deux flottes se retournaient en même temps, les formations de l'Alliance se retrouvèrent de nouveau à l'aplomb d'une des faces du parallélépipède syndic, en l'occurrence la tête de sa partie inférieure. Laquelle se composait, malheureusement pour eux, des bâtiments qui formaient tout à l'heure sa face supérieure et avaient déjà essuyé le tir nourri de sa première passe d'armes.

Les formations de Geary arrosèrent donc à nouveau cette face et les coins du parallélépipède ennemi. Encore une fois, la puissance de feu supérieure engendrée localement par cette manœuvre leur permit de frapper davantage les Syndics qu'ils ne pouvaient riposter.

« Deux autres cuirassés éliminés ! exulta Desjani. Et un de leurs croiseurs de combat !

— Nous avons été plus durement touchés ce coup-ci. » Deux destroyers, l'*Assegaï* et le *Rapière*, avaient perdu leurs armes mais étaient encore capables de manœuvrer. Plusieurs croiseurs légers et un croiseur lourd étaient cabossés, et des tirs avaient atteint quelques croiseurs de combat. Alors même que Geary donnait ses ordres suivants, il en surveillait un des yeux. « À toutes les formations. Descendez de quatre-vingt-dix degrés à T trente-cinq. » La flotte de l'Alliance entreprit de décrire une courbe en S alors que les Syndics revenaient de nouveau sur elle.

Mais un de ses croiseurs de combat n'épousa pas le mouvement et commença de dériver loin de la formation en adoptant une lente et tortueuse trajectoire, qui le ramenait sur le chemin de la flottille syndic. « Qu'est-il arrivé au *Renommé* ? » interrogea Geary.

Une vigie afficha prestement une reconstitution de la dernière passe d'armes, assez lentement pour permettre aux sens humains de suivre. Cette fois, les Syndics avaient calculé la trajectoire de la flotte de l'Alliance avec précision et placé leurs barrages de mitraille à point nommé. Le *Renommé*, que sa position dans une des formations de flanc rapprochait davantage de l'ennemi, avait essuyé plusieurs rafales qui avaient fait flancher ses boucliers de proue. Alors que ses systèmes de combat détournaient automatiquement vers ces derniers l'énergie alimentant ceux de poupe et de flanc, les missiles syndics avaient obliqué sur leur trajectoire d'interception pour viser sa poupe. Les trois premiers missiles avaient eu raison des boucliers arrière affaiblis, puis trois autres avaient irrémédiablement détruit ses principaux systèmes de propulsion.

Sous ces impacts, incapable de se maintenir dans la formation de l'Alliance, le *Renommé* en avait été éjecté.

Un croiseur de combat isolé, privé de la protection de ses camarades et incapable de compenser l'affaiblissement de ses boucliers et de son blindage par la vitesse…

« Les rapports du *Renommé* estiment à trente minutes le délai qui lui sera nécessaire pour rétablir une capacité de propulsion limitée », annonça la vigie du système de combat.

Nul besoin des estimations des systèmes de manœuvre pour comprendre que le *Renommé* ne disposerait pas de ce délai. La formation syndic passerait au-dessus dans un peu plus de dix minutes.

Geary marmotta une prière. *Retourner la flotte, faire pivoter tes vaisseaux pour rejoindre le croiseur de combat avant les Syndics ?* Matériellement impossible. Les lois de la physique s'y opposaient.

« Que fiche le *Paladin* ? » se demanda Desjani à haute voix.

Le regard de Geary se fixa brusquement sur ce dernier vaisseau. À présent à l'arrière-garde du corps principal, le *Paladin* avait vu des frappes endommager le système de propulsion du *Renommé,* et lui avait le temps de réagir. Le cuirassé négociait à présent un virage si serré que ses tampons d'inertie devaient pousser des hurlements de protestation.

Geary ne pouvait pas ordonner à la flotte tout entière d'opérer un tel virage. Les unités postées sur les flancs de ses formations devraient parcourir un trajet beaucoup plus important que celles du centre, puisqu'il ferait pivoter tous les vaisseaux autour de l'axe de leur formation respective. La seule manière d'imiter le *Paladin* serait d'autoriser les formations à se dissoudre, ce qui promettait un désastre dans la mesure où les Syndics maintenaient encore la leur.

« *Paladin*, ordonna-t-il âprement, reprenez immédiatement votre position. » Il lui fallait absolument ajuster la trajectoire de sa flotte, qui s'incurvait vers le bas pour épouser le léger glissement de côté des Syndics. « À toutes les formations. Portez-vous de deux degrés sur tribord à T quarante et un.

— Que pouvons-nous y faire ? » demanda Rione du fond de la passerelle, d'une voix plus implorante que péremptoire.

Elle parlait évidemment du *Renommé*, Geary n'avait nullement besoin de le lui demander. « Rien, répondit-il d'une voix à peine plus sonore qu'un murmure. Même si je permets à cette formation de se disperser, nous ne réussirons pas à conduire assez de vaisseaux là-bas à temps pour sauver le *Renommé*, et nous en perdrons sûrement d'autres.

— Le *Renommé* transmet qu'il a ordonné à tout son personnel non critique de gagner les modules de survie », annonça la vigie du système de combat de l'*Indomptable*.

Craignant que sa voix ne trahît son émoi, Geary se contenta de hocher la tête. Il avait donné le même ordre à Grendel un siècle plus tôt. À peine quelques mois pour lui.

Desjani lui jeta un regard angoissé mais ne souffla pas mot.

Le *Paladin* continuait de décrire un arc de cercle qui, désormais, le ramenait manifestement sur le *Renommé*, tandis que le reste de la flotte de l'Alliance incurvait sa trajectoire vers le bas et faisait pivoter tous ses vaisseaux de conserve pour inverser leur course.

« *Paladin !* hurla Geary sans se soucier de faire preuve au combat d'un manque de sang-froid bien peu professionnel. Regagnez immédiatement la formation ! Le capitaine Midea est relevé de son commandement ! Que son second l'assume et ramène le vaisseau en position. »

Il était sans doute trop tard. C'était même certain. Compte tenu de la vélocité des vaisseaux, le *Paladin* avait d'ores et déjà viré trop loin de la flotte, et les Syndics revenaient sur elle pour passer sous son corps principal mais en piquant droit sur les deux bâtiments égarés.

Le *Renommé* cracha un essaim de modules de survie et tous les spectres qui lui restaient sur la face frontale de la formation syndic en approche. Puis ses ultimes mitrailles vinrent frapper les boucliers des vaisseaux ennemis et s'y vaporisèrent en scintillant. Un premier puis un second aviso syndic furent réduits au silence. Un croiseur léger partit à la dérive. Les boucliers d'un croiseur de combat flamboyèrent puis cédèrent par endroits, permettant à quelques lances de l'enfer du *Renommé* de le cribler.

Mais une avalanche de feu s'abattait sur lui. Ses boucliers flanchèrent, son faible blindage fut transpercé en une centaine de points et ses batteries de lances de l'enfer se turent; le croiseur de combat blessé tressaillait et vacillait, réduit à l'impuissance, sous les impacts des tirs syndics.

« Plus aucun système en activité détectable sur le *Renommé*, annonça une vigie d'une voix calme mais légèrement chevrotante. Sa balise d'urgence s'est éteinte. Les survivants abandonnent le vaisseau. »

Geary était passé par là. Alors même que les armes ennemies continuaient de le pilonner, il avait cavalé comme un fou dans les coursives naguère familières de son vaisseau blessé à mort, que les dommages massifs qu'il avait essuyés rendaient méconnaissable, en espérant qu'il resterait au moins une capsule de survie intacte.

« Réacteur du *Renommé* en surcharge. Perdons le contact. »

Sur l'écran, l'épave délabrée de ce qui avait été un croiseur de combat de l'Alliance culbutait silencieusement dans le vide, le noyau de son réacteur réglé en surcharge pour interdire à l'ennemi de récupérer sa carcasse, tandis que les modules de survie abritant ses spatiaux se mêlaient à ceux des vaisseaux syndics détruits.

Le *Paladin* passa au-dessus du croiseur de combat désemparé mais trop tard pour le sauver. Les batteries de lances de l'enfer du cuirassé déchiquetèrent encore quelques avisos ennemis qui tentaient désespérément de fuir. Deux explosèrent sous les impacts et un troisième se désintégra. Puis le *Paladin* se retrouva seul au milieu des croiseurs légers ennemis ; ses puissantes batteries de lances de l'enfer laminèrent les boucliers de deux d'entre eux, en détruisant un et réduisant l'autre à l'impuissance.

Une seconde plus tard, le *Paladin*, ses boucliers rougeoyant désormais constamment sous le tir de barrage ininterrompu des Syndics, engageait le combat avec leurs croiseurs lourds. Les armes du cuirassé en éventrèrent un, puis il fonça en titubant sur une division de ses homonymes syndics.

« Midea est cinglée, mais elle meurt en brave, fit sombrement remarquer Desjani.

— Fallait-il vraiment qu'elle emportât avec elle son vaisseau et son équipage ? » marmonna Geary. Trop tard. Trop tard pour relever Midea. Trop tard pour chercher un moyen de contrôler un officier inconséquent dont dépendait le sort d'un vaisseau.

« Le *Paladin* perd ses boucliers », annonça la vigie.

Geary le voyait sur son propre écran. Le combat mené en solitaire par le cuirassé se déroulait à présent assez loin du reste de la flotte pour que sa lumière mît quelques secondes à atteindre l'*Indomptable*. Il pouvait se passer beaucoup de choses en ces quelques secondes.

Mais il en fallut moins à un *Paladin* frémissant sous le feu ennemi qui le frappait de tous côtés pour charger droit sur la division de cuirassés syndics qu'il ciblait. Il concentra le sien sur un seul cuirassé, alors même que ses batteries de lances de l'enfer se taisaient une à une. Quand les deux bâtiments se croisèrent à une vitesse fulgurante, le *Paladin* lâcha son champ de nullité sur les boucliers de proue ennemis qui cédèrent, déjà affaiblis, lui permettant de creuser un énorme cratère dans sa proue.

Le cuirassé syndic mutilé valdingua hors de sa formation et le *Paladin* la traversa en trombe en accusant coup sur coup ; ses systèmes moururent l'un après l'autre et des débris de son blindage et de sa coque volèrent en éclats sous les impacts cumulés des lances de l'enfer, de la mitraille et des missiles ennemis.

La flotte de Geary arriva au sommet de sa parabole et, alors que sa trajectoire la ramenait vers la flottille syndic pour une nouvelle passe d'armes, les lambeaux du *Paladin* commencèrent de basculer cul par-dessus tête au-dessus de l'ennemi ; l'épave ne donnait plus d'autres signes de vie que les modules qui s'en échappaient.

« Nous le vengerons », promit Geary alors que la flotte de l'Alliance s'apprêtait à survoler de nouveau le sommet de la formation syndic. Mais cette fois, sans doute secoué par ce qui arrivait au *Paladin* et au *Renommé*, il avait mal calculé son coup et les deux groupes de vaisseaux se frôlèrent à la limite extrême de la portée de leurs lances de l'enfer, sans qu'aucun des deux pût infliger des dommages décisifs à l'ennemi.

« Nous les aurons à la prochaine passe, prédit Desjani, le visage austère.

— Ouais. » Geary inspira profondément puis transmit de nouveaux ordres. « À toutes les formations. Montez de cent dix degrés et obliquez d'un sur tribord à T cinquante-sept. » Ce qui invertirait encore les deux formations quand elles reviendraient à la charge et décriraient, chacune de leur côté, un S entremêlé à celui de l'ennemi. Sans doute le commandant syndic se rendrait-il compte qu'il serait incapable d'exécuter une passe d'armes efficace s'il ne brisait pas ce schéma, mais, tant qu'ils croiraient avoir encore une petite chance d'infliger des dommages à l'Alliance, les syndics se refuseraient à rompre le contact. Ils ne s'étaient jamais résolus et continuaient avec entêtement à livrer leurs combats en faisant stupidement étalage de leur bravoure et de leur détermination. Ils avaient d'ores et déjà accumulé des pertes très supérieures à celles de l'Alliance, même en tenant compte du *Renommé* et du *Paladin*. Quand leur flottille se déciderait enfin à fuir, elle serait trop décimée pour qu'un seul de ses vaisseaux en réchappât.

« Activité signalée au portail de l'hypernet, capitaine ! »

Des alarmes clignotaient sur l'écran de Geary. Son regard s'était reporté sur le secteur du portail syndic au moment même où la vigie avait entrepris, d'une voix essoufflée, de lancer son avertissement. « Des forces syndics ont été repérées en train d'en émerger. Vingt avisos. Rectification : vingt-huit. Douze croiseurs légers. Rectification : quarante-deux avisos, vingt-six croiseurs légers, huit croiseurs lourds. Rectification : soixante-neuf avisos, trente et un croiseurs légers et dix-neuf croiseurs lourds. »

Geary regardait les symboles ennemis se multiplier follement autour du portail en s'efforçant de ne pas trahir son désarroi.

« Un nombre conséquent d'escorteurs », fit observer Desjani avec un calme qu'il trouva remarquable.

Donc une multitude de vaisseaux lourds.

L'hologramme et la vigie le confirmèrent un instant plus tard : « Seize croiseurs de combat. Rectification : vingt. Douze cuirassés. Rectification : vingt-trois. »

Geary s'aperçut qu'il avait cessé de respirer et il inhala une goulée d'air. Au moins le nombre des symboles menaçants avait-il cessé de croître. Il s'accorda un moment pour parcourir l'estimation définitive de la force ennemie : vingt-trois cuirassés, vingt croiseurs de combat, dix-neuf croiseurs lourds, trente et un croiseurs légers et cent douze avisos.

L'équilibre des forces dans ce système était passé en quelques minutes d'une relative égalité à la supériorité numérique écrasante de l'ennemi. Au chapitre des seuls vaisseaux lourds, la flotte de l'Alliance ne disposait plus que de vingt-cinq cuirassés et de dix-sept croiseurs de combat. Jusque-là, la bataille avait coûté trois cuirassés et quatre croiseurs de combat à l'ennemi, mais, même après ces pertes, les Syndics totalisaient encore à Lakota quarante-quatre cuirassés et trente-quatre croiseurs de combat, pour la plupart frais, dispos et chargés à ras bord de munitions, tandis que les vaisseaux de l'Alliance avaient déjà épuisé la moitié de leurs réserves de missiles et de mitraille. Pratiquement à deux contre un, donc, et, quoi qu'on s'imaginât dans la flotte, Geary ne croyait pas qu'une plus grande combativité compensât cette disparité en puissance de feu.

DIX

« Ce doit être la flotte principale syndic, fit observer Desjani, tous les muscles tendus. Leur plus importante force de frappe. Les Syndics de ce système n'auraient pas pu demander des renforts et les recevoir si vite. Elle doit donc venir ici pour d'autres raisons.

— Quels veinards nous faisons », marmonna Geary. Le portail de l'hypernet se trouvait maintenant à cinq heures-lumière : la flotte qu'ils venaient de voir en émerger était donc arrivée cinq heures plus tôt. Mais cette nouvelle force de frappe, elle, avait vu la flotte de l'Alliance en sortant de l'hypernet, et elle avait disposé de cinq heures pour évaluer la situation et prendre des dispositions en conséquence. « Nous devons déjà balayer la flottille que nous combattons. Ensuite, nous pourrions…

— Les vaisseaux syndics se retournent, annonça la vigie d'une voix dépitée.

— Les fils de pute ! »

Ça ne faisait aucun doute. Au lieu de revenir sur eux pour une nouvelle passe d'armes, les Syndics qu'ils avaient combattus continuaient tout droit et accéléraient à plus de 0,1 *c* afin d'accroître plus vite la distance les séparant de la flotte. Au lieu de s'en rapprocher, ils prenaient la direction opposée.

« Ils rompent le contact. »

Des ordres destinés à ces vaisseaux syndics leur étaient parvenus en même temps que la lumière en provenance du portail. En les voyant s'éloigner et accélérer, Geary en eut la ferme conviction.

« Les couards, gronda Desjani en secouant la tête. Non. On leur aura ordonné d'attendre jusqu'à ce que l'autre force, plus importante, soit assez proche de nous pour engager le combat.

— Exact. » Geary jeta un coup d'œil à la disposition géométrique de la flotte de l'Alliance et des forces syndics puis à l'estimation des réserves de carburant de ses vaisseaux. « Nous n'avons pas assez de cellules d'énergie pour les rattraper sans qu'elles atteignent un niveau critique.

— Sautez vers Brandevin ! cria soudain Rione, comme si elle ne comprenait pas pourquoi nul n'en avait encore eu l'idée. Piquez vers le point de saut et sautez ! Nous avons infligé aux Syndics davantage de pertes qu'ils ne nous en ont causé ! Il n'y a donc rien de déshonorant à quitter le champ de bataille maintenant. »

Desjani se borna à secouer de nouveau la tête.

Geary se tourna vers Rione. « Impossible. La force syndic qui vient de rompre le contact restera assez proche pour nous charger si nous nous avisons de gagner le point de saut. Il nous faudra ralentir pour traverser le champ de mines avant d'y parvenir. Ils attendront que nous nous soyons pratiquement arrêtés pour le contourner et ils frapperont.

— Nous ferions des cibles faciles, ajouta Desjani, la voix tendue.

— Ne pourrions-nous pas déjouer leurs manœuvres ? » s'enquit Rione.

Au tour de Geary de secouer la tête. « Eux n'ont pas d'auxiliaires pour les ralentir et, sachant que nous ne pourrions pas nous en prendre à leurs vaisseaux endommagés, ils les abandonneraient et nous pourchasseraient. Même si nous n'avions pas à nous soucier des auxiliaires, il nous faudrait protéger nos bâtiments blessés. » Il montra l'hologramme. « Les Syndics que nous combattions nous interdiraient de sauter pour Brandevin ou nous molesteraient si nous tentions le coup. Entre-temps, la grosse flotte syndic nous tomberait dessus à bras raccourcis, consciente que nous ne pourrions pas emprunter le point de saut le plus proche sans risquer de très lourdes pertes. Quand elle arrivera assez près, elle se ralliera à l'autre pour nous frapper. »

Desjani opina, le visage sévère.

« Et vous allez vous contenter d'attendre que ça se produise ? demanda Rione, incrédule.

— Pas si je peux l'empêcher. » Il s'assit et s'efforça de réfléchir. Une chose au moins crevait les yeux, qui l'obligeait à imprimer à la flotte un autre mouvement. « À tous les vaisseaux, infléchissez la trajectoire de vingt degrés vers le haut et de dix sur tribord à T quarante-trois. »

Et maintenant ? Largement surpassé en nombre… et ça ne risquait pas de s'améliorer. Peut-être… peut-être réussirait-il à triompher ici malgré tout s'il lui venait une idée brillante. Mais pas moyen sans perdre la majorité de ses vaisseaux. Tout bâtiment rescapé de la flotte n'aurait plus aucune chance de regagner l'espace de l'Alliance et pourrait dès lors être regardé comme perdu. La victoire ne pourrait être obtenue que par le sacrifice de la flotte, et sans autre résultat que de replonger la guerre dans l'impasse. Les deux camps se retrouveraient contraints de geler les attaques en attendant que leur flotte fût reconstruite ; puis ils repartiraient à l'assaut de plus belle et reprendraient ce conflit apparemment interminable. Sans doute jusqu'à ce que les gouvernements des

Mondes syndiqués et de l'Alliance s'effondrent et qu'un chaos généralisé et massivement armé s'installe dans l'espace colonisé par l'humanité.

Même si je remportais une victoire totale – et quelles sont mes chances d'y parvenir contre un ennemi à ce point supérieur en nombre ? –, je ne ferais que retarder l'inéluctable et assister à l'anéantissement de la flotte par les Syndics, qui, de leur côté, conserveraient assez de vaisseaux pour fondre finalement sur les faibles défenses de l'espace de l'Alliance.

Desjani mâchonnait sa lèvre inférieure, la mine résolue. Elle lui obéirait, persuadée que, quoi qu'il ordonnât, la victoire serait à la clef. Il balaya du regard la passerelle de l'*Indomptable* et constata que le visage de tous les spatiaux trahissait une appréhension identique, en même temps qu'une semblable intrépidité, un même courage qui permettrait à ces officiers et ces matelots de charger au cœur de la mêlée en dépit de leur peur. Ils mourraient s'il le leur ordonnait, ça ne faisait aucun doute, et combattraient de toutes leurs forces, contre vents et marées, pour l'emporter.

Mais il avait déjà vu les résultats d'une telle attitude. Le *Paladin* avait témoigné du même désir de combattre jusqu'à la mort et n'y avait gagné que la destruction. Il ne pouvait pas ordonner à ces spatiaux de courir à leur perte pour la seule raison qu'ils étaient prêts à lui obéir. Avant tout, il fallait pouvoir espérer que leur mort serait utile.

Très bien. Quels choix lui restait-il ? Balayer cette formation syndic avant l'arrivée de la nouvelle venue puis fuir vers Brandevin ? Ce ne serait possible que si son commandant était un imbécile invétéré, et ça ne semblait pas le cas. En outre, on l'avait manifestement exhorté à n'engager le combat avec la flotte de l'Alliance que si elle tentait de fuir avant l'arrivée du gros de la flotte syndic.

Liquider la nouvelle venue ? La charger en espérant qu'une tactique plus subtile compenserait l'infériorité numérique de la flotte ? C'était se raccrocher à un bien fragile fétu, d'autant que la flottille qu'elle venait de combattre chargerait aussitôt et que, comme il l'avait déclaré à Rione, elle pourrait davantage accélérer. Dans tous les cas, Geary se verrait contraint d'engager de front les deux forces syndics et, dans la mesure où elles opéreraient en deux grosses formations distinctes, l'une d'elles parviendrait probablement à détruire ses auxiliaires, même s'il réussissait à éviter l'anéantissement.

Prendre ses jambes à son cou ? Pour aller où ? Sans mentionner que ses commandants répugneraient à fuir l'ennemi même dans ces conditions, il était incapable de semer les flottilles syndics ; et le point de saut pour T'negu obligerait la flotte à traverser un dédale de mines avec deux forces ennemies aux trousses. Filer vers l'espace ouvert ne serait qu'un suicide de longue haleine : les vaisseaux auraient épuisé leurs réserves de cellules d'énergie très loin de la première étoile.

Restait le point de saut pour Ixion ; mais la force syndic qu'ils y avaient laissée risquait d'en émerger d'un instant à l'autre et de…

D'accord. Voilà enfin une possibilité. Pas celle, peut-être, qu'aurait choisie Black Jack, mais je ne suis pas Black Jack.

La fuite semblait donc le seul plan envisageable pour sortir indemne de ce système stellaire, à condition toutefois de ne pas la rendre trop flagrante. Pour une fois, heureusement, l'arrivée attendue de renforts ennemis lui permettait ce subterfuge, tout en dissimulant le plus longtemps possible ses réelles intentions tant à sa propre flotte qu'à l'ennemi.

« Nous avons besoin de gagner du temps, et d'affronter individuellement chacune de ces deux forces syndics », déclara-t-il, brusquement conscient du silence profond qui régnait sur la passerelle de l'*Indomptable*. Tous attendaient qu'il reprît la parole. « La seule façon de s'y prendre, c'est d'inciter celle que nous venons de combattre à nous poursuivre. Nous pouvons y parvenir avant d'engager le combat avec la seconde vague de renfort. »

Il pointa l'hologramme de l'index. « Nous allons rebrousser chemin vers… le point de saut pour Ixion. Nous nous attendons à en voir surgir à tout instant les Syndics que nous avons semés à Ixion. Si nous nous trouvons assez proches d'eux à leur émergence, nous pourrons les balayer. » Cette force ne se composait que de quatre cuirassés et de quatre croiseurs de combat. « La flottille syndic que nous venons de combattre viendra à leur rescousse, ce qui nous donnera une occasion de la fustiger de nouveau.

— N'en restera pas moins la grosse flotte, fit remarquer Rione.

— Oui, effectivement. Il faudra voir alors comment elle réagira et la frapper de notre mieux. » *Ne leur mens pas. Expose-leur ta méthode pour sortir de ce système.* « Nous ne pouvons pas les combattre toutes à la fois. Seulement l'une après l'autre. »

Le capitaine Desjani étudia un instant l'hologramme puis sourit. « Nous ne battons pas en retraite.

— Non, capitaine, répondit Geary avec toute l'assurance dont il se sentait capable. Nous changeons tout simplement notre angle d'attaque. »

« Nous changeons notre angle d'attaque », répéta-t-il un petit quart d'heure plus tard lors d'une réunion des commandants convoquée à la hâte, tandis que la flotte adoptait une trajectoire la ramenant au point de saut pour Ixion.

Un long silence s'ensuivit, en partie dû au temps que mirent ses commandants à encaisser ce nouveau projet et en partie à celui qu'exigeait la lumière pour transmettre le message aux différentes formations. « Nous ne savons pas si l'autre flottille syndic émergera de ce point de saut », contesta le capitaine Cresida. Si loyale qu'elle fût à Geary, elle aspirait à combattre l'ennemi.

« Je l'espère et je pense que nous avons une bonne raison de le croire. » Plausible, à tout le moins. « Il nous faut contraindre Bravo à engager le combat, puisque, compte tenu de l'état de nos réserves de cellules d'énergie, nous ne sommes pas en mesure de la semer. » Un certain nombre d'officiers se tournèrent vers les commandants des auxiliaires pour leur jeter des regards noirs comme s'ils en étaient responsables. « Si nous réussissons à contraindre au combat celle qui arrivera d'Ixion, nous jouirons sur elle d'une grande supériorité numérique et Bravo devra se porter à sa rescousse, faute de quoi nous l'éliminerons. » Geary s'obligea à sourire avec confiance. « Bien sûr, nous avons fermement l'intention de liquider la première avant de nous retourner contre Bravo quand elle tentera de sauver ses collègues. »

Tulev hocha la tête, plus impassible que jamais. « Nous devrons donc vaincre ces deux flottilles séparément, l'une après l'autre. Mais si elles opéraient la jonction ou se rapprochaient assez pour coordonner leurs assauts, nous nous retrouverions dans une position délicate.

— L'heure n'est pas à la pusillanimité, se rebiffa le capitaine Casia. Si nous nous retournions pour traquer celle que nous venons de combattre, nous pourrions l'achever avant de nous attaquer aux autres.

— Elle nous ferait courir jusqu'à épuisement de nos cellules d'énergie et nous nous retrouverions à la dérive, si bien que les Syndics n'auraient plus qu'à nous tirer comme des lapins, lâcha Duellos sans dissimuler sa colère. Ce sont les lois de la physique. Parcourez vous-même les données. Vous venez de perdre un cuirassé de votre division parce qu'un de vos officiers a cru témérité synonyme d'intelligence. Vous n'avez donc rien retenu de la leçon du *Paladin* ?

— Cette flotte se bat ! insista un autre commandant. Elle ne fuit pas !

— Un repositionnement tactique n'est pas la fuite ! fit observer le capitaine Gaes. Nous sommes à Lakota. Nous venons d'attaquer un puissant système stellaire syndic. Comment osez-vous parler de fuite ?

— Nous devrions reconsidérer cette attaque », déclara abruptement le capitaine Yin.

Geary lui jeta un regard inquisiteur, étonné qu'elle attirât de nouveau l'attention sur elle après s'être montrée relativement discrète à la dernière réunion. Mais il fallait dire aussi qu'en devenant de plus en plus incontrôlable le capitaine Midea avait quasiment accaparé la parole, lors des plus récentes conférences, au nom des commandants rétifs. Si seulement il avait compris ce qu'elle mijotait, évalué à leur juste valeur ces constants accrocs à la discipline et prétexté de ces manquements pour la relever de ses fonctions avant la dernière bataille… Cela dit, il n'aurait pas pu s'y résoudre tant que tous n'y auraient vu qu'une tentative pour réduire au silence un officier le contredisant ouvertement. « Expliquez-vous, je vous prie », se contenta-t-il donc de répondre calmement à Yin.

Elle jeta autour d'elle des regards furtifs. « Il saute aux yeux que certains vaisseaux entravent les mouvements de la flotte. Quelques-uns vont moins vite que les autres, ce qui limite nos capacités au combat. » C'était exact, mais, se méfiant de la tension qui émanait de Yin, Geary se borna à patienter. « Les auxiliaires sont conçus pour aller plus lentement. D'autres, comme mon propre *Orion*, sont provisoirement ralentis par les dommages dont ils ont souffert pendant les combats. »

Nombre d'officiers la fixaient à présent, les yeux plissés, en se demandant où elle voulait en venir. Elle déglutit mais poursuivit à toute vitesse. « Ça crève les yeux. Il faut mettre en lieu sûr les vaisseaux les plus lents pour permettre à la flotte de combattre sans s'en encombrer.

— En lieu sûr ? s'étonna Duellos.

— À Ixion. Nous y allons de toute façon. Rapprochons-nous du point de saut, laissons sauter vers Ixion une formation contenant les auxiliaires et les vaisseaux endommagés, et, ainsi, la flotte pourra d'autant mieux manœuvrer et combattre. » Yin avait le souffle court et fixait constamment ses mains, qu'elle ne cessait de croiser et de décroiser devant elle sur la table.

La suggestion n'était pas complètement déraisonnable, pourvu toutefois qu'on se fiât à Yin. À son seul comportement, on voyait clairement qu'elle-même redoutait ce qu'en penseraient ses pairs. « Remarquable, déclara Duellos au terme d'un long silence hostile. On aurait cru entendre le capitaine Numos. C'était bel et bien la voix du capitaine Yin, mais tant ces paroles que cette proposition semblaient sortir tout droit de la bouche de Numos. Curieux, ne trouvez-vous pas ? »

Yin piqua un fard. « Le capitaine Numos est un officier chevronné et le vétéran de nombreuses batailles.

— Auxquelles il n'a survécu qu'en fuyant le combat, railla le capitaine Cresida. C'est précisément ce qu'il voulait faire dans le système mère syndic ! Chacun pour soi ! »

Des vociférations éclatèrent tout autour de la table, invectivant tantôt Yin, tantôt Cresida. Geary chercha parmi ses touches de contrôle et appuya sur ANNULATION, mettant instantanément un terme au vacarme. La possibilité de faire taire tout le monde à de pareils moments était le seul attribut du commandant de la flotte qu'il appréciât vraiment. « Écoutez-moi tous. Ce débat ne nous mène nulle part. Nos ennemis sont les Syndics. Il est exact, capitaine Cresida, que le capitaine Numos est accusé d'avoir renoncé à ses responsabilités face à l'ennemi, mais il n'en est pas encore inculpé. »

Cresida hocha la tête, visiblement mécontente. « Veuillez me pardonner cette remarque désobligeante sur un collègue officier, capitaine.

— Merci. Maintenant, capitaine Yin, le capitaine Numos n'est censé avoir de contacts que dans les limites de l'humanitaire. Pas pour donner son avis sur la manière de diriger votre vaisseau ou cette flotte. Lui demandez-vous effectivement des conseils à cet effet ? »

Le regard de Yin se posait un peu partout sauf sur Geary. « Non. Non, capitaine. »

Si seulement il avait pu la forcer à descendre dans la salle d'interrogatoire du renseignement de l'*Indomptable* pour vérifier la réaction des senseurs à une pareille réponse… Geary était déjà persuadé qu'elle mentait. Duellos avait entièrement raison… Tant les mots employés que la ligne d'action proposée évoquaient Numos. Certes, ce dernier aurait formulé sa proposition avec un rictus de supériorité hautain plutôt qu'en manifestant l'anxiété de Yin, mais Geary le soupçonnait de jouir d'une plus grande expérience du mensonge intéressé.

Numos œuvrait encore contre lui en dépit de son arrestation et de sa déchéance ; si Geary avait eu besoin d'une confirmation, on venait de la lui fournir.

« Je déconseille fermement d'adopter la proposition du capitaine Yin, déclara Duellos sur un ton détaché hautement professionnel. Comment pourrions-nous être certains de retrouver vaisseaux endommagés et auxiliaires ? Certes, cette formation pourrait parfaitement se passer de nous puisqu'elle disposerait de toute la capacité de réapprovisionnement de la flotte, et même regagner seule l'espace de l'Alliance ; encore que j'exprime là une opinion purement théorique, car je suis bien certain que le *capitaine Yin* n'envisagerait jamais d'abandonner le reste de la flotte. Bien sûr, celle-ci se battrait à mort et les forces syndics susceptibles d'organiser rapidement une poursuite des vaisseaux qui nous auraient devancés à Ixion seraient certainement réduites. Mais cela reste, comme je l'ai dit, une question théorique. Jamais je ne songerais à prêter une telle intention à un officier de la flotte. »

Yin, à présent pâle comme la mort, fixait Duellos. L'accent qu'il avait mis sur son nom suggérait clairement qu'un autre officier affecté à cette formation risquait de tenter d'abandonner la flotte. Certes, Numos était toujours aux arrêts à bord de l'*Orion*, mais combien de temps resterait-il à l'isolement si ce vaisseau était détaché du reste de la flotte ?

Et, bien qu'il eût exhorté Cresida à présenter des excuses, Geary savait pertinemment que Numos filerait comme un lapin s'il se retrouvait aux commandes de cette formation, des auxiliaires et de leurs réserves.

Tout le monde se taisait. Rione jeta un regard impatient à Geary et secoua la tête comme pour lui rappeler qu'une conférence stratégique était en cours.

Geary étudia les visages autour de la table et s'aperçut avec soulagement que la suggestion du capitaine Yin ne recueillait de toute évidence qu'un soutien limité. « Merci, capitaine, déclara-t-il platement. Je pense qu'il serait malavisé d'adopter votre proposition. Cette flotte ne se scindera pas et ses vaisseaux regagneront tous ensemble l'espace de l'Alliance. » C'était ce qu'il fallait dire, constata-t-il instantanément au vu des expressions de ses officiers. « Je sais que le sacrifice du *Paladin* et du *Renommé* vous a tous marqués. Détruisons encore de nombreux bâtiments syndics en l'honneur de ces vaillants vaisseaux. » À faire ainsi l'éloge du *Paladin* il se sentait un peu hypocrite, mais son équipage était mort courageusement. On n'avait pas le droit de le mépriser pour la trahison de son commandant. « Mais retenons aussi la leçon qu'il nous a enseignée. Ensemble nous pouvons détruire les Syndics. Renoncer à la cohésion, c'est leur permettre de nous écraser. »

La vision de la perte du *Paladin* restant encore vivace dans les mémoires, nul ne semblait enclin à en disconvenir, mais le capitaine Armus du cuirassé *Colosse* fixait l'hologramme en plissant le front comme s'il réfléchissait encore. « Capitaine Geary… Cette nouvelle force syndic, celle qui nous est supérieure en nombre… elle pourrait nous intercepter avant le point de saut pour Ixion.

— C'est exact, du moins si nous conservions la même trajectoire et la même vélocité. Nous allons nous efforcer de lui interdire toute tentative d'interception. Elle se trouve à cinq heures-lumière de nous, si bien qu'elle ne saura pas que nous nous prenons cette direction avant cinq heures. Nous procéderons en route à quelques ajustements minimes, juste ce qu'il faut pour plonger dans la confusion toute entreprise de cet ordre conduite par une force syndic réagissant avec plusieurs heures de retard. »

Armus hocha la tête avec réticence. « Mais que ferons-nous si elle y parvient malgré tout ? Surtout si une flottille Bravo encore intacte se trouve aussi en mesure de nous barrer la route ? »

Tous regardèrent Geary, guettant sa réponse au pire scénario imaginable. Ignorant encore comment seraient disposés les Syndics, il ne pouvait guère leur fournir une explication détaillée ; les formations qu'ils adopteraient et une multitude de facteurs plus ou moins importants pouvaient jouer sur sa réponse. Mais il s'aperçut qu'il pouvait à tout le moins leur donner un éclaircissement : « Ce que nous ferons ? Nous nous battrons comme de beaux diables, capitaine, et nous nous leur ferons regretter de nous avoir rattrapés. »

Tout le monde restant coi, il hocha courtoisement la tête. « Ce sera tout ? Capitaine Casia, capitaine Duellos, veuillez vous attarder quelques instants avec moi, s'il vous plaît. » Les images des autres officiers s'effacèrent rapidement, ne laissant que celles de Casia et Duellos se défiant du regard de part et d'autre de la table. Desjani était encore présente, mais elle avait reculé hors champ pour laisser plus d'intimité à Geary et aux deux autres commandants. Assise à sa place, Rione se contentait d'observer. « Capitaine Casia, déclara Geary sur un ton officiel, toutes mes sympathies pour la perte du *Paladin*, qui appartenait à votre division. » Casia, qui donnait l'impression de brûler du désir de reprocher cette perte à Geary, se borna à hocher sèchement la tête. « Ce sera tout. »

Casia parti, Duellos poussa un soupir. « Il se demande probablement si la mise au rebut d'un canon faussé comme le capitaine Midea valait la perte du *Paladin*.

— Sûrement. Mes condoléances pour le *Renommé*.

— Merci. » Duellos secoua la tête. « C'est souvent une pure question de chance, pas vrai ? Ou de malchance, en l'occurrence. J'aimais le *Renommé*, son commandant et son équipage. Cesser de me demander pourquoi il n'est plus dans ma formation exigera un bon moment. » Il soupira. « Fort heureusement, la majeure partie de son équipage s'en est tirée. C'est déjà ça. » Il salua. « Espérons que ça n'empirera pas.

— Toutes mes prières abondent dans ce sens. » Geary lui rendit son salut et Duellos se retira.

Desjani rejoignit Geary après la disparition de Duellos, non sans s'excuser du regard auprès de Rione, qui resta assise à la regarder faire. « Je voulais vous dire, capitaine… J'ai bien vu à quel point le spectacle de la fin du *Renommé* vous éprouvait… Après Grendel… »

Geary opina du chef. Desjani avait compris, bien entendu. « Ouais. Il a effectivement ravivé de très mauvais souvenirs. » Il s'interrompit, comme pour les ranimer. Pour lui, cette bataille ne remontait qu'à six mois, alors qu'elle datait d'un siècle pour Desjani, Rione et les autres spatiaux de la flotte. « J'ai dû y donner le même ordre. "Que tout le personnel non critique gagne les modules de survie." Un ordre pour le moins difficile. Mon second a refusé de partir. Elle a prétendu que sa présence était essentielle. »

Il n'avait aucun mal à la revoir tant ses souvenirs restaient frais. Le capitaine de corvette Decala. Un excellent officier refusant de quitter son poste, le regard résolu mais à la torture. « Je lui ai ordonné de partir. Un ordre direct, adressé personnellement. Elle a refusé. » Il prit une profonde inspiration; tout lui revenait, souvenirs et impressions. « Je lui ai affirmé qu'on aurait besoin d'elle. Que l'Alliance aurait l'usage de bons officiers pour se défendre contre les Syndics et riposter à cette agression traîtresse. Que son devoir exigeait d'elle qu'elle partît. Elle a fini par céder. »

Desjani hocha la tête, le visage solennel. « Savez-vous ce qu'elle est devenue ?

— Oui. Il y a un mois, j'ai enfin trouvé le courage de consulter les archives officielles de nos pertes. » Curieux qu'il ait eu tant de mal à taper le nom du capitaine Decala, en se demandant avec appréhension ce qu'il était advenu d'elle et des autres spatiaux rescapés de son dernier combat. « Elle est morte cinq ans plus tard, quand son vaisseau a été abattu lors d'un assaut lancé par l'Alliance sur un système stellaire syndic. » Quatre-vingt-quinze ans plus tôt, alors qu'il dérivait lui-même dans le vide, plongé dans le sommeil de l'hibernation.

Desjani baissa la tête. « Mes condoléances, capitaine. Depuis, elle repose certainement dans l'honneur avec ses ancêtres.

— J'aime à le croire. » Geary reprit contenance. « Merci de m'avoir posé la question, Tanya. Tôt ou tard, j'aurais dû y faire face, comme à de nombreuses autres. »

Desjani opina, salua et sortit.

Rione finit par se lever et se diriger vers Geary en affichant une soumission qui lui ressemblait bien peu. « Il y a des choses que je ne comprendrai jamais clairement, déclara-t-elle calmement.

— Nul ne devrait conserver certains souvenirs, répondit-il. Mais c'est la guerre. »

Elle ferma brièvement les yeux. « Il m'en reste encore quelques-uns du même tonneau, de sorte que je sais exactement de quoi tu veux parler. Parle-moi franchement, John Geary. Crois-tu que cette flotte puisse encore s'arracher à ce système stellaire ?

— Je n'en sais rien. Sur mon honneur, Victoria. Je n'en sais strictement rien. Mais nous devons essayer. »

Sept jours environ s'étaient écoulés entre leur émergence du point de saut d'Ixion et le moment où ils atteignaient le voisinage de celui de Brandevin. Dans la mesure où la flotte de l'Alliance rebroussait chemin, sa trajectoire traversait de nouveau le système de Lakota. Geary avait tout d'abord réglé délibérément sa course sur celui de Seruta et maintenu ce cap pendant une heure en espérant que la nouvelle flottille syndic, la plus importante, chargerait dans cette direction. Puis il l'avait de nouveau fait pivoter vers le point de saut pour Ixion.

Comme il l'avait redouté, la flottille syndic Bravo avait pris position à une vingtaine de minutes-lumière de la flotte. Juste derrière elle, assez proche pour l'observer et bondir si besoin, assez loin pour accélérer si elle faisait mine de pivoter pour engager le combat.

Le seul aspect positif de cette situation, c'était qu'il pouvait enfin, entre-temps, récupérer des forces et de l'énergie combative au lieu de les dilapider graduellement. Le *Guerrier*, l'*Orion* et le *Majestic* avaient finalement procédé à des réparations suffisantes pour recouvrer une certaine aptitude au combat et escorter en cas de besoin les précieux auxiliaires. Confier leur sort à trois cuirassés aux capacités encore branlantes restait certes un considérable acte de foi, mais le moral de leur équipage n'avait pas moins besoin qu'eux d'un coup de pouce.

Vers la fin du premier jour, il devint limpide que la flottille syndic Delta (soit la force de frappe massive qui avait émergé du portail de l'hypernet) piquait plein pot sur la flotte de l'Alliance. « Vélocité 0,15 *c*, fit remarquer Desjani. Elle va progressivement pousser jusqu'à 0,2. »

En temps ordinaire, cette mauvaise nouvelle elle-même aurait pu avoir un bon côté. À une telle vélocité, la distorsion relativiste engendre aisément des erreurs infimes dans l'appréciation de l'univers extérieur dont jouissent les senseurs d'un vaisseau. Si minime fût-elle, sur les distances énormes parcourues par la flottille syndic Delta, une erreur pouvait avoir de graves conséquences. En l'occurrence, hélas, Bravo arrivant sur les talons de la flotte de l'Alliance et réglant sa vélocité sur la sienne (de 0,1 *c*), elle pouvait lui fournir des données très précises.

« Ils vont bel et bien nous rejoindre avant le point de saut pour Ixion, poursuivit Desjani. C'est une longue traite, certes, mais ils arrivent très vite et, quand nous tentons de les abuser de loin, Bravo les en informe.

— Ils nous intercepteront deux heures avant », affirma Geary. Il se garda bien d'ajouter ce dont ils étaient tous les deux conscients : ces deux heures seraient très longues.

« Du moins si tout le monde maintient le même cap. Quand nous engagerons le combat avec les Syndics qui émergeront du point de saut, toutes ces projections seront faussées. » Desjani se rejeta en arrière et ferma un instant les yeux. « Il serait peut-être malavisé d'attaquer la flottille Delta, capitaine, même si nous ne semblons guère avoir le choix. »

Desjani conseillant la prudence ? C'était nouveau. « Vous croyez ? s'enquit Geary, curieux de connaître son raisonnement.

— Nous ne sommes pas dans la meilleure des postures pour attaquer une flotte de cette envergure, s'expliqua-t-elle. Je suis persuadée que vous vous en êtes déjà aperçu, mais il m'a fallu davantage de temps. Si nous pouvions éliminer la menace de Bravo avant que Delta ne nous intercepte, ce serait entièrement différent, mais, à moins que celle d'Ixion n'arrive en temps voulu, je vois mal comment ça pourrait se faire.

— Ça m'a traversé l'esprit.

— J'en étais sûre. » Desjani opina avec fermeté et rouvrit les yeux pour le fixer. « Il nous faut combattre ces Syndics à notre manière. Vous l'avez fréquemment répété. En assistant hier à la fin du *Paladin*… eh bien, brusquement, j'ai eu l'impression de voir des flottes de vaisseaux de l'Alliance reproduisant inlassablement la même tactique, décennie après décennie, en courant à leur perte et à celle de leur équipage. Je sais, c'est courageux et honorable, mais ça ne nous a guère avancés, n'est-ce pas ?

— Non. » La bouche de Geary se tordit en un rictus amer. « Éviter le combat est parfois la ligne d'action la plus courageuse.

— Parce qu'on vous accusera ensuite d'avoir eu la trouille ? » Le visage de Desjani se durcit. « Certes. Mais j'ai récemment été accusée d'autres méfaits. Nous sauterons pour Ixion dès que possible, pas vrai, capitaine ?

— Ouais. Si je peux me le permettre avant de combattre Delta, c'est ce que je ferai.

— Tant mieux. » Maintenant qu'elle l'avait surpris en prônant la prudence, Desjani souriait. « Nous en abattrons bien davantage en choisissant notre moment et notre terrain. »

Au moins cette déclaration avait-elle deux mérites : ceux de la simplicité et de la vérité. « En effet. »

« Et Seruta ? demanda Rione, les yeux posés sur l'hologramme de la cabine de Geary. Si nous options pour cette esquive… »

Geary secoua la tête et elle se tut. « Le plus gros problème, c'est que le point de saut pour Seruta est plus proche de Delta. Elle nous intercepterait encore plus tôt et il nous faudrait combattre plus longtemps pour y accéder. » Il fixa l'étoile. « D'autres se posent, sans doute moindres mais importants malgré tout : nous ignorons, par exemple, ce dont y disposent les Syndics, et les guides des systèmes stellaires que nous avons réquisitionnés affirment qu'il s'agit d'un très ancien et misérable système. Aucune planète, rien que de minces nuages d'astéroïdes gravitant autour d'une naine rouge moribonde et recelant peu de minerais intéressants. Les Syndics n'y ont jamais détenu qu'une station orbitale de secours, abandonnée depuis longtemps. Ils risquent de nous y réserver de vilaines surprises et nous sommes certains de n'y pas trouver les ressources dont nous avons besoin. »

Rione s'affaissa dans son fauteuil en se renfrognant. « Nous allons donc continuer de piquer vers le point de saut pour Ixion ? Tout en sachant que les Syndics nous rattraperont avant ?

— Je tenterai certaines manœuvres pour les empêcher de nous approcher.

— Tenter ? » Elle secoua la tête. « Un bien maigre espoir, John Geary. Comment nous sommes-nous retrouvés piégés ainsi ?

— Une malchance exceptionnelle, déjà. Si Delta ne s'était pas pointée, nous aurions pu nous débarrasser de Bravo et sauter vers Brandevin. » Geary scrutait les profondeurs de l'hologramme. « Et une mauvaise appréciation. La mienne. J'ai pris la décision d'aller à Lakota et c'était une grosse erreur.

— Vraiment ? Parce que tu ignorais que tu te heurterais à cette malchance exceptionnelle ? » Rione vint s'asseoir à côté de lui et s'appuya contre son épaule. « Tu ne peux pas t'en blâmer. Et je suis bien placée pour le savoir, moi qui suis si douée pour battre ma coulpe.

— Ça me fait tout drôle de ne pas t'entendre me tailler des croupières pour avoir tout fait foirer par ma trop grande agressivité, fit-il remarquer.

— Je te l'ai dit… je refuse d'être trop prévisible. » Elle se redressa en poussant un grognement d'exaspération. « Peut-être ne sommes-nous pas destinés à rentrer chez nous. Ce que nous savons est peut-être trop dangereux.

— Pas question d'accepter ça.

— Tant mieux. » Elle se leva. « Je dois tenter de faire la paix avec quelqu'un. Si possible. Les jours me sont peut-être comptés. »

Avec Desjani ? « Avec qui ?

— Mes ancêtres. On se reverra tout à l'heure.

— Tu permets que je t'accompagne ? »

Rione lui fit de nouveau les gros yeux. « Tu n'es pas mon mari. Tu n'as rien à faire avec moi dans ce sanctuaire.

— Je sais. Je ne pousserai pas si loin. Moi aussi je veux parler à mes ancêtres. »

Le visage de Rione s'éclaira. « Peut-être seront-ils de bon conseil.

— Dans le cas contraire tu seras toujours là. »

Elle leva les yeux au ciel. « Oh, pour ce qui est des conseils, j'en regorge ! Mais qu'ils soient bons… c'est une autre affaire, semble-t-il.

— Tu m'avais prévenu qu'il serait aussi stupide qu'insensé de conduire cette flotte à Lakota, fit-il remarquer. Apparemment tu ne t'étais pas trompée. »

Pour une raison inconnue, cela parut l'amuser. « J'ai dit que tu étais stupide et que Falco était insensé. Très bien. Accompagne-moi. Que l'équipage voie à quel point est pieux et convenable son bien-aimé héros. Puis nous pourrons revenir ici pour comparer les impressions que nous auront inspirées les mises en garde de nos ancêtres, du moins si, couverts de honte, les miens ne m'ont pas réduite en cendres d'ici là. »

Geary se leva en souriant légèrement. « Foutrement étrange d'échafauder une stratégie militaire sur des signes et des augures, tu ne trouves pas ? Comme les anciens, qui consultaient les étoiles en se posant des questions sur le pourquoi de l'existence. »

Rione s'arrêta à mi-chemin de l'écoutille pour le regarder gravement. « Les anciens prenaient les étoiles pour des dieux, John Geary. Nous aussi, mais d'une manière très différente. Cela dit, nous ne différons guère d'eux, qui ne vivaient que le temps d'un clin d'œil sous le dais étoilé et passaient leur temps à tenter de comprendre ce qu'ils fabriquaient là et ce qu'ils devaient faire de leur vie, ce don qu'on leur avait accordé. Je m'efforce de ne jamais l'oublier. »

Il hocha la tête, non sans de nouveau se poser des questions sur la femme que cachait Victoria Rione.

À mi-chemin du point de saut pour Ixion, la flottille syndic Bravo restait toujours pendue à leurs basques, telle une épée antique menaçant à tout instant de s'abattre sur leur nuque ; et Delta, qui avait adopté une trajectoire incurvée à travers le système stellaire de Lakota, croiserait celle de la flotte en un point situé à deux heures précises du point de saut. La troisième, Alpha, continuait de faire tranquillement la navette près du portail de l'hypernet et de monter la garde pour lui interdire toute ruée désespérée (et de plus en plus improbable). La quatrième et plus petite, qui devait surgir du point de saut d'Ixion, restait encore invisible.

Ses ancêtres n'ayant daigné lui fournir aucun signe ni autre inspiration, Geary observait sur son écran la lente progression de sa flotte à travers le système de Lakota. Chaque fois qu'il avait vu une flotte dans la posture actuelle de celle de l'Alliance, l'affaire s'était toujours conclue de la même façon, et jamais par un heureux dénouement.

Il s'efforçait d'ignorer la migraine oculaire consécutive à la tension. Pourquoi en était-on arrivé là ? Si seulement il n'avait pas été sans cesse déstabilisé et contraint de modifier ses plans par la survenue successive de ces forces syndics... Au lieu d'imposer sa volonté dans ce système, il n'avait fait, semblait-il, que réagir aux manœuvres de l'ennemi.

Réagir aux manœuvres de l'ennemi.

Les Syndics étaient plus rapides. Leurs deux flottilles Delta et Bravo pouvaient accélérer plus vite que sa flotte et conserver de plus hautes vélocités. C'est assurément un avantage, mais des vaisseaux plus lents négocient des virages plus serrés, même si cela ne signifie nullement, serait-ce à 0,05 *c*, que leur rayon soit court. Peut-être qu'en trouvant le moyen de les plonger en plein désarroi...

Ce n'était pas un plan génial, mais au moins en était-ce un.

Le capitaine de frégate Suram, commandant par intérim du *Guerrier*, dévisageait Geary avec inquiétude, s'attendant sans doute à de mauvaises nouvelles. Il avait été le second du capitaine Kerestes, mais quel homme était-il exactement ? Nul n'aurait su le dire, mais Geary se devait au moins de lui laisser une chance. « Capitaine Suram, l'équipage du *Guerrier* a fait un travail de réparation magnifique. Les capacités de vos boucliers sont pleinement restaurées et la moitié de vos batteries de lances de l'enfer à nouveau opérationnelles. »

Suram hocha la tête. « Oui, capitaine. Néanmoins, nous n'avons pas réussi à remettre la totalité du blindage endommagé en état, et la propulsion ne fonctionne qu'à soixante-dix pour cent.

— C'est bien assez pour escorter les auxiliaires. J'ai une mission spéciale à confier au *Guerrier*, capitaine Suram. Je vous nomme aussi commandant de l'*Orion* et du *Majestic.* »

Stupeur. « Capitaine ?

— Je veux que les auxiliaires soient protégés, capitaine Suram, déclara Geary d'une voix aussi sévère que véhémente. Si nous les perdions, cette flotte serait fichue. Quand nous rencontrerons de nouveau les Syndics, ces deux flottilles arriveront sur nous de multiples directions. J'aurai le plus grand mal à m'assurer que le *Titan,* le *Sorcière,* le *Djinn* et le *Gobelin* ne soient ni détruits ni endommagés. Je tiens donc à ce que le *Guerrier*, l'*Orion* et le *Majestic* leur collent au train, comme arrimés à eux par une courte longe. Je veux que vous vous interposiez entre eux et le tir des Syndics, physiquement si besoin, et que vous détruisiez tous leurs vaisseaux qui tenteraient de s'en approcher. Vous en sentez-vous capable, capitaine Suram ? »

Les mâchoires de l'autre se crispèrent. « Oui, capitaine.

— Il vous faut comprendre que je vous confie la tâche la plus importante de la flotte. Aucun vaisseau lourd n'est de trop. Ni aucune unité légère, d'ailleurs. Je dois être absolument certain que vous ferez le maximum, quoi qu'il vous en coûte, pour protéger ces auxiliaires.

— Le *Guerrier* sera détruit avant qu'on ne réussisse à les toucher, déclara Suram. Nous avons quelque chose à prouver, mon équipage et moi, ajouta-t-il d'une voix rauque, et nous le savons. Nous avons abandonné le *Polaris* et l'*Avant-garde* à Vidha. Nous ne trahirons pas ces auxiliaires tant que nous resterons opérationnels. Je le jure sur l'honneur de mes ancêtres. »

Tous ceux qu'il interrogerait lui répondraient sans doute qu'il était fou de se fier au *Guerrier*, et encore plus au *Majes-*

tic et à l'*Orion*, Geary en était conscient, mais son instinct lui soufflait qu'aucun autre vaisseau n'avait autant à prouver. Ça ne signifiait pas pour autant, bien entendu, qu'il aurait confié cette mission au capitaine Yin de l'*Orion*. Ç'eût été franchement dément. « Si je ne vous croyais pas, capitaine Suram, je ne vous aurais jamais confié cette tâche. Transmettez à votre équipage. Je sais que le *Guerrier* la mènera à bien ou mourra. »

Suram hocha encore la tête puis salua. « Merci, capitaine. Nous recouvrerons notre honneur ou nous mourrons en essayant. »

Geary sourit. « Faites-moi plutôt le plaisir de le recouvrer en vie. Je veux que le *Guerrier* revienne en première ligne. Êtes-vous sûr des commandants du *Majestic* et de l'*Orion* ? Se plieront-ils à vos ordres ?

— Tous les officiers et spatiaux de ces deux bâtiments connaissent leur devoir et seront conscients de l'opportunité qui s'offre à eux, capitaine Geary, promit Suram. Encore merci, capitaine. Nos vaisseaux sauront se montrer dignes de votre confiance. »

Encore un jour avant le point de saut. Geary passa des heures devant le simulateur où s'affichait une représentation de la situation : l'énorme flottille Delta, désormais disposée en ce qui semblait la formation syndic classique en boîte à chaussures, encore qu'en l'occurrence elle fût très aplatie. Son couvercle pointait vers la flotte de l'Alliance, tel un mur épais s'apprêtant à l'ensevelir.

La formation syndic Bravo avait elle aussi modifié son parallélépipède en s'aplatissant à l'instar de Delta et en s'inclinant vers le haut pour former un mur identique au sien mais plus petit, ses effectifs étant moins nombreux. Sans doute Bravo avait-elle été durement éprouvée par la flotte près du point de saut de Brandevin, mais elle comptait encore quinze cuirassés et dix croiseurs de combats. Elle avait perdu bon nombre d'unités plus légères mais ne donnait l'impression d'une relative petitesse qu'à côté des vingt-trois cuirassés et des vingt croiseurs de combat de Delta.

Qu'elle n'eût encore tenté aucun assaut contre l'Alliance, tant pour ébranler ses spatiaux que pour lui faire perdre encore du terrain en l'esquivant, cela ne manquait pas de surprendre Geary. *Ils ont recouvré leur assurance, hein ? Ils nous croient piégés et l'issue inéluctable.*

Nous verrons cela.

Une heure encore avant que Delta ne croise la trajectoire de la flotte. Geary s'assit sur la passerelle de l'*Indomptable* et répondit au salut de Desjani par un hochement de tête. Rione était installée à l'arrière et la tension se lisait dans ses yeux.

« La flottille syndic Bravo accélère, annonça la vigie du système de manœuvre.

— Elle compte nous rattraper en même temps que Delta », fit observer Desjani comme si elle débattait d'une simulation plutôt que de la manœuvre, bien réelle, d'une force syndic à la supériorité écrasante.

« Sans aucun doute, convint Geary. Tentons de déjouer leurs plans. » Il pressa la touche des communications. « À toutes les unités de l'Alliance. Adoptez la formation Omicron. Exécution dès réception de ce message. Les ordres concernant vos positions respectives vous sont envoyés en ce moment même.

— La formation Omicron ? » interrogea Desjani. Elle braqua les yeux sur son écran, sachant que l'*Indomptable*, leur vaisseau amiral, servirait d'exemple et de pivot aux autres bâtiments et n'exécuterait aucune manœuvre dans l'immédiat. « Cylindrique, capitaine ?

— Oui, c'est exact. » Il comprenait sa surprise. « Nous disposons de deux avantages. Notre flotte de force inférieure compliquera la tâche aux Syndics en leur interdisant de jeter tous leurs effectifs dans la mêlée. Ces formations parallélépipédiques ne s'adaptent pas assez vite à la situation. » *Du moins je l'espère.* « Et, dans la mesure où nous sommes plus lents, nous pouvons nous permettre de virer plus serré. »

Les vaisseaux se regroupèrent en formation Omicron. Au lieu de scinder la flotte en plusieurs sous-formations distinctes, Omicron les rassemblait en un seul bloc, et, plutôt que de les disperser en maintenant un grand intervalle entre eux, ne leur imposait qu'une distance de sécurité minimale. Le cylindre obtenu ne semblait de taille réduite que comparé aux grosses formations syndics, mais, même si les deux forces s'interpénétraient, le plus gros du mur formé par Delta serait incapable d'engager le combat.

Geary avait aussi renoncé à la pratique traditionnelle de poster les unités légères entre les vaisseaux lourds et la formation ennemie. C'était d'ordinaire leur destination, mais il n'avait pas l'intention de livrer un combat ordinaire. L'avant et l'arrière-garde de l'enveloppe extérieure du cylindre se composaient de cuirassés, tandis que les croiseurs de combat formaient comme une ceinture entre ces extrémités. Destroyers et croiseurs légers se rangeaient à l'intérieur du cylindre dont les croiseurs lourds fermaient les bouts. L'un d'eux était renforcé des deux cuirassés de reconnaissance. Le cylindre renfermait également auxiliaires et vaisseaux endommagés, aussi bien protégés que possible et serrés de très près par l'*Orion*, le *Guerrier* et le *Majestic*.

« Trente minutes avant le contact avec Delta, annonça la vigie des systèmes de combat. Vingt-huit avant le contact avec Bravo. »

Le dernier vaisseau de l'Alliance prit position dans le cylindre, qui pointait droit vers le point de saut pour Ixion.

« Le commandant de Delta va laisser à Bravo le soin de nous assouplir le cuir et d'essuyer le plus gros de nos premières rafales avant d'intervenir à son tour pour nous achever et s'en attribuer le mérite, déclara Desjani. J'ai toujours détesté les officiers de cet acabit.

— Celui-là risque d'être déçu. » *Espérons-le.* Geary se rassit et attendit en tâchant de déterminer le moment adéquat. « À toutes les unités. Réduisez la vélocité à 0,07 *c.* »

Certes, les vaisseaux syndics étaient maintenant assez proches pour n'avoir assisté à la modification de leur formation que quelques minutes après le début de la manœuvre, mais ils étaient contraints d'attendre qu'elle eût adopté sa forme définitive pour prendre des contre-mesures. Geary vit s'aplatir encore Delta, dont le mur s'épaissit et se raccourcit pour permettre à de plus nombreux vaisseaux d'engager partout le combat avec l'Alliance. Mais, en décélérant, Geary avait précipité l'instant du contact, et les Syndics se ruaient désormais sur la flotte plus tôt qu'ils ne l'avaient prévu.

« Dix minutes avant le contact avec Bravo. Douze avant le contact avec Delta. »

Ils étaient assez près. Bravo fondait sur leurs poupes, gagnant lentement du terrain, et Delta, toujours à 0,2 *c,* arrivait sur eux par le travers. *Elle va devoir commencer à freiner.* « À toutes les unités de l'Alliance. Faites pivoter la formation de quatre-vingt-dix degrés vers le bas et de soixante-dix sur tribord à T trente et un. » Autre manœuvre complexe, puisque tous les vaisseaux devaient simultanément incliner le cylindre vers le bas et lui imprimer une nouvelle trajectoire.

« Delta décélère », fit observer Desjani alors que Geary venait tout juste de donner ses ordres et que l'*Indomptable* se retournait pour s'y conformer.

Compte tenu de sa vélocité, Delta avait le plus grand mal à distinguer les manœuvres de la flotte et, dans la mesure où elle était d'ores et déjà engagée dans le processus de sa rude décélération, elle n'y pouvait de toute manière pas grand-chose.

La tornade de missiles et de mitraille qu'elle tira fendit l'espace désormais dégagé où ses senseurs avaient prévu que se trouverait la flotte.

Son épais parallélépipède suivit cet orage de près, tandis que le cylindre vertical de la flotte esquivait de biais, hors de portée de ses lances de l'enfer.

« Joli », approuva Desjani sans quitter des yeux l'écran, consciente que ce n'était qu'un début.

Geary aussi le fixait. Les Syndics ne renonceraient pas. *Bravo reviendra sur nous au terme de sa parabole, prête à bondir de nouveau dès que nous ne bougerons plus. Delta grimpera puis redescendra, il me semble, pour simplifier la coordination d'une nouvelle action commune. Autant dire que je dois… positionner cette flotte… ici.* « À toutes les unités. Virez de cent quatre-vingt-dix degrés sur tribord à T quarante-quatre. »

Delta poursuivait encore son ascension quand Bravo perdit à nouveau du terrain en s'efforçant vainement d'adapter sa trajectoire au revirement de la flotte. « À toutes les unités. Altérez la trajectoire de vingt degrés vers le bas à T quarante-neuf. Et faites pivoter la formation de soixante-dix degrés vers le haut à T cinquante-deux. »

Cette fois, le cylindre reprit une position pratiquement parallèle au plan du système et frôla le ventre de Delta au moment où Bravo entreprenait de freiner sèchement pour réduire sa vélocité afin d'épouser le rayon de braquage des plus lents vaisseaux de l'Alliance. Geary attendit de voir Delta entreprendre à son tour une puissante manœuvre de décélération. « À toutes les unités. Pivotez de quatre-vingt-quinze degrés sur tribord et accélérez à 0,1 *c* à T deux. »

Alors que les deux formations syndics réduisaient leur vitesse et revenaient l'une vers l'autre, Delta en surplomb et Bravo de flanc, pour tenter de refermer les mâchoires de leur tenaille sur la flotte, celle-ci leur échappait pour foncer vers le point de saut pour Ixion.

« Le plus étrange combat qu'il m'ait été donné de voir, lâcha Desjani d'une voix ébahie.

— Ce n'est pas fini, répondit Geary. Ils vont se désempêtrer, accélérer et se lancer de nouveau à nos trousses.

— De sorte que leurs deux formations vont nous pourchasser. » Desjani confia les calculs au système de manœuvre. « Et nous rattraper avant le point de saut.

— Ouais.

— Vous croyez que ça peut encore opérer ? s'enquit Rione.

— La manœuvre d'évitement ? » Geary secoua la tête. « On s'y essayait parfois pour s'amuser, au bon vieux temps, et on la justifiait en prétendant qu'elle nous apprenait à anticiper les mouvements d'autres formations. Peut-être était-ce vrai. Mais ça ne marchera pas cette fois-ci. Les Syndics s'attendront à ce que nous nous échappions, et ils sont assez nombreux pour déployer largement leurs formations la prochaine fois et nous interdire d'éviter le contact. »

Rione parut tirer une longue figure, mais Desjani comprit et sourit comme une chatte gourmande. « Ce qui signifie qu'en les déployant ils réduiront partout leur puissance de feu.

— Exactement. Et nous passerons par un de ces points faibles. » Geary montra l'hologramme : les Syndics y accéléraient à nouveau pour se lancer à leur poursuite. « Ils font fusionner Delta et Bravo, dirait-on. Il me faudrait une estimation de la position de leur vaisseau amiral.

— Il devrait se trouver au centre », suggéra Desjani.

Geary opina. La place d'honneur. Susceptible d'essuyer le plus fort de l'attaque ennemie lors de ces charges bille en tête qui étaient la coutume. Certes pas la tactique la plus subtile, mais, tout comme les Syndics, Geary était contraint de s'en tenir aux usages, car la flotte tout entière eût été horrifiée de ne pas voir le vaisseau amiral occuper cette place lors d'un assaut.

L'énorme formation syndic se déployait dans le sillage de l'Alliance, recomposée, nettement moins dense, mais étirant assez sa nasse pour qu'elle enveloppât la trajectoire de la flotte, par-dessous, par-dessus, sur sa droite et sa gauche, afin de lui interdire toute manœuvre évasive. *Vous voulez nous attraper ? Très bien. Apprêtez-vous à apprendre ce qu'il en coûte de refermer la main sur un frelon.*

ONZE

Un bon minutage restait essentiel. Geary patienta en regardant les Syndics pourchasser sa flotte à une vélocité désormais proche de 0,14 *c* et gagner progressivement du terrain. Le point de saut pour Ixion ne se trouvait plus qu'à une heure, mais ils seraient à portée d'engagement bien avant. *Quand tireront-ils leurs missiles et leur mitraille ? Nous entrons déjà dans la frange extérieure de l'enveloppe des spectres. Ils attendront encore un peu pour réduire la marge d'erreur au cas où nous tenterions une brusque poussée d'accélération à la dernière minute. Tiens bon… Maintenant !* « À toutes les unités. Retournez la formation à cent quatre-vingts degrés, obliquez de quatorze vers le haut et décélérez à 0,05 *c* à T quarante-sept. Tous les vaisseaux ouvrent le feu sur l'ennemi dès qu'il entre à portée de tir. »

Les bâtiments de l'Alliance se retournant tout en coupant leurs principaux systèmes de propulsion, la vitesse d'approche de la flottille ennemie s'accrut rapidement. L'Alliance rebroussait désormais chemin à 0,05 *c* tandis que l'ennemi lui fonçait droit dessus beaucoup plus vite. Au lieu de rejoindre la flotte à une vélocité relative de 0,04 *c*, il jouissait à présent d'un avantage bien supérieur, proche de 0,1 *c*, et les deux forces se ruaient dans la même direction.

De nouveau pris de court et ne disposant que d'un très bref laps de temps de réaction, les Syndics crachèrent des missiles et des flots de mitraille, mais seuls leurs vaisseaux les plus proches du point visé par la flotte avaient des chances de faire mouche. Là où ses boucliers étaient touchés, les franges de tête du cylindre s'illuminaient déjà d'éclairs.

Les vaisseaux de Geary ripostèrent; leurs armes visaient un point précis, relativement petit, de l'énorme muraille syndic. Les boucliers des bâtiments syndics crépitaient aussi, mais uniquement dans un rayon limité, celui d'un cercle dont le centre était le point visé par la flotte. Le vaisseau amiral ennemi s'en trouvait non loin. À la vitesse relative légèrement inférieure à trente mille kilomètres par seconde qui rapprochait les deux flottes, la formation ennemie donna un instant l'impression d'être très distante puis, la seconde suivante, alors que le cylindre de l'Alliance traversait le mur syndic comme une balle un morceau de carton, de l'avoir déjà dépassé.

Le contact était rompu. Geary relâcha l'inspiration qu'il avait retenue inconsciemment, non sans sentir l'*Indomptable* vibrer sous les coups portés par les Syndics durant la fraction de seconde où les deux formations s'étaient trouvées à portée de tir. « Boucliers légèrement affaiblis, dysfonctionnements ponctuels, dommages mineurs à la poupe, aucune perte des systèmes, annoncèrent promptement les vigies du vaisseau.

— À toutes les unités de la flotte. Retournez la formation à cent quatre-vingts degrés et accélérez à 0,1 *c* à T cinquante-neuf.

— On repasse au travers ? s'étonna Rione, interloquée.

— C'est l'idée générale. S'ils freinaient pour régler leur vitesse sur la nôtre, ils se mettraient dans de sales draps, mais espérons qu'ils partiront du principe que nous continuerons de piquer droit devant nous et accéléreront à leur tour pour nous suivre. » Fixés sur l'écran, les yeux de Geary étudiaient les rapports d'avarie des deux flottes à mesure que les senseurs affichaient les résultats du contact.

« Deux cuirassés, apprécia Desjani. Et trois croiseurs de combat. Dont sans doute leur vaisseau amiral.

— Espérons-le. »

Encore une dizaine de passes d'armes aussi heureuses et ils auraient rétabli l'équilibre des forces dans ce système. Pas franchement de quoi pavoiser. « Nous n'avons pas essuyé de graves dommages, mais ça risque d'être pire la prochaine fois. »

Les vaisseaux de l'Alliance s'étaient de nouveau retournés, leur proue orientée vers le point de saut pour Ixion et la formation ennemie. Geary observait les mouvements des Syndics en priant pour qu'ils prissent la décision la plus logique : inverser leur trajectoire au lieu de pourchasser l'Alliance.

Ils s'y résolurent mais pas assez vite.

« Ils reviennent sur nous, mais nous ne traverserons leur formation qu'à une vitesse relative de 0,02 *c* », annonça Desjani.

Autant dire qu'ils resteraient plus longtemps à portée des armes ennemies et feraient des cibles faciles pour leurs réserves de missiles et de mitraille nettement plus fournies que celles de la flotte.

Après toutes ces manœuvres, Geary préférait ne pas s'informer de son approvisionnement en cellules d'énergie. Peu importait d'ailleurs. Soit il brûlait son carburant, soit la flotte ne survivrait pas assez longtemps pour s'inquiéter de son épuisement.

La formation syndic se repliait à présent sur elle-même pour tenter d'opposer un mur plus épais, mais, heureusement, elle n'aurait pas le temps de parachever cette manœuvre.

La muraille ennemie se dressa devant eux puis disparut derrière : les frappes syndics avaient porté les boucliers de l'*Indomptable* à l'incandescence.

« Dysfonctionnements ponctuels des boucliers de proue et latéraux, dommages mineurs dus à la mitraille, plusieurs frappes de lances de l'enfer à la moitié de la coque, batteries de lances de l'enfer 3A et 5B hors de combat, temps estimé pour les réparations indéterminé, pertes en hommes encore inconnues », annonça la vigie de l'*Indomptable*.

Geary parcourut du regard les relevés de l'état de la flotte. L'*Indomptable* s'en tirait plutôt bien comparé aux autres croiseurs de combat. Le *Courageux* de Duellos était durement secoué et l'*Audacieux* avait perdu la moitié de ses armes ; les systèmes de propulsion du *Léviathan* et du *Dragon* étaient touchés, mais ces deux bâtiments suivaient encore péniblement la flotte, et le *Formidable* et l'*Incroyable* éventrés à mi-coque. Ses cuirassés eux-mêmes avaient pris des coups mais moins sévères que ceux portés à ses croiseurs de combat. Le cuirassé de reconnaissance *Exemplaire* avait été blessé maintes fois mais n'avait perdu par bonheur aucune capacité. Les croiseurs lourds *Basinet* et *Sallet* étaient détruits : le premier avait explosé sous un déluge de feu syndic tandis que le second, gravement endommagé et réduit à l'impuissance, s'éloignait de la formation à la dérive en larguant ses modules de survie.

Les croiseurs légers *Éperon, Damascène* et *Garde* étaient eux aussi détruits ou à l'état d'épave, et les destroyers *Marteau de guerre, Prasa, Talwar* et *Xiphos* lacérés malgré leur position protégée à l'intérieur du cylindre.

Le *Titan* avait encore été touché. L'auxiliaire semblait attirer les frappes ennemies comme un aimant la limaille de fer. Mais sa blessure n'était pas critique. En dépit de la peine que ces pertes lui infligeaient, Geary éprouva une poussée de satisfaction en constatant l'état du *Guerrier*, du *Majestic* et de l'*Orion*. Tant leurs boucliers cabossés que leurs nouvelles avaries témoignaient de leur acharnement à protéger les auxiliaires.

Les Syndics ne sortaient pas non plus indemnes de la dernière passe d'armes, grâce à la supériorité ponctuelle de la puissance de feu de l'Alliance. Un de leurs cuirassés n'était plus qu'une épave désemparée et trois croiseurs de combat avaient encore explosé. Au moins douze croiseurs lourds étaient détruits ou réduits à l'impuissance, et les débris de nombreux croiseurs légers et avisos jonchaient désormais l'espace.

« Une autre passe ? s'enquit Desjani d'une voix contenue, tout en s'employant à vérifier les dommages infligés à son vaisseau.

— Non. Il nous faudrait les traverser encore deux fois et ils nous réduiraient en lambeaux à la quatrième. Nous ne sommes qu'à une heure du point de saut. Droit dessus ! »

Déformée et gauchie par ses manœuvres et les deux percées de l'Alliance, la muraille de vaisseaux syndics inversait de nouveau sa course pour accélérer et se lancer aux trousses de la flotte.

Devait-il encore tenter, malgré tout, de les frapper ? De les repousser une fois de plus ? Geary détailla de nouveau l'état des boucliers de ses vaisseaux, de ses faibles réserves de missiles et de mitraille, et des dommages déjà infligés à ses bâtiments, et il se rendit compte que sa réponse à Desjani avait mis dans le mille : deux passes supplémentaires équivaudraient à un suicide. Il ne disposait ni de la vélocité supérieure ni de l'éloignement suffisant pour frapper un flanc de la formation ennemie, qui s'était encore épaissie et n'en couvrait pas moins tout l'espace derrière la flotte de l'Alliance si elle avait perdu en hauteur et en largeur.

Encore quarante-cinq minutes avant le point de saut, et la flotte devrait réduire sa vélocité pour contourner le champ de mines disposé devant.

Les Syndics étaient trop près et arrivaient trop vite. Ça ne suffirait pas. Rien de ce qu'il tenterait n'y suffirait.

Il regarda les systèmes de manœuvre prédire les conséquences de la vélocité et des vecteurs de direction actuels, et constata que les Syndics rattrapaient déjà son arrière-garde. Il allait affronter un horrible dilemme : abandonner les vaisseaux de l'arrière ou ralentir la flotte pour les attendre et risquer ainsi l'anéantissement. Valait-il mieux en perdre le tiers ou la totalité ? Sachant que la fuite et l'abandon de tant de vaisseaux n'apporteraient pas la sécurité aux rescapés puisque les Syndics les suivraient à Ixion.

« Capitaine Geary ? » Une petite fenêtre s'ouvrit sur son écran, encadrant un capitaine Mosko à la mine sereine mais résignée. « Ma division est la dernière de la formation et la plus proche des Syndics.

— Oui. » La septième division de cuirassés avait essuyé le plus gros des tirs de missiles et de mitraille lors de la première passe et s'y était soustraite à la seconde, quand les vaisseaux de tête du cylindre de l'Alliance avaient frayé le chemin à travers la formation ennemie, mais, à présent que les Syndics rattrapaient la flotte, elle allait de nouveau subir un feu d'enfer. Et Geary n'y pouvait rigoureusement rien.

« Il faut empêcher les Syndics de rattraper la flotte avant le point de saut, poursuivit Mosko. Euh… quand je dis “nous”, je parle de ma division. J'aimerais n'affecter que le seul *Rebelle* à cette mission, mais il ne s'en tirerait pas. En lui adjoignant l'*Audacieux* et l'*Infatigable*, nous pourrons les retenir. »

Geary comprit brusquement ce que Mosko s'efforçait de lui dire. « Je ne peux pas vous donner cet ordre.

— Si, vous le pourriez, répondit Mosko. Je sais à quel point il vous serait pénible, bien sûr, mais vous devriez le comprendre puisque vous l'avez fait vous-même. Nous avons tous été instruits dans le souvenir de Grendel et le désir de vous imiter si l'occasion s'en présentait. C'est à cette tâche que sont destinés les cuirassés, capitaine Geary. » Il donnait à présent l'impression de s'excuser. « Quand c'est nécessaire, nous nous servons de notre puissance de feu et de notre blindage pour protéger les autres bâtiments. Vous comprenez. Il reste un maigre espoir. Nous nous portons volontaires, mes vaisseaux et leurs équipages, parce que c'est la mission qui nous est impartie. Quand il le faut. Vous n'avez nullement besoin de nous donner cet ordre, capitaine. Nous sommes volontaires et nous prenons exemple sur le courage de Black Jack Geary. »

Si les mots « maigre espoir » avaient un sens pour Geary, c'était parce qu'il les avait trouvés dans le compte rendu de son dernier combat désespéré à Grendel. Une arrière-garde dont on sait qu'elle n'y survivra pas et qu'elle se sacrifiera pour sauver le reste de l'escadre. Et en prenant modèle sur lui.

Le plus rageant, c'était qu'il l'avait effectivement fait, qu'il avait pris la même décision que Mosko et ne pouvait donc pas s'y opposer. Il avait besoin que ces trois cuirassés empêchent les Syndics de submerger et d'anéantir la flotte à Lakota.

Des mots lui vinrent à la bouche ; des mots d'autrefois qu'il n'avait que très rarement entendus. « Capitaine Mosko, puissent les vivantes étoiles vous accueillir selon votre valeur, vous et vos vaisseaux, puissent vos ancêtres veiller sur vous et s'apprêter à vous étreindre, et le souvenir de vos noms et de vos hauts faits briller à tout jamais dans l'esprit des générations suivantes. Vous ne serez ni perdus ni oubliés, car on se souviendra toujours de vous, de votre honneur et de votre vaillance. »

Mosko se redressa en entendant Geary psalmodier cette antique bénédiction avant un combat perdu d'avance. « Puissent nos actes ne point démériter de nos ancêtres, répondit-il. Capitaine Geary, quand vous aurez vaincu le dernier Syndic, et, par les vivantes étoiles, je suis certain que vous y parviendrez, assurez-vous que les rescapés de ces vaisseaux soient tous libérés et soignés comme il se doit. On se reverra un jour de l'autre côté. Des messages ?

— Oui. Si jamais vous croisez l'esprit du capitaine Michael Geary, dites-lui que je fais de mon mieux. » Son arrière-petit-neveu, mort certainement avec son vaisseau le *Riposte* dans le système mère syndic.

« Bien sûr. Et, s'il vous plaît, informez ma famille de mon sort quand vous aurez ramené la flotte chez elle. » Mosko salua. « En l'honneur de nos ancêtres. »

La fenêtre se referma, emportant son image.

« Capitaine ? » Desjani le regardait, ignorante de ce qui venait de se passer.

Geary secoua la tête, inspira profondément et pointa l'hologramme, où l'*Audacieux*, le *Rebelle* et l'*Infatigable* faisaient volte-face pour réduire leur vélocité avec leurs propulseurs principaux. « La septième division de cuirassés va rebrousser chemin pour garder nos arrières, réussit-il à articuler. Ils se sont portés volontaires. »

Elle opina, le visage de marbre. « Bien sûr. » Et, à cet instant, Geary comprit que Desjani n'hésiterait pas une seconde à sacrifier l'*Indomptable* si la situation l'exigeait. Pas de bon cœur, sans doute, ni en embrassant la mort comme si elle était la clef de quelque salut héroïque, mais parce qu'elle saurait que d'autres compteraient sur elle. Au final, il ne s'agissait que de cela. Soit on fait ce qu'il faut quand les gens comptent sur vous, soit on les laisse tomber. « Je m'attends à ce que le capitaine Mosko prenne environ trois minutes-lumière de retard sur le reste de la flotte, puis campe sur ces positions.

— Trois minutes-lumière », répéta Geary.

Rione était venue se poster à côté de lui et elle se pencha pour demander à voix basse : « Est-ce vraiment nécessaire ?

— Oui. »

Elle le dévisagea et, pour une fois, parut se rendre compte sans aucune difficulté des regrets que lui inspirait cette décision. « Ça y changera quelque chose ?

— Seul leur sacrifice peut encore sauver cette flotte. »

Un unique cuirassé détenait déjà une effroyable puissance de feu, assortie de boucliers massifs et d'un épais blindage. Trois de ces bâtiments opérant étroitement de conserve représentaient un obstacle non négligeable, même pour les innombrables vaisseaux syndics fondant sur la flotte de l'Alliance.

Le capitaine Mosko ramena l'*Infatigable,* l'*Audacieux* et le *Rebelle* au-devant de la ruée ennemie ; les trois cuirassés, assez proches l'un de l'autre pour se couvrir mutuellement et cumuler leur puissance de feu, s'étaient disposés en un triangle vertical dont le *Rebelle* formait le sommet supérieur. Lorsque Mosko eut pris un retard suffisant, il accéléra de nouveau pour tenter de régler sa vélocité sur celle des Syndics, afin que ceux-ci croisent ses cuirassés à une vitesse relative assez faible pour leur offrir des cibles faciles.

Mais la réciproque était encore plus vraie. Indubitablement.

Les trois bâtiments vomirent sur la première vague de croiseurs légers et d'avisos entrant dans leur enveloppe de tir les missiles spectres et la mitraille dont ils disposaient encore. Nombre d'unités légères ennemies esquivèrent ces tirs en se déportant sur le côté ou verticalement, mais en perdant sur la flotte de l'Alliance un terrain qu'elles ne rattraperaient jamais.

Une vingtaine d'avisos et une demi-douzaine de croiseurs légers tentèrent de contourner ou de traverser la septième division de cuirassés. Dès que les premiers eurent pénétré dans son enveloppe d'engagement, ses batteries de lances de l'enfer saturèrent l'espace environnant de faisceaux chargés de particules qui les frappaient sous de multiples angles.

Le vide s'illuminait d'impacts flamboyants à mesure que les boucliers scintillaient puis flanchaient, et que des frappes de plus en plus nombreuses perforaient les bâtiments et leur équipage. Avisos et croiseurs légers explosaient en boules de gaz et de débris qui culbutaient follement dans l'espace ou se taisaient, tous leurs systèmes détruits, leur carcasse tournoyant en vrille sous les chocs.

Aucune unité légère syndic ne passa, mais croiseurs lourds et croiseurs de combat arrivaient juste derrière ; individuellement, ces bâtiments n'auraient pas résisté à un cuirassé, mais leur supériorité numérique était écrasante.

Impuissant, Geary assistait en serrant les poings à la ruée du corps principal de la flottille syndic sur les cuirassés de Mosko.

« Les spectres », suggéra Desjani en détachant les syllabes.

Elle avait raison. Il pouvait au moins prendre une mesure. Les systèmes de combat lui confirmèrent que son arrière-garde était à portée maximale des derniers spectres de la flotte. « À tous les vaisseaux. Tirez toutes vos réserves de spectres sur les bâtiments syndics qui frôlent l'*Audacieux*, l'*Infatigable* et le *Rebelle*. Je répète : tous vos spectres restants. »

Les missiles filèrent à travers l'espace, choisissant leur cible avant d'accélérer vers les cuirassés de l'Alliance débordés et les Syndics qui les pilonnaient. Trop peu, certes, mais bien assez nombreux pour détourner un peu des cuirassés l'attention et le tir des chasseurs. Assez en tout cas pour atteindre un croiseur lourd et le mettre hors d'état de nuire, plus quelques croiseurs de combat aux boucliers déjà affaiblis par les lances de l'enfer des cuirassés. Mais d'autres survenaient déjà, innombrables, et les cuirassés ennemis menaçaient à leur tour d'entrer dans la mêlée.

Le *Rebelle* essuyait le plus gros du feu ennemi. Il scintillait sous les impacts répétés. L'*Audacieux* élimina un autre croiseur lourd puis retourna ses lances de l'enfer contre un croiseur de combat. L'*Infatigable* vacilla sous le feu croisé d'une entière division de croiseurs de combat mais réussit à riposter et frapper de plein fouet, de son champ de nullité, un de ces vaisseaux qui passait un peu trop près.

Le pilonnage de ces trois bâtiments par des unités ennemies sans cesse plus nombreuses était un spectacle douloureux, certes, mais ils remplissaient leur mission. Les éléments de tête syndics étaient ralentis ou blessés quand ils ne fuyaient pas, et la flotte de l'Alliance arrivait à portée du point de saut. La perte de trois cuirassés et de leur équipage lui avait accordé le répit nécessaire.

Elle se présentait de biais, en léger surplomb, et s'apprêtait à contourner le champ de mines. « À toutes les unités. Réduisez la vélocité à 0,04 *c* et épousez les manœuvres de l'*Indomptable* », ordonna Geary. Chaque seconde était cruciale et il ne tenait pas à ordonner des trajectoires précises dans l'immédiat, ni à s'inquiéter que chaque unité conservât sa position exacte au sein de la formation.

L'*Indomptable* se retourna, présentant désormais sa proue à l'ennemi, et ses principales unités de propulsion s'allumèrent pour réduire sa vélocité. Tout autour, les autres vaisseaux de la flotte l'imitèrent à des degrés divers de promptitude selon l'état de leurs propulseurs.

Et, à mesure qu'affluaient les Syndics et qu'ils dépassaient les cuirassés chancelants de la septième division pour se rapprocher, de plus en plus vite maintenant, des vaisseaux de la flotte contraints de ralentir, les écrans affichaient de nouvelles données.

Desjani fixait le sien avec intensité : l'*Indomptable* allait franchir le sommet estimé du champ de mines pour gagner latéralement le point de saut. « Altérez la trajectoire de cent quatre-vingts degrés vers le bas et de cinq sur bâbord », ordonna-t-elle.

L'*Indomptable* se retourna et, suivi par une vague d'autres vaisseaux de l'Alliance, piqua vers le bas comme pour plonger vers le point de saut.

Forte de quatre cuirassés, de quatre croiseurs de combat et de leurs escorteurs, la force syndic qu'ils avaient croisée à Ixion choisit cet instant pour en émerger et négocier automatiquement un virage serré vers le haut, alors que celle de l'Alliance et la flottille qui la poursuivait arrivaient l'une derrière l'autre, séparées par quelques secondes seulement.

La catastrophe ne fut évitée que parce que ces Syndics ne s'attendaient pas à tomber (littéralement) sur une force ennemie en émergeant à Lakota. Au cours des quelques secondes nécessaires aux nouveaux venus pour comprendre, activer leurs armes et leur donner le feu vert, les vaisseaux de l'Alliance qui les croisaient frénétiquement déchaînèrent sur eux un déluge de lances de l'enfer, balayant leurs unités légères et éventrant trois des quatre croiseurs de combat.

Mais les quatre cuirassés, eux, s'éloignèrent lourdement, leurs boucliers lacérés par les tirs de l'Alliance ; ils ripostaient néanmoins désespérément et piquaient droit vers les quatre auxiliaires. À quelques secondes du contact, *Titan*, *Sorcière*, *Djinn* et *Gobelin* n'avaient plus le temps de les esquiver.

Toutefois, le *Guerrier*, l'*Orion* et le *Majestic* se tenaient toujours aussi près d'eux que possible. L'*Orion* donna un instant l'impression de reculer devant le contact et le *Majestic* se trouvait un peu à l'écart, mais le *Guerrier* s'interposait entre les auxiliaires et les cuirassés syndics. Il campa sur ses positions et pilonna l'ennemi de ses batteries de lances de l'enfer encore fonctionnelles, tandis que les Syndics rendaient copieusement la monnaie de sa pièce au cuirassé isolé.

Sans doute aurait-il été condamné si le combat avait duré quelques secondes de plus, mais les cuirassés syndics paniquèrent et s'enfuirent ; criblés de tirs, deux restaient tout juste opérationnels. De nouveau sous le feu ennemi, le *Guerrier* résista avec acharnement, permettant aux auxiliaires de s'échapper vers le point de saut avec le reste de la flotte.

En quelques secondes, celle-ci avait croisé la force syndic émergente, l'avait décimée et dépassée, non sans essuyer de nouveaux dommages mais en laissant dans son sillage des ennemis en état de choc.

Il ne restait plus grand-chose de la septième division de cuirassés. Leurs homologues syndics l'avaient rattrapée et arrosaient méthodiquement l'*Audacieux*, le *Rebelle* et l'*Infatigable* d'un feu nourri. Ce dernier vaisseau ne tirait plus que d'une unique batterie de lances de l'enfer. L'*Audacieux* était réduit au silence, épave à la dérive. Le flanc du *Rebelle* essuya simultanément plusieurs frappes et il sauta, touché par deux explosions massives, l'une à mi-coque et l'autre près de sa proue.

« Capitaine Geary ? Capitaine Geary ! La flotte arrive sur le point de saut ! »

Geary s'arracha au spectacle des derniers moments du *Rebelle* ; il s'efforça d'ignorer les vestiges du combat jonchant désormais tout l'espace alentour, les missiles ennemis filant vers l'arrière-garde de sa flotte, les bâtiments blessés de l'Alliance s'escrimant poussivement à rattraper leurs camarades et les épaves des appareils ennemis surgis au point de saut culbutant dans le vide. « À toutes les unités. Sautez ! »

Les étoiles disparurent. La noirceur de l'espace interstellaire s'estompa. Les ultimes râles du *Rebelle*, de l'*Infatigable* et de l'*Audacieux* n'étaient plus audibles. Aussi absents que l'épave abandonnée du *Paladin* et la constellation non moins lointaine des fragments du *Renommé*. Le portail de l'hypernet avait disparu et avec lui toutes les flottilles syndics. Là où une bataille désespérée faisait rage quelques instants plus tôt, et où des débris de bâtiments jonchaient le vide, ne restait plus que la grisaille infinie du néant, le silence et les lueurs vagabondes de l'espace du saut.

Jamais encore Geary n'avait sauté au beau milieu d'un combat, il n'avait même pas imaginé qu'on pût en livrer un au seuil (littéralement) d'un point de saut. Dans le soudain silence feutré qui régnait sur la passerelle de l'*Indomptable*, il entendait son cœur cogner et, assourdissant, son souffle court ; cette transition brutale de la bataille à la quiétude les laissait tous abasourdis. Il ferma les yeux en s'efforçant de redescendre sur terre : trois autres cuirassés détruits ; quatre et un croiseur de combat, en fin de compte. Deux croiseurs lourds. Des croiseurs légers et des destroyers. Des dizaines d'autres bâtiments gravement endommagés. La majorité de la flotte syndic toujours sur leurs talons, alors que sa supériorité numérique restait accablante. L'ennemi mettrait sans doute du temps à se réorganiser, à achever le *Rebelle*, l'*Audacieux* et l'*Infatigable* avant d'emprunter à son tour le point de saut. Sans doute ne pourrait-il pas atteindre la flotte de l'Alliance durant le transit ; il ne pourrait même pas y repérer ses vaisseaux, puisque chaque groupe de bâtiments donnait l'impression d'être isolé dans une réalité spécifique.

Mais elle ressortirait de l'espace du saut à Ixion et les Syndics émergeraient juste derrière.

Geary se leva ; il lui semblait avoir passé plusieurs jours d'affilée dans le fauteuil du commandement. Il jeta un coup d'œil vers le capitaine Desjani, qui lui rendit sombrement son regard, et il se sentit obligé de dire quelques mots. « Merci, capitaine. L'*Indomptable* s'est admirablement comporté. Informez-vous de vos avaries et de vos pertes, je vous prie. »

En relevant les yeux, il constata que toutes les vigies le regardaient comme si elles étaient sur le point de se noyer et voyaient en lui leur seule bouée de sauvetage. Que leur dire ? « Beau travail ! »

Il s'apprêtait à partir quand un jeune lieutenant s'adressa à lui. « Qu'allons-nous faire à Ixion, capitaine ? » demanda-t-il d'une voix désespérée.

Du diable s'il le savait. « Je vais réfléchir à nos options. » Il s'efforça d'afficher un masque serein. « Nous ne sommes pas encore battus. » C'était exact, au moins théoriquement.

Tous hochèrent la tête, l'air légèrement rassurés, tandis qu'il quittait la passerelle aux côtés d'une Rione taciturne.

La grisaille de l'espace du saut semblait avoir imprégné jusqu'à son âme. Effondré dans un fauteuil de sa cabine,

Geary ne cessait de se repasser mentalement, en boucles ininterrompues, les images de vaisseaux à l'agonie.

« La journée a été rude », lâcha Rione d'une voix âpre. Elle était assise près de lui et semblait avoir pris dix ans, sinon vingt, en vingt-quatre heures. « Surmonte. Nous devons nous préparer pour Ixion.

— Ixion ? » Geary ne se donna même pas la peine d'éclater d'un rire sarcastique. « Et que suis-je censé faire à Ixion ?

— Je n'en sais rien. Je ne suis pas le commandant de cette flotte. Et si tu ne réagis pas, tu ne le resteras pas très longtemps.

— Si c'est une allusion indirecte à la destruction inéluctable de cette flotte à Ixion…

— Non ! » Rione balaya l'argument d'un geste des deux mains. « Ce n'est pas cela. Mais il reste un problème capital, que je ne puis t'aider à résoudre puisque j'ignore comment on commande à une flotte. Ce n'est pas uniquement des Syndics que tu dois t'inquiéter. Ton sort et ton statut personnels sont liés au destin et à l'état de cette flotte. Elle est grièvement blessée pour l'instant et toi aussi par le fait. Qu'arrive-t-il à un cerf blessé, John Geary ? »

L'image évoquée par cette question n'était sans doute guère agréable, mais il en saisit tout le réalisme. « Il devient une proie facile pour les loups, qui se rassemblent, l'attaquent et l'abattent.

— Tu connais quelques-uns des loups de cette flotte mais pas tous. Ils te mettent à l'épreuve depuis que tu en as pris le commandement, cherchent tes points faibles et s'efforcent de te faire trébucher. Or tu continues de remporter des victoires et de mettre dans le mille, si bien qu'ils n'arrivent pas à réunir le soutien nécessaire. Mais l'eau est désormais rougie de sang et ils te sauteront à la jugulaire à la première ouverture.

— Tu files la métaphore, dirait-on, fit-il aigrement remarquer. En confondant proie et prédateur.

— Le résultat reste identique pour la proie quel que soit le prédateur. Tes adversaires saisiront la première occasion pour te nuire à notre arrivée à Ixion et, à cause de ce qui s'est produit à Lakota, timorés et déçus te refuseront leur appui. »

Geary réussit à rassembler suffisamment ses esprits pour la fixer d'un œil noir. « Si ton petit laïus est destiné à m'encourager, je te conseille fortement de retravailler tes talents d'égérie. »

Elle lui rendit son regard. « Crois-tu vraiment que tu seras leur seule cible ? On me sait ton alliée et ton amante. Quelques-uns au moins de tes opposants dans cette flotte ont appris que mon mari était encore vivant lors de sa capture. Oui, j'en reste persuadée. Ils guettent le moment où cette information te nuira le plus pour la répandre. Ils s'en serviront à Ixion, où ta concubine sera montrée du doigt et traitée de garce opportuniste et sans vergogne, et où tu devras soit endosser cette même atteinte à ton honneur pour me défendre, soit passer pour un faible en me laissant seule et isolée. Toutes les armes braquées sur toi ne te frapperont pas directement. »

Il n'y trouva strictement rien à répondre, sinon des arguments brillant par leur faiblesse. « Je suis désolé.

— Suis-je censée t'en être reconnaissante ? lui jeta-t-elle au visage avant de se lever pour arpenter furieusement la cabine. Je n'ai pas besoin que tu prennes ma défense. Je suis venue librement à toi. J'assumerai toute la honte.

— Je te défendrai.

— Épargne-moi l'esprit chevaleresque ! » Rione pointa sur lui un index courroucé. « Défends plutôt cette flotte ! Elle a besoin de toi ! Je ne peux pas la sauver. Je peux sans doute dire à ces hommes et à ces femmes combien je les admire et les respecte, que l'Alliance rend honneur à leur dévouement et à leur esprit de sacrifice, mais je ne peux pas les commander. Je ne saurais pas m'y prendre. Pas plus qu'un autre de tes alliés. Je sais que tu attends du capitaine Duellos qu'il te relève, mais il se retrouvera dans une position beaucoup plus faible que la tienne et il échouera vraisemblablement. »

Geary commençait lui aussi à s'échauffer. « Serais-je indispensable ? C'est ce que tu essaies de me dire ? Le seul capable de commander cette flotte ? Depuis les premières paroles que nous avons échangées, tu t'échines à m'expliquer que je ne dois pas, au grand jamais, me l'imaginer. Qu'en versant dans ce fantasme je risque de mener à leur perte cette flotte, l'Alliance et moi-même. Et, que tu le croies ou non, Victoria Rione, je t'écoute et j'accorde une grande considération à tes propos. Je ne suis pas Black Jack.

— Oh que si ! » Elle se rapprocha de lui et lui prit la tête à deux mains pour le regarder droit dans les yeux. « Tu es Black Jack. Réellement. Pas un simple mythe, mais la seule personne qui puisse sauver cette flotte et l'Alliance. Je ne croyais pas au mythe. Peut-être ne l'es-tu pas, mais cette légende t'offre une possibilité d'inspirer et de mener tes hommes. Tu n'en as pas usé à mauvais escient jusque-là. Et, apport tout aussi capital, tu leur as appris à se battre, ce qui a sauvé plusieurs fois cette flotte et a gravement nui aux Syndics. Et tu peux le refaire, car nombreux sont ceux qui croient que tu es Black Jack et que tu as réalisé des exploits dont lui seul aurait été capable.

— Je ne peux pas…

— Tu le *dois* ! » Elle recula d'un pas. « Je m'exprime mal. Nous avons partagé le même lit et chacun a appris à connaître le corps de l'autre, mais son âme nous reste insondable.

Il te faudrait parler à quelqu'un que tu croirais, qui s'exprimerait en termes plus familiers à un officier de la spatiale. »

La colère de Geary s'était dissipée, de nouveau remplacée par la lassitude. « Des mots n'y changeraient strictement rien, quel que soit celui qui les prononcerait. » Ils n'amélioreraient pas l'état de la flotte, n'effaceraient pas les pertes et dommages subis à Lakota, ni n'amoindriraient la force syndic lancée à ses trousses.

« Nous verrons cela. » Rione sortit, et seule l'intervention du dispositif de fermeture automatique de l'écoutille l'empêcha de la claquer derrière elle.

Le carillon se fit de nouveau entendre au bout d'un laps de temps indéterminé, ce qui signifiait au moins qu'il ne s'agissait pas de Rione revenant lui administrer une nouvelle volée de bois vert, puisqu'elle ne lui en aurait pas demandé la permission. « Entrez !

— Capitaine Geary ? » Desjani se tenait sur le seuil, visiblement irrésolue.

Il s'efforça d'adopter un maintien plus rigide et rectifia légèrement sa tenue. « Pardon, capitaine Desjani. » Il se devait d'ajouter quelques mots. « Qu'est-ce qui vous amène ?

— Je… Puis-je m'asseoir, capitaine ? »

Jamais elle ne l'avait demandé. Il ne s'agissait donc pas d'une affaire de routine. Il aurait d'ailleurs dû s'en douter. « Bien sûr. Repos. » *Parle-lui de son vaisseau, idiot.* « Dans quel état est l'*Indomptable* ? »

Desjani s'assit mais ne se détendit nullement, bien entendu. « Toutes nos lances de l'enfer sont de nouveau opérationnelles. Mais il ne reste plus dans nos réserves de munitions qu'une rafale incomplète de mitraille et plus aucun spectre. Les avaries de la coque ne seront pas entièrement réparées à notre arrivée à Ixion mais suffisamment rapetassées pour combattre. » Elle s'interrompit. « Nous avons perdu dix-sept spatiaux, et les blessés incapables de reprendre leur poste avant un certain temps sont au nombre de trente-six. »

Dix-sept morts. Il se demanda combien il en aurait reconnu. La plupart, sans doute. « J'irai à leurs obsèques. Dites-moi quand elles se dérouleront. » Pas avant Ixion en tout cas. On ne confiait jamais les dépouilles à l'espace du saut.

« Bien sûr, capitaine. » Elle détourna un instant les yeux puis reprit à toute vitesse : « La coprésidente Rione m'a priée de venir vous parler, capitaine. Elle affirme que vous avez très mal pris les pertes de Lakota et que je pourrais en discuter avec vous. »

Génial. Comme s'il avait envie que Desjani le trouve en pleine déprime. Pourquoi Rione devait-elle réveiller le chien qui dort ? Ou du moins, en l'occurrence, ne pas le laisser broyer du noir ? « Merci, mais je ne pense pas que ce soit nécessaire. »

Le regard de Desjani revint se poser sur le visage et la tenue de Geary. « Avec tout le respect que je vous dois, capitaine, ce n'est pas l'effet que ça me fait. »

Il aurait certes pu se fâcher, mais c'eût été injuste et sans doute trop fatigant. « Vous marquez un point. D'accord. »

Elle observa encore une minute de silence, comme pour s'assurer de son entière approbation, puis poursuivit avec une soudaine véhémence : « Je sais ce que vous ressentez, capitaine. Ça vous ressemble bien. C'est ce qui fait de vous un si grand commandant. Mais vous savez aussi que nous devons continuer à nous battre. Je suis souvent passée par là. Ce que moi ou un autre pourrait vous dire ne servirait de rien. Vous surmonterez et vous saurez que faire, et nous vaincrons de nouveau les Syndics.

— Nous ne les avons pas vaincus cette fois », se sentit-il obligé de répondre.

Desjani se renfrogna puis secoua la tête. « Ce n'est pas exact, capitaine. Ils voulaient nous piéger et nous détruire. Ils ont échoué. Nous voulions quitter Lakota. Nous y sommes parvenus. »

Geary se renfrogna à son tour, car elle avait raison. Vu sous cet angle, les Syndics avaient effectivement perdu et l'Alliance gagné, puisque la flotte avait survécu et leur avait échappé. Malgré tout… « Merci… Mais… nombre de nos vaisseaux ont été abattus, Tanya. Un croiseur de combat. Quatre cuirassés…

— Je sais, capitaine, le coupa-t-elle. Je regrette moi aussi que cette victoire n'ait pas été l'égale des autres, avec des pertes négligeables pour notre bord. Mais toutes les batailles ne peuvent pas prendre cette tournure, surtout dans des conditions aussi défavorables. »

Il n'aurait pas dû avoir besoin de se l'entendre dire. Il laissa un instant transparaître ses sentiments véritables, son chagrin et son angoisse, et vit la réaction de Desjani. « Ils comptaient sur moi pour rentrer chez eux. Et maintenant ils ne le pourront plus.

— Capitaine. » Desjani se pencha en avant, le visage illuminé par la ferveur de ses sentiments. « Tout le monde ne rentre pas du combat. Nous l'avons très vite appris, et nous avons aussi perdu de nombreux amis et camarades dans les batailles, tout comme nos pères et nos mères, et leurs pères et leurs mères avant eux. Mais vous nous avez été envoyé pour nous sauver. Je le sais. Et la plupart des officiers et des matelots de cette flotte le savent. Les vivantes étoiles vous ont confié la mission de rapatrier cette flotte et de sauver l'Alliance, ce qui signifie que vous ne pouvez pas échouer. Nous en sommes tous convaincus. Vous ne tarderez pas à vous le rappeler et vous saurez alors ce qu'il faut faire. »

La conviction de Desjani était terrifiante, car Geary savait à quel point il était faillible, d'autant qu'il avait le plus grand mal à se persuader qu'une puissance supérieure lui eût confié cette mission. « Je ne suis pas moins humain que vous, Tanya.

— Bien sûr que non ! Les vivantes étoiles et nos ancêtres œuvrent par le truchement des humains ! Tout le monde sait ça !

— Cette flotte n'a pas besoin de moi. L'Alliance non plus. Je ne suis pas…

— Si, nous avons besoin de vous, capitaine ! » Desjani implorait à présent. « Je ne sais pas ce que je… ce que cette flotte ferait sans vous, ce que l'Alliance deviendrait si vous n'étiez pas là. Il y a une raison à votre venue. Si vous n'aviez pas été présent dans le système mère syndic, la flotte serait balayée et l'Alliance perdue. Nous vous avons suivi parce que nous vous faisions confiance, et vous nous avez prouvé, par vos actes et vos paroles, que vous méritiez notre confiance. »

Geary ouvrit derechef la bouche pour protester puis comprit brusquement, comme si un de ses ancêtres lui avait chuchoté à l'oreille. Il avait abandonné les équipages des vaisseaux abattus à Lakota. C'était horrible, sans doute, mais trahir les survivants et faillir à la foi qu'ils lui vouaient alors même qu'elle leur permettait d'aller de l'avant le serait encore davantage. Ils comptaient sur lui et il le savait, tout comme les spatiaux de l'*Audacieux*, du *Rebelle* et de l'*Infatigable* avaient su que la flotte comptait sur eux. Il devait surmonter, et Rione et Desjani avaient entièrement raison en affirmant que ça ne dépendait que de lui.

Car la confiance qu'on avait placée en lui ne pouvait avoir qu'un seul sens : il avait une chance infime de maintenir la cohésion de cette flotte, même si la tâche d'empêcher sa destruction risquait d'être non moins ardue. Autant dire qu'il devait impérativement décider de la suite.

De sorte qu'il se redressa légèrement, hocha la tête et répondit d'une voix plus assurée : « J'ai effectivement une responsabilité. » *Que cela me plaise ou non, et ça me déplaît souverainement.* « Merci de m'avoir aidé à m'en souvenir. »

Desjani se rejeta en arrière en souriant avec soulagement. « Vous n'aviez pas besoin de moi pour ça.

— Si fait. » Il tenta de se forcer à sourire puis se rendit compte qu'il souriait sincèrement. « Merci. Je peux m'estimer heureux de me trouver à bord de votre vaisseau. »

Desjani sourit encore puis déglutit et afficha une expression indécise avant de se lever brutalement. « Merci, capitaine. Je devrais peut-être remonter sur la passerelle.

— Bien sûr. Si vous croisez la coprésidente Rione, dites-lui que je vais bien.

— Promis, capitaine. » Desjani salua hâtivement et s'empressa de sortir.

Geary réfléchit un instant avant de tendre lentement la main vers les commandes de son écran. L'image du système stellaire d'Ixion apparut, avec une flotte de l'Alliance toujours aussi chaotique qu'au moment d'emprunter le point de saut, enchevêtrement qu'elle conserverait à son émergence à Ixion. *Je dois trouver un moyen. Mais lequel ?*

DOUZE

« Ici le lieutenant Iger du renseignement, capitaine. Nous devons vous informer d'un élément important. »

Sentant de nouveau la dépression l'envahir et les solutions propices lui échapper, Geary prit le temps de se demander s'il devait ou non accepter cet appel ; mais son sens du devoir s'assit sur sa poitrine et lui fit les gros yeux jusqu'à ce qu'il daignât enfin tendre la main pour y répondre. « Qu'entendez-vous par "important" ?

— Je… Difficile d'en juger, capitaine. Il s'agit de quelque chose de tout à fait inattendu, dont nous ignorons la signification exacte mais qui pourrait être d'une importance critique. »

Le renseignement a toujours adoré les conditionnels, mais qu'il reconnût son ignorance restait franchement exceptionnel.

« Tout est déjà prêt en bas, capitaine, mais, si cela vous arrange, je peux aussi monter vous faire un topo », poursuivit Iger.

Geary regarda autour de lui. Affronter l'équipage de l'*Indomptable* après cette retraite désespérée à Lakota lui semblait encore… éprouvant, disons. Mais il en était venu à regarder sa cabine comme une prison où il se serait enfermé lui-même. Longtemps qu'il n'en était plus sorti pour essayer à nouveau de jouer son rôle de commandant de la flotte. « Je descends tout de suite. Ça vous convient ?

— Oui, capitaine. Je vous attends. »

Geary vérifia sa tenue en se levant, fit la grimace puis s'accorda quelques instants pour se nettoyer et endosser un uniforme propre. Quoi qu'il se fût passé à Lakota, il ne pouvait pas se permettre d'avoir l'air abattu.

Les spatiaux de l'*Indomptable* qu'il croisait affichaient tous une mine soucieuse, qu'une petite lueur d'espoir venait toutefois éclairer à sa vue. En dépit de la morosité qui l'accablait, lui-même s'efforçait d'irradier la plus grande assurance et, manifestement, réussissait à abuser la plupart. Jeune aspirant, il avait appris au contact de ses supérieurs qu'en se comportant comme si l'on savait parfaitement ce qu'on faisait, on arrivait à en convaincre tout le monde.

« Qu'allons-nous faire à Ixion, capitaine ? l'apostropha un spatial anxieux.

— Je réfléchis encore aux options », lui répondit Geary comme si de multiples choix favorables s'offraient à lui. Mais le spatial sourit, rassuré, et salua allègrement.

En atteignant la section du renseignement, hermétiquement isolée du reste du vaisseau par de nombreuses écoutilles, Geary songea qu'un officier de ce service avait réussi à le faire sortir de son trou quand Desjani, une combattante, et Rione, une politicienne, y avaient échoué. Voilà qui remettait assez ironiquement à sa place la voie hiérarchique.

Le lieutenant Iger l'attendait effectivement, l'air assez fébrile. Geary prit place. « Capitaine, nous avons analysé les messages de la flottille syndic émergée du portail de l'hypernet quand nous nous trouvions dans le système de Lakota.

— Combien pouvez-vous en intercepter et en décrypter ? s'enquit Geary.

— Pas beaucoup, mais quelques signaux s'égarent toujours et, si nous nous attardons dans un système stellaire assez longuement pour qu'ils parviennent jusqu'à nous, nous pouvons les enregistrer et tenter de les décoder, expliqua Iger. Ce n'est certes pas, de très loin, une source de renseignements en temps réel ; mais, si nous réussissions à décrypter un message à temps pour influer sur un combat en cours, nous le porterions aussitôt à votre attention, bien entendu.

— En me laissant le soin de décider s'il influerait effectivement sur cet engagement, j'imagine ? demanda Geary, sachant que les gens du renseignement en prenaient sans doute seuls la responsabilité.

— Euh… oui, capitaine, le rassura Iger, prévoyant sans doute déjà de s'en acquitter à l'avenir.

— J'ai cru comprendre que les signaux interceptés à Lakota contenaient des informations importantes ?

— Oui, capitaine, répéta Iger. Inhabituelles. Très inhabituelles. » Il marqua une pause, se lécha les lèvres puis reprit aussitôt : « Selon nous, capitaine, les Syndics n'étaient pas moins surpris que nous de leur émergence à Lakota. »

Geary se demanda s'il avait bien entendu. « Les Syndics présents dans ce système ont été surpris par l'arrivée impromptue de ces renforts, voulez-vous dire ? » Mais pourquoi cette conclusion embarrasserait-elle un officier du renseignement ?

« Non, capitaine. La seule interprétation plausible des messages syndics que nous avons réussi à décrypter, c'est que leurs vaisseaux arrivés par le portail de l'hypernet étaient stupéfaits de se retrouver à Lakota. Ils croyaient émerger dans le système d'Andvari. »

Geary ne prit conscience qu'au bout d'un moment qu'il dévisageait le lieutenant. « Ce genre d'incident se produit-il fréquemment lors de transferts de portail à portail ? » On n'avait jamais fait allusion devant lui à des vaisseaux perdus dans l'hypernet.

« Jamais, insista le lieutenant Iger. L'emploi de la clef est d'une simplicité absolue. On sélectionne sur son panneau de contrôle le nom du système où l'on désire se rendre. Entre les deux portails, la clef continue de l'afficher. Pour ignorer celui de l'étoile visée, il faudrait un enchaînement en cascade de multiples sottises ou bien refuser de s'en informer. Aussi loin que remontent nos archives, et elles sont très détaillées, aucun vaisseau n'a jamais gagné par l'hypernet un autre système que celui qu'il avait choisi pour destination. Le procédé est si enfantin qu'un idiot lui-même ne pourrait pas se tromper.

— Ne sous-estimez pas trop les idiots, lieutenant. Leur clef de l'hypernet n'aurait-elle pu être victime d'un dysfonctionnement ? »

Iger eut un geste de dépit. « Encore une fois, capitaine, et autant que nous le sachions, tout dysfonctionnement assez grave pour engendrer une telle erreur aurait dû se traduire par une panne totale. »

Geary se rejeta en arrière pour réfléchir pendant que le lieutenant Iger patientait, l'air sombre. *Il s'attend probablement à ce que je les réduise en miettes, lui et son raisonnement. Mais pourquoi me le livrerait-il s'il ne le croyait pas juste ?* « Partons du principe que votre analyse est exacte, déclara-t-il, s'attirant un regard visiblement soulagé d'Iger. Comment la destination de ces vaisseaux pourrait-elle être différente de celle qu'ils ont programmée ? »

Iger secoua la tête. « Selon nos spécialistes, c'est impossible.

— En avez-vous parlé au capitaine Cresida ? »

Au tour d'Iger de paraître surpris : Geary savait donc que Cresida était une experte de l'hypernet ? « Non, capitaine. Nous ne pouvions pas lui envoyer un message aussi long et complexe tant que la flotte resterait dans l'espace du saut. Mais, en nous fondant sur les enseignements de plusieurs spécialistes émérites de l'hypernet de l'Alliance, nous avons procédé à une simulation informative en la présentant comme un cas d'école et en posant la question de sa faisabilité. Les avatars de ces experts ont tous répondu par la négative.

— Il serait donc impossible de modifier la destination en cours de route ? Totalement ?

— Totalement, capitaine, affirma Iger. Il n'y a qu'une seule autre explication possible : les Syndics ont voulu nous fourvoyer en diffusant un grand nombre de messages erronés, sachant que nous en intercepterions quelques-uns et que nous réussirions à les décrypter.

— Pourquoi excluez-vous cette hypothèse ? »

Iger fit la moue. « D'abord en vertu de la théorie du rasoir d'Occam, capitaine. En l'occurrence, une supercherie délibérée de ce calibre resterait une opération aussi complexe qu'incertaine. Et la meilleure explication, c'est que ces messages sonnent vrais. Rien n'y donne l'impression d'être falsifié volontairement. Tout cadre avec ce que nous savons des communications syndics normales. Et nous ne parvenons pas à nous expliquer pourquoi ils auraient tenté de nous induire ainsi en erreur.

— Pour nous dissuader de recourir à leur hypernet ? Pour semer le doute en nous, nous faire croire qu'il n'est pas fiable ?

— Mais ils ne pouvaient pas avoir la certitude que nous intercepterions ces messages précis, capitaine. Certains ont été émis dès qu'ils ont émergé à Lakota, avant même qu'ils aient pris conscience de la présence concomitante de notre flotte. »

Geary opina. « Êtes-vous complètement certain de votre assertion selon laquelle cette flottille syndic n'avait nullement l'intention de se rendre à Lakota ?

— C'est la seule qui puisse expliquer cet échange de messages, capitaine, déclara Iger, l'air malheureux. Nous avons cherché une autre explication. Mais aucune ne cadre.

— C'est assez juste. » Geary se leva. « Beau travail d'analyse et très bon exposé de ce qui vous semble être la vérité. Mais vous oubliez un détail. »

Iger afficha une mine encore plus soucieuse. « Lequel, capitaine ?

— Vous m'avez affirmé qu'il n'existait aucun moyen de modifier la destination d'un vaisseau pendant son transfert par l'hypernet. Si les renseignements que vous avez rassemblés sont exacts, et je ne vois aucune raison d'en douter, alors c'est qu'il en existe un. Nous ne le connaissons pas, tout simplement. »

Iger eut d'abord l'air interloqué, puis il hocha la tête et afficha une expression intriguée. « Mais, si les Syndics le connaissent, pourquoi ont-ils été si stupéfaits d'arriver ailleurs ?

— Peut-être l'ignorent-ils aussi, lieutenant. » Geary marqua une pause pour lui permettre de digérer cette affirmation et ses conséquences. « Y a-t-il d'autres éléments dont vous seriez informé et auxquels je n'aurais pas accès ? Des informations trop sensibles pour qu'on me les confie ?

— Non, capitaine, affirma aussitôt Iger. En votre qualité de commandant de la flotte, vous avez accès à toutes. Je ne peux rien affirmer concernant les banques de données des autres vaisseaux, mais tout ce qui se trouve à bord de celui-ci vous est ouvert, nonobstant sa classification et les autres restrictions. »

Un hologramme de l'espace flottait près d'une des cloisons. Geary alla scruter ses abysses. « Êtes-vous au courant d'indices qui permettraient d'affirmer ou de supposer la présence d'une autre espèce intelligente de l'autre côté de l'espace syndic, lieutenant ? »

Il constata en se retournant qu'Iger le fixait. « Non, capitaine, répondit le lieutenant d'une voix empreinte de stupeur. Je n'ai jamais rien vu de tel. »

Geary opina derechef. « Faites-moi une faveur, lieutenant. Affichez les données que nous avons réquisitionnées et qui fournissent des informations sur le côté opposé à l'Alliance de l'espace syndic. Déterminez les systèmes occupés, les systèmes abandonnés et l'emplacement des portails. Puis venez me dire ce que vous en pensez. »

Iger fixait à présent l'hologramme. « Vous l'avez déjà fait, capitaine ?

— En effet. J'aimerais savoir si vous parvenez à la même conclusion. »

Geary trouva Rione dans sa cabine à son retour. Elle se leva et lui lança un regard inquisiteur. « Sans toi vautré dans ton fauteuil et respirant la morosité, cette cabine n'est plus tout à fait la même. Tu vas bien ?

— Ouais. Je crois.

— Ainsi, le capitaine Desjani a réussi à te donner ce dont j'étais incapable.

— C'est… Elle m'a bien aidé. Toutes les deux, vous m'avez bien aidé.

— Hon-hon. » Rione se rassit, l'air vannée. « Tant mieux, en tout cas. Quelle que soit la responsable. Je m'apprêtais à me planter devant toi pour te gifler jusqu'à ce que tu bronches enfin.

— J'aurais peut-être apprécié, répondit-il.

— On fait de l'humour ? Serais-tu redevenu sensible à la plaisanterie ?

— Pas vraiment. » Il s'assit près d'elle et ébaucha un geste indécis. « Je ne sais pas exactement ce qui l'a déclenché, mais les responsabilités peuvent aussi bien te paralyser que t'éperonner. Parfois les deux à la fois. Ça te paraît sensé ?

— Oui, effectivement, convint-elle d'une voix inhabituellement affable. Où étais-tu passé ?

— Je rentre à l'instant des services du renseignement. » Il afficha un hologramme des étoiles et exposa à Rione, qui écoutait attentivement mais ne laissait rien transparaître de ses réactions, ce que venait de lui apprendre le lieutenant Iger. « Comment expliques-tu que cette puissante flotte syndic soit arrivée à Lakota par l'hypernet à point nommé ou presque pour nous détruire ? » lui demanda-t-il ensuite.

Elle garda quelques instants le silence, le regard braqué sur l'hologramme. « Il ne s'agissait donc pas d'une extraordinaire malchance. Nos extraterrestres inconnus semblent avoir choisi le camp des Syndics. Je t'ai prévenu qu'ils ne te laisseraient pas l'emporter.

— J'en suis loin ! Je m'intéresse avant tout à notre survie et je ne suis même pas certain d'y parvenir très longtemps.

— As-tu envisagé toutes les implications de cette affaire ?

— Bien sûr que oui ! » Il la fixa d'un œil mauvais puis marqua une pause pour réfléchir. « Quelles implications ? »

Rione désigna l'hologramme d'un geste. « Comment nos intelligences extraterrestres de moins en moins hypothétiques ont-elles su que cette flotte visait Lakota, pour ensuite détourner la flotte syndic sur ce système ? »

L'estomac de Geary se révulsa. « Soit elles disposent peu ou prou d'un moyen de détecter les mouvements d'une flotte en temps réel, soit elles ont un espion au sein de celle-ci. Les crois-tu assez humaines d'aspect pour passer inaperçues ?

— Si elles ne le sont pas complètement. À moins qu'elles n'aient engagé des agents pour nous espionner. Ou que cet espion ne soit pas réellement vivant mais plutôt un ver infiltré dans les systèmes de la flotte pour observer nos activités. »

Geary hocha la tête. « Toutes ces éventualités sont acceptables et, franchement, plus crédibles à mes yeux que celle de créatures susceptibles de voir en temps réel à des années-lumière de distance. Si ces… machins en sont capables, alors l'espèce humaine est sérieusement surclassée en matière de technologie. Si détestable que soit cette idée, je préfère croire à une manière d'observateur qui leur fournirait des renseignements. » Il s'interrompit encore pour réfléchir. « De toute évidence, tes propres espions dans cette flotte n'ont jamais détecté aucun signe de l'existence d'homologues extraterrestres, sinon tu me l'aurais certainement fait savoir. »

Rione poussa un soupir exaspéré. « Mes espions sont informés de celle de nombreux “homologues” travaillant pour diverses puissances. Mais beaucoup de ces informateurs passent encore inaperçus, j'en suis persuadée, et l'identité de la plupart de leurs employeurs reste au mieux incertaine. L'implication suivante, à présent. Comment ces espions ont-ils pu transmettre ces renseignements aux extraterrestres assez tôt pour qu'ils réagissent ? »

Geary la fixa. « J'aurais dû y songer. La seule façon de procéder, c'était sans doute de disposer d'un moyen de communication plus rapide que la lumière et n'exigeant pas le transport matériel des messages par un vaisseau.

— Nous avions émis l'hypothèse que les portails de l'hypernet le permettaient peut-être.

— Ouais… mais il n'y en a pas à Ixion et c'est là-bas que nous avons décidé de gagner Lakota. Nous n'avons abordé aucun système doté d'un portail depuis celui de Sancerre et le sien a été détruit avant que nous ne le quittions.

— En effet. » Rione fit la grimace. « Un émetteur plus rapide que la lumière, donc, et de taille assez réduite pour passer inaperçu à bord d'un de nos vaisseaux. Jusqu'à quel point leur technologie est-elle plus avancée que la nôtre ? »

Geary observait encore l'hologramme quand une autre idée le frappa. « Enfer !

— Quoi ?

— Peut-être la pire répercussion de toutes. Nous espérions bien trouver un portail de l'hypernet syndic assez mal défendu pour nous rapprocher de l'espace de l'Alliance, n'est-ce pas ? »

Rione acquiesça.

« Mais ça nous est désormais impossible, même si nous en trouvions un dont l'accès serait entièrement libre. »

Rione comprit aussitôt et elle enfonça ses ongles dans sa paume. « Si nous entrons dans le système de l'hypernet syndic alors que ces extraterrestres peuvent détourner tout vaisseau…

— Nous pourrions nous retrouver n'importe où. Au lieu de gagner notre destination prévue près de la frontière de l'espace de l'Alliance, nous risquerions de débarquer à l'autre bout de l'espace syndic. Ou dans un système où toute la flotte syndic serait de nouveau rassemblée pour nous attendre.

— Voire hors de leur hypernet ? s'interrogea Rione. Ce n'est pas censé se produire, mais tout porte à croire qu'un grand nombre de phénomènes soi-disant impossibles sont déjà en train de se réaliser. »

Geary s'assit et s'adossa à son fauteuil pour s'efforcer d'appréhender mentalement tous ces éléments qui semblaient s'approcher de la vérité. « Je ne pige pas. Disons qu'ils possèdent ces compétences, et ils doivent en détenir une partie. Pourquoi montreraient-ils ainsi leur jeu ? Pourquoi nous les révéler ?

— Peut-être parce que les hautes sphères syndics en sont déjà informées et que leurs dirigeants, eux, savent qui a détourné leur flotte d'Andvari vers Lakota. » Elle secoua la tête. « Pour ce qui nous concerne, les extraterrestres ne s'attendent pas à nous voir survivre ou ont peut-être pressenti ce qui s'est réellement passé. Mais qu'ils nous aient ainsi révélé leurs aptitudes ne m'en surprend pas moins.

— Sans doute parce que ça ne nous avance guère. Nous sommes toujours piégés. » Geary sentait la moutarde lui monter au nez. Compte tenu de tous les problèmes qu'il devait déjà affronter, l'intervention de ces extraterrestres, aggravant encore la situation, lui semblait parfaitement inique. Piquer une colère eût été carrément grotesque, pourtant ça le rendait fou furieux. « Cette flotte devra rentrer chez elle par le chemin le plus long. Ça ou rien. Et elle *rentrera.* »

Rione lui jeta un regard incrédule puis sourit. « De la désespérance à la détermination. Au chapitre des changements d'humeur, la journée s'est montrée pour toi particulièrement fructueuse. » Son sourire s'effaça et elle se renfrogna légèrement. « Nous n'avons pas envisagé une éventualité.

— Laquelle ?

— Que les extraterrestres nous aient révélé sciemment les capacités de l'hypernet. Peut-être s'attendaient-ils à ce que tu quittes ce système stellaire aussi aisément que les autres. Peut-être n'aident-ils pas les Syndics mais tentent-ils au contraire de nous dire quelque chose. »

Geary fixa de nouveau l'hologramme le temps de se pénétrer de cette notion. « J'ai déjà plus que mon content d'humains qui me croient capable de réaliser l'impossible. Pas besoin que des extraterrestres se mettent aussi de la partie. Pourquoi feraient-ils cela ?

— Je n'en sais rien, déclara Rione avec un dépit manifeste. Nous ignorons les véritables desseins de ces mystérieux adversaires. Leur façon de raisonner nous est inconnue, surtout s'ils ne sont pas humains. Que cherchent-ils ? À leurrer l'humanité pour l'engager dans une interminable guerre fratricide ? Attendent-ils que nous ayons construit le nombre optimal de portails de l'hypernet pour provoquer leur effondrement général et libérer l'énergie nécessaire à stériliser tout l'espace colonisé par l'homme ? Ces portails ne sont-ils qu'une garantie en cas d'attaque de notre part ? Ou bien tout à fait autre chose ? Un dispositif basé sur un concept totalement étranger et visant un but incompréhensible ?

— Me dirais-tu là qu'ils ne sont peut-être pas hostiles ? Alors qu'ils ont détourné la flottille syndic vers Lakota pour nous y piéger ?

— Exactement. Que ferais-tu si une flotte extraterrestre surgissait demain sous nos yeux ? »

Geary réfléchit un instant. « Je ne sais pas trop. Si elle ouvrait le feu, le choix serait facile. Mais si elle se contentait d'apparaître… la réaction la plus intelligente serait encore d'essayer de communiquer avec eux, me semble-t-il. De découvrir ce qu'ils veulent.

— Et de décider ensuite si leurs desiderata sont compatibles avec la survie de l'humanité, ajouta Rione, le regard dur.

— Quels qu'ils soient, ils sont responsables de la perte de l'*Audacieux*, du *Rebelle* et de l'*Infatigable*, déclara âprement Geary. Et ils ont tout intérêt à disposer d'une bonne raison pour la justifier. »

Trois autres jours de réflexion sans trouver aucune réponse. Quand la flotte émergea du point de saut, de retour d'Ixion, Geary avait l'amertume à la bouche. Aucun champ de mines ne l'y attendait, aussi se contenta-t-il de regarder les bâtiments de l'Alliance se matérialiser autour de l'*Indomptable*. Il continua, à mesure qu'affluaient les données, de surveiller les relevés du vaisseau portant sur l'état de la flotte, les mises à jour des dommages, la progression des réparations et le niveau des réserves de cellules d'énergie et de munitions. Tout prenait vilaine tournure. Pire, quelques bâtiments s'efforçaient encore de réparer certains de leurs principaux systèmes de propulsion. Tant qu'ils n'y seraient pas parvenus, la flotte ne pourrait aller bon train sans les laisser à la traîne.

Et les abandonner aux loups syndics qui émergeraient à leurs trousses de ce même point de saut. Geary n'avait aucun mal à se dépeindre la scène, dans la mesure où il avait d'ores et déjà procédé à la simulation des pires scénarios possibles : la flotte de l'Alliance fuyant vers un nouveau point de saut, les plus rapides vaisseaux syndics sur les talons, des essaims de croiseurs légers et d'avisos vifs comme l'éclair liquidant l'un après l'autre ses bâtiments trop endommagés pour tenir le rythme, puis s'en prenant à l'arrière-garde pour la contraindre à perdre du terrain avant d'être finalement rattrapée par leur corps principal.

Il avait aussi analysé ce qu'il adviendrait s'il tentait de reformer la flotte sur place pour combattre les vaisseaux syndics en surnombre qui surgiraient derrière elle du point de saut. Compte tenu de la quantité de vaisseaux endommagés, du faible niveau des réserves d'énergie et des stocks de munitions pratiquement épuisés, ses simulations s'étaient toujours soldées par l'anéantissement de sa flotte.

Si du moins il en assumait encore le commandement après la réunion stratégique qu'il lui faudrait tenir. Maintenant que les menaces extérieures se faisaient de plus en plus critiques, il savait qu'il lui faudrait affronter une opposition intestine encore plus virulente.

Ils ne pouvaient pas s'attarder à Ixion un instant de plus, ni quitter ce système sans perdre un bon nombre d'autres bâtiments. Après Ixion, si du moins certains vaisseaux de l'Alliance s'en tiraient, il n'existerait apparemment aucun moyen d'enrayer la traque syndic, ni même de justifier le sacrifice de tous les vaisseaux perdus à Lakota. Sur la passerelle de l'*Indomptable*, tout autour de lui, il voyait les vigies se regarder avec résignation, de plus en plus terrifiées et abattues à mesure qu'elles prenaient conscience de l'état de la flotte.

Ils ne pouvaient ni résister ni fuir.

Et, tout d'un coup, Geary comprit ce que devait faire la flotte. *Au diable la réunion ! J'ai pris ma décision et tous devront se plier à mes ordres !*

Il prit une profonde inspiration, fixa longuement ses bâtiments malmenés qui fuyaient le point de saut puis appuya fermement sur la touche des communications. « À tous les vaisseaux de l'Alliance. Ici le capitaine Geary. Inversez la trajectoire. Exécution immédiate. Que tous les vaisseaux se retournent sur-le-champ ! »

Desjani transmit automatiquement les ordres à son équipage puis se tourna vers Geary pour le fixer d'un œil interloqué. Il n'eut nullement besoin de regarder les autres pour savoir qu'ils réagissaient de la même manière. « Capitaine ? demanda-t-elle. Inverser la trajectoire ? Si c'est pour poser les mines qui restent…

— Pas question, répondit Geary. Il n'en subsiste pas assez dans nos stocks pour faire la différence. »

Un message arriva : « Capitaine Geary, ici le capitaine Duellos du *Courageux*. Veuillez confirmer votre dernier ordre.

— Ordre confirmé. À tous les vaisseaux, inversez la trajectoire. Exécution immédiate. Remuez-vous. »

Geary se demanda si quelques-uns n'allaient pas s'enfoncer plus profondément dans le système d'Ixion, mais rien, sinon l'immensité du vide autour de l'étoile, ne se présentait au regard qui pût offrir un abri sûr ou une cachette, et, manifestement, nul ne tenait à faire fi de son ordre pour ensuite se retrouver seul dans ce néant. Il vit donc ses vaisseaux incurver leur trajectoire et se retourner. Ils n'adoptaient même plus un semblant de formation, mais il n'avait pas le temps de la recomposer. En dépit de l'assez faible vitesse de la flotte à son émergence, la manœuvre exigea plus de temps qu'il ne l'aurait voulu, mais elle finit par piquer de nouveau vers le point de saut.

« Ici le *Colosse*. Quelles sont vos intentions, capitaine Geary ? Ne devrions-nous pas tenir une réunion stratégique le plus tôt possible ? Il reste à formuler des dispositions cruciales.

— Ici le *Conquérant*. D'accord avec le *Colosse*.

— Je vous remercie de votre intervention, répondit Geary. Mais nous n'avons pas le temps d'organiser une réunion. Nous quittons ce système. » Il s'interrompit assez longuement pour leur permettre à tous d'entendre ses dernières paroles et de s'interroger sur leur sens. « À tous les vaisseaux de la flotte de l'Alliance. Ici le capitaine Geary. Nous ne nous replierons plus d'un seul kilomètre. Cette flotte n'a pas fini son travail à Lakota. Nous allons y retourner et, une fois sur place, nous mettrons une branlée à toute flottille syndic qui s'y trouverait encore avant de récupérer le plus grand nombre possible de spatiaux de l'*Infatigable*, de l'*Audacieux*, du *Rebelle* et des autres vaisseaux que nous y avons laissés. Puis cette flotte reprendra le chemin de l'espace de l'Alliance quoi que les Syndics nous opposent. »

Il respira encore profondément, non sans se demander ce que tous en pensaient. « Nous sauterons sans reprendre la formation pour gagner du temps et prendre les Syndics par surprise. En émergeant à Lakota, tous les vaisseaux devront aussitôt pivoter de quatre-vingts degrés sur tribord et se tenir prêts au combat. Nous ne quitterons Lakota que quand nous aurons infligé à l'ennemi une leçon dont il se souviendra sur l'aptitude de la flotte de l'Alliance à combattre. » Et peut-être une autre aussi à ces extraterrestres inconnus, sur la résilience de l'humanité. Même s'ils avaient des espions dans la flotte, ces vendus n'auraient guère la possibilité de tuyauter leurs patrons sur le retour de la flotte. Sans les extraterrestres pour aider les Syndics, le combat risquait d'être cette fois un peu moins inégal.

« À vos ordres, capitaine ! » Desjani souriait à belles dents, le poing brandi très haut. Les vigies de la passerelle de l'*Indomptable* hurlaient en s'administrant mutuellement de grands coups de poing dans le biceps. Geary entendit monter un rugissement tonitruant et finit par comprendre qu'il s'agissait des spatiaux de l'*Indomptable* s'égosillant à pleins poumons.

Geary se retourna et vit Victoria Rione regarder autour d'elle comme si elle se retrouvait brusquement dans un asile de fous. « Capitaine Geary, protesta-t-elle d'une voix étranglée, les réserves de munitions et de cellules d'énergie de la flotte sont au plus bas, de nombreux vaisseaux sont endommagés et vous la ramenez à Lakota ?

— Exactement, répondit-il. Ici, nous ne pouvons ni résister, ni nous défendre ni fuir. Attaquons donc ! »

Le regard horrifié de Rione se reporta sur l'équipage en liesse. « Mais c'est de la folie ! Imaginez qu'une force syndic supérieure nous y attende ?

— Alors tant pis pour elle ! » répliqua Geary, conscient que tout ce qu'il dirait finirait par faire son chemin dans la flotte. L'heure n'était ni à la prudence, ni à la réflexion ni au doute. *Je dois guider cette flotte. Puissent les vivantes étoiles m'interdire de la mener à sa perte, mais, si tel est le cas, ce sera en combattant et pas en fuyant.* Les vaisseaux atteignant de nouveau le point de saut, Desjani lui sourit avec fierté. Étant ce qu'elle était, un officier de la flotte et parmi les meilleurs, elle comprenait sans doute ce que Rione ne saisirait certainement jamais. « À tous les vaisseaux, transmit-il. Nous nous reverrons à Lakota.

» Sautez ! »

REMERCIEMENTS

Je reste redevable à mon agent, Joshua Bilmes, de ses suggestions et de son assistance, toujours aussi bien inspirées, et à Anne Sowards, ma directrice de collection, pour son soutien et ses corrections. Merci aussi à Catherine Asaro, Robert Chase, J. G. « Huck » Huckenpohler, Simcha Kuritzky, Michael LaViolette, Bud Sparhawk et Constance A. Warner pour leurs conseils, commentaires et recommandations. Ainsi qu'à Charles Petit pour ses suggestions relatives aux combats spatiaux.

Achevé d'imprimer en mai 2009
par l'imprimerie France Quercy
à Mercuès (Lot)
pour le compte de
la Librairie L'Atalante

N° d'imprimeur : 90455/
Dépôt légal : mai 2009

IMPRIMÉ EN FRANCE